Noir secret

BRENDA NOVAK

Noir secret

BEST SELLERS

éditions Harlequin

Cet ouvrage a été publié en langue anglaise
sous le titre :
DEAD SILENCE

Traduction française de
VASSOULA GALANGAU

HARLEQUIN®

est une marque déposée du Groupe Harlequin
et Best-Sellers® est une marque déposée d'Harlequin S.A.

Photos de couverture

Arbre : © ROYALTY FREE / CORBIS
Nuit : © ROYALTY FREE / CORBIS
Barrière : © RICHARD OLSENIUS / GETTY IMAGES
Arbre : © ROBERT HARDING / GETTY IMAGES

83-85, boulevard Vincent-Auriol, 75013 PARIS — Tél. : 01 42 16 63 63
Service Lectrices — Tél. : 01 45 82 47 47
ISBN 978-2-2800-8744-5 — ISSN 1248-511X

Les femmes heureuses, comme les peuples heureux, n'ont pas d'histoire.

GEORGE ELIOT.
(MARY ANN EVANS, romancière anglaise, 1819-1880)

1.

Grace Montgomery se gara sur le bas-côté de l'étroite route de campagne et regarda la ferme biscornue dans laquelle elle avait grandi. Par cette sombre nuit d'été, la vague clarté d'une demi-lune haut perchée dans le ciel lui permit de constater que son frère aîné entretenait consciencieusement les lieux.

Mais tout cela, elle le savait, n'était qu'une vaste supercherie ! Les choses n'étaient pas ce qu'elles semblaient être. Elles ne l'avaient jamais été, et c'est pourquoi Grace s'était juré de ne plus jamais remettre les pieds dans ce coin perdu du Mississippi.

La lumière jaune qui éclairait une fenêtre à l'étage s'éteignit. Clay devait être sur le point de se coucher, comme tous les soirs à la même heure. Mais comment pouvait-il vivre tout seul ici ? Comment pouvait-il manger, dormir et travailler à vingt pas de l'endroit où ils avaient enterré le corps de leur beau-père ?

Un bip retentit pour lui signaler qu'elle avait laissé la clé de sa petite BMW Beemer sur le contact. Au départ, elle n'avait pas prévu de pénétrer dans le domaine, mais elle avait brusquement ressenti l'irrépressible besoin de s'assurer que tout allait bien, que rien ne pourrait les trahir.

Grace remonta l'allée sinueuse, sa longue jupe de coton bruissant contre ses chevilles. Les stridulations des grillons, le coassement rythmé des grenouilles et le crissement de ses sandales sur les graviers peuplaient le silence de la nuit. Elle avait oublié à quel point le silence pouvait être profond et combien les étoiles étaient brillantes, loin de la ville.

Elle se revit brusquement sur la pelouse, flanquée de sa petite sœur Molly et de Madeline, la fille de leur beau-père. Trois gamines rieuses, insouciantes, qui s'amusaient à chercher l'étoile la plus scintillante dans le firmament — leur *bonne étoile*. Elles étaient alors si innocentes, si naïves ! Tant que Madeline avait été là, Grace n'avait rien eu à craindre. Mais Madeline était restée dormir chez l'une de ses amies, le soir où le cauchemar avait commencé.

Quand l'étable surgit au tournant, parmi les saules pleureurs et les peupliers, Grace frissonna : elle détestait cette vieille bâtisse. C'était là-dedans qu'elle bouchonnait le cheval de son beau-père, qu'elle ramassait les œufs au risque de se faire éborgner par la récalcitrante poule rousse. Et c'était aussi là-dedans, dans un box situé près de l'entrée, que le révérend avait aménagé un petit bureau où il rédigeait ses sermons du dimanche avant de les classer dans un meuble de rangement métallique.

Les odeurs familières — terreau humide, parfum de magnolias — assaillirent la jeune femme. Elle ralentit le pas, et enfonçant ses ongles dans ses paumes, se répéta qu'elle n'était plus une petite fille sans défense. Pourtant, la femme forte qu'elle était devenue n'avait pas réussi à exorciser les fantômes du passé.

Elle s'avança vers l'étable. Le petit bureau étouffant était-il toujours à la même place ? En dehors des documents dont ils s'étaient débarrassés, ils n'avaient pas touché aux objets, aux crayons et au sous-main de cuir méticuleusement rangés sur le plan de travail. Irene, leur mère, leur avait conseillé — sauf à Madeline, bien sûr —, de continuer à parler du révérend Barker au présent. Les habitants de Stillwater étaient si suspicieux !

Mais il s'était écoulé dix-huit ans depuis la subite disparition de Lee Barker ! Alors, après tant d'années, Clay avait sûrement détruit la maudite petite pièce où…

Une voix de baryton la fit sursauter :

— Sortez de ma propriété ou je tire !

Grace se retourna. L'homme, très grand, solide comme un roc, braquait un fusil de chasse dans sa direction. Pendant une fraction de seconde, elle resta tétanisée. Puis elle éclata de rire. Sacré Clay ! Toujours sur le qui-vive. Ce n'était pas pour rien que ses sœurs l'avaient surnommé « le cerbère ».

Grace émergea de l'ombre.

— Ah, bravo ! Quel accueil !

Le canon du fusil plongea vers le sol moussu. Clay esquissa un pas en avant, comme pour la serrer dans ses bras, puis parut se raviser. Grace, quant à elle, n'avait pas ébauché le moindre mouvement. Cela aurait manqué de spontanéité. Leurs rapports étaient tellement compliqués !

— Bon Dieu, Grace, voilà treize ans que tu es partie ! Je ne t'avais pas reconnue ! lança-t-il, bourru. J'aurais pu te blesser.

Une balle et hop, plus de problème !

— Moi, je t'aurais reconnu n'importe où, répliqua-t-elle.

Peut-être parce qu'elle pensait souvent à lui. Trop souvent. Peut-être aussi parce qu'il n'avait pas changé.

Mêmes cheveux abondants qui bouclaient sur son front — une version plus foncée que ceux de Grace —, mêmes yeux clairs, insondables, même mâchoire carrée. Au fil des ans, il avait pris un peu de poids. Il n'en paraissait que plus imposant, si bien que Grace, mince et élancée, se sentit toute petite auprès de lui.

— Je croyais que tu dormais, dit-elle.

— J'ai aperçu ta voiture sur la route.

— Et tu ne veux pas que l'on vienne fouiner dans tes affaires… dans *nos* affaires.

S'il perçut la tension dans la voix de sa sœur, Clay n'en laissa rien paraître, hormis un furtif coup d'œil vers le bosquet qui servait de repère à la tombe de leur beau-père.

— Jackson t'a réussi, dit-il après un silence. Tu as l'air en forme.

— Oui, je vais bien.

Ce n'était pas tout à fait vrai. Au début, elle s'était sentie comme un poisson dans l'eau, dans la capitale où elle avait choisi de s'établir… Jusqu'au jour où George E. Dunagan, brillant avocat à la Cour, lui avait demandé de l'épouser. Grace avait accueilli cette demande en mariage comme une révélation : elle aurait bien voulu lier sa destinée à celle de George mais quelque chose en elle, le sombre secret qu'elle avait enfoui dans son subconscient, lui interdisait de réaliser ce rêve. Dunagan avait persévéré un long moment, mais lorsque Grace avait refusé sa proposition pour la troisième fois, il avait mis fin à leur liaison. On en reparlerait, lorsqu'elle aurait résolu les problèmes inhérents à son enfance, avait-il déclaré.

Grace avait essayé. Elle avait consulté un psychiatre

mais la thérapie s'était révélée inefficace. Et pour cause : elle ne lui avait pas tout dit !

Dernièrement, George l'avait rappelée. Ils s'étaient revus plusieurs fois mais les fameux « problèmes » subsistaient. Grace était consciente du miroir aux alouettes que représentait sa réussite professionnelle. Au fond, rien n'avait changé. Et si elle ne parvenait pas à surmonter le passé, le passé la rattraperait jusqu'à la fin des temps.

C'est alors qu'elle avait repris le chemin de Stillwater en se promettant de ne pas rentrer à Jackson tant qu'elle n'aurait pas réglé ses comptes avec un passé vieux de dix-huit ans.

— Maman m'a dit que tu étais sortie première de ta promotion à Georgetown, dit Clay.

Il paraissait impressionné. Grace lui adressa un sourire désabusé. Ses exploits ne lui avaient procuré qu'une satisfaction passagère.

— Bah, tu sais bien que je suis une bûcheuse !

— Ne sois pas si modeste. Comment as-tu réussi à t'inscrire dans une école aussi prestigieuse ?

Grace était partie pour Jackson le surlendemain de la remise des diplômes au lycée de Stillwater. Elle avait trouvé un job de serveuse dans un bar crasseux, et avait passé tout son temps libre à réviser. Elle avait été admise à l'Université de l'Iowa, puis à Georgetown.

De ses années d'études, elle ne tirait aucune fierté. Alors que ses camarades sortaient, s'amusaient et menaient une vie sociale normale, la jeune étudiante qu'elle était s'était imposée une discipline de fer. Elle voulait se prouver — et prouver aux autres — qu'elle valait mieux que l'image désastreuse que les gens de Stillwater avaient d'elle. Elle avait obtenu sa maîtrise de droit haut la main et depuis six ans, elle occupait le poste de substitut du procureur général de Jackson. Elle n'en était pas plus heureuse pour autant. Parce que, au fond de son cœur, elle savait que la fuite n'est jamais qu'une solution provisoire.

— J'ai eu de la chance, dit-elle simplement.

Clay désigna la maison d'un geste du menton.

— Tu veux entrer ?

Grace regarda la véranda enténébrée. Jadis, ils s'asseyaient sur les marches pendant que leur mère leur lisait des passages des Ecritures. Le révérend exigeait qu'ils étudient la Bible une heure par jour. Ce n'était pas un mauvais souvenir, loin de là. Un verre de citronnade à la main, Grace sentait peu à peu la suffocante chaleur de l'été se fondre dans la fraîcheur du soir. Elle se laissait bercer par la voix mélodieuse d'Irene, tandis que les planches craquaient sous le vieux rocking-chair et que les papillons de nuit dansaient follement autour de la lumière du porche. Mais ces moments paisibles, presque heureux, prenaient brutalement fin avec le retour de son beau-père à la maison.

— Non, tu es gentil, Clay. Il faut que je m'en aille.

— Tu vas rester longtemps dans la région ?

— Je ne sais pas.

Clay se renfrogna, et elle se fit la réflexion qu'il était bien trop renfermé pour un aussi beau garçon. Mais peut-être que leur sombre secret lui pesait, à lui aussi.

— Qu'est-ce qui t'a ramenée à Stillwater, Grace ?

Elle plissa les yeux avec une expression de défi.

— Parfois, je me dis qu'il vaudrait mieux passer aux aveux.

— Pourquoi donc ? grommela-t-il.

— Parce que j'ai passé ces cinq dernières années à

défendre la vérité et à encourager les gens à assumer la responsabilité de leurs actes.

— Tu es sûr qu'ils sont coupables, alors ? Et qu'on leur administre la peine appropriée ?

— Nous devons faire confiance à la justice, Clay. Sinon, l'édifice social tout entier risque de s'effondrer.

— Et qui mérite de payer pour… pour ce qui s'est passé ici ?

L'homme qui reposait six pieds sous terre, sans l'ombre d'un doute. Mais Clay le savait déjà, aussi Grace se dispensa-t-elle de lui répondre.

— Pourquoi tu n'es pas revenue plus tôt ?

— Et toi, pourquoi est-ce que tu montes toujours la garde avec ce fusil ?

Son frère l'étudia pendant quelques secondes.

— On dirait que tu as une importante décision à prendre.

— Oui… Tu ne veux pas savoir laquelle ?

— Non, ma belle, désolé. Chacun fait ses propres choix.

La jeune femme se mordit la lèvre. Elle aurait préféré un éclat, une réaction tangible contre laquelle elle se serait révoltée… Ce satané Clay avait éludé la question trop aisément, songea-t-elle, frustrée.

— Tu as démissionné ? lui demanda-t-il, changeant brusquement de sujet.

— Non, je suis en vacances.

En cinq ans, elle ne s'était pas arrêtée une seule fois. L'Etat lui devait plusieurs mois de congés.

— Ah ! Ah ! Tu as mal choisi ton lieu de villégiature, lui fit remarquer Clay.

— Tu vis bien ici, non ?

— Oui mais *moi*, j'ai fait mon choix.

Un silence suivit. Irene avait amèrement reproché à sa fille de les avoir laissé tomber. Rien de tel chez Clay. Au contraire, il semblait content que sa petite sœur se soit échappée ; il voulait qu'elle vive sa vie, qu'elle oublie la famille, Stillwater, tout. Sa générosité ne fit qu'accentuer la culpabilité de Grace.

— Tu aurais pu t'en aller, toi aussi, lui rappela-t-elle gentiment.

Clay pinça les lèvres.

— Tu sais bien que non.

— Quelle tête de mule ! Tu vas rester dans ce bled jusqu'à la fin de tes jours ?

— Où habites-tu ? demanda-t-il au lieu de répondre.

— J'ai loué la maison d'Evonne.

— Alors, tu es au courant.

La tristesse noua le cœur de Grace.

— Oui. Molly m'a appelée quand Evonne est morte.

— Elle est venue pour son enterrement.

— Ça ne m'étonne pas.

Grace aurait aimé se comporter comme sa sœur cadette : aller et venir à son gré, comme si elle était quelqu'un d'autre, tel un spectateur qui ne s'implique pas dans la pièce qu'il regarde.

— Moi, je ne pouvais pas me libérer, de toute façon, dit-elle sur un ton d'excuse. J'étais en plein procès. Un procès important.

Au même moment, elle songea qu'elle n'avait fourni aucun effort pour pouvoir assister aux obsèques d'Evonne. Trois mois plus tôt, elle n'envisageait même pas la possibilité de revenir. Oh, non, pour rien au monde !

— Je sais qu'Evonne représentait beaucoup pour toi, dit Clay. Paix à son âme, c'était une femme généreuse.

Veuve sans enfant et très noire de peau, Evonne Walker avait une propension à ne voir que les bons côtés du genre humain. Elle avait soixante-cinq ans quand Grace était partie.

Eté comme hiver, Evonne passait ses journées assise sous un auvent dans son jardin situé à l'angle de la grand-rue et d'Apple Blossom ; elle vendait aux passants ses produits maison : savons, lotions, pêches au sirop, pickles en bocaux, brownies, tartes aux patates douces, œufs, tomates et betteraves potagères. Les habitants de Stillwater la considéraient comme une farfelue pour trois raisons : elle ne portait pas le révérend Barker dans son cœur, elle ne se mêlait jamais des affaires de ses voisins, et elle avait pris Grace sous son aile.

— Elle m'a envoyé toutes ses recettes par e-mail, dit-elle.

Cette marque de confiance l'avait finalement convaincue d'entreprendre le voyage. Cela et aussi l'insistance de George. Le jeune et brillant ténor du barreau avait saisi l'essentiel : tant que sa petite amie n'aurait pas réglé ses comptes avec le passé, elle repousserait invariablement l'idée du mariage.

A peine avaient-ils renoué que George lui avait adressé un ultimatum en bonne et due forme : si dans trois mois la situation n'avait pas évolué, ce serait la rupture définitive.

Clay changea son fusil d'épaule.

— Ah, bon ? Les gens pensaient qu'Evonne avait emporté ses recettes dans la tombe. Elle te les a probablement transmises parce que tu l'aidais à faire le ménage quand tu étais gamine.

Grace n'était pas de cet avis. Elle subodorait que d'une façon ou d'une autre, la veuve Walker avait parfaitement deviné ce qui se passait à la ferme.

Le chagrin, la culpabilité, la confusion se mêlèrent pour venir former une boule dans sa gorge.

— Rien n'est simple, n'est-ce pas Clay ? murmura-t-elle.

— Non. C'est vrai.

Elle prit la direction de l'allée.

— Il est tard : il faut que je me sauve.

— Attends !

Les doigts tièdes de Clay se refermèrent sur son poignet, avant de se desserrer presque aussitôt.

— Grace, je suis désolé, tu le sais.

Son expression tourmentée se grava dans l'esprit de la jeune femme. Elle préférait l'imaginer indifférent, détaché. Il lui était insupportable de le voir souffrir.

— Oui, je sais, fit-elle. Bonne nuit, Clay.

Chacun fait ses propres choix…

Depuis la veille, les paroles de Clay passaient en boucle dans sa mémoire. Aucun blâme. Aucun reproche. Aucune insinuation sur les conséquences de son retour, aucune mention de ceux qui allaient sûrement s'en offusquer. Rien. Rien que cette simple petite phrase dérangeante, qui la renvoyait à ses responsabilités.

Grace passa la main sur son front moite. Bonté divine, elle paierait cher pour voir plus clair en elle-même !

La sonnette de la porte retentit. La jeune femme repoussa le carton plein de livres qu'elle était en train d'ouvrir, puis se remit debout et traversa le plancher de chêne sombre.

La maison était presque vide. Les sœurs et les cousines d'Evonne avaient déjà fait main basse sur la plupart des meubles. Elles avaient l'intention de brader ce qui restait dans la cour qui donnait sur la rue. Grace avait contacté Rex Peter, seul et unique agent immobilier de la ville, et avait loué la maison juste à temps pour sauver six assiettes, six couverts, deux vieilles tables, quelques bibelots et quelques tableaux.

George avait proposé de lui apporter son lit, sa coiffeuse, un canapé et des chaises qu'il irait prendre à son appartement de Jackson. Elle l'attendait ce matin, mais en l'entendant sonner, elle n'éprouva pas l'émotion qu'elle avait escomptée. En fait, elle avait peur. Peur qu'ils se disputent ou qu'il veuille faire l'amour.

Pourvu qu'il soit pressé ! se dit-elle.

On sonna de nouveau.

— Oui, oui, j'arrive !

Elle ouvrit grand la porte, puis se figea, étonnée. Un petit garçon se tenait sur le perron. Grands yeux gris, taches de rousseur sur le nez, touffes de cheveux blonds sous une casquette de base-ball défraîchie.

— Bonjour, dit-elle sans dissimuler sa surprise.

— Salut !

— Je peux t'aider à quelque chose ?

Il plissa le nez et leva sur elle un regard empreint d'espoir.

— Vous voulez bien que je tonde votre pelouse… pour cinq dollars ?

Grace haussa les sourcils.

— Tu es bien trop jeune pour manier une tondeuse.

Son petit visiteur n'eut pas l'air d'apprécier cette remarque, et il bomba le torse.

— Je tondais bien la pelouse d'Evonne, avant !

Chaque fois que Grace arrivait à bicyclette chez Evonne, celle-ci lui confiait des petits boulots et en profitait pour envoyer à la ferme un bocal de pickles ou de pêches au sirop que Grace adorait, sans oublier de lui glisser quelques billets dans la main. A l'époque, la famille de Grace avait besoin d'argent, surtout après qu'Irene avait bataillé avec le révérend pour envoyer Clay au collège.

— Je fais des économies, ajouta le garçonnet sur le ton de la confidence.

Grace ne put s'empêcher de sourire.

— Vraiment ? Pour quoi faire ?

— C'est un secret, répondit-il après une hésitation.

— Hmm, je vois…

Il portait des tennis boueuses, un T-shirt informe sur un blue-jean lustré aux genoux, ce qui laissait supposer qu'il avait déjà effectué de menus travaux dans le voisinage.

— Quel âge as-tu ? lui demanda Grace.

— Huit ans.

Il était encore plus jeune qu'elle ne le pensait.

Passant la tête par l'entrebâillement de la porte, elle jeta un regard alentour.

— Tu es seul ?

Il acquiesça.

— Nous sommes voisins, peut-être ?

Nouvel hochement de tête.

— Eh bien, étant donné que les cousines d'Evonne n'ont pas emporté sa tondeuse à gazon, tu peux considérer que tu as un job.

Au lieu de sauter de joie, le petit garçon se gratta pensivement la tête en jetant sur le jardin un regard de connaisseur.

— Vous voulez que je m'en occupe aujourd'hui ?

— La matinée est trop avancée et la chaleur monte. Ça peut attendre demain.

Le gamin fronça les sourcils, mécontent d'avoir raté l'opportunité de commencer tout de suite.

— Je pourrais arracher les mauvaises herbes, suggéra-t-il.

— C'est inclus dans le forfait de cinq dollars ?

— Ben, oui ! Il faut bien désherber avant de passer la tondeuse.

En effet, le jardin n'était plus qu'une jungle d'herbes folles.

— Entendu. Commence donc par les parterres de devant.

— Okay ! Dites, vous accepteriez d'ajouter un cookie aux cinq dollars ?

S'il n'avait pas affiché un air de « pro » terriblement sérieux, Grace aurait éclaté de rire.

— Tu es dur en affaires, mon ami.

— Oh, un cookie, c'est pas grand-chose.

— Je viens d'emménager et je n'ai pas de cookies.

— Et demain ? Vous en aurez ?

— Tu me fais crédit ?

— Ouais… sûr…, fit-il en souriant pour la première fois, ce qui dévoila deux quenottes manquantes. Un cookie demain, ça vaut mieux que pas de cookie du tout. Peut-être même *deux*, vu que je dois attendre.

Très futé, le petit diable !

— Comment t'appelles-tu ? lui demanda Grace, souriant à la lueur espiègle qui dansait dans ses grands yeux gris.

— Teddy.

— Enchantée. Moi, c'est Grace. Eh bien, Teddy, affaire conclue.

— Oh, chic ! Merci beaucoup !

Ce disant, il s'élança vers un parterre envahi de chiendent et se mit à l'ouvrage.

Au même moment, une camionnette de location déboucha au coin de la grand-rue. George était au volant. En apercevant Grace, il lui sourit et agita la main. Puis il vint se garer dans l'allée.

— Belle baraque ! s'exclama-t-il en descendant de voiture et en examinant la façade de brique et de pierre.

Grace lui fit signe d'avancer.

— Tu veux visiter ? C'est une vieille maison délabrée mais j'adore ses hauts plafonds, ses fenêtres aux vitres épaisses et ses boiseries. Je n'ai qu'à fermer les yeux pour sentir les épices qui parfumaient autrefois l'atmosphère. C'est comme si elle était encore ici, ajouta Grace avec émotion.

— Qui ça, *elle* ?

— Evonne Walker.

— La vieille dame qui vendait des trucs dans sa cour et qui est décédée récemment ?

— Elle-même, oui.

Grace poussa le battant et invita George à entrer.

— Comment as-tu réussi à louer cette merveille ? demanda-t-il en pénétrant dans le vaste salon.

— Je te l'ai dit au téléphone quand je t'ai donné l'adresse. Apparemment, tu n'y as pas prêté attention.

— Désolé. J'étais trop accaparé par l'affaire Wrigley.

— Le violeur qui est entré par effraction chez sa victime ? dit Grace en refermant la porte. Si les jurés ont des filles, il risque la perpétuité.

Elle n'éprouvait pas une once de compassion pour le client de George. Elle avait eu connaissance du dossier et avait examiné longuement les indices. Wrigley, un maçon d'une trentaine d'années, était un individu dangereux et violent. Elle n'aurait pas voulu qu'il obtienne un non-lieu uniquement pour que le cher George gagne un procès de plus.

— On verra bien, dit-il. Parlons de toi, plutôt. Tu as l'air de te plaire ici.

— A Stillwater, tu veux dire ?

C'était tout de même lui qui l'avait poussée à revenir !

Il essuya une goutte de sueur sur son front, puis passa les doigts dans ses cheveux châtains, un peu clairsemés sur le haut de son crâne.

— Oui, précisément, répondit-il. Je croyais que tu détestais ce patelin.

George Dunagan avait une vision simpliste de la vie. Il avait grandi au sein d'une famille aimante et unie : des parents qui l'adoraient, une sœur cadette qui le portait aux nues. Dès lors, comment pourrait-il saisir les subtilités d'un passé aussi complexe que celui de Grace ? Comprendre ses réticences à se marier ? Ses appréhensions ou ses insomnies ?

— Je me plais bien dans cette maison, pas dans la ville, précisa-t-elle sobrement.

— Tu as raison, dit-il en contemplant l'escalier de bois poli. Elle est magnifique.

— Tu viens dans la cuisine ? On va boire quelque chose.

Il tourna la tête vers la fenêtre.

— Qui est le gosse qui s'occupe du jardin ?

Lorsque George était arrivé, Teddy l'avait évalué d'un coup d'œil suspicieux.

— Un petit voisin, répondit Grace. Il est très mignon.

— Heureusement qu'il n'a pas vingt ans de plus : je me serais fait du souci !

Grace regarda George d'un air amusé. Il avait besoin d'être rassuré. Il comptait énormément pour elle. Même s'il ne la comprenait pas, c'était un être loyal, un ami fidèle. Et une fois qu'elle aurait remis de l'ordre dans sa vie, elle se marierait avec lui et fonderait une famille.

— Tu n'as aucun souci à te faire, George. Tu ne me perdras pas.

Il lui prit la main et se pencha pour lui effleurer le front d'un baiser tendre.

— Ravi de te l'entendre dire, ma chérie. Quand tu rentreras à Jackson, nous oublierons tout ça et nous repartirons de zéro.

Oublier... Encore un mot que George affectionnait. Sauf que lui, il n'avait rien à oublier, il n'avait pas de cicatrices, pas de vieilles blessures qui ne se refermaient pas.

— Oui, bien sûr, dit-elle, parce qu'elle avait besoin qu'il croie en elle.

Il la prit dans ses bras et l'embrassa. Grace noua ses doigts fins autour de la nuque de son amant avec un soupir. Il l'étreignit avec force, mais quand ses baisers se firent plus exigeants, elle sentit monter en elle l'espèce de résistance bornée qui se manifestait chaque fois que George se montrait trop entreprenant.

Elle se dégagea, déguisant son manque d'enthousiasme sous un sourire.

— On le boit, ce verre ?

— Bonne idée, approuva George en contournant les

cartons de livres et en lui emboîtant le pas vers la cuisine. Qu'est-ce que tu comptes faire de tes journées ?

— Je n'en sais rien. Je…

— Veux-tu que je t'envoie ton ordinateur portable ? Tu pourrais me donner un coup de main pour mes recherches.

Elle haussa les sourcils d'un air surpris.

— Tu trahirais tes clients en permettant à un procureur de fourrer le nez dans leurs dossiers ? Non, pas question ! J'ai laissé mon ordinateur à Jackson exprès. Je ne suis pas venue ici pour travailler.

Elle avait décidé d'affronter ses vieux démons une fois pour toutes.

— Tu vas t'ennuyer, à la longue.

Grace indiqua les placards peints en bleu.

— Je ne crois pas. Je vais me plonger dans les recettes d'Evonne.

George afficha un air condescendant.

— Oh ? Tu vas fabriquer des savons, des lotions, des bêtises de ce genre ?

— C'est une saine occupation.

Elle sortit du réfrigérateur un pichet de thé aux mûres glacé, remplit un grand verre et le tendit à George.

— Alors, je ne m'inquiète plus du tout ! lança-t-il d'un air légèrement moqueur.

— Non ?

— Non ! Même si j'ai un peu de mal à imaginer mon procureur chéri en train jouer à la marchande dans son jardin. Enfin, de toute façon, ce n'est pas pour longtemps !

Et pourquoi pas ? songea Grace en balayant les mèches de cheveux rebelles qui s'étaient échappées de sa queue-de-cheval. C'était un job comme un autre. Moins exaltant, certes, que de traîner en justice des criminels, mais l'idée d'exercer un métier simple ne manquait pas d'attraits.

— Oh, c'est une façon comme une autre de passer le temps, dit-elle, soucieuse de ne pas contrarier George.

— Ouais… si on veut… mais ta vraie profession va te manquer. Je te parie cent dollars qu'au bout d'une semaine tu en auras marre.

Mais la jeune femme n'en était pas convaincue. Dans l'accueillante maison d'Evonne, elle se sentait chez elle pour la première fois de sa vie.

2.

Le téléphone portable de Grace bourdonnait... L'un de ses collègues du bureau du procureur essayait de la joindre, pensa-t-elle confusément. Elle tâtonna vers sa table de chevet, mais ses doigts ne rencontrèrent que le vide. Encore deux sonneries et son correspondant tomberait sur sa messagerie vocale... Mais où donc était passée cette fichue table de nuit ? Brusquement, elle se rappela qu'elle avait aidé George à monter son lit jusqu'à l'ancienne chambre d'Evonne.

Elle n'était pas à Jackson mais à Stillwater !

Elle ramassa le portable qu'elle avait posé au pied du lit.

— Ne t'inquiète donc pas, George, personne ne me volera à toi ! marmonna-t-elle en prenant la communication.

Son fiancé voulait certainement savoir comment elle avait passé sa première nuit à Stillwater. La veille, il était vite reparti afin de se plonger dans l'affaire Wrigley, sans insister pour faire l'amour avec Grace.

— Allô...

— Tu devrais appeler maman. Et Madeline.

C'était Molly.

Adolescente, la sœur cadette de Grace n'avait qu'un

seul but : quitter Stillwater et voler de ses propres ailes. Après avoir terminé ses études secondaires, elle avait dû rester auprès de leur mère. Irene, qui ne supportait plus la vie à la campagne, voulait s'installer en ville, et Molly l'avait aidée à déménager. Ensuite, elle avait obtenu une bourse et avait entamé des études au Fashion Institut de Los Angeles. Désormais, elle vivait à New York où elle travaillait pour un styliste, mais chaque année, elle rendait visite à Grace à Jackson, et elle passait une semaine ou deux à Stillwater, afin de voir Irene, Clay et Madeline.

Encore mal réveillée, Grace bredouilla :

— Pour… quoi ?

— Elles savent que tu es revenue.

— Je vois ! Clay a déjà vendu la mèche.

— Il paraît que tu t'es arrêtée à la ferme, avant-hier soir. Combien de temps croyais-tu qu'il attendrait ?

— Jusqu'à ce que je sois prête.

— Tu le lui as demandé ?

— Non… De toute façon, je comprends qu'il ait éprouvé le besoin de prévenir maman.

— Alors, vas-y, appelle-la.

Réprimant un bâillement, Grace repoussa du pied le drap, et lança un regard à la pendulette qui trônait sur la coiffeuse. 6 h 30 du matin ! constata-t-elle, effarée. Déjà, la chaleur se faisait sentir, malgré les fenêtres ouvertes et le ventilateur dont les pales brassaient lentement l'air moite.

— Hmm, oui, d'accord. Je les appellerai dans la matinée.

— Tu savais, toi, que maman voyait quelqu'un ? demanda Molly.

A ces mots, Grace se sentit totalement réveillée.

— Après toutes ces années ? Tu plaisantes ?

— Non.

— Je l'ai eue au téléphone il y a quelques semaines et elle ne m'a rien dit.

— L'idylle — si c'en est une — doit être récente. J'ai téléphoné à Clay samedi dernier. D'après lui, maman s'absente souvent sans préciser où elle va. Nous en avons déduit qu'elle avait un petit copain.

— Quelqu'un d'ici, tu crois ?

— Oh, je ne vois pas qui ça peut être. Tu te souviens des méchancetés que les mauvaises langues déversaient sur notre mère ?

— Bien sûr ! Est-ce que ça continue ?

— Non, c'est fini, maintenant. Mais la plupart de nos chers concitoyens ne l'ont jamais acceptée.

— Parce qu'ils n'imaginaient pas la vérité, dit Grace.

Molly ignora ce commentaire.

— J'espère au moins qu'elle est tombée sur un chic type, cette fois-ci… Après tout ce qu'elle a enduré !

— Oui, espérons-le, fit Grace sans grande conviction.

— La roue tourne ! déclara Molly posément. Je sais bien qu'on dit « jamais deux sans trois » mais à un moment donné, la loi des séries s'arrête.

Grace eut un hochement de tête dubitatif. Si Irene avait rencontré quelqu'un de bien, ce type-là ne méritait pas d'être mêlé à leur famille.

— De toute façon, elle n'a certainement pas pu trouver pire que papa et le révérend.

— Avec papa, il y avait des hauts et des bas, fit remarquer Molly.

— Jusqu'au jour où il a largué maman.

— Oui. Elle n'aurait jamais épousé le révérend si elle

n'avait pas été désespérée. La pauvre ! Elle essayait de nous garder tous ensemble.

— Je sais, murmura Grace.

Elle n'avait jamais blâmé Irene d'avoir succombé au rêve que le révérend Barker représentait à ses yeux. Ce dernier, qui avait déjà une fille d'un premier mariage, personnifiait le bon père de famille. Irene avait cru dur comme fer qu'il ne l'abandonnerait jamais, elle et ses enfants, comme l'avait fait son premier mari. Qui aurait pu imaginer que Lee Barker, illustre prédicateur, dissimulait une âme aussi noire ?

— Pourquoi tu ne m'as rien dit ? demanda Molly.

— Te dire quoi ?

Grace avait l'impression d'étouffer. Elle retira son T-shirt et s'assit devant le ventilateur en petite culotte, la peau constellée de gouttelettes de sueur.

— Que tu comptais revenir à Stillwater.

Grace y avait songé. Elle savait que sa sœur l'aurait rejointe si elle le lui avait demandé. Molly était la plus gentille de la famille, toujours prête à faire plaisir à tout le monde. Or, Grace ne voulait pas exploiter cet aspect de sa personnalité, comme leur mère l'avait fait.

— Je n'ai pas eu le temps. Je me suis décidée sur un coup de tête.

— C'est bizarre : je ne te crois pas.

— C'est pourtant la vérité.

— Bon. Puisque tu le dis..., fit Molly, soucieuse de ménager la susceptibilité de sa sœur aînée. Ça te fait quoi d'être de retour ?

Grace se laissa retomber sur le lit et regarda les moulures du plafond, comme si la réponse s'y trouvait inscrite. Elle avait la trouille. Voilà ce que ça lui faisait !

— Pas grand-chose, répondit-elle.

— Tu vas rester longtemps ?

— J'ai loué la maison pour trois mois mais je repartirai sans doute avant.

— Tu aurais dû appeler maman, Grace.

— J'allais le faire. Je… j'ai été occupée, voilà tout.

— Un coup de fil, ça ne prend pas plus d'une minute, décréta Molly d'un ton chargé de reproche.

— S'il te plaît, ne commence pas !

— Je ne commence pas parce que je suis pressée. Je vais être en retard au boulot si je ne me dépêche pas.

— Alors, je te laisse.

— Appelle-moi si tu as besoin de quelque chose.

— Entendu.

Sentant sa sœur sur le point de raccrocher, Grace lui posa à brûle-pourpoint une dernière question :

— Comment tu fais, Mol ?

— Comment je fais quoi ?

— Aller voir Clay à la ferme ou déjeuner avec Madeline, alors que tu sais…

— Je n'y pense pas, voilà tout !

Etait-ce possible de *ne pas y penser* ? L'homme qui avait été leur beau-père était mort. Depuis qu'elle avait traîné son corps sous la véranda jusqu'au perron où Clay l'avait chargé sur une brouette, Grace se réveillait en sursaut toutes les nuits, avec la peur de découvrir le révérend à la porte de sa chambre.

— Madeline espère que son père réapparaîtra un beau jour, reprit Molly. Mais toi et moi, nous savons bien que ça n'arrivera pas. Barker est parti pour de bon, ma vieille, et depuis, le monde n'en est que meilleur.

— Amen ! murmura Grace. Sauf que ce n'est pas si simple.

— Ça le serait si tu le voulais vraiment.

Facile à dire ! pensa Grace.

— Bon sang, et si la police avait des soupçons ? chuchota-t-elle. De nos jours, on exhume un tas d'affaires classées, tu sais ? Il suffirait que quelqu'un découvre sa voiture dans la carrière… ou que ses restes soient déterrés à l'occasion d'un orage. Ou encore qu'un témoin respectable apporte une version différente de la nôtre…

— Calme-toi ! Après dix-huit ans, il n'y a aucun risque.

— Les natifs de Stillwater ont une mémoire d'éléphant, Molly. Ils étaient persuadés que ce salopard avait le pouvoir de marcher sur les eaux.

— Et alors ? Ils ne peuvent même pas prouver qu'il est mort ! Et toi, tu es la mieux placée pour savoir comment fonctionne la machine judiciaire.

La mieux placée… Grace tressaillit. En cherchant à la rassurer, sa petite sœur avait retourné le couteau dans la plaie…

— Oui. Maintenant, dépêche-toi d'aller bosser, dit-elle.

— On se rappelle, d'accord ?

— Bien sûr.

Après avoir raccroché, Grace alla se planter devant la fenêtre et contempla l'arrière-cour de la maison. Le jardin qu'Evonne avait bichonné amoureusement jusqu'à sa mort était envahi de mauvaises herbes. Il allait falloir sarcler les parterres desséchés… La jeune femme en était là de ses réflexions quand elle aperçut une SUV noire qui s'arrêtait dans la rue, de l'autre côté de la clôture.

— Oups !

Grace recula vivement. Elle avait accroché un drap à la fenêtre en guise de rideau, mais dans la nuit, elle l'avait retiré pour laisser passer l'air. Est-ce que le conducteur de la SUV l'avait aperçue ? Possible… Oh, et puis la barbe ! se dit-elle en haussant les épaules.

Elle enfila un T-shirt à fines bretelles, un short, chaussa une paire de mules et descendit au rez-de-chaussée. Elle appellerait sa mère et Madeline un peu plus tard, quand elle en aurait fini avec le jardin.

En voyant cette femme aux seins nus, Kennedy Archer lâcha un juron et renversa son gobelet de café. Résultat : une grosse tache sur sa chemise blanche.

La maison de la veuve Walker n'étant pas encore en vente, il ne s'attendait pas à y trouver quelqu'un. Et certainement pas la beauté brune qui, l'espace d'une seconde, s'était penchée à la fenêtre… A 6 h 30 du matin, bonté divine ! A en juger par la manière dont elle s'était éclipsée sitôt qu'elle s'était rendu compte de sa présence, il ne s'agissait pas d'une exhibitionniste. Certes. Mais un corps aussi splendide ne représentait pas précisément un spectacle neutre pour un homme qui vivait dans le célibat depuis le décès de sa femme, deux ans plus tôt.

— Papa ? Est-ce que ça va ?

Kennedy pressa le téléphone contre son oreille. Il avait répondu à l'appel de son fils quelques secondes auparavant et avait poussé un cri de surprise quand le café l'avait brûlé.

— Oui, ça va, Teddy, dit-il en épongeant la tache tant bien que mal à l'aide d'un mouchoir en papier. Qu'est-ce qui se passe ?

Son fils baissa la voix d'une octave :

— Je ne veux pas rester avec mamie aujourd'hui.

Kennedy retint un soupir. Heath, l'aîné, lui, s'entendait à merveille avec Camille Archer. C'était un garçon calme, pondéré et réfléchi, qui ne se plaignait jamais : le « chouchou » de sa grand-mère. En revanche, Teddy, le cadet, possédait une personnalité complètement différente. Actif, malicieux et têtu comme une mule à l'âge de huit ans, il donnait du fil à retordre à Camille. Celle-ci l'accusait d'être capricieux, et le ton montait. Pourtant, Teddy n'était pas un enfant difficile, Kennedy le savait. De son vivant, Raelynn avait été très proche de leur petit dernier.

— Où veux-tu aller ? demanda-t-il.

— A la maison.

— C'est impossible, Teddy. Il n'y a personne pour te garder, là-bas.

— Si. Il y a Lindy.

Lindy, seize ans, était leur voisine la plus proche. Kennedy l'aimait bien, mais la dernière fois qu'elle avait fait du baby-sitting pour lui, elle avait invité son petit copain et ils avaient regardé des vidéos de films d'épouvante avec les garçons.

— Non, pas Lindy. A la rigueur, tu pourrais aller chez Mme Weaver.

— Non ! Je la déteste !

Kennedy soupira de plus belle. Il regrettait vraiment que les parents de Raelynn aient suivi leur fils en Floride. Teddy semblait mieux s'entendre avec mamie Horton qu'avec mamie Archer. Malheureusement, il ne voyait pas ses grands-parents maternels plus d'une ou deux fois par an.

— Teddy, sois raisonnable. Ma mère est la personne

idéale pour te surveiller… Allons, ce n'est pas si dramatique ! Elle t'a emmenée au zoo, à Jackson, pas plus tard que la semaine dernière, tu t'en souviens ?

— Ouais, mais aujourd'hui je m'ennuie ! Viens me chercher, papa !

— Désolé, camarade. J'ai un travail monstre, tu le sais.

— Alors, emmène-moi avec toi, souffla le petit garçon. S'il te plaît ! J'aime bien jouer dans ton bureau à la banque.

Kennedy coupa le moteur qui tournait au ralenti et ouvrit la boîte à gants, à la recherche d'autres mouchoirs.

— Mais je ne serai pas au bureau. Je prends le petit déjeuner avec le directeur de ma campagne électorale et un groupe de supporters, ensuite je prononce un discours au Rotary Club, puis je préside un meeting d'actionnaires.

— Pourquoi tu veux devenir maire ?

Kennedy considéra un instant l'opportunité de mettre Teddy au courant des problèmes de santé de grand-père Archer… Non, pas maintenant, décida-t-il. Le petit garçon, qui avait déjà perdu sa mère, aurait du mal à faire face à la situation.

— Parce que papy va se retirer et que son siège restera vacant pour la première fois depuis trente ans, expliqua-t-il. C'est quelque chose qui me tient à cœur depuis que j'ai ton âge.

— Et quand est-ce qu'elle va se terminer, ta campagne ?

— En novembre. Et à ce moment-là, que je sois vainqueur ou perdant, notre vie sera mieux organisée, je te le promets.

— Mais en novembre, je serai retourné à l'école ! gémit Teddy.

— Cette année a été rude pour toi, je le sais bien.

Moins rude, toutefois, que l'année précédente. Kennedy s'efforça d'écarter de son esprit ces longs mois sans Raelynn. Il passa mentalement en revue son emploi du temps, et crut tenir la solution. Au lieu de retrouver son vieux copain Buzz et toute la bande à la pizzeria, il passerait prendre les enfants.

— Ecoute, je peux passer vous chercher, Heath et toi, vers 16 heures. On ira manger des glaces, ça te dit ?

— Je préfère 18 heures, déclara Teddy.

Kennedy se désintéressa un instant de sa chemise.

— C'est-à-dire l'heure habituelle ? demanda-t-il, surpris.

— Oui... Mamie a dit qu'elle nous emmènerait à la piscine à 4 heures.

— Ah bon ! Donc, tu vas t'amuser, finalement ?

— Tu parles ! On va s'embêter jusqu'à 4 heures.

— Teddy !

Un silence suivit, puis le petit garçon demanda :

— On ira camper, ce week-end ?

— Peut-être.

— Dis-moi « oui ». *S'il te plaît,* papa !

— A condition que tu me promettes de ne pas te disputer avec ta grand-mère aujourd'hui.

Teddy émit un soupir mélodramatique.

— C'est promis.

— Que fait Heath ?

— Il regarde la télé. Il n'y a que ça à faire, jusqu'à ce qu'on aille à la piscine. Mamie ne veut pas qu'on sorte : elle a peur qu'on salisse ses tapis.

— Tu ne devais pas tondre une pelouse, ce matin ?

— Si, mais... oh-oh ! Mamie arrive.

La communication fut coupée et Kennedy poussa un soupir. Camille Archer considérait comme une trahison toute tentative de ses petits-fils de sortir sans elle. S'occuper d'eux l'empêchait sans doute de ruminer le sombre pronostic émis par les médecins à propos de son mari.

Oh-oh, mamie arrive. A l'évidence, Teddy ferait l'effort d'éviter une nouvelle confrontation avec sa grand-mère. Eh bien, il aurait fort à faire, songea Kennedy avec une grimace, en glissant son portable dans la boîte à gants.

Comme tous les gamins de son âge, Teddy avait besoin d'action. Si Camille avait été plus souple, elle l'aurait compris.

« Bah, Teddy survivra bien jusqu'à 16 heures », se dit-il en redémarrant. Camille était possessive, dominatrice, mais elle chérissait ses petits-enfants, tout comme elle aimait tendrement son propre fils.

Kennedy jeta un coup d'œil à l'horloge du tableau de bord. Il avait une journée chargée devant lui. Et à cause de la nymphe à moitié nue qu'il avait aperçue à la fenêtre, il allait devoir repasser chez lui pour changer de chemise.

— Tu n'as même pas pensé à me prévenir, n'est-ce pas ?

Agenouillée devant les massifs de roses, Grace tourna la tête pour découvrir sa mère au milieu du jardin. Une fois par an, Irene allait la voir à Jackson, mais c'était la première fois depuis treize ans qu'elles se retrouvaient toutes les deux dans la petite commune de Stillwater.

Grace s'éclaircit la gorge, puis se redressa. Elle s'était donné deux heures pour rendre au jardin un semblant de son ancienne splendeur, et elle n'avait pas vu le temps passer. Un rapide coup d'œil à sa montre l'informa qu'il était plus de midi. La jeune femme retira ses gants de jardinage et s'épongea le front.

— Excuse-moi, dit-elle avec un sourire un peu crispé. Je t'aurais appelée, bien sûr, mais j'ai eu à faire.

Irene haussa les épaules d'un air blessé.

— Les mauvaises herbes avaient pu attendre.

Grace prit une profonde inspiration et traversa la pelouse jaunie pour serrer Irene dans ses bras. Elle avait à la fois espéré et redouté leurs retrouvailles. Sa mère avait beau lui manquer, sa présence réveillait trop de souvenirs douloureux.

— Je sais, maman, mais j'ai eu envie de me dépenser physiquement…

Elle ôta son chapeau cloche, renversa la tête en arrière pour scruter le ciel gris.

— … avant qu'il ne se mette à pleuvoir.

L'argument ne parut pas convaincre Irene qui se cantonna dans un silence poli. Au fil des ans, les deux femmes avaient mis au point un code de conduite censé leur éviter les confrontations inutiles.

— Tu es très en beauté, dit Grace.

Elle était sincère.

— Oh, je suis trop grosse ! gémit Irene.

Son leitmotiv favori. Elle avait pris trois ou quatre kilos, effectivement, mais il n'y avait pas de quoi en faire un drame. Seulement, elle avait une conception très personnelle de la beauté et de l'élégance féminines : par exemple, elle se mettait sur son trente et un pour faire ses emplettes, un trait de caractère qui l'exposait aux cancans de la petite ville.

— Mais non, maman, tu es parfaite.

Sous le compliment, le visage d'Irene s'éclaira enfin d'un sourire. Malgré ses cinquante-deux ans, l'ovale parfait de son visage ne s'était pas altéré. Ses immenses yeux bleus étaient toujours aussi beaux. Depuis quelques années, elle avait adopté un style de coiffure vaguement inspiré de Loretta Lynn, et forçait un peu sur le maquillage — mascaras épais, fond de teint couvrant et rouges à lèvres flamboyants — en protection contre un monde hostile.

— Quoi de neuf ? demanda Grace. Molly m'a dit que tu voyais quelqu'un, est-ce que c'est vrai ?

Sa mère ébaucha un geste de dénégation.

— Mais non..., murmura-t-elle. En revanche, ta sœur sort avec le garçon qu'elle nous a présenté à Noël.

— Bo est un ami et rien de plus, objecta Grace. Et le fait que tu changes de sujet prouve que tu as quelque chose à cacher.

— Seigneur, qui veux-tu que je voie ? Les gens d'ici n'ont jamais pu me sentir, répondit Irene avec un rire désabusé.

Ramenée une fois de plus vers le passé, Grace hocha la tête. Elle n'avait que neuf ans quand sa mère avait quitté Bonneville pour s'installer à Stillwater et épouser le révérend Barker. Grace se rappela les murmures désobligeants qui les suivaient chaque fois qu'elles se promenaient en ville.

Pour qui elle se prend, celle-là, avec son nez en l'air ? Je vous jure, je n'ai jamais vu quelqu'un d'aussi prétentieux. Il y avait des douzaines de dames comme il faut, chez nous, qui auraient su rendre notre révérend heureux. Celle-là a dix ou quinze ans de moins que lui : elle l'a épousé pour son argent, qu'est-ce que vous croyez ?

Barker n'était pas riche. Il bénéficiait d'un modeste revenu mais était propriétaire de la ferme, un véritable palais comparée au minable petit logement qu'elles habitaient à Bonneville. C'était une raison suffisante pour attirer sur elles l'animosité générale, pour les reléguer dans la catégorie des « profiteuses ». Certes, les subtiles et mesquines allusions que le révérend faisait à l'endroit de sa nouvelle épouse n'avaient pas arrangé les choses. Grace s'était toujours étonnée de la loyauté que les paroissiens témoignaient à Lee Barker. Ce monstre avait réussi à les convaincre qu'il était un saint…

Une main calleuse lui meurtrit le bras, tandis qu'une voix rauque souffla à son oreille : « Ne fais pas de bruit ! » Et quand elle fit mine de se dégager, l'homme qui l'obligeait à l'appeler « papa » resserra son étreinte, comme pour l'avertir des conséquences de son éventuelle désobéissance.

Madeline, sa propre fille, dormait dans le lit voisin, et Grace savait qu'elle serait cruellement châtiée si jamais elle la réveillait…

— Grace ? Qu'est-ce qui t'arrive ? lui demanda sa mère.

— Rien.

— Tu es sûre ? Tu es si pâle, tout à coup…

Le sentiment de paix qu'elle avait éprouvé ce matin s'était brusquement évanoui, et les images qu'elle avait enfouies au prix d'efforts surhumains resurgissaient, menaçant de l'engloutir.

S'entourant de ses bras, elle se força à sourire.

— Il fait trop chaud. Allons nous asseoir sous la véranda, tu veux ?

Elle se dirigea vers la maison.

— Mon Dieu, treize ans déjà ! J'ai peine à croire que tu es revenue, soupira Irene en lui emboîtant le pas.

— Et moi, j'ai peine à croire que tu ne sois jamais partie.

— Je ne pouvais pas… Je ne voulais pas abandonner Clay.

— Comme moi, tu veux dire ?

Irene accusa le coup.

— Je n'ai pas voulu dire ça, voyons !

Grace se laissa choir sur la balancelle du porche et pressa les doigts sur ses tempes. Elle n'avait guère besoin des autres pour se sentir coupable, songea-t-elle avec désespoir. Elle faisait ça très bien toute seule.

Elle respira lentement et profondément pour ralentir les battements désordonnés de son cœur.

— Désolée, murmura-t-elle. Ça n'a pas été facile de revenir.

Sa mère s'assit à côté d'elle et elles se balancèrent toutes les deux en silence. La tension de Grace s'apaisait peu à peu. Un seul regret subsistait : que sa mère n'ait pas su lui tendre la main, dix-huit ans plus tôt.

— Je trouve la maison d'Evonne superbe, dit Irene finalement.

— Oui, moi aussi.

— Tu vas rester longtemps ?

— Trois mois environ.

— Trois mois ? Mais c'est formidable ! Grace, il faut que tu saches que je t'aime. Je ne te l'ai pas dit assez souvent, je ne t'ai pas assez aidée, c'est vrai, mais je t'aime sincèrement.

La jeune femme resta silencieuse quelques secondes.

— Ignorer une réalité ne veut pas dire qu'elle n'existe pas, répondit-elle au bout d'un moment.

Irene blêmit, puis porta la main à sa gorge.

— La réalité est toujours là, Grace, même si on fait semblant de ne pas la voir. J'ai fait ce que j'avais à faire. J'espère que tu me pardonneras un jour.

Elle se leva précipitamment. Un instant après, ses talons aiguilles martelèrent les tomettes du porche.

— J'ai un rendez-vous. Appelle-moi plus tard si... si tu as envie de me voir.

— Je t'appellerai, dit Grace en la regardant s'éloigner dans l'allée.

La salle climatisée de Pizza & Pasta offrait un havre de fraîcheur dans la fournaise ambiante. Grace s'accouda avec soulagement à la table recouverte d'une nappe à carreaux rouges et blancs. A peine avait-elle pris une douche froide qu'elle s'était remise à transpirer. Dans l'après-midi, l'air était devenu irrespirable. Des nuages épais plombaient le ciel mais il n'était pas encore tombé une seule goutte de pluie. L'orage grondait quelque part dans le lointain, un gros orage d'été qui menaçait de noyer d'un instant à l'autre les rues brûlantes sous des trombes d'eau.

— Votre pizza.

Une jeune serveuse posa sur la table une pizza aux quatre fromages.

Alors que Grace s'emparait de ses couverts, la porte s'ouvrit et un groupe d'hommes pénétra dans le restaurant.

Grace détourna les yeux. Surtout éviter tout contact

visuel ! se dit-elle. Surtout ne pas se faire remarquer. D'ailleurs qui la reconnaîtrait après tant d'années ?

Son espoir se dissipa quand elle entendit l'un des nouveaux arrivants souffler :

— Je n'en crois pas mes yeux ! Regardez qui est là... Je te jure que c'est *elle*, Tim.

— Qui ça ? Gracie-tout-sourire ? Pas possible !

— Mais si ! Rex Peters m'avait bien dit qu'elle était revenue !

— Je croyais qu'elle était devenue procureur ou quelque chose comme ça, ajouta un autre. Il y avait un article sur elle dans le journal.

Un spasme douloureux noua le ventre de Grace. Les yeux fixés sur sa pizza, elle découpa un morceau et le porta calmement à sa bouche. Les hommes s'étaient tus. Elle crut qu'ils l'avaient oubliée mais une minute plus tard, elle entendit un sifflement suivi d'un commentaire élogieux sur son physique. Grace lança un regard furtif dans leur direction. Ils étaient installés à une table voisine. L'un d'eux s'en était allé vers le bar pour passer commande, mais les autres la scrutaient. Mortifiée, elle reconnut les quatre champions d'athlétisme du lycée de Stillwater. En dépit de la clim, la sueur perla à son front. Elle aurait volontiers pris la fuite mais elle était comme paralysée. Ses souvenirs la ramenaient inéluctablement à l'époque de ses quatorze ans, lorsqu'elle fréquentait la même école que ces types-là.

— Peut-être que tu ne l'as pas reconnue tout de suite parce qu'elle est *habillée* ? lança encore l'un d'entre eux dans un ricanement explicite.

Grace le reconnut à sa voix râpeuse : c'était Joe Vincelli, le neveu préféré du révérend, celui-là même qui avait gribouillé à la bombe sur le casier de Grace les sobriquets humiliants que l'école tout entière avait repris, par la suite.

— La ferme ! Elle va t'entendre, grogna l'un de ses copains.

Etait-ce Buzz Harte ? Elle n'en était pas sûre. Si c'était lui, il avait beaucoup changé par rapport à ses camarades — il avait perdu presque tous ses cheveux.

La conversation se poursuivit à mi-voix.

Grace sentit ses joues s'embraser. Quatorze ou quinze ans plus tôt, elle avait couché avec trois de ces hommes, dans des camionnettes ou derrière les buissons. Visiblement, ils n'avaient rien oublié de ces étreintes furtives. Pourquoi leur avait-elle permis de se servir ainsi d'elle ? Elle ne se l'expliquait toujours pas. Peut-être cherchait-elle juste un peu d'attention ? Un peu de tendresse ?

Elle essuya la sueur sur sa lèvre supérieure et se demanda comment faire pour s'éclipser sans passer devant eux.

A ce moment-là, Joe haussa le ton.

— Une fille facile, pas vrai ? On n'avait qu'à lui faire signe et elle écartait les cuisses. Une fois, je me la suis envoyée derrière le terrain de foot, pendant la mi-temps, alors que mes parents étaient assis sur les gradins.

Grace crut qu'elle allait étouffer. Avec Joe, ç'avait été différent. Ce n'était pas l'envie désespérée d'être aimée qui l'avait incitée à accepter ses avances. Elle s'était sentie obligée de le consoler de la perte de son oncle, comme si elle lui devait une sorte de compensation.

— Une fois, elle m'a demandé si je voulais qu'elle soit ma petite amie, renchérit Tim à voix basse, assez fort cependant pour que Grace puisse l'entendre. Bien sûr, je lui ai dit oui, je l'ai baisée et j'ai rompu aussi sec. Bon sang, comment cette gourde a-t-elle pu faire des études à Georgetown ?

Quelqu'un avait dû lui décocher un coup de coude, car Tim émit un grognement.

— Elle était loin d'être bête, déclara Buzz. Je ne sais pas pourquoi elle se comportait comme ça. Quelque chose ne tournait pas rond, à la ferme.

— Tout se passait bien à la ferme ! affirma Joe, furieux. Jusqu'au jour où ils ont tué mon oncle.

— Tu n'en sais rien ! lança Tim en levant la main pour couper court aux protestation de son ami. Disons qu'ils étaient tous bizarres, depuis le début.

— Surtout sa salope de mère, grommela Joe Vincelli.

Grace aurait voulu disparaître. Elle s'efforça de se ressaisir, d'effacer les images dégradantes, les erreurs stupides qu'elle avait commises avec ces hommes qui n'étaient à l'époque que des adolescents. Elle s'était rachetée, depuis, mais ce n'était pas assez. Ce ne serait jamais assez, apparemment.

— Pourquoi tu ne vas pas la saluer, Joe ? demanda Tim. Si tu la fais jouir encore une fois, peut-être qu'elle te dira ce qui est arrivé à ton tonton.

Vincelli laissa échapper un ricanement, tandis que l'homme qui était allé passer les commandes les rejoignait.

— De quoi parlez-vous ? leur demanda-t-il.

Un bref regard dans sa direction conforta Grace dans sa première impression. Kennedy Archer… il avait mûri au fil des années, mais il n'avait rien perdu de son charme. Beau, il l'avait toujours été, même au temps où il était capitaine de l'équipe d'athlétisme du lycée. Il n'avait pas pris une once de graisse et n'avait pas perdu ses cheveux blond foncé. Grand et large d'épaules, il affichait son célèbre sourire qui lui creusait des fossettes dans les joues. Seigneur, combien de têtes avait-il fait tourner dans ses jeunes années ? D'après les panneaux placardés dans toute la ville, il menait campagne pour devenir maire.

Leurs regards s'accrochèrent brièvement, et une lueur de surprise passa dans les yeux de l'homme. Grace détourna la tête. Elle avait eu tort d'entrer dans cette pizzeria. Les rendez-vous entre copains à 4 heures de l'après-midi étaient monnaie courante ici, elle aurait dû se le rappeler. Mais quelle chance y avait-il pour que Kennedy Archer et sa bande se retrouvent autour d'une pizza géante, comme du temps où elle était serveuse ici ? A cette époque-là, elle n'avait que seize ans, et son surnom de Gracie-tout-sourire lui allait parfaitement : elle allait toujours au-devant des désirs de la clientèle masculine. Une jeune fille en mal d'affection…

Seigneur, pourquoi n'avait-elle rien vu venir ? Le lycée représentait une époque lointaine, un passé misérable. Grace avait enfermé ces souvenirs dans le tréfonds de son âme. Elle s'était convaincue que rien ne pouvait plus l'atteindre mais elle s'était trompée lourdement. Il était on ne peut plus facile de faire voler en éclats ses fragiles barrières.

Elle prit soudain conscience qu'elle ne pouvait pas rester assise là. Non, pas une minute de plus…

Tandis qu'une violente nausée l'assaillait, elle se redressa aussi dignement que possible, et se précipita vers les toilettes pour dames, situées dans le fond du restaurant.

Dès que la porte se fut refermée sur elle, la protégeant des regards curieux, la jeune femme tomba à genoux devant la cuvette des toilettes et vomit le peu qu'elle avait mangé.

3.

Elle n'était toujours pas revenue. Les copains s'étaient désintéressés de Gracie-tout-sourire et s'étaient lancés dans d'autres sujets de conversation : la campagne électorale, le prix du coton, l'ouverture de la chasse en août. Kennedy ne prêtait qu'une oreille distraite à leurs bavardages : il gardait les yeux fixés sur la table où Grace Montgomery était assise un moment plus tôt et où sa pizza commençait à refroidir.

Etait-elle malade ? Kennedy se renversa sur sa chaise pour lancer un regard inquisiteur vers le couloir sombre qui menait aux toilettes. Personne. Depuis combien de temps était-elle enfermée là-dedans ?

— Qu'est-ce qui t'arrive, mon vieux ? lui demanda Joe en le poussant du coude. Reviens sur terre. Tu t'estimes supérieur à nous parce que tu vas poser tes fesses dans le fauteuil du maire ?

— Mais j'ai *toujours* été supérieur à vous ! répliqua-t-il sur le ton de la plaisanterie, sans cesser de surveiller le couloir.

Ils parlaient pêche à présent, mais Kennedy avait décroché. Il devait bien reconnaître qu'il attendait que Grace ressorte des toilettes. Les commentaires désobligeants, voire grossiers, de ses amis montraient qu'ils avaient plus de testostérone que de neurones dans la cervelle. On se serait cru revenu à une quinzaine d'années en arrière. Kennedy aurait voulu prendre la défense de Grace, dire quelque chose qui l'aurait aidée à surmonter sa gêne, mais il s'était tu comme un idiot.

Dix longues minutes passèrent. Ils avaient déjà dévoré leurs pizzas, et Grace n'avait pas réapparu. Pour la énième fois, son regard balaya le corridor vide.

— Qu'est-ce qui te tracasse ? lui demanda Buzz.

— Rien, répondit-il en sirotant une gorgée de bière.

Il pensait à la femme aux seins nus qu'il avait aperçue à la fenêtre, tôt ce matin. Il savait à présent qui elle était. Grace. Il n'y avait pas deux femmes au monde avec un corps pareil. Elle avait donc élu domicile chez Evonne Walker. Mais pourquoi avait-elle choisi de louer une maison, alors que sa mère, son frère ou sa sœur adoptive auraient pu l'héberger ? Que se passait-il dans cette famille ?

Quand ils eurent terminé leur second pichet de bière, Grace n'était toujours pas revenue.

— Où est-elle ? demanda Kennedy en s'adressant à Buzz.

— Qui ça ? intervint Tim, l'oreille à l'affût.

— Ça ne fait rien, marmonna Kennedy.

— On dirait que Gracie nous a fait cadeau de sa pizza ! lança Ronie, le cinquième de la bande. Vous croyez que je peux en prendre un morceau ? Ce serait marrant de voir sa réaction quand elle reviendra.

— Excellente idée ! déclara Joe d'un ton encourageant.

La chaise de Ronnie racla le plancher lorsqu'il se leva. Kennedy l'attrapa par le bras.

— Assieds-toi.

— Pour l'amour du ciel, Ken, ce n'est qu'une blague !

— Une blague de mauvais goût. Vous n'avez plus quinze ans, nom d'un chien ! Cette fille a eu une enfance difficile ; fichez-lui donc la paix !

Joe Vincelli le scruta en haussant les sourcils.

— Tiens, tiens, je ne savais pas que tu avais un faible pour cette petite garce. Si j'ai bonne mémoire, tu ne la fréquentais pas au lycée. Tu ne lui adressais même pas la parole. Tu étais un Archer, persuadé de sa supériorité ! ajouta-t-il en simulant un air dédaigneux.

— Je sortais avec Raelynn, répondit Kennedy d'une voix égale.

— Ben, ouais, Ken avait déjà une petite amie ! s'exclama Buzz.

— Et alors ? Moi aussi, dit Joe avec un rire insolent. Ça ne m'a pas empêché de la…

Il esquissa un geste obscène qui fit s'esclaffer l'assistance.

Kennedy se renfrogna. Il connaissait ces hommes depuis les bancs de l'école mais parfois, leur attitude lui faisait honte. Surtout celle de Joe. Il avait le don de réveiller leurs instincts les plus vils. D'ailleurs, si Joe ne lui avait pas rendu un fier service lorsqu'ils avaient douze ans, ils ne seraient certainement pas restés amis.

— Arrête ! dit-il calmement. Tu m'agaces !

Ils le dévisagèrent un moment, incrédules, puis Buzz déclara que Kennedy était sous pression à cause des élections. Après quoi, ils se rabattirent sur les Jaguar et leurs futurs matchs de football.

Refoulant un juron, Kennedy se leva et se dirigea à longues foulées vers les toilettes pour dames.

— Grace ? Il tambourina sur le battant. Grace, est-ce que ça va ?

Pas de réponse. Seul le bourdonnement de l'aération brisait le silence.

— Grace ? Si vous ne répondez pas, je vais entrer.

Toujours rien.

Il tourna la poignée. La porte s'entrebâilla sur une brève vision de la jeune femme chancelant sur ses jambes, le visage livide, puis le battant se referma brutalement et il l'entendit pousser le verrou.

— Je... je vais bien..., dit-elle d'une voix étouffée.

Il n'en crut pas un mot.

— Voulez-vous que je vous raccompagne chez vous ?

S'il s'était écouté, il aurait défoncé cette maudite porte.

— Allez donc retrouver vos copains ! Vous risquez de manquer une de leurs blagues si spirituelles !

Eh merde ! Elle les avait entendus... Il secoua le battant.

— Ce sont des imbéciles ! Parfois, je me demande s'ils ont grandi. Ne tenez pas compte de leurs âneries. Ils ne pensent pas la moitié de ce qu'ils disent.

Un bruissement contre le panneau en contreplaqué lui fit comprendre que la jeune femme s'était laissée glisser par terre.

— Grace ?

— Laissez-moi ! cria-t-elle d'une voix stridente. Allez-vous-en !

Kennedy se recula un peu. Les propos injurieux de ses amis avaient profondément blessé Grace, pensa-t-il, furieux. Il se mit à arpenter le couloir quand il s'aperçut que Joe et les autres regardaient dans sa direction. Il décida alors de les rejoindre, ne serait-ce que pour épargner à la jeune femme de nouveaux sarcasmes.

Joe l'accueillit d'un :

— Alors ? C'est dans la poche ? qui provoqua un concert de rires.

— Il serait plus souriant si c'était le cas ! lança Tim, hilare.

Kennedy les fusilla d'un regard noir.

— Vous n'êtes qu'une bande d'enfoirés ! leur dit-il.

Penchée au-dessus du lavabo, Grace posa sur son front une serviette mouillée. Ses haut-le-cœur avaient cessé. A présent, elle rassemblait ses forces pour ressortir de ce cagibi et traverser la salle de restaurant, en espérant que Kennedy Archer et ses acolytes ne seraient plus là.

Respire, expire, respire, expire... Elle les affronterait plus tard, lorsqu'elle serait mieux préparée. *Respire, expire...* Elle avait survécu à pire, après tout. Cette soudaine plongée dans le passé l'avait rendue malade mais la prochaine fois, elle saurait à quoi s'en tenir.

Oublie-les. Tu n'as pas besoin d'eux. Tu n'as jamais eu besoin de ces crétins.

Grace se résolut à retourner dans la salle. A l'approche du dîner, les clients avaient dû prendre les tables d'assaut, alors même si Archer et ses copains s'étaient attardés, peut-être qu'elle parviendrait à se glisser dehors sans attirer leur attention. Et si jamais ils la voyaient, elle s'en fichait comme d'une guigne. Le premier choc était passé. Que pouvaient-ils faire ou dire de plus ?

Elle s'aspergea le visage d'eau froide, puis s'essuya avec

une autre serviette. Enfin, elle émergea des toilettes et se dirigea d'un pas assuré vers la salle de restaurant.

Vestiges de pizza et verres à bière jonchaient la table où Kennedy et sa bande avaient mangé. Dieu soit loué, leurs sièges étaient vides ! Grace s'autorisa un soupir de soulagement. Elle régla ses consommations et se rua dehors. Les nuages s'étaient épaissis et des ombres violettes zébraient les trottoirs. Tout en marchant, Grace plongea la main dans son sac, à la recherche de ses clés de voiture. Dans quelques minutes, elle serait à l'abri chez Evonne.

Soudain, levant les yeux, elle vit Kennedy Archer. Il n'avait pas suivi ses amis et s'appuyait sur le capot d'une Ford Explorer garée à côté de sa petite BMW Beemer. Il semblait attendre quelqu'un…

La jeune femme se figea un instant, indécise, puis força l'allure. Ce type n'avait pas intérêt à lui adresser la parole car elle ne permettrait plus à personne de l'humilier. Elle le vit esquisser un pas vers elle, comme pour l'intercepter, et elle passa devant lui sans un regard.

— Excusez-moi ! dit-elle en appuyant sur la télécommande pour débloquer les portières de sa voiture.

Elle jeta son sac sur le siège du passager et se glissa derrière le volant. L'odeur familière du cuir l'enveloppa. Mais quand elle voulut refermer sa portière, celle-ci ne bougea pas d'un pouce : Kennedy la maintenait ouverte.

Grace le dévisagea, laissant transparaître dans son regard tout le mépris et toute la haine qu'elle avait accumulés contre les habitants de Stillwater depuis son enfance.

— Qu'est-ce que vous voulez ? demanda-t-elle froidement.

Il recula comme s'il avait reçu une gifle, mais ne lâcha pas la portière.

— Je voulais juste vous dire…

— Ne vous donnez pas cette peine.

— Mais…

— Je vous connais, Archer. Vous ne valez pas mieux que vos copains ! Eux, au moins, ils ont le courage de leurs opinions. Je sais ce que vous pensez de moi et je m'en balance. Alors, inutile d'afficher cet air hypocrite : je ne voterai pas pour vous.

Elle lança un regard éloquent à sa main qui retenait la portière, et il lâcha prise pour la laisser démarrer.

Kennedy suivit d'un regard désolé la petite BMW qui filait vers le coin de la rue. Grace Montgomery avait bien changé. Elle n'avait plus rien de commun avec la petite jeune fille prête à tous les sacrifices pour se faire accepter par ses camarades de lycée. Pendant une seconde, il avait cru qu'elle le confondait avec Joe ou Tim. Ce n'était pas le cas, apparemment.

Tandis qu'il montait dans son propre véhicule, un souvenir lui traversa l'esprit : Joe Vincelli, se vantant devant toute l'équipe de foot de l'école de pouvoir coucher avec Grace quand bon lui semblerait. Afin d'en apporter la preuve, il lui avait donné rendez-vous dans les vestiaires, après le match du vendredi suivant, pour que ses copains assistent à la scène, cachés derrière les placards.

Kennedy n'avait pas vu le spectacle, mais il avait prêté une oreille complaisante aux cancans qui avaient circulé par la suite. Il avait même ri en apprenant que Joe avait promis à la jeune fille de l'emmener au bal de fin d'année pour obtenir ses faveurs.

— Je n'ai jamais posé la main sur elle, dit-il à voix haute en essayant d'apaiser sa mauvaise conscience.

Ses remords perduraient. S'il n'avait pas profité des faiblesses de Grace, il n'avait rien tenté non plus pour la protéger. Ni pour convaincre les garçons de cesser de la harceler. Il n'avait pas participé aux railleries, aux injures, aux affronts. Il s'était contenté de les ignorer. A cette époque, Kennedy n'avait d'yeux que pour Raelynn.

Raelynn… Comme il l'avait aimée et comme elle lui manquait ! Il se rappela brusquement qu'elle avait été la seule à prendre la défense de Grace Montgomery et qu'elle l'avait supplié de mettre fin aux persécutions dont la jeune fille était l'objet. Une ou deux fois, il avait consenti à intervenir, mais sans grande conviction. Sa propre mère évoquait les Montgomery avec condescendance. D'après Camille Archer, ces vagabonds ne méritaient pas de respirer le même air que les honnêtes gens de leur bonne ville.

Kennedy tressaillit. Ces regrets quelque peu tardifs lui laissaient un goût amer dans la bouche.

Il claqua sa portière et mit le contact, perdu dans ses pensées. Les souvenirs affluaient malgré lui. Il savait et il n'avait rien fait, se reprocha-t-il.

Mais bon sang, il n'avait que dix-sept ans, à cette époque-là. Il n'était pas assez mature pour voler au secours d'une pauvre fille ! Ou est-ce qu'il s'en fichait ? Parce que tout le monde s'en fichait éperdument des sentiments de Grace, en dehors de sa famille. Quand Molly l'avait surprise avec Tim dans les vestiaires des filles, elle était allée le répéter à leur grand frère. Le lendemain, Clay avait débarqué à l'école et avait cassé la figure de Tim. Cette intervention avait découragé les garçons qui se servaient de Grace, mais le mal était fait. Aux yeux de tous, elle passait toujours pour une traînée, une moins que rien, même s'ils n'osaient plus la toucher.

Son portable sonna. Il baissa les yeux sur l'écran où s'affichait le numéro de la résidence de sa mère. A cette heure-ci, Camille Archer et ses petits-fils auraient dû se trouver à la piscine municipale. Etaient-ils déjà rentrés ? Pourvu qu'elle ne se soit pas disputée avec Teddy ! pria Kennedy en décrochant.

— Allô ?

— Tu es au courant ? demanda Mme Archer sans préambule.

— Au courant de quoi ?

— Grace Montgomery est de retour.

Sans blague ! Il crut revoir la femme qui, un instant plus tôt, l'avait traité d'hypocrite. Adolescente, elle était déjà très belle. A l'époque, ce n'était pas tant son physique qui avait frappé Kennedy que son besoin d'affection. Adulte, elle était somptueuse. Ses sourcils, jadis trop épais, formaient aujourd'hui deux arcs minces ; ses dents légèrement écartées étaient parfaitement rangées. Elle avait toujours la même peau lisse et mate, les mêmes yeux d'un bleu lumineux, la même chevelure de jais — un contraste époustouflant accentué par ses pommettes saillantes… Et un corps de rêve.

— Kennedy ?

— Oui, je sais qu'elle est revenue, dit-il.

— Qui te l'a dit ?

— Je l'ai rencontrée par hasard à la pizzeria.

— Il paraît qu'elle circule en BMW ?

Sans doute sa mère mettrait-elle un bémol à son agressivité s'il l'informait qu'il s'agissait d'un petit modèle de

BM, mais pour une raison obscure, il refusa de lui faire ce plaisir.

— Oui, c'est vrai.

— Ah ! Et comment a-t-elle pu s'acheter une telle voiture ?

Pourquoi Grace Montgomery n'aurait-elle pas eu le droit de s'offrir une voiture de luxe ?

— Avec son salaire ? suggéra-t-il.

— Tu es naïf, mon chéri ! Les procureurs ne gagnent pas des mille et des cent, encore moins leurs assistants. Peut-être qu'elle a fait un riche mariage, comme sa mère, et qu'elle est revenue à Stillwater parce que son mari est *déjà* porté disparu ?

— Maman, ne sois pas ridicule ! Le révérend n'était pas millionnaire ! Si Irene Montgomery l'a épousé pour sa fortune, elle n'a pas gagné le gros lot.

— Elle a eu la ferme, non ? Clay vit encore là-bas.

Désirant couper court à une dispute imminente, Kennedy préféra changer de sujet.

— Pourquoi vous n'êtes pas à la piscine ?

— C'était jour de nettoyage. Ils ont fermé à 5 heures.

— Alors, les garçons n'ont pas pu nager plus d'une heure ?

— C'est largement suffisant.

Kennedy imaginait sans peine la déception de Teddy, qui avait attendu ce moment toute la journée.

— Bon. J'arrive dans cinq minutes. A tout de suite.

— Tu restes dîner ?

— Non, nous rentrerons à la maison.

Dernièrement, il avait commencé à s'habituer à l'absence de Raelynn. La nuit, par exemple, il lui arrivait de penser à autre chose : la santé de son père, la campagne électorale, l'avenir de ses enfants.

— J'ai des steaks, des galettes de maïs et des pommes de terre. Nous pourrions les faire griller au barbecue.

Quand il était adolescent, Kennedy trouvait l'amour de sa mère un peu trop étouffant, mais à présent, il s'efforçait d'être patient avec elle, surtout depuis que la santé de son père s'était détériorée.

— Merci mais non, dit-il posément. Je m'arrêterai sur la route pour faire quelques courses dans une épicerie.

— Pourquoi veux-tu aller dans une épicerie alors qu'il y a tout ce qu'il faut ici ? demanda Camille d'un air désapprobateur.

— Comment va papa ? demanda Kennedy, au lieu de répondre.

— Très bien. Ton père vaincra sa maladie. Il le sait et je le sais.

Kennedy ne demandait pas mieux que d'y croire. Si Raelynn n'était pas morte, il aurait peut-être conservé son optimisme. Mais les épreuves récentes qu'il avait traversées l'avaient rendu quelque peu sceptique.

Grace empoigna résolument son téléphone portable. Elle était là depuis plus de deux jours, et il fallait absolument qu'elle appelle Madeline. Elle l'aimait sincèrement, mais elle avait encore du mal à la regarder en face.

Les rayons du couchant nimbaient le jardin d'une lumière pourpre. Il y avait longtemps que Grace ne s'était pas autorisée à admirer un coucher de soleil. Allongée dans un hamac suspendu entre deux chênes dans le jardin, vêtue d'un short et d'un T-shirt, un verre de thé glacé à la main, elle fixa longuement l'horizon embrasé avant de composer le numéro de celle qu'elle considérait comme sa sœur.

— Allô ?

— Maddy ? C'est moi, Grace.

— Grace ! Quel bonheur de t'entendre ! Tu aurais dû m'appeler plus tôt.

— J'ai eu à faire… Ne t'inquiète pas, je vais rester ici plusieurs semaines et…

— Plusieurs semaines ? Tu plaisantes ?

— Mais non.

— C'est super ! Je suis passée chez Evonne tout à l'heure, mais tu n'étais pas là.

Grace refusa de penser à l'épisode de la pizzeria.

— Je suis allée faire des courses, dit-elle en sirotant une gorgée de thé. Comment va le journal ?

Alors qu'elle effectuait ses études à l'université du Mississippi, Madeline avait fait un stage au *Stillwater Independent*. Elle avait ensuite été embauchée comme journaliste. Un an auparavant, quand les propriétaires avaient pris leur retraite, elle avait acheté le journal moyennant dix mille dollars qu'elle avait empruntés à sa banque. Aujourd'hui, propriétaire et rédacteur en chef, elle tirait le diable par la queue. Grace s'était souvent demandé où en serait Madeline si son père n'avait pas été porté disparu. Au *New York Times* ? Au *Washington Post* ?

Petite, Madeline nourrissait l'ambition d'écrire dans des journaux prestigieux. Hélas, elle n'avait jamais eu le courage de quitter Stillwater. Elle craignait que son père ne réapparaisse pendant son absence ou qu'un autre être cher ne disparaisse à son tour si elle ne gardait pas un œil sur les membres de sa famille. Ironie du sort, depuis la disparition du révérend, Madeline s'était rapprochée de

Clay, d'Irene et de Molly, alors que Grace avait pris ses distances. Le drame les avait affectées de manière différente. Grace avait pris la fuite, cependant que Madeline s'efforçait d'enfermer les gens qu'elle aimait dans un cocon protecteur.

— Le journal se porte bien. Les tirages ont augmenté depuis que j'ai inauguré une rubrique hebdomadaire intitulée « les célibataires ».

— Tu donnes dans les statistiques, maintenant ?

— Non, je brosse le portrait de deux célibataires, un homme et une femme, répondit Madeline en riant.

— Mmm, intéressant.

— N'est-ce pas ? Ça permet aux gens de mieux se connaître… Qu'est-ce que tu fais ce soir ?

Grace ne put retenir un sourire en se rappelant le petit mot qu'elle avait trouvé scotché sur sa porte. *« N'oubliez pas mes cookies, Teddy. »* Elle l'avait enfoui dans sa poche et avait couru à la superette du coin.

— Eh bien, ce soir, je fais des pâtisseries.

— Vraiment ?

Le sourire de Grace s'épanouit.

— Vraiment.

— Extra ! Tu veux que je vienne te donner un coup de main ?

Le cœur de la jeune femme se mit à cogner dans sa poitrine.

— Oui, bien sûr…

— J'étais censée regarder un film avec Kirk mais on se voit tout le temps. Je préfère venir chez toi.

— C'est sérieux, vous deux ?

— Pas du tout ! répondit la jeune femme dans un éclat de rire.

— Tu es pire que moi ! Vous sortez ensemble depuis au moins trois ans, non ?

Madeline poussa un soupir.

— Je sais, je sais, mais que veux-tu, notre relation n'évolue pas. Nous en sommes toujours au stade de l'amitié. On est trop bien ensemble pour se séparer et pas assez amoureux pour se marier.

— Eh bien, ça en fait des portraits de « célibataires » ! Molly et Clay ne se sont pas mieux débrouillés.

— Oh, Clay aurait pu se marier. Il a un succès fou auprès des femmes mais il ne veut pas que ça dure plus d'une nuit. Il a pourtant été élu « meilleur parti de Stillwater » par les lectrices de mon journal, il y a quelques mois… Décidément, je ne comprendrai jamais ce garçon !

Grace, elle, le comprenait parfaitement. Elle avait une idée très claire sur les raisons qui incitaient Clay à repousser tout engagement durable. Installer une femme dans cette maison, c'eût été prendre un énorme risque : elle pouvait très bien se mettre en tête d'engager un jardinier, et alors là…

— Quant à Molly, elle n'a que vingt-neuf ans, poursuivait Madeline. Ce n'est quand même pas un âge canonique.

— Disons que c'est l'âge idéal pour se marier.

— C'est ma foi vrai.

Comme elle voulait éviter d'analyser son propre cas, Grace s'empressa de parler d'autre chose.

— Tu peux amener Kirk avec toi ce soir, si tu veux.

— C'est une bonne idée. Il vient de m'appeler pour m'annoncer qu'il voulait me parler de quelque chose qui s'était passé hier soir. Je crois que ça concerne papa, ajouta Madeline en baissant le ton.

Grace changea de position dans le hamac, et cessa de se balancer.

— Comment ça ?

— Je ne sais pas. Il était au travail et il ne voulait pas m'en dire plus. Mais ça me semble prometteur.

Encore ? Oh, non ! Pauvre Madeline.

— Maddy, il va falloir que tu te fasses une raison, murmura Grace. Ton obsession pour… pour « papa » te joue des mauvais tours. Ce n'est pas très sain.

Le révérend obligeait les enfants de sa deuxième épouse à l'appeler *papa,* surtout en public. Il devenait furieux quand l'un d'eux s'adressait à lui autrement.

— J'ai besoin de faire le deuil de mon père, Grace. Si j'avais la certitude qu'il est mort, je cesserais de l'attendre, tu comprends ?

— Oui, bien sûr… Qu'en pense Kirk ?

— Kirk est persuadé qu'il est mort. Mais contrairement aux autres, il ne tient pas Irene pour responsable.

— Ah, tant mieux ! souffla Grace. Mais il est bien le seul.

— C'est pour Irene que je cherche des réponses, déclara Madeline avec ferveur. Je veux prouver qu'elle est aussi innocente que toi ou moi. Les gens se sont montrés tellement injustes avec elle… avec vous tous…

Après la disparition du révérend, Madeline s'était accrochée désespérément aux Montgomery. Ses cousins du côté de son père, les Vincelli, avaient tenté de la récupérer, mais elle avait refusé la main qu'ils lui tendaient : elle était restée obstinément fidèle à Irene.

Grace pressa le verre frais contre sa joue brûlante en fermant les yeux.

— J'apprécie ce que tu fais pour maman, Maddy.

— C'est normal. Je la considère comme ma mère... Bon, fit-elle après un bref silence. On sera chez toi dans une heure, d'accord ?

— Maddy ? Est-ce que tu sais, par hasard, où habite Kennedy Archer ?

— A Baumgarter. Pourquoi ?

C'était un magnifique domaine situé à l'écart de la route, à quelques kilomètres au sud de la ville. Grace se rappelait parfaitement la splendide demeure géorgienne, et pas seulement parce qu'elle marquait la frontière de Stillwater. Lacy Baumgarter, l'une des élèves les plus populaires du lycée, y donnait des fêtes somptueuses... auxquelles Grace n'avait jamais été conviée.

— C'est une maison ravissante, dit-elle d'un ton neutre.

— Tu aurais dû voir comment Raelynn l'a décorée. Avant de quitter la région, les Baumgarter l'ont vendue aux Green. Mais ils ont divorcé et Ann, qui n'avait pas les moyens d'entretenir la propriété, l'a mise en vente. Kennedy et Raelynn l'ont achetée et ils l'ont restaurée.

Grace se souvint de la SUV garée dans Apple Blossom à 6 h 30 du matin. Elle n'avait eu aucun mal à faire le rapprochement avec la SUV Explorer noire de Kennedy, garée devant la pizzeria. Néanmoins, s'il vivait à Baumgarter, il y avait peu de chances qu'il se trouve dans le quartier d'Evonne à une heure aussi matinale...

— Pourquoi me poses-tu la question ? demanda Madeline.

— Comme ça. Je croyais qu'il habitait en ville.

— Est-ce que tu sais qu'il est candidat à la mairie ?

— Oui, j'ai vu les affiches.

Le visage d'Archer était partout sur les murs, tout

comme celui de sa concurrente, une conseillère municipale du nom de Vicki Nibley, qui menait de son côté une campagne très agressive.

— Le journal le soutient. Tu seras encore là pour les élections ?

Grace redonna une petite pulsion au hamac pour se balancer de nouveau.

— Je ne crois pas, Maddy, mais de toute façon, je n'aurais pas donné ma voix à Archer.

— Pourquoi ? Tu ne l'apprécies pas ?

— Non ! répondit Grace sans l'ombre d'une hésitation.

— Il fera pourtant un excellent maire. J'ai de la peine pour lui, tu sais ?

— Ah bon ? Il est l'héritier de la famille la plus puissante du comté, il est séduisant, riche et bardé de diplômes. Il n'y a pas de quoi le plaindre.

— Oh, si ! La mort de sa femme l'a littéralement anéanti.

Raelynn Archer avait trouvé la mort dans un accident de la route, Grace l'avait su par sa mère.

— Je suis désolée pour Raelynn, dit-elle.

— Ils étaient ensemble depuis le lycée, tu te rends compte ?

Grace ne l'avait pas oublié.

— Je sais. Raelynn était l'une des personnes les plus gentilles que j'aie jamais connues. Il ne la méritait pas.

— Pourquoi dis-tu ça ? demanda Madeline après un silence consterné. Tu as quelque chose de *particulier* contre Kennedy Archer ?

Et comment ! Contrairement à ses chers copains, Archer n'avait même pas remarqué que Grace existait. A l'époque, il ne la voyait pas. D'une certaine manière, son mépris l'avait blessée plus encore que la cruauté d'un Joe, d'un Tim ou d'un Ronnie. Certes, Kennedy n'avait jamais abusé d'elle, mais il n'aurait tenu qu'à lui de faire accepter Grace par les autres élèves. Il n'aurait eu qu'à lui témoigner un peu d'amitié pour que l'école tout entière suive son exemple. Le garçon le plus adulé du lycée, le seul qui aurait pu changer la situation, n'avait jamais prononcé un seul mot en sa faveur. Raelynn, en revanche, s'était toujours montrée charmante avec Grace…

— Non, je n'ai rien contre lui, dit-elle. A tout à l'heure, Maddy.

— Où en es-tu de tes travaux de jardinage ? demanda Kennedy à son plus jeune fils, alors qu'il manœuvrait pour faire sortir sa voiture du garage.

Il était resté dîner chez ses parents, finalement. Otis Archer avait exprimé le souhait de bavarder un peu avec son fils. Quant à Camille, elle avait déjà préparé le repas et dressé la table lorsque Kennedy était arrivé. Ils avaient dégusté les délicieuses côtelettes grillées, garnies de pommes au four et de salade verte, puis les deux hommes avaient évoqué les élections en buvant le café dans le salon.

Il était presque 21 heures quand Kennedy avait regagné sa Ford avec les garçons, les bras chargés de victuailles que Camille avait amoureusement conditionnées dans des boîtes en plastique.

— Mamie l'a mis au coin, expliqua Heath.

L'aîné des garçons était assez grand pour occuper la place du passager mais Kennedy le faisait toujours asseoir à l'arrière. Raelynn se rendait chez son coiffeur lorsqu'elle avait brusquement donné un coup de volant pour éviter un véhicule qui avait jailli à un tournant. Elle était entrée en collision frontale avec un camion venant en sens inverse et depuis, Kennedy installait systématiquement les enfants sur la banquette arrière.

— Tais-toi donc, Heath ! gémit Teddy. Tu n'es pas forcé de *tout* dire à papa.

Kennedy observa son benjamin à travers le rétroviseur. La nuit venait de tomber mais il put distinguer sa mine renfrognée.

— Mais si, au contraire, dit-il. Que s'est-il passé ?

— Rien.

— Teddy ! Je veux savoir.

Heath pointa l'index vers la maison d'Evonne.

— Il est entré dans cette maison.

Les lumières brillaient aux fenêtres. En passant tout à l'heure, Kennedy avait aperçu dans la cour la jeep de Kirk Vantassel. Il en avait déduit que Grace recevait sa sœur adoptive et son petit ami.

— Et alors ? demanda-t-il. C'est ça qui a mis mamie dans tous ses états ?

— Elle ne veut pas qu'il traverse la grand-rue. Elle dit que c'est dangereux à cause du trafic.

— Je suis passé par-derrière, se défendit Teddy, au bord des larmes.

— Ça n'a pas d'importance, idiot ! Mme Walker est morte. Il y a quelqu'un d'autre qui vit chez elle, maintenant.

— C'est toi l'idiot ! hurla Teddy avant que leur père ne puisse intervenir. Je l'ai rencontrée la dame qui loue la maison, pauvre imbécile ! Elle m'a donné un dollar supplémentaire pour arracher les mauvaises herbes et elle m'a dit que je pourrai tondre la pelouse demain.

— Oui mais mamie n'est pas d'accord. Elle dit que Teddy ne doit plus y aller.

Kennedy négocia un virage sur la gauche. Sachant que Grace le détestait, il fut d'abord tenté de prendre le parti de Camille. Mais, il se ravisa. C'était peut-être l'occasion de corriger ses erreurs passées.

— Je ne vois pas quelle différence ça fait de rendre service à Evonne ou à quelqu'un d'autre ! lança Teddy.

Puis il tira la langue à son frère.

— Mamie n'aime pas ça, déclara Heath.

— Je m'en fiche ! cria Teddy. Grace m'a promis des cookies. Tu n'en auras pas !

Heath haussa les épaules.

— Toi non plus, tu n'en auras pas, pour la bonne raison que mamie t'a interdit de retourner là-bas.

— J'irai quand même !

Kennedy crut bon d'intervenir :

— J'expliquerai à ta grand-mère que je t'autorise à aider Grace de temps à autre, ça te va ?

— Oh, là, là ! hurla Heath. Mamie sera folle de rage. Elle déteste cette fille.

— Grace est très gentille, déclara Teddy. Mamie ne la connaît même pas !

— Si, elle la connaît, répliqua son frère. Je l'ai entendue parler d'elle au téléphone avec la dame du pressing. Elle a dit que c'était une traînée et que sa mère avait assassiné je ne sais plus quel pasteur.

Une bouffée de colère envahit Kennedy. L'animosité qu'il avait souvent éprouvée à l'encontre de sa mère rejaillit d'un seul coup.

— Grace Montgomery a remporté le prix d'excellence à Georgetown, qui est une excellente faculté de droit, déclara-t-il. Elle est devenue le substitut du procureur général de l'Etat et d'après un article que j'ai lu sur elle, elle n'a jamais perdu un procès.

— Ça ne veut rien dire, répliqua Heath.

— Ça veut dire qu'elle mérite notre respect ! affirma Kennedy. Et je ne vois pas où votre grand-mère est allée pêcher que le révérend avait été assassiné.

— Mamie a dit qu'il faudrait être idiot pour croire le contraire, répliqua Heath.

Kennedy freina et se contorsionna sur son siège pour lancer à son fils aîné un regard réprobateur. Après quoi il se frotta le menton et reporta son attention sur la route.

— Parfois, votre grand-mère parle à tort et à travers, dit-il. Il avait bien conscience que presque tous les habitants de Stillwater partageaient ces soupçons. Le révérend Barker a été porté disparu il y a plusieurs années. Personne ne sait ce qu'il lui est arrivé.

— Est-ce que je peux aller chez Grace demain, papa ? demanda Teddy d'une voix pleine d'espoir.

Kennedy crut revoir la lueur haineuse qui avait traversé les prunelles bleues de la jeune femme.

— Elle sait que tu es mon fils ?

— Aucune idée.

— Elle n'a rien dit sur moi ?

— Non.

— D'accord, tu peux y aller. Mais n'entre pas dans la maison.

— Pourquoi ?

Oui, au fait, pourquoi ?

— Ecoute, Teddy, ou tu obéis ou tu restes chez mamie.

— Et mes cookies ?

— Elle te les apportera dans le jardin.

— Bon..., fit Teddy d'un ton plus conciliant. Je lui ai laissé un mot. Je suis sûr qu'elle va les préparer ce soir.

Un silence suivit, puis Kennedy essaya d'alléger l'atmosphère.

— Tu voudras bien m'en garder un ?

— Les cookies, c'est bourré de calories, papa ! lui rappela Teddy.

Kennedy éclata de rire.

— Tu sais ce que c'est, au moins, les calories ?

— Non mais mamie le sait. Elle les déteste.

— Parce qu'elle surveille sa ligne.

— C'est maman qui faisait les meilleurs cookies, décréta Heath.

La mélancolie qui perçait dans la voix de son fils ramena brutalement Kennedy au présent. Ses pensées s'envolèrent vers Raelynn. La jolie, l'adorable Raelynn partie à jamais... Il se rappela son rire, sa douceur, ses doigts fins dans ses cheveux.

— Je vous en rapporterai un à chacun, déclara Teddy.

De nouveau, Kennedy revit le regard haineux de Grace.

— Ne lui dis pas que c'est pour moi ! murmura-t-il dans un rire malicieux.

4.

— Dis-le-lui, murmura Madeline en poussant du bout de son escarpin le pied de Kirk Vantassel.

Grace leur avait servi un repas impromptu : rouleaux de printemps sauce aigre-douce et poulet rôti. La soirée avait débuté dans la bonne humeur. Kirk, qui avait apporté deux affiches électorales de Vicki Nibley, et il s'était fait remonter les bretelles par Madeline. Il avait fini par admettre que ses convictions politiques n'y étaient pour rien et qu'en fait, il essayait d'aider son père à séduire Vicki, veuve depuis presque cinq ans. Madeline avait poussé des hauts cris, tandis que Grace avait éclaté de rire…

— Lui dire quoi ? demanda Kirk, affalé sur le canapé vert olive.

Enfant illégitime, il avait été élevé par sa grand-mère dans une modeste maison de brique jouxtant la librairie de la Première Rue, jusqu'à ce que son père soit majeur et obtienne sa garde. De huit ans plus âgé que Grace, Kirk ne l'avait croisée que très rarement du temps où elle vivait à Stillwater. Il n'avait pas pris part à l'hostilité générale vis-à-vis des Montgomery, ce dont Grace lui savait gré. Grand, peu bavard, fidèle en amitié, Kirk, en dépit de son nez cassé — souvenir d'un mémorable match de foot — ne manquait pas de charme : tignasse châtain, corps musclé, mains larges, masculines, que son métier de couvreur avait rendues calleuses. Rien à voir avec les doigts fuselés aux ongles manucurés de George.

Madeline rejeta en arrière ses longs cheveux auburn.

— Hé, je ne t'ai pas invité ici uniquement pour que tu t'empiffres ! Raconte donc à Grace ce qui s'est passé hier soir.

Grace saisit son verre, alla se planter devant la fenêtre et scruta le ciel nuageux. Les gens n'oublieraient jamais Barker, songea-t-elle amèrement. Après dix-huit ans, son fantôme hantait encore tous les esprits.

— Je suis tombé sur Matt Howton, dans un bar, dit Kirk.

Grace s'accorda une gorgée de vin.

— *Matt ?* Qui est-ce ?

— Le fils aîné de John Howton.

— Je ne vois pas…

— Mais si ! Le grand maigre qui s'occupe de la vente de voitures d'occasion à la station-service de Jed Fowler, précisa Kirk.

A la mention de ce nom, la jeune femme sentit les muscles de ses épaules se crisper.

— Eh bien ?

Kirk posa les coudes sur ses cuisses et se pencha en avant.

— On a bu quelques bières et on a fait une partie de billard. Matt m'a demandé des nouvelles de Madeline, ce qui nous a amenés à évoquer votre retour à Stillwater, et c'est comme ça qu'il m'a exposé sa théorie sur votre beau-père.

Grace se raidit.

— Quelle théorie ?

— Matt pense que Jed Fowler n'est pas étranger à ce qui est arrivé à papa, intervint Madeline, incapable d'attendre plus longtemps.

Cette déclaration ne surprit pas Grace outre mesure. Matt n'était pas le premier à soupçonner que le taciturne réparateur de voitures était impliqué dans la disparition du révérend. Or, l'excitation qui faisait vibrer la voix de Madeline suggérait qu'il y avait des éléments nouveaux.

— Est-ce qu'il a dit pourquoi ?

— Tu te souviens de Lorna Martin, qui habite derrière la station-service de Jed, n'est-ce pas ? Celle qui a dit que la nuit où notre père a disparu, elle a entendu la camionnette de Jed démarrer vers minuit ?

Grace acquiesça.

— La lumière est restée allumée dans le magasin jusqu'à 3 heures du matin, poursuivit Madeline.

— Oui, c'est ce qu'elle a déclaré à la police, dit Grace.

Madeline se tourna vers Kirk.

— Maintenant, dis-lui ce que Matt t'a confié.

— Matt prétend qu'il y a un classeur dans le bureau de Jed et que le dernier tiroir est toujours fermé à clé.

Grace sentit son estomac se nouer. Elle savait par expérience que les tiroirs fermés à clé dissimulaient de sombres secrets.

— Et alors ? fit-elle en se retournant pour leur faire face. Peut-être qu'il contient des objets de valeur.

Kirk haussa les sourcils, surpris par son manque d'enthousiasme.

— Peut-être que oui, peut-être que non… Toujours est-il qu'un jour, Matt a pénétré dans le bureau. Pour une fois, le tiroir n'était pas verrouillé. Il l'a ouvert par pure curiosité et alors, Jed est entré. Il était tellement furieux qu'il a failli flanquer Matt à la porte.

— Je n'ai jamais vu Jed en colère, dit Grace. D'ailleurs, ne l'ai jamais vu exprimer la moindre émotion.

— Précisément ! lança Kirk. Ce tiroir doit renfermer un secret qu'il ne veut surtout pas dévoiler !

— Quoi, à votre avis ?

— Une preuve ! répondit Madeline d'une voix fiévreuse.

— S'il a assassiné notre... père, pourquoi aurait-il conservé un document quelconque susceptible de l'incriminer ? demanda Grace.

Elle avait adopté sa voix détachée de procureur mais elle savait que l'argument était faible. D'ailleurs, il n'impressionna pas sa sœur.

— La psychologie des criminels nous échappe. J'ai vu une émission sur le travail de la police scientifique, et ils ont cité plusieurs cas analogues. Toi-même, tu as dû avoir affaire à des meurtriers qui collectionnent des objets ayant appartenu à leurs victimes, comme des trophées, non ?

— Si, une fois, murmura Grace. A l'époque, tes soupçons se portaient plutôt sur Mike Metzger, ajouta-t-elle après un silence.

Une semaine avant sa disparition, le révérend avait surpris Mike Metzger, dix-neuf ans, en train de fumer un joint derrière l'église. Il l'avait dénoncé aux autorités. Tandis que les policiers l'emmenaient, Mike avait proféré des menaces à l'encontre du pasteur, et quand celui-ci avait été porté disparu, il s'en était apparemment réjoui. Mais la mère du jeune homme avait juré que son fils dormait dans son lit la nuit en question, et les enquêteurs ne disposaient pas d'indices suffisants pour l'inculper. Aujourd'hui, Mike purgeait une lourde peine pour trafic de méthadone, mais des années durant, Madeline lui avait imputé la disparition de son père… A présent, une ride se creusait entre ses grands yeux noisette.

— Oui, c'est vrai, souffla-t-elle. J'ai toujours pensé que c'était Mike. Je ne voulais pas admettre que Jed y était peut-être pour quelque chose parce que je l'aimais bien. Mais…

— Mais il était plus facile d'imaginer Mike dans le rôle du méchant, acheva Grace à sa place.

— Exact. J'ai été bornée, je le reconnais. Nous savons que cette nuit-là, Jed réparait le tracteur dans l'étable.

— Ça ne fait pas de lui un assassin, Maddy. Quant à Mike Metzger, il habitait à plus de cinq kilomètres de la ferme et il n'avait pas de voiture.

Madeline se leva, alla se resservir un verre de vin et remplit celui de Kirk.

— C'était plus facile pour Jed, déclara-t-elle.

Kirk hocha la tête.

— Essayons d'imaginer ce qui a pu se passer. Le révérend rentre chez lui. Il aperçoit de la lumière dans l'étable et s'y arrête pour demander à Jed où en sont les réparations. Ils se disputent, en viennent aux mains…

— Pour quelle raison se seraient-ils disputés ? demanda Grace. Au moins, Mike avait un mobile. Pourquoi Jed Fowler aurait-il voulu nuire à… à papa ?

Même aujourd'hui, ce mot lui écorchait les lèvres.

— Je ne sais pas, dit Kirk. Peut-être qu'ils ont eu un désaccord…

— Mais notre père n'est jamais rentré, ce soir-là.

Grace raffermit ses doigts tremblants autour du verre à

pied, et réussit à avaler une gorgée de vin avant de répéter ce qu'elle avait déjà déclaré des dizaines de fois.

— S'il était rentré, j'aurais entendu sa voiture.

— Vous vous étiez peut-être endormie ?

— Non. Il vérifiait chaque soir que les corvées avaient été faites. Nous l'attendions toujours avant d'aller au lit, n'est-ce pas Maddy ?

— Oui, répondit cette dernière avec un hochement de tête.

Grace prit une profonde inspiration. Plus que son frère et ses sœurs, elle redoutait le retour du révérend.

— Et il n'est jamais rentré à la maison dans la nuit du 3 août, dit-elle calmement.

— Vous ne vous souvenez de rien d'autre ? demanda Kirk.

Oh, si ! Plus qu'elle ne l'aurait voulu : le sang poisseux sur ses mains. Le bruit mat de la pelle dans la terre détrempée. L'odeur de pluie et de feuilles humides. Elle se revit, tremblant de tous ses membres, tandis que sa mère la frottait avec une éponge, comme un bébé. Et elle se rappelait la couleur rosâtre de l'eau du bain lorsqu'elle était sortie de la baignoire.

— Non, rien de particulier, répondit-elle.

— Sauf que Jed ne s'est jamais présenté à la porte pour se faire payer, dit Madeline. Tu ne trouves pas ça bizarre ?

Bizarre, ça l'était. Grace ignorait ce que Jed avait vu, cette nuit-là. Ni pourquoi il n'avait rien divulgué. Avec le temps, elle en était venue à croire à la version qu'il avait donnée à la police : il avait réparé le tracteur, puis était retourné chez lui sans rien remarquer d'anormal.

— Papa n'était pas encore rentré, et Jed n'a pas voulu nous déranger.

— Ou alors, il était trop occupé à transporter le corps pour l'enterrer quelque part, suggéra Kirk.

Grace secoua la tête.

— Non, Jed n'est pas un tueur, affirma-t-elle. Encore une fois, il n'avait aucun mobile. Pourquoi aurait-il voulu supprimer le chef spirituel le plus populaire de la ville ?

— Il ne le considérait pas comme un chef spirituel, répliqua Kirk. Il a cessé d'aller à la messe, quelques mois avant la disparition du révérend. Et il n'a plus jamais remis les pieds à l'église.

— Il n'est pas le seul.

— En tout cas, il a été le seul à sortir au beau milieu d'un sermon !

— Il n'avait peut-être pas apprécié le prêche de papa, dit Grace.

Elle non plus n'appréciait pas les imprécations que le révérend lançait contre les pécheurs du haut de sa chaire.

— J'ai accompagné papa une ou deux fois chez Jed, dit Madeline.

— Y avait-il un problème entre eux ? demanda Grace.

Sur ce point, elle ne craignait rien, aussi se risqua-t-elle à siroter tranquillement une gorgée de vin.

— Non, mais j'ai senti une sorte de tension. Quand papa a exhorté Jed à revenir à l'église, l'autre a rétorqué qu'il n'avait pas de leçons à recevoir d'un *homme comme lui*.

Madeline passa l'index sur le pourtour de son verre.

— Ça dénote une certaine *animosité* de sa part, non ?

— Animosité, soit, dit Grace. Ressentiment, peut-être. Mais les investigations n'ont rien donné, souviens-toi !

— Parce que les enquêteurs n'ont pas fait ce qu'il fallait. Ils se sont contentés d'enregistrer la déposition de Jed, dans l'espoir qu'il porte des accusations contre Irene, voilà tout.

— Et maintenant, tu es convaincue que c'est *lui* qui a commis le meurtre.

Grace s'aperçut qu'elle avait mis l'emphase sur le mauvais mot, mais heureusement, aucun de ses deux interlocuteurs ne parut le remarquer.

— Papa n'aurait jamais disparu de son plein gré, Grace. Il ne m'aurait pas quittée. Il n'aurait pas quitté maman, la ferme, Clay, Molly et toi. Ni sa congrégation. Surtout pas après ce que ma mère biologique a fait. Il l'a suffisamment accusée de lâcheté : il n'aurait pas suivi son exemple, non, ça jamais !

Grace se mordit la langue. Madeline n'avait pas discerné les failles dans l'union de leurs parents ni la tension qui n'avait pas cessé d'augmenter entre lui et ses enfants adoptifs. Non, elle n'avait rien vu. Elle se souvenait du passé à sa manière, faisant abstraction de certains faits. Pourtant, c'était son témoignage qui avait soustrait Irene à la justice. Parce que si Madeline n'avait pas proclamé qu'Irene était une bonne épouse et une excellente mère, ils seraient allés jusqu'au procès, même sans découvrir le corps.

— Mais, Maddy, Jed n'avait aucun antécédent de violence.

Dans sa quête désespérée de la vérité, Madeline était loin d'imaginer qu'elle risquait de tout perdre.

— Tu n'étais pas là, la fameuse nuit, ajouta Grace doucement.

Elle estimait que Madeline avait eu sa part de souffrances et qu'elle devait cesser de remuer la boue du passé.

— C'est vrai, j'étais restée chez une amie…

— Jed m'a dit un truc bizarre, un jour que j'étais allé chercher ma jeep, reprit Kirk. Sur le moment, je n'y ai pas prêté attention. Mais après les révélations de Matt, je me pose des questions.

Grace regarda son propre reflet dans la vitre de la fenêtre.

— Qu'est-ce qu'il vous a dit ?

— On parlait du révérend. Je lui ai demandé : « A ton avis, qu'est-ce qu'il lui est arrivé à Lee Barker ? » Et il m'a répondu texto : « Il a eu ce qu'il méritait. »

Grace frissonna longuement.

— Ce qu'il a mérité ! se récria Madeline. Papa était prédicateur, pour l'amour du ciel ! Un homme bon. Qu'avait-il mérité, d'après Jed ?

Grace ferma les yeux un instant.

— Après tout, il avait le droit de ne pas l'aimer, répondit-elle.

— Non, c'est plus que cela, dit Madeline. Et je vais le prouver.

La pluie s'était mise à tomber dru dans la nuit. Pour la première fois depuis son installation chez Evonne, Grace se sentit mal à l'aise. Sa conversation avec Madeline et Kirk tournait en boucle dans sa tête. Elle avait le moral à zéro.

Dehors, l'orage redoubla de force. La jeune femme frissonna. Dans son imagination, elle revoyait la ferme. Les rigoles de pluie se gonflaient jusqu'à former une sombre rivière qui partait à l'assaut de l'étable, des arbres, emportant tout sur son passage. Ils n'avaient pas pris le temps de creuser un trou assez profond, pensa-t-elle en se mordant les lèvres. Pourtant, au bout de dix-huit ans, personne n'avait découvert la tombe de Barker.

Elle se servit un verre de vin. Et si Madeline arrivait à convaincre la police que Jed Fowler avait tué son père ? se demanda-t-elle avec angoisse. N'allait-il pas se défendre en révélant ce qu'il savait ? D'ailleurs, que savait-il au juste ? Et comment pourrait-elle regarder Madeline en face si jamais celle-ci apprenait la vérité ?

Elle sirota pensivement son chardonnay, tout en se remémorant sa dernière rencontre avec Clay. Elle lui avait raconté qu'elle était revenue afin de prendre une décision. Un mensonge de plus. Elle était pieds et poings liés, ils le savaient tous les deux. Alors, pourquoi était-elle revenue dans cette affreuse petite ville cancanière ? Eh bien, pour vivre avec les fantômes du passé, voilà tout.

Elle posa son verre, puis s'empara de son téléphone portable et composa le numéro de la ferme.

— Oui ?

La voix profonde et assurée de son frère lui apporta un semblant de réconfort.

— Je déteste les orages, dit-elle sans préambule. Je parie que tu es assis sous le porche avec ton fusil, au cas où quelque chose de louche remonterait à la surface.

Un silence pesant suivit, puis Clay répondit :

— Rien à craindre, Grace. Pas tant que je serai là.

Elle sentit la chair de poule courir sur ses avant-bras.

— Mais la pluie…

— Ce n'est qu'une petite averse.

— Une *forte* pluie, Clay. Combinée à la chaleur, aux odeurs, elle pourrait nous ramener dans le passé, comme si c'était hier.

— Ce n'était pas hier. C'était il y a très longtemps. La vie continue.

— Foutaises ! Pour qui la vie continue-t-elle, Clay ? Pas pour toi : tu es toujours là, à monter la garde. Pas pour moi non plus puisque je suis revenue. Pas pour Madeline, qui continue à enquêter sur la disparition de son père. Maintenant, elle s'est mis dans la tête que c'est Jed le coupable.

— D'autres y ont pensé avant elle.

— Oui, mais Maddy a décidé de le prouver.

— Elle n'y arrivera pas, dit Clay sans hésiter.

— Oh, je la connais ! Elle est capable d'aller trouver la police.

— Et alors ? Sans cadavre, ses accusations ne tiendront pas la route. Les flics ne vont pas rouvrir une affaire classée sans nouveaux indices. Tu as étudié le Code pénal, tu devrais le savoir.

Grace se frotta la nuque. Justement, le Code pénal comportait des exceptions.

— Tu comprends maintenant pourquoi je suis partie ? Je ne voulais pas être terrifiée à chaque orage ni écouter les élucubrations de Madeline et continuer à lui mentir.

Un silence tendu suivit, signe que Clay se débattait dans les mêmes affres qu'elle.

— Ça va aller, Grace, dit-il finalement. C'est fini. Il ne se passera rien : je ne le permettrai pas.

Un coup à la porte fit sursauter la jeune femme. Surprise, elle lança un regard vers la pendule. Il était près de minuit.

— On frappe, murmura-t-elle.

— A cette heure-ci ?

— Peut-être que Maddy a oublié quelque chose.

Elle se leva et alla regarder par l'œilleton.

— Qui est-ce ? demanda Clay.

— Joe Vincelli.

— Vincelli ! s'écria-t-il. Qu'est-ce qu'il fait là ?

— Je n'en ai pas la moindre idée. Si je ne t'appelle pas dans cinq minutes, tu viens, d'accord ?

— Laisse-moi lui parler.

— Je vais d'abord voir ce qu'il veut, dit Grace avant de raccrocher.

Lorsqu'elle entrebâilla la porte, un courant d'air humide s'engouffra dans le salon. La pluie tambourinait sur le toit du porche.

— Oui ?

Avec un large sourire, Joe jaugea d'un regard concupiscent la silhouette élancée de la jeune femme.

— J'ai vu de la lumière, alors je me suis arrêté.

— Pourquoi ? Tu es perdu ?

La voix de Grace avait claqué sèchement. Joe gloussa nerveusement. En prenant de l'âge, il était de plus en plus déplaisant avec la courte barbe qui lui ombrait les joues, ses dents mal plantées et ses yeux profondément enfoncés dans leurs orbites.

— Tu ne m'offres pas un verre ? En souvenir du bon vieux temps ? Je t'ai vue tout à l'heure au restaurant, mais je n'ai pas eu l'occasion de te saluer.

— Tu étais trop occupé à frimer devant tes copains.

Grace nota avec satisfaction qu'il avait l'air embarrassé.

— Ouais… je ne pensais pas vraiment ce que j'ai dit.

Les doigts de Grace se crispèrent sur la poignée de la porte.

— Va-t'en, Joe. Je ne veux plus rien avoir à faire avec toi.

— Ne sois pas désagréable ! dit-il en souriant.

Il s'appuya sur une colonne du porche et alluma une cigarette.

— On pourrait s'amuser un peu, non ?

— Ensemble, tu veux dire ?

Il lui fit un clin d'œil.

— Ce ne sera pas la première fois.

— Sauf que nous avons un problème, riposta Grace.

— Lequel ?

— Je ne te laisserais plus me toucher même si tu étais le dernier homme vivant de la planète.

Le sourire de Joe s'effaça, tandis qu'il haussait le menton.

— Tu as changé, je suppose.

— Tu supposes juste.

Il eut un rictus moqueur.

— Mais pas tant que ça, je parie !

— Oh, plus que tu ne peux l'imaginer ! dit-elle d'un ton méprisant. J'ai grandi, Joe. Pas toi, apparemment.

Il tira sur sa cigarette, le regard dur.

— Tu crois peut-être que tu es trop bien pour moi, madame le procureur ? siffla-t-il. C'est ça, Gracie ?

— Mon nom est *Grace*, dit-elle froidement. Et j'ai toujours été trop bien pour toi. Sauf qu'à l'époque, je ne le savais pas.

— Mon cul ! hurla Joe, furieux.

Il jeta son mégot et fit volte-face.

— Tu n'as jamais été qu'une pute !

— Ne t'avise plus de m'approcher, pauvre crétin !

Elle claqua la porte et poussa le verrou.

— Salope ! hurla-t-il en ramassant un caillou et en le jetant rageusement contre le battant.

Grace s'entoura de ses bras et s'adossa au mur.

— Fous le camp, Joe !

— Un de ces quatre, j'irai à la ferme avec une excavatrice ! cria-t-il. L'oncle Lee doit être quelque part, hein, Grace ? Les gens ne s'évanouissent pas dans les airs. Tout le monde dans cette ville sait où il est, même si toi et ta famille refusez de l'admettre.

Elle ne répondit rien. Joe passait pour un héros aux yeux des habitants de Stillwater depuis qu'il avait risqué sa vie pour sauver Kennedy Archer de la noyade dans la Yocona River, quand ils avaient douze ans.

— Lequel d'entre vous l'a tué ? Même si ce n'est pas toi, tu iras en taule pour complicité, ma belle ! Tu connais la loi, n'est-ce pas ?

Grace enfouit son visage dans ses mains. Si jamais ils cherchaient au bon endroit…

— Tu vas le regretter ! poursuivait Joe. Tu paieras cher la façon dont tu m'as traité.

Un rugissement de moteur déchira la nuit. Grace colla son œil au judas pour apercevoir les feux arrière d'une camionnette qui filait comme une flèche dans l'allée.

L'écho des menaces résonna à ses oreilles. *Tu vas le regretter !*

« Clay ne le laissera pas faire », se dit-elle.

Mais le désespoir s'était abattu sur elle, et elle eut envie de se précipiter à Jackson afin de se cacher derrière son honorable profession de juriste. Mais une petite voix intérieure lui susurrait qu'il était trop tard. Les ombres du passé remuaient dehors, sous la tempête. Elle repensa au tiroir verrouillé dans le bureau de Jed, avec l'impression de se tenir au bord d'un précipice.

Son portable sonna.

— Tout va bien ? lui demanda Clay, aussitôt qu'elle décrocha.

Elle n'en était pas sûre.

— Oui. Il est parti.

— Qu'est-ce qu'il voulait ?

— Se rappeler à mon bon souvenir.

— S'il t'embête, je lui casserai la figure, déclara-t-il.

Grace eut un sourire attendri. Clay semblait toujours prêt à voler à son secours. Sauf qu'elle n'était plus une petite lycéenne. Les treize dernières années l'avaient endurcie.

— Ce ne sera pas la peine, Clay. Joe Vincelli a compris qu'il pouvait aller se faire voir.

— Bon, tant mieux.

Le lendemain matin, Grace téléphona à Irene dès qu'elle fut réveillée. Après tout, elle était revenue pour sauver leur relation, pas pour la détruire.

— Tu veux prendre le petit déjeuner avec moi ? demanda-t-elle à sa mère en se calant sur les oreillers et en ramenant les genoux sur sa poitrine.

Tandis qu'Irene commençait à répondre, Grace perçut une voix masculine qui se mêlait à la sienne.

— Tu es avec quelqu'un ?

— Bien sûr que non ! répondit Irène vivement. Il est à peine 8 heures du matin.

Grace fronça les sourcils. C'était peut-être la télé. Ou alors…

— Si tu préfères un autre jour,..

— Mais pas du tout, au contraire ! assura Irene. J'arrive dans… disons dans une heure ?

Le temps de se débarrasser de l'homme avec lequel elle avait passé la nuit, pensa Grace.

— D'accord, maman.

— A tout à l'heure, ma chérie.

Grace appela Madeline dans la foulée.

— Si maman a un amant, il est chez elle en ce moment, annonça-t-elle à sa sœur aînée.

— Oh ? Elle t'a dit quelque chose ?

— Non mais je lui ai téléphoné et j'ai entendu la voix d'un homme.

— Elle se comporte bizarrement.

— Je me demande pourquoi. Elle a le droit de vivre sa vie. Pourquoi essaie-t-elle de nous ménager ? On a tous la trentaine bien sonnée, à part Molly qui n'est plus tout à fait une gamine.

— Elle a peut-être peur qu'on n'approuve pas son choix.

— Tu crois ?

Irene était une femme séduisante. Sans « l'incident » qui s'était produit dix-huit ans plus tôt, elle se serait sûrement remariée, songea Grace.

— Bah, elle nous le dira quand elle sera prête, conclut-elle.

— Sûrement, approuva Madeline.

Grace se leva et traversa la pièce en T-shirt et petite culotte. Puis, en veillant bien à ne pas être vue, elle jeta un coup d'œil dans le jardin. Les mauvaises herbes avaient disparu et les massifs de roses et d'hortensias s'alignaient impeccablement. Elle laissa errer un regard satisfait sur son œuvre.

— Je me demande si maman ira travailler aujourd'hui, dit-elle à Madeline.

— Tu ne lui as pas posé la question ?

— Non. J'ai été déroutée par la présence de ce type.

Madeline s'esclaffa.

— Bien sûr qu'elle ira ! Mme Little compte sur elle pour tenir sa boutique toute la semaine, sauf le dimanche et le lundi, jours de fermeture.

— Et si c'était M. Little ?

— M. Little ? répéta Madeline.

— Oui, si maman avait une liaison avec un homme marié ?

— J'espère que non ! Parce que si c'était le cas, les esprits bien-pensants de Stillwater la crucifieraient. Surtout maintenant.

— Pourquoi *maintenant* ?

— Parce que tu es revenue. Les loups sont à l'affût.

A part une brève rencontre avec les héritiers d'Evonne et l'agent immobilier, son incursion malheureuse à la pizzeria du coin et un court passage à la superette, Grace n'avait pas mis le nez dehors.

— A l'affût de quoi ? demanda-t-elle.

— Mais de tes faits et gestes, bien sûr ! Si tu savais le nombre de questions que les gens m'ont posées depuis quelques jours ! D'ailleurs, je songe à écrire un nouvel article sur toi dans mon journal.

— Tu plaisantes ?

— Absolument pas.

— Tes tirages vont baisser.

— Ils vont augmenter, au contraire. Tu es belle, mystérieuse, et tu te tiens à l'écart de notre petite société. Une combinaison explosive ! Mes lecteurs voudront tout savoir sur toi et ils seront servis. J'ai l'intention de faire ton éloge.

Un sourire étira les lèvres de Grace.

— Tu es trop gentille, Maddy. Maman m'a envoyé l'article de l'année dernière.

— Je ne l'ai pas écrit uniquement parce que tu es ma sœur. Les étudiants qui raflent le premier prix à Georgetown et qui sont embauchés par le Bureau du procureur général, ça ne court pas les rues à Stillwater. Et qui plus est, tu n'as jamais perdu un procès.

— Oh, tu sais, ça arrivera bien un jour ou l'autre. De toute façon, quoi que tu puisses dire ou écrire, tu sais ce que nos braves concitoyens pensent de moi.

— Justement : j'aimerais leur faire comprendre qu'ils t'ont mal jugée.

Grace doutait que les chroniques de Madeline parviennent à influer sur l'opinion publique. Les gens se rappelleraient toujours l'adolescente fantasque, la *fille facile* qu'elle avait été à l'époque où son désespoir la poussait à se détruire.

— Non, Maddy, pas d'article !

— On verra, dit Madeline d'un ton qui suggérait que sa décision était prise. Qu'est-ce que tu fais ce soir ?

— Rien.

Pas de dossier en attente, pas de réquisitoire en vue. Avant de partir, elle avait confié les affaires dont elle s'occupait à ses collègues.

— Je peux passer après le boulot, alors ?

— A quelle heure tu quittes le journal ?

— Vers 17 heures, sauf si une nouvelle sensationnelle me tombe du ciel. A Stillwater, une vache qui traverse une barrière est un scoop, ajouta Madeline en riant.

— O.K. Je te prépare un bon petit plat ?

— Ne te casse pas la tête. J’apporterai une pizza.

Les pensées de Grace voguèrent vers le gamin qui lui avait laissé ce petit mot charmant. Il allait sûrement venir chercher ses cookies. D’ailleurs, elle en avait préparé plusieurs en pensant que ses parents avaient peut-être peu de moyens.

— Je vais faire des lasagnes, dit-elle.

— C’est mon plat préféré ! s’exclama Madeline, ravie.

— Je devrais peut-être passer chez maman, murmura Grace en reprenant le sujet qui la préoccupait. Je verrai bien s’il y a une voiture garée devant son immeuble.

— Il n’y a pas de voiture.

— Comment le sais-tu ?

— J’ai eu la même idée que toi. Je suis passée plusieurs fois, à n’importe quelle heure du jour et de la nuit, sans résultat.

Grace s’écarta de la fenêtre et commença à se déshabiller car elle voulait prendre une douche.

— En tant que reporter, tu ne peux pas découvrir l’identité de cet homme ?

— Je suppose que oui, mais je suis partagée entre ma curiosité et le respect de la vie privée… A moins qu’au fond, je n’aie aucune envie de savoir qui c’est.

— Parfois, l’ignorance est préférable à certaines certitudes, approuva Grace en se dirigeant vers la salle de bains.

Dommage que Madeline n’applique pas cette règle d’or à son père ! songea-t-elle.

— C’est vrai. Bon, on en reparlera ce soir, d’accord.

— Oui. A plus tard, alors.

— Et… Grace ?

— Quoi ?

— Ça te dirait une petite visite avec moi à l'atelier de Jed ?

Grace sentit son sang se glacer dans ses veines.

— Quelque chose me dit que cette petite promenade aura lieu après la fermeture des bureaux. Je me trompe ?

— Au contraire : tu as deviné juste. C'est exactement mon intention.

La jeune femme fit glisser sa petite culotte le long de ses jambes fuselées et l'éloigna d'un coup de pied. Une sourde douleur l'étreignait.

— Quoi ? Tu veux entrer par effraction ?

— Je veux juste jeter un coup d'œil à ce tiroir toujours fermé à clé.

— Au milieu de la nuit ?

— Naturellement ! S'il est innocent, au moins nous en aurons la preuve.

— Maddy, c'est illégal ! On risque des poursuites. Je perdrai mon job… et tu auras un vrai scoop pour ton journal.

— On ne se fera pas prendre. Les flics passent leurs soirées au coffee shop. Ma voiture est équipée d'une radio qu'on peut facilement brancher sur celle du commissariat. Nous serons au courant de tous leurs mouvements.

— Maddy !

— Penses-y, Grace. Je ne veux pas y aller toute seule.

La jeune femme éteignit le ventilateur, incommodée par l'incessant tournoiement des pales.

— Emmène plutôt Kirk.

— Il ne peut pas. Della a eu une attaque cérébrale. C'est peut-être une mère indigne mais bon, c'est la sienne.

Elle a été transportée à l'hôpital, dans le Minnesota. Kirk prend le vol de ce matin.

— Ah… alors… nous ne serons que toutes les deux.

— On peut le faire, Grace. Il faut que je voie ce qu'il y a dans ce tiroir avant que Jed ne change de cachette.

Grace se mordilla la lèvre.

— S'il s'agit d'une pièce à conviction, il l'a très certainement enlevée après avoir surpris Matt dans son bureau.

— Mais non ! Ça s'est passé il y a à peine deux jours. Il y a une serrure sur ce tiroir, ne l'oublie pas. Peut-être même un cadenas.

— Je ne vois pas ce qu'on a à gagner…

— Tu plaisantes ? l'interrompit Madeline. On saura enfin la vérité ! Tu ne meurs pas d'envie de découvrir ce qui est arrivé à papa ?

Grace s'éclaircit la gorge.

— Si, bien sûr, mais…

— Alors, viens. La réponse se trouve au fond du tiroir.

— Ou pas.

— Ce sera quand même une information.

— Laquelle ?

— C'est en rapport avec la déposition de Lorna Martin. La nuit où papa a disparu, la lumière est restée allumée très tard dans la station-service. Qu'est-ce que tu en penses ?

— Que Lorna est une voisine indiscrète.

— D'accord mais ça peut aussi vouloir dire que ce soir-là, Jed Fowler a fait quelque chose qui sortait de l'ordinaire.

Grace s'imagina en train de fureter dans le bureau de Jed, et elle réprima une grimace. La loi condamnait sévèrement les violations de domicile. De plus, elle ignorait comment Fowler réagirait s'il les surprenait dans son atelier. Très mal, sans aucun doute.

— Madeline…

— Je t'en supplie, Grace, fais-le pour moi ! J'ai besoin de savoir ce qu'il cache. Ne serait-ce que pour m'assurer qu'il n'est pas impliqué dans l'affaire.

Grace pressa le poing sur ses lèvres, encore indécise.

— Si… si on va là-bas et qu'on ne trouve rien, est-ce que tu admettras une fois pour toutes que Jed est innocent ?

Un long silence flotta sur la ligne.

— J'essaierai, dit finalement Madeline.

Pas vraiment un engagement. Grace fut tentée de refuser net, puis elle se ravisa, de peur que sa sœur finisse par se poser des questions.

— Je ne peux rien te promettre mais j'y songerai, murmura-t-elle.

Après avoir coupé la communication, elle posa le portable sur le rebord de la baignoire et se passa les doigts dans les cheveux. Maudit Matt Howton ! Pourquoi avait-il fallu qu'il ouvre sa grande gueule ? L'effraction constituait un délit grave mais ceci n'était rien en comparaison de la terreur que Grace éprouvait à l'idée que Madeline finisse par découvrir la vérité.

5.

Une sombre appréhension s'insinuait dans l'esprit de Grace. Son retour à Stillwater constituait un tournant fatidique, elle le savait depuis le début. Elle était revenue pour se reconstruire, pour se pardonner ses erreurs passées. A présent, l'espérance avait laissé la place au doute. Si elle s'était écoutée, elle aurait repris la fuite. Seulement, pendant treize ans, elle avait feint d'être quelqu'un d'autre, et il était grand temps que ça change. Mais comment ? Elle n'en savait rien. Sûrement pas en entrant par effraction dans le bureau de Jed Fowler.

Sa mère, qui était arrivée en retard, les joues roses et les yeux cernés, la trouva étrangement calme.

— Tu es bien silencieuse ce matin, dit-elle en arrosant ses pancakes de sirop d'érable.

Grace posa un pichet d'oranges pressées sur la table de la cuisine.

— Je réfléchissais…

— A quoi ? Ou à *qui* ?

Grace ajouta deux tranches de jambon dans son assiette et prit place en face d'Irene.

— A Madeline.

— Son journal est une réussite et tant mieux. Maddy est si talentueuse.

Ce commentaire anodin laissait penser qu'Irene n'avait guère envie d'aborder les sujets dérangeants. Mais Grace n'en tint pas compte et elle alla droit au but :

— Madeline croit savoir qui a tué son père.

Irene fit une grimace.

— Ce Mike Metzger est un voyou.

Certes, Metzger n'était pas un enfant de chœur. Mais il n'avait pas tué Lee Barker, et Irene le savait.

— Elle a écrit pas mal d'articles sur toi, poursuivit-elle. Elle en est très fière.

Les rumeurs sur les écarts de conduite de Grace, Madeline les avait ignorées. Comme elle avait ignoré les accusations contre les Montgomery.

— Elle nous a toujours soutenus, dit Grace.

Sa mère avala une gorgée de jus de fruit.

— Je ne l'ai pas mise au monde mais je la considère comme ma fille. Et je pense qu'elle éprouve pour moi des sentiments du même ordre.

La jeune femme fixa sa mère, les sourcils froncés. Comme toujours, Irene refusait de regarder la réalité en face.

— Jusqu'au jour où elle découvrira le pot aux roses.

Une expression peinée apparut sur les traits fins d'Irene.

— Ce jour-là n'arrivera pas.

Un déni de plus.

— Rien de moins sûr.

Pas de réponse.

— Maman, nous devrions changer le corps de place.

Les mots lui avaient échappé.

Irène blêmit et battit des cils.

— Je t'en prie, Grace. Je ne veux pas parler… de tout ça.

Grace baissa le ton. En fait, elle n'avait fait qu'exprimer le fruit de ses réflexions. En attendant sa mère, elle avait tourné et retourné le problème dans tous les sens.

— Il le faut absolument, déclara-t-elle. J'en suis convaincue.

— Arrête ! murmura Irène d'une voix rauque, jetant alentour un regard alarmé. Nous n'en ferons rien.

— Hier soir, Joe Vincelli m'a menacée de débarquer à la ferme avec une excavatrice.

— Pourquoi ferait-il une chose pareille ? Après dix-huit ans ?

— Parce qu'il nous soupçonne.

— Lee a été porté disparu il y a si longtemps… Ses cousins ne m'adressent pas la parole quand je les croise en ville, d'accord, mais jusqu'à présent, Joe ne nous a causé aucun ennui. Pourquoi commencerait-il maintenant ?

Grace essuya du bout du doigt la buée qui s'était formée sur son verre.

— Parce qu'il n'a plus treize ans. Parce que c'est une ordure et qu'il veut se venger.

Irene lissa sur sa jupe un pli imaginaire.

— La police a déjà fouillé la ferme. Ils n'ont rien trouvé. Joe n'est pas plus malin que les flics.

— Il ne constitue pas la seule menace. Madeline a décidé de percer le mystère. Suppose qu'elle demande des témoignages, via le journal. Les gens ne demandent pas mieux que de ressusciter l'affaire. Ailleurs, dans une grande ville, le scandale serait déjà oublié. Pas ici. Surtout que les Vincelli proclament à qui veut l'entendre qu'on s'en est bien sortis, après le meurtre… Sans parler de

Maddy qui s'arrange pour que la disparition de son père reste toujours d'actualité.

Irene renonça à saisir son verre. Ses mains tremblaient trop.

— Il faut faire quelque chose, insista Grace. Il est injuste que Clay reste confiné dans la ferme jusqu'à la fin de ses jours. Il a droit à un peu de liberté, lui aussi. Il pourrait se marier, voyager, s'installer ailleurs… A condition qu'on se débarrasse des restes du révérend.

— Que Dieu nous vienne en aide ! dit Irene dans un chuchotement à peine audible.

— Exactement.

Irene se tordait les mains.

— Mais il y a tant d'années… Cette nuit-là…

Elle regarda son assiette fixement, d'un air horrifié, comme si elle revivait les scènes qu'elle s'était tant acharnée à oublier. Enfin, elle secoua la tête.

— Non, Grace, il vaut mieux rester tranquilles. En changeant l'endroit, nous pourrions commettre une erreur, laisser un indice… Alors, Lee aurait gagné : il nous détruirait définitivement.

Elle tremblait comme une feuille. Elle était trop fragile, songea Grace. Sa force, sa présence d'esprit l'avaient abandonnée. Aujourd'hui, elle serait incapable d'assumer les décisions qu'elle avait prises autrefois avec Clay.

— Je suis désolée, maman. Je ne voulais pas te bouleverser. Ne t'inquiète pas d'accord ? J'ai eu tort. Tout va bien se passer.

Irene jetait des regards autour d'elle, comme si elle s'attendait à une descente de police.

— Tu crois ?

Grace lui tapota la main.

— Oui. Joe m'a insultée et j'ai réagi trop exagérément, voilà tout.

— Tu es sûre ?

La jeune femme simula un calme qu'elle n'éprouvait pas.

— Certaine.

Sa mère hocha la tête.

— Je suis contente de te l'entendre dire. Jusqu'ici, la chance a été de notre côté.

— Je sais… Tu as fini ?

— Oui.

— Bon, je vais débarrasser la table.

L'esprit en ébullition, elle prit les assiettes où le bacon et les œufs avaient refroidi et alla les porter dans l'évier. A présent, elle savait à quoi s'en tenir. Elle ne pouvait plus compter sur sa mère.

— Tu aimes ton travail à la boutique de mode Amelia ? s'enquit-elle, histoire d'aborder un sujet plus léger.

— Oh, oui ! Mme Little me fait un rabais de vingt pour cent sur les vêtements.

— Tu as toujours eu un goût infaillible. Tu es très élégante, affirma Grace avec un sourire encourageant. Viens, je t'accompagne jusqu'à ta voiture. Je ne veux pas que tu sois en retard.

Grace songea alors qu'elle avait bien choisi son moment pour revenir à la maison : sa famille avait besoin d'elle.

Teddy Archer se tenait sur le perron de la maison d'Evonne et se demandait s'il allait sonner. Son père l'avait déposé chez sa grand-mère quelques minutes auparavant. Il était trop tôt pour rendre visite à Grace. Le petit garçon s'était forcé à attendre aussi longtemps que possible. Assez longtemps, espérait-il. En atteignant le porche, il avait aperçu deux affiches de Vicki Nibley sur le mur. Ainsi, sa nouvelle amie faisait partie du « camp adverse », comme disait sa grand-mère.

Mamie Archer exécrait les supporters de la concurrente de son fils. Elle avait surnommé Mme Nibley « la giroflée de murailles » et proclamait qu'elle et ses amis ruineraient la ville. Pourtant, Teddy n'avait pas trouvé Grace si méchante que ça. Elle lui avait donné un dollar de plus quand il avait désherbé les plates-bandes de devant.

Sa décision prise, le petit garçon appuya sur la sonnette, redressa la visière de sa casquette, puis attendit. Quand Grace apparut, il se sentit rassuré car elle avait l'air sincèrement contente de le voir.

— Salut, toi.

Les mains enfouies dans ses poches, Teddy se tourna vers la pelouse qui était zébrée de profonds et sombres sillons.

— On dirait que quelqu'un s'est garé sur votre pelouse, hier soir.

Grace suivit la direction de son regard.

— Oui, je sais.

— Ah, bon ? Qui c'était ?

La jeune femme se rembrunit.

— Un homme qui s'appelle Joe.

— Vincelli ?

— Tu le connais ?

— Ouais… Un mec marrant.

— Pas trop, à mon goût.

Décidément, tout le monde n'appréciait pas Joe. Une fois, Teddy avait entendu une amie de sa grand-mère dire qu'elle plaignait les parents de Joe parce que leur fils était un *irresponsable*. Bien qu'il ne comprît pas exactement la signification de ce mot, le petit garçon avait conclu qu'il s'agissait d'un jugement négatif. Sachant qu'il était mal élevé de répéter les conversations des grandes personnes, Teddy changea de sujet et désigna les affiches.

— Vous votez pour Mme Nibley ?

— Oui.

— Comment ça se fait ?

— Disons que je ne suis pas fan de Kennedy Archer.

— Oh ?

A part Joe Vincelli, elle n'aimait pas son père non plus ?

— Et toi, si tu étais en âge de t'inscrire sur les listes électorales, à qui donnerais-tu ta voix ? demanda-t-elle.

— Pas à Vicki Nibley, répondit-il.

— Je vois. Tu es un admirateur d'Archer.

Il acquiesça.

— Tu le connais ?

Le gamin hocha la tête. Mais s'il avouait qu'il était le fils d'Archer, la jolie jeune femme le détesterait peut-être, lui aussi.

— Il est sympa, murmura-t-il prudemment.

— Si tu le dis…

Elle souriait mais au ton de sa voix, Teddy sut qu'il ne l'avait pas convaincue.

— Tes cookies t'attendent.

Ah, enfin ! Un large sourire illumina la frimousse semée de taches de rousseur.

— Super !

— J'ai préparé une fournée, rien que pour toi. Veux-tu

que nous appelions ta maman pour lui demander si tu peux entrer et déguster les cookies avec un verre de lait ?

Teddy pencha la tête sur le côté. Il humait l'onctueux parfum de chocolat qui, naguère, émanait de la cuisine de sa mère. Il aurait adoré traverser le vaste salon noyé dans la pénombre et remonter le temps… Oui, mais son père lui avait interdit d'entrer. Teddy frotta l'une de ses tennis sur la jambe de son pantalon.

— Euh… ma maman n'est pas là.

— Alors, qui te surveille ?

— Ma grand-mère. Et elle sait que je suis ici.

— Tu en es sûr ?

Il fit signe que oui, puis parut hésiter.

— Dans ce cas, ça te dit d'étaler une couverture sur la pelouse et de goûter les cookies sous les arbres ?

Elle n'aimait peut-être pas son père mais elle était vraiment gentille ! Et la pelouse, eh bien, elle était dehors, après tout.

— C'est une bonne idée, répondit-il, soulagé. Et quand on aura fini, je pourrai tondre la pelouse, si vous voulez bien.

Elle lui décocha un sourire qui lui fit l'effet d'un rayon de soleil.

— J'ai mieux pour toi. J'étais sur le point de monter au grenier, ce qui est toujours une aventure.

— Pourquoi une aventure ?

— Tu n'y es jamais monté, du temps d'Evonne ?

— Si, une fois. Je l'ai aidée à transporter des caisses de betteraves.

— Tu ne trouves pas que ça ressemble à un château hanté, avec toutes ces toiles d'araignées ?

— Je n'ai pas peur des araignées, répondit-il fièrement. Mais pourquoi vous voulez monter là-haut ?

— Pour compter les bocaux de pêches et de tomates. Je voudrais rouvrir le stand des produits maison dans le jardin.

— Vraiment ? s'écria Teddy, les yeux brillants d'excitation. L'été dernier, j'ai aidé Evonne à tenir le stand. Je suis très bon en calcul, vous savez ?

— Je n'en doute pas, dit Grace avec un rire. Et je suis ravie de te revoir. Entre, donc : nous allons préparer notre goûter !

Teddy n'hésita pas plus d'une seconde. Ils ne resteraient que quelques minutes dans la maison, par conséquent il ne désobéirait pas vraiment à son père. Il suivit Grace à l'intérieur avec la sensation de se réfugier dans un cocon accueillant.

Kennedy étudiait le portrait de Raymond Milton fixé au-dessus de son bureau. Otis Archer, son père, avait grandi à Iuka, une ville de la région, dans une maison décrépite, avec un sol en terre battue. Sa mère était veuve et il avait dix frères et sœurs. Otis avait dû abandonner ses études secondaires pour s'occuper de la petite exploitation de coton familiale. Le soir, il travaillait comme pompiste dans une station-service. Le manque d'argent l'avait empêché de s'inscrire au collège et il avait peu de chances de parvenir un jour à améliorer sa condition sociale. Pourtant, il avait réussi à obtenir un prêt de Raymond Milton, qui avait fait fortune dans les transports à l'époque où Iuka représentait l'étape la plus importante de la navigation fluviale sur le Mississippi. Milton ne s'était pas trompé en faisant confiance à ce jeune homme désargenté car à vingt-cinq ans, Otis l'avait remboursé et avait fondé la Stillwater Trust Bank.

A vingt-huit ans, Otis Archer avait épargné son premier million et conquis le cœur de Camille, la fille cadette de son bienfaiteur, qu'il avait épousée peu après. A trente ans, le père de Kennedy était devenu maire de Stillwater, et quand grand-père Milton était mort, l'année de la naissance de Kennedy, Otis avait hérité d'un million supplémentaire.

Parti de rien, sans diplôme, Otis Archer passait pour l'homme le plus riche et le plus puissant du comté…

Un bourdonnement tira Kennedy de ses réflexions. Sa secrétaire l'appelait sur sa ligne intérieure. Il ne répondit pas. Après le coup de fil du commissaire McCormick, il avait deviné que Joe ne tarderait pas à se manifester. Il ne souhaitait pas parler à son ami. Pas maintenant, en tout cas. D'autant qu'il devait se rendre à une réunion politique.

Avant de s'en aller, comme cela lui arrivait parfois, il s'était recueilli un instant devant le portrait de son grand-père. Kennedy aimait Stillwater. Il avait été élevé pour remplacer son père à la mairie, se dit-il, et cette réflexion le replongea dans ce qui était devenu pour lui sa principale préoccupation : la santé précaire d'Otis. Après la mort de Raelynn, il ne se sentait guère prêt à se séparer d'un autre membre de sa famille.

— Je le lui avais bien dit, que ta voiture était au parking !

Kennedy se retourna au moment où Joe Vincelli faisait irruption dans son bureau.

— Tiens ! Quelle bonne surprise !

Joe ne perçut pas son ironie.

— Lily t'a appelé il y a une minute. Pourquoi tu n'as pas décroché ?

— J'étais occupé.

Joe leva les sourcils d'un air surpris. L'excuse de Kennedy lui semblait d'autant moins crédible qu'à ses yeux, les riches n'avaient pas vraiment d'occupations, à part amasser de l'argent. L'idée que Kennedy pût avoir des soucis ne l'avait même pas effleuré. Naturellement, nul ne savait dans la ville que le cancer rongeait inéluctablement l'organisme d'Otis Archer. Ni Kennedy ni sa mère n'avaient laissé filtrer cette information. Les capitaux ne manqueraient pas de s'envoler si les investisseurs apprenaient que le président du conseil risquait fort de mourir avant Noël. Afin de couper court aux questions indiscrètes sur sa mauvaise mine, Otis avait prétendu qu'une bronchite l'obligeait à garder la chambre.

— Qu'est-ce qui se passe ? demanda-t-il à Joe, comme s'il n'était pas déjà au courant.

— J'ai demandé à McCormick de rouvrir le dossier de mon oncle.

Kennedy scruta son vieil ami en fronçant les sourcils. L'affaire avait été classée depuis si longtemps ! Joe n'avait que treize ans quand son oncle avait disparu et jusqu'alors, il n'avait jamais témoigné un quelconque intérêt pour cette sombre histoire.

— Je sais, dit-il. Il m'a appelé.

— Il dit qu'il ne peut pas reprendre les investigations sans une raison valable, expliqua Joe en se laissant tomber sur un fauteuil et en croisant les jambes. Si tu lui mettais la pression, je suis sûr qu'il changerait d'avis.

— Justement, as-tu une raison valable ?

— Peut-être que cette fois-ci, on trouvera quelque chose.

— Ou pas.

— Voyons, Ken ! On sait tous que c'est Clay ou Irene qui a assassiné mon oncle. Il est grand temps d'en apporter la preuve. Et si, grâce à toi, l'énigme était élucidée, Vicki Nibley pourrait dire adieu à la mairie.

Kennedy s'assit sur le coin de son bureau. Quand ils avaient douze ans, le père de Joe les avait emmené camper. Kennedy avait glissé sur un rocher plat et il était tombé dans la Yocona River. Le jour venait de poindre et Vincelli père dormait profondément. C'est Joe qui avait plongé dans les eaux tumultueuses de la rivière pour arracher son ami à une mort certaine, au péril de sa propre vie.

— Je ne m'inquiète pas pour les élections, dit-il. Si je perds, j'ai suffisamment de travail à la banque.

— Qu'est-ce que tu racontes ? Tu as toujours rêvé de succéder à ton père à la mairie.

— Nous sommes en république, Joe. Les électeurs choisiront le meilleur candidat.

Vincelli garda le silence pendant un instant, cherchant une autre approche.

— Tu ne veux donc pas savoir ce qui est arrivé à mon oncle ?

Bien sûr que si ! Tout le monde voulait le savoir. Le retour de Grace avait remis l'affaire Barker au goût du jour. Les langues s'étaient déliées. Certains déclaraient avoir aperçu la voiture du révérend dans l'allée de la ferme, la fameuse nuit, d'autres prétendaient qu'ils l'avaient vue sur la route, dans la direction opposée. D'après McCormick, une femme s'était présentée au commissariat, jurant qu'elle avait rencontré le révérend dans une galerie commerçante de Jackson, à peine quelques mois plus tôt. La plupart des gens, néanmoins, montraient du doigt Irene ou Clay. Sans oublier ceux qui affirmaient que c'était Grace la coupable, bien qu'elle ne fût qu'une gamine à l'époque. Seule Madeline, absente la nuit du crime, échappait aux accusations.

Kennedy avait ses propres soupçons mais, comme tous les autres, il manquait de preuves. La rumeur s'enflait chaque jour davantage. Personnellement, il était plus intrigué par la personnalité de Grace, par ce qu'elle était devenue, que par le sort du révérend. Sous la froideur apparente de cette jeune femme, quelque chose de tragique bouillonnait. Une vulnérabilité, une sorte de fêlure impossible à combler. Et le contraste entre sa beauté époustouflante et son passé trouble le fascinait… Il s'aperçut soudain que Joe attendait une réponse.

— Bien sûr que si ! dit-il. Mais j'ai scrupule à remettre les Montgomery sur la sellette.

Joe décroisa les jambes.

— Fais-le pour moi.

Kennedy s'y attendait. Jusque-là, Joe n'avait jamais fait pression sur lui, malgré l'acte héroïque par lequel il lui avait sauvé la vie, et c'était tout à son honneur. Kennedy savait bien qu'il lui était redevable, et il était tout prêt à lui rendre service, mais sûrement pas en traînant Grace dans la boue une fois de plus.

— Je ne peux pas, répondit-il. Je n'ai pas l'autorité.

Joe fit une grimace.

— Tu parles ! Ton père possède pratiquement toute la ville. Tu es son héritier. Parle à McCormick. Essaie de le convaincre.

Joe avait de bons côtés. Drôle, buveur invétéré, convive

enjoué, excellent ami. Mais il lui arrivait aussi de se montrer mesquin. Il était deux fois divorcé de la même femme et sans ses parents, il n'aurait jamais trouvé de job sérieux. Les Vincelli possédaient la chaîne de grands magasins Road & Gravel au nord de la ville. Ils avaient bombardé Joe directeur mais il passait le plus clair de son temps dans les bars à picoler avec ses copains et à draguer les filles.

— Pourquoi ? demanda Kennedy.

— Parce qu'un crime a été commis, pardi !

— On n'en sait rien.

Un silence suivit. Kennedy pensait que Grace avait déjà suffisamment expié pour cette nuit fatidique, quelle que fût son implication dans les événements. Et même si Joe ne se trompait pas sur les Montgomery, il éprouvait une étrange réticence à l'idée de les poursuivre.

— Pourquoi ne pas nous en assurer ? insista Joe. Demande au commissaire de m'autoriser à creuser avec une pelleteuse et je t'assure que s'il y a un cadavre, je le trouverai.

— La police a déjà passé la ferme au peigne fin. Ils n'ont rien trouvé qui puisse justifier l'utilisation d'une excavatrice.

— Tu veux rire ! Ça s'est passé avant que Jenkins soit à la retraite et comme tu le sais, ce vieil ivrogne était infichu de trouver ses propres fesses. Tu parles d'une enquête !

— Il n'empêche ! McCormick aura besoin d'une autorisation. Et qui va la lui donner ? Clay est pire qu'un chien de garde. Il ne donnera jamais son feu vert pour qu'on fouille son domaine. Et quant aux juges d'instruction, il leur faut des preuves concrètes pour délivrer un mandat de perquisition.

— Le juge Raynords te rendra ce petit service.

Kennedy se rappela l'attitude de Joe à la pizzeria.

— Tu ne veux pas uniquement que justice soit faite pour ton oncle n'est-ce pas ? Il y a autre chose.

— Mais non !

— Tu me donnes fortement l'impression de ruminer une vengeance contre Grace Montgomery.

— Gracie-tout-sourire ? lança Joe en gloussant. Pourquoi diable veux-tu que je me venge de cette poule ?

Kennedy joua avec son presse-papiers de verre — un cadeau de ses employés pour Noël.

— Je ne sais pas, mon vieux. Tu ne crois pas que tu lui en as suffisamment fait voir au lycée ?

— Va te faire foutre ! cria Joe en se levant d'un bond. Elle était consentante.

Quand la sonnerie du téléphone retentit, la tension avait singulièrement monté dans la pièce. Kennedy décrocha dans l'espoir de laisser à son ami le temps de se ressaisir, mais celui-ci lâcha un juron et se précipita vers la porte.

— Merci pour tes preuves d'amitié ! marmonna-t-il.

Puis il claqua la porte.

Kennedy aurait voulu le suivre. Essayer de le calmer. L'exhorter à continuer sa vie et à laisser Grace mener la sienne. Mais la voix de sa mère au téléphone le retint.

— Allô ? Kennedy ? Tu es là ?

— Oui, je suis là. Qu'est-ce qui se passe ?

— Il faut que tu parles à ton fils.

Il sut immédiatement que cela ne concernait pas Heath.

— Teddy ? Qu'est-ce qu'il a encore fait ?

— Il est allé chez Grace Montgomery.

— Nous en avons parlé, maman. Je lui ai donné la permission de tondre sa pelouse.

— Mais il devrait être rentré depuis une bonne heure !

Kennedy jeta un coup d'œil machinal à sa montre.

— Peut-être qu'il a perdu la notion du temps.

— Ce n'est pas une excuse. Comment puis-je le laisser sortir s'il est incapable d'observer une règle aussi élémentaire que la ponctualité ?

Camille avait marqué un point. Teddy n'était pas fiable.

— Oui, d'accord. J'aurai une petite discussion avec lui ce soir.

— Non ! Tu devrais y aller tout de suite, Kennedy ! Je n'aime pas ça. Cette femme a une réputation déplorable.

— Elle n'est pas aussi mauvaise que tu l'imagines, maman. C'est quand même le substitut du procureur. Et d'après ce que j'ai entendu, elle est très estimée dans sa profession.

— Je me fiche éperdument qu'elle soit estimée à Jackson ! Ici, elle n'était pas précisément un exemple de bonne conduite. Maintenant, si tu es prêt à courir le risque qu'il arrive quelque chose à ton fils…

Elle avait touché la corde sensible ! Après avoir perdu Raelynn, Kennedy s'inquiétait constamment pour ses enfants.

— Bon, j'y vais.

Il serait en retard à la réunion, mais tant pis.

— Très bien. Et dis à Teddy de rentrer *tout de suite*.

Kennedy retint un soupir. Certes, sa mère avait toujours eu tendance à commander, mais au fil du temps, elle était devenue un véritable tyran domestique.

*
* *

Il sonna, puis attendit. Comme personne ne vint ouvrir, il jeta un coup d'œil par la fenêtre. Grace avait pris possession des lieux, constata-t-il en passant en revue le mobilier. Tapis oriental rond, canapé et fauteuils confortables en cuir vert olive, un secrétaire d'époque. Il distingua une table en acajou entourée de chaises dans le coin salle à manger, un sofa garni de coussins chatoyants. Un mélange astucieux d'ancien et de moderne qui révélait un goût très sûr.

— Il y a quelqu'un ? cria-t-il en cognant à la porte.

Pas de réponse. Pourtant, il avait vu la petite BMW dans le garage… L'appréhension lui noua l'estomac, tandis qu'il contournait la maison. Il allait pousser la grille de l'arrière-cour quand une voix féminine l'arrêta.

Etait-ce Grace ?

Dissimulé derrière les peupliers, il lança un regard inquisiteur à travers les branches argentées. Oui, c'était bien Grace. Teddy était assis à côté d'elle et tous deux se penchaient sur un livre posé sur la table de jardin.

— Et pourquoi, à ton avis, le petit garçon s'est-il aventuré dans cette cave ? demanda-t-elle, tandis qu'ils étudiaient les illustrations.

— Par curiosité ? suggéra Teddy.

— Tu ne descendrais pas dans une cave obscure, toi ?

— Peut-être pas. Quoique… j'aimerais bien y aller.

Parfait ! se dit Kennedy. Ils se tutoyaient comme de vieux copains…

Grace éclata de rire.

— Un vrai petit homme ! lança-t-elle. Si jeune et déjà attiré par le danger.

— J'espère qu'il ne sera pas blessé, dit Teddy.

— Ou perdu… La suite nous le dira.

Elle tourna la page et se remit à lire. Elle portait un T-shirt moulant sur un short. Elle était pieds nus et avait croisé ses longues jambes fuselées.

Kennedy n'en crut pas ses yeux.

— Oooh, il a des ennuis ! souffla Teddy, très concerné, alors que le héros du livre roulait sur une pente abrupte et disparaissait dans un trou noir. Est-ce que quelqu'un va l'aider à sortir de là ?

— Peut-être, répondit la jeune femme. Mais il ne faut pas trop attendre des autres. On doit se sauver soi-même. Souviens-t'en.

— Pourquoi les gens ne veulent pas aider ceux qui sont en danger ?

Elle hésita une seconde.

— On n'entend pas toujours les appels au secours.

Kennedy eut l'étrange sensation qu'elle ne parlait pas du livre. Une pointe de culpabilité l'étreignit lorsqu'il se remémora les humiliations que Grace avait endurées au lycée. En tout cas, Teddy ne courait aucun risque. Au contraire, il ne l'avait pas vu aussi détendu, aussi heureux depuis qu'il avait perdu sa maman.

Comme il ne voulait pas les interrompre, il referma tout doucement le portail et tourna les talons. Lorsqu'il fut dans sa voiture, il appela Camille.

— Teddy va bien. Ne te fais pas de souci.

— Il rentre à la maison ?

Kennedy tourna la tête vers la grand-rue.

— Dans un moment.

— Pourquoi pas tout de suite ?

— Il est occupé.

— Il est encore avec *elle* ?

Kennedy ne décrivit pas la tendre scène à laquelle il venait d'assister. Un flot de reconnaissance le submergeait. Grace se montrait si douce, si attentionnée avec Teddy, même si elle le détestait, *lui*.

— Il l'aide à balayer le garage, dit-il, croyant que sa mère accepterait cette explication.

Mais il avait mésestimé la franche antipathie que Camille vouait à Grace.

— Ah, bon ? Elle va le faire marner toute la journée pour un malheureux dollar ? Et tu acceptes ça ?

— Elle ne l'exploite pas ! riposta Kennedy, agacé. Ne dis pas ça !

Un silence consterné flotta sur la ligne, et il passa la main sur son visage, s'efforçant de se ressaisir. Sa mère le faisait souvent sortir de ses gonds mais elle adorait ses petits-enfants. Kennedy avait bien pensé à embaucher une baby-sitter pour les garçons, mais il s'était ravisé. Ses enfants avaient besoin d'amour maternel, pas d'une employée chargée de les surveiller. Et de son côté, Camille aurait mal pris cette tentative de les éloigner d'elle.

— Tout va bien, maman, dit-il calmement. Teddy rentrera… quand il rentrera.

— Tu aurais dû exiger qu'il file tout de suite, comme je te l'ai demandé.

— Pourquoi ? Tu voulais lui lire un livre ?

— Pardon ?

— Non, rien, dit Kennedy en raccrochant.

6.

Un air de country se déversait par la porte ouverte du bar qui jouxtait la devanture de Jed Fowler. Grace se plaqua contre le mur de briques, le cœur battant. Si elle se penchait, elle apercevrait une bonne moitié de la population masculine de Stillwater occupée à boire de la bière et à jouer aux fléchettes. Situé sur la grand-rue à quelques blocs de la maison d'Evonne, la station-service Fowler donnait sur une esplanade très passante, aussi les deux femmes avaient-elles décidé de passer par-derrière.

En T-shirt et short de jogging noirs, chaussée de tennis, ses longs cheveux rentrés sous une casquette de base-ball, Grace réprima un frisson. Le grognement d'un chien lui parvint de La Maison du Pneu, le magasin de Walt Eastman.

— Jed a un chien, lui aussi ? chuchota-t-elle à l'adresse de Madeline.

Celle-ci, toute de noir vêtue également, secoua la tête.

— Non. Et le steak juteux que j'ai là occupera le cabot de Walt un certain temps.

— Formidable ! Espérons qu'on ne finira pas en prison.

Madeline posa son sac à dos par terre pour en extirper une paire de cisailles.

— Il n'y a pas de risque. Tu as entendu les conversations des policiers à la radio : café et beignets à la cafétéria.

— Sauf que la radio en question est toujours dans ta voiture.

— Mille excuses mais je ne pouvais pas l'emporter.

— Evidemment ! soupira Grace.

— Alors, nous sommes d'accord.

— Bon, quel est ton plan maintenant ?

Madeline tira la fermeture Eclair du sac et se redressa.

— Avant son départ, Kirk est venu en éclaireur. Il m'a dit qu'il y avait une arrière-cour, dans l'allée, entourée d'une clôture. Le portail est sécurisé avec une chaîne et un cadenas. On casse la chaîne, on entre et on jette un coup d'œil. Ce n'est pas la mer à boire.

Grace posa les poings sur ses hanches.

— Kirk t'a expliqué comment commettre une effraction ?

— Seulement quand il a su qu'il ne pourrait pas m'accompagner.

— Pourquoi tu ne l'attends pas ?

Si seulement elle pouvait persuader Clay de déplacer le cadavre du révérend, ou ce qui en restait, *avant* que Madeline ne mette la main sur une pièce à conviction !

— Pas question de laisser le trésor s'envoler !

— C'est peut-être déjà fait.

— On va bien voir !

Comme Grace affichait une expression dubitative, sa sœur esquissa un geste d'impatience.

— On ne volera rien, tu n'as pas de souci à te faire.

Facile à dire ! Elle se faisait tellement de souci que son cœur palpitait comme les ailes d'un colibri affolé. D'autant plus qu'elle avait repéré sur le parking la SUV de Kennedy Archer. Elle en avait conclu qu'il se trouvait à l'intérieur du bar, avec toute la bande. Si jamais elles se faisaient piquer, ces hommes qu'elle détestait seraient les témoins de leur humiliation.

Grace lança un coup d'œil à l'enseigne fluorescente de La Roue de la Fortune, et déglutit péniblement. Un panneau accroché à la vitre indiquait que tous les mercredis, le tenancier de l'établissement offrait à la clientèle des margaritas à un dollar. Dans ces conditions, il n'était guère étonnant que la salle fût bondée. Si elle l'avait su, elle n'aurait pas suivi Madeline dans sa folle expédition. Et pourquoi avait-elle accepté de s'associer à ce projet insensé ? Peut-être parce qu'elle connaissait les réponses que Madeline cherchait si désespérément.

— Je suis procureur, murmura-t-elle en respirant profondément l'air moite et en appuyant la tête sur la surface grenue du mur. Je n'arrive pas à croire que je vais enfreindre la loi que je suis censée défendre. Les cambrioleurs, je les traduis en justice, Maddy.

— A condition qu'ils se fassent épingler, lui rétorqua sa sœur en jetant un regard dans la petite allée barrée par une grille. Nous savons où sont les flics en ce moment. Et comme il ne se passe jamais rien à Stillwater, ils ne vont pas se mettre brusquement à patrouiller.

L'humidité formait des auréoles autour des réverbères. Grace poussa un soupir. Puisqu'il fallait y aller, autant en finir le plus vite possible.

— Très bien. Tu veux que je passe devant ?

— Non, j'y vais.

Madeline s'élança. Grace hésita une seconde. Le brouhaha des voix mêlées à la musique parut s'estomper quand, enfin, elle se détacha du mur. Lorsqu'elle s'engouffra dans l'allée étroite, le chien dévorait le steak que Madeline lui avait jeté. Il n'aboya pas quand les deux intruses s'approchèrent. C'était bon signe.

La deuxième phase du plan se révéla plus ardue. Briser une chaîne à l'aide d'un sécateur n'était pas aussi facile que dans les séries télévisées. Elles appuyèrent de toutes leurs forces sur les lames d'acier puis d'un seul coup, les maillons se brisèrent et la chaîne dégringola sur les pavés avec un cliquetis métallique qui résonna aux oreilles de Grace comme un coup de gong.

— Et voilà ! fit Madeline. Le plus gros est fait.

Grace jeta un coup d'œil par-dessus son épaule. Personne n'avait jailli du bar, aucun faisceau lumineux ne fouillait l'allée obscure.

— Allons-y ! souffla Madeline.

Elle s'apprêtait à pousser la grille quand Grace l'attira en arrière.

— Les gants, Maddy. Où sont-ils ?

— N'importe qui dans cette ville peut avoir touché ce portail.

— Je m'en fiche. Je n'ai pas envie d'y laisser mes empreintes digitales. A partir de maintenant, on porte des gants.

— O.K. ! C'est toi le procureur.

— Inutile de me le rappeler.

Madeline reposa son sac à dos, fouilla dans un compartiment, puis tendit à sa complice une paire de gants jaunes en caoutchouc.

— Tu plaisantes ? s'exclama Grace. Tu veux que je

fasse mes débuts dans le crime organisé avec des gants de vaisselle ?

— J'ai apporté ce que j'avais.

— J'ai un mauvais pressentiment, Maddy. Nous avons déjà un délit d'effraction sur le dos... Plus un acte de vandalisme, ajouta-t-elle en baissant les yeux sur la chaîne brisée.

Néanmoins, elle suivit Madeline dans la cour.

Un instant après, elles se tenaient devant le bâtiment obscur. Comme prévu, la porte de derrière était fermée à double tour. Madeline retira ses gants et les flanqua entre les mains de Grace.

— Tiens ça.

Ensuite, elle pêcha une lime à ongles dans le sac et l'introduisit dans la serrure.

— Tu sais comment forcer une serrure ? murmura Grace d'un air incrédule. Qui t'a appris ça ?

— Devine.

— Kirk ? Fais attention à tes fréquentations, ma belle.

Madeline gloussa, tout en maniant la lime.

— Quand il était petit, pour le punir, son père enfermait sa bicyclette dans le garage. Kirk n'avait pas le choix.

— Ne touche pas la poignée à mains nues ! dit Grace.

Parler l'aidait à se détendre. Comme si elles s'adonnaient à une activité ordinaire.

— Je l'essuierai en repartant.

— Maddy, je suis sûre que Jed n'a rien à voir dans cette affaire. Je t'en prie, rentrons.

— Shhh...

La lime à ongles glissait entre ses doigts.

— Si de vrais malfrats remarquent que la grille est ouverte et viennent cambrioler quand nous serons parties, nous en serons responsables.

— Bah ! Qui va voler de vieux outils ?

— Tu serais surprise. Les gens volent n'importe quoi.

— Pas à Stillwater. Ici, on dort les fenêtres ouvertes. Je replacerai la chaîne autour des barreaux, si ça peut te rassurer.

— Oh alors dans ce cas, tout va bien ! souffla Grace sur un ton sarcastique.

— Arrête de t'inquiéter, d'accord ?

L'opération semblait durer une éternité.

— On va probablement trouver un sachet plein de haschisch dans ton fameux tiroir. Voilà le grand secret de Jed !

— Non, non : on trouvera beaucoup mieux que ça, j'en suis sûre.

— A condition que l'on réussisse à entrer…

Jurant entre ses dents, Madeline retira la lime de la serrure.

— Qu'est-ce qu'il y a ? lui demanda Grace, à bout de nerfs.

— Je n'y arrive pas.

A ce moment-là, deux hommes sortirent du bar. Ils bavardaient à voix basse et leurs ombres se projetèrent dans l'allée. Grace enlaça sa sœur et toutes deux plongèrent derrière un monceau de vieux cartons. Les deux ombres passèrent devant la grille sans remarquer la chaîne cassée.

— Qui sont ces types ? demanda Grace quand ils se dirigèrent vers le parking.

— Marcus et Roger Vincelli, chuchota Madeline.

— Le père de *Joe* ?

— Et son frère.

— Oh, mon Dieu ! Est-ce que Joe est avec eux ?

— Non, je ne crois pas.

Enfin, les deux hommes montèrent dans leurs voitures respectives. Ils démarrèrent et s'éloignèrent sans un regard vers l'allée. Le silence retomba, à peine troublé par la musique.

Les deux jeunes femmes se relevèrent.

— Je n'arrive pas à crocheter le pêne, expliqua Madeline. C'est un modèle différent de celui que Kirk m'a montré.

— Alors, on rentre ? demanda Grace, d'une voix empreinte d'espoir.

— Non. Je vais me servir du pied-de-biche.

— *Quoi ?*

Mais déjà, Madeline extirpait l'instrument de son sac.

— Maddy ! On ne peut…

Trop tard. Sa sœur enfonçait déjà le levier entre les deux battants. Il y eut un sinistre grincement suivi d'un craquement affreux, puis la porte s'ouvrit avec un *plop*. Le doberman du voisin émit un grondement, puis recommença à déchiqueter son morceau de viande. Les yeux dilatés, Grace regarda alentour. Quelques secondes s'écoulèrent mais personne n'apparut. Alors, elles se précipitèrent à l'intérieur.

— J'espère que tu ne vas pas allumer les lumières, dit Grace en lançant les gants à Madeline, qui les attrapa au vol.

— Bien sûr que non ! Tiens.

Elle glissa un objet lourd entre les mains de Grace. C'était une lampe torche.

— Tu as pensé à tout, n'est-ce pas ?

— Exactement. Tu vas à gauche, je vais à droite.

L'atelier, situé derrière la station-service, était une vaste pièce rectangulaire au sol en ciment, avec un comptoir de réception et un cabinet de toilettes dans un coin. Il y régnait une forte odeur d'essence et d'huile de vidange. Madeline balaya l'espace de sa lampe torche. Partout, des pièces détachées. Un vieux bureau de bois éraflé repoussé contre le mur du fond.

— Tiens, regarde. Des meubles de rangement.

— Ici aussi !

— Très bien. Je fouille ceux qui sont près du bureau. Tu n'as qu'à t'occuper des autres.

Sur les tiroirs, Grace découvrit des étiquettes indiquant : bons de commandes, reçus, fiches de paye, notes de frais. Le couinement sans fin de la chasse d'eau qui fuyait lui mettait les nerfs en pelote. Madeline, quant à elle, secouait chaque tiroir pour trouver celui qui était verrouillé.

— J'y suis ! souffla-t-elle.

Grace se retourna.

— Tu veux un coup de main ?

— Ça va aller. Continue à chercher de ton côté.

Ce disant, elle extirpa un petit instrument de son sac ainsi que le pied-de-biche. Grace porta les mains à ses joues brûlantes. La liste de leurs délits ne cessait de s'allonger. Elle n'eut pas le temps de compter le nombre de charges qui pèseraient sur elles si jamais la police leur passait les menottes.

Un bruit fracassant la fit bondir. Elle comprit que Madeline avait forcé le tiroir métallique, et grinça des dents en imaginant Jed en train de découvrir l'étendue des dégâts, le lendemain.

— Essaie de ne pas tout casser, murmura-t-elle.

— J'ai dû faire sauter la serrure, expliqua Madeline avec une certaine excitation. Mais il n'y a pas trop de casse. Il ne s'apercevra même pas que quelqu'un est entré.

— Tu plaisantes ?

Madeline ne répondit pas, trop accaparée à fureter dans le tiroir.

— Tu as trouvé quelque chose ?

— Pas encore.

La musique du bar marchait à fond la caisse. Les percussions palpitaient à travers la cloison mitoyenne. Grace poursuivit ses recherches. Jed Fowler avait conservé une tonne de paperasses.

— Bon sang ! marmonna-t-elle. Il y a des factures qui datent de dix ans.

— On devrait expliquer à Jed qu'il est inutile de les garder aussi longtemps.

— Tu le lui diras à l'occasion, fit Madeline.

Elle braquait sa lampe sur un dossier qu'elle feuilletait fébrilement.

— Tu n'as plus qu'à écrire un article sur l'homme le plus ordonné d'Amérique.

— Mmm, bonne idée !

Mais Madeline n'écoutait pas vraiment. Elle fouinait, elle feuilletait, elle cherchait encore.

Grace referma le tiroir du bas et se dirigea vers le troisième et dernier classeur. Une épaisse couche de poussière le recouvrait. Sur le haut, reposait un panier rempli de papiers en attente d'être classés, à côté d'une tasse ébréchée. Ici, les factures étaient encore plus anciennes, remarqua-t-elle en parcourant les dates… Ça remontait à quinze, seize, dix-sept ans. Oh, et puis quelle importance ? Madeline avait trouvé le mystérieux tiroir verrouillé... Soudain, elle tressaillit. Les dates inscrites sur les chemises cartonnées se rapprochaient de plus en plus de la nuit fatidique, dix-huit ans plus tôt. Grace se demanda si Fowler avait conservé le bon de commande pour la réparation du tracteur... Elle tira enfin un dossier portant la mention : 3 août. Retirant ses gants, elle feuilleta les minces feuilles de papier. L'une des factures portait le nom de sa mère, chose bizarre, étant donné que le révérend tenait à s'occuper personnellement de tout ce qu'il considérait comme un « boulot de mec ». Les précédentes factures avaient été établies au nom de Lee Barker. Pourquoi ce brusque revirement ? Jed Fowler avait-il pris les devants en se disant que le révérend ne reviendrait pas ? Si c'était le cas, il était bien le seul. Il avait fallu plus de deux jours pour que le reste de la communauté se rende à l'évidence. Jusqu'alors, personne n'avait été porté disparu à Stillwater. La voiture du révérend était introuvable, ce qui laissait supposer qu'il était parti quelque part et qu'il allait revenir.

Grace regarda Madeline à la dérobée. Celle-ci était toujours plongée dans les dossiers. Alors, elle reporta son attention sur le document suspect. Jed y avait méticuleusement consigné les pièces qu'il avait remplacées dans le tracteur. Suivait la somme due. Or, contrairement aux autres factures, celle-là ne portait pas la mention « payée ».

Irene avait-elle réglé sa dette ? Comment le savoir ? Ce qui était certain, c'est que le garagiste ne s'était pas présenté à la maison, *cette nuit-là*... Mais plus tard ?

— Il n'y a rien, dit Madeline, déçue. Juste quelques vieilles lettres d'amour d'une certaine Marilyn, un billet de deux dollars avec « je t'aime » écrit dessus, et des photos de trois gosses que je ne connais pas.

— Ici non plus, répondit Grace.

Elle remit la facture en place. Elle s'apprêtait à refermer le tiroir quand, à la lueur de la lampe torche, son œil capta quelque chose de noir et de luisant sous les dossiers suspendus à des barres métalliques. Elle s'assura que Madeline lui tournait le dos, puis repoussa les chemises, tendit la main vers l'objet… et retira une Bible de poche qu'elle laissa retomber aussitôt. C'était la bible que le révérend Barker gardait constamment dans sa poche, comme un journal intime. La bible qu'ils avaient enterrée avec lui.

Kennedy espérait gagner la partie contre Joe Vincelli. Il suffirait de blouser la boule numéro huit dans l'un des trous. Il se rendait à la Roue de la Fortune tous les mercredis. Depuis le décès de Raelynn, c'était sa seule sortie. Dieu merci, les garçons s'entendaient bien avec Kari Monson, une célibataire entre deux âges qui arrondissait ses fins de mois en faisant du baby-sitting. Une personne sérieuse en qui Kennedy avait entièrement confiance. A cette heure-ci, les gamins devaient être au lit. Mais il se faisait tard, il avait une journée chargée le lendemain, et il avait hâte de rentrer.

De l'autre côté du billard, Joe étudiait les trois dernières boules qui s'éparpillaient sur le tapis.

— Dépêche-toi ! lui dit Kennedy.

— Minute ! Je me concentre.

En dépit de leur prise de bec de l'après-midi, les deux hommes s'étaient retrouvés dans la salle de billard comme si de rien n'était, et ils n'avaient pas reparlé de Grace. Mais la tension qui semblait habiter Joe n'avait pas échappé à Kennedy. Son ami voulait vraiment gagner la partie, histoire de lui montrer qu'il était le plus fort.

— Je t'accorde un tour supplémentaire si tu en as besoin mais vas-y ! s'impatienta-t-il.

— Non, pas de cadeau ! riposta Joe en se redressant d'un air fier. Et pas de concessions.

D'un geste, Kennedy congédia la serveuse qui venait s'enquérir d'une éventuelle commande.

— Bon sang, ce n'est pas une compétition de haut niveau : c'est juste une partie à cinquante dollars. Voilà trois fois que tu fais le tour de la table. Vas-y, maintenant, joue !

Buzz arriva sur ces entrefaites, une chope de bière à la main.

— Qui gagne ?

Aucun des deux concurrents ne répondit, et Buzz sourit sous cape. Si Joe avait eu le dessus, il n'aurait pas manqué de le faire savoir.

— C'est par ici le meilleur angle, dit-il à Joe, s'efforçant de l'encourager.

Vincelli ignora royalement ce conseil et choisit l'angle opposé. Se penchant sur le tapis vert, il frappa la boule numéro treize qui ricocha sur la bande, passa devant la poche sur le côté, et repartit vers le milieu de la table.

Kennedy sut que la partie était terminée. Il allait se positionner pour le dernier coup quand Ronnie Oates, qui avait quitté le bar trois minutes plus tôt, revint en courant.

— Il y a quelqu'un dans l'atelier de Jed ! cria-t-il, d'une voix essoufflée.

— Qui voudrait cambrioler là-dedans ? s'esclaffa Joe. Il n'a que des épaves !

— En tout cas, j'ai aperçu la lueur d'une lampe de poche

à travers la vitre de son bureau, déclara Ronnie. Allons jeter un coup d'œil.

Kennedy contempla la table de billard. Encore un coup, un seul, et le jeu serait terminé. Mais déjà, Joe et les autres avaient jailli hors de l'établissement.

— Quelque chose ne tourne pas rond ! cria quelqu'un. Il y a de la lumière, effectivement.

Kennedy fronça les sourcils. Qui s'en prendrait au magasin de Fowler ? Des ados en quête de sensations fortes ? Mais on n'était pas vendredi. On était mercredi… C'était bizarre.

— Appellez la police ! cria-t-il à Pug, le patron du bar, avant de se précipiter dehors, lui aussi.

Des cris s'élevèrent dans la rue, tandis que Grace regardait fixement la bible. Elle sentit ses genoux se dérober. Elles allaient être prises sur le fait, comme elle l'avait craint.

— Viens vite ! lui lança Madeline. Sortons d'ici.

Le doberman du voisin s'était mis à aboyer.

Désarçonnée, paniquée, Grace repoussa la bible au fond du tiroir. Puis elle changea d'avis. Si, au cours d'une enquête sur l'effraction qu'elles venaient de commettre, quelqu'un mettait la main sur cette bible gravée au nom du révérend et qui comportait des notes écrites de sa main en marge du texte, Jed serait interrogé. Et il serait forcé de révéler où, quand et comment il s'était approprié l'ouvrage. Les enquêteurs n'auraient aucun mal à déterminer que Jed n'avait pu s'en emparer que la nuit de la disparition de Barker. La nuit de sa mort, plus exactement…

Des images cauchemardesques resurgissaient dans l'esprit de Grace. La bible était tombée de la poche de son beau-père, alors qu'ils traînaient son corps sur les marches de la véranda. Elle l'avait ramassée, l'avait remise en place mais… elle avait dû retomber un peu plus loin, sur la terre sombre et humide.

— Grace ! cria Madeline depuis la porte.

Elle posa la main sur son front. *Refléchis, bon sang !* Il n'y avait pas une minute à perdre. Aux cris s'ajoutaient un martèlement de pas, des voix confuses.

Après avoir refermé le tiroir, Grace s'élança vers la sortie où Madeline l'attendait. A mi-chemin, elle se figea. Elle ne pouvait pas laisser la bible dans ce classeur. Cela détruirait toute sa famille.

— Séparons-nous, murmura-t-elle. Tu sors de ce côté-là. Moi…

Elle scruta la pièce obscure.

— Je sortirai par la fenêtre des toilettes.

— Mais si…

— Vas-y ! ordonna Grace en donnant une petite tape dans le dos de sa sœur.

Madeline lui serra le bras, puis elle fonça dans la nuit. *Cours* ! hurla Grace mentalement, tout en se ruant vers le tiroir. Elle le rouvrit, saisit la bible, la glissa dans la ceinture élastique de son short. Les hommes étaient devant la porte, à présent. Grace battit en retraite. Elle n'avait plus qu'une alternative : foncer jusqu'aux toilettes ou plonger sous le bureau. Sa main tâtonna frénétiquement dans le noir, à la recherche de la lampe qu'elle ne trouva jamais. Elle détestait l'obscurité.

Soudain, quelqu'un hurla :

— Je l'ai vu ! Par là !

Les ombres disparurent de la porte, les pas s'éloignèrent

précipitamment dans une direction que la jeune femme ne put déterminer. Elle resta un instant immobile, indécise.

Madeline avait pris de l'avance, songea-t-elle, mais soudain, ce sujet lui parut secondaire. Il fallait coûte que coûte détruire la bible pendant qu'il était encore temps.

Sa vision s'accommodait à l'obscurité. Elle poussa le battant des toilettes. Un mince croissant de lune luisait sur le ciel, lançant une faible lueur dans le cagibi. D'un coup d'œil, Grace évalua ses chances de s'échapper par la fenêtre. Trop petite, constata-t-elle. Trop haute. Elle revint dans l'atelier. La porte entrebâillée sur la cour était sa dernière chance.

Elle n'entendit aucune sirène, seulement des cris lointains auxquels se mêlaient les aboiements sauvages du doberman. La reliure de cuir lui brûlait la peau comme un fer chauffé à blanc — l'empreinte du révérend.

Sans réfléchir davantage, elle s'élança dehors. La cour était vide. Elle déboucha dans l'allée. Elle reprenait espoir. Elle était dehors. Mais elle ne pouvait se permettre aucun faux pas. Se diriger vers la rue principale aurait été une grave erreur. Elle décida d'escalader la clôture de Lorna Martin dont le jardin donnait sur un terrain vague. Si elle parvenait à couper à travers champs, elle aurait une chance de s'en sortir.

Kennedy n'en crut pas ses yeux. Il s'était appuyé contre la carrosserie de sa SUV pendant que les autres se lançaient aux trousses du cambrioleur. Et soudain, un deuxième voleur émergea de l'ombre. Une silhouette vêtue de noir, qui traversa l'allée au pas de course et sauta par-dessus la palissade de Mme Martin.

Un adolescent, comme il l'avait suspecté depuis le début. Il jeta un regard circulaire : ses amis avaient disparu. Instinctivement, Kennedy s'élança.

— Hé, là-bas ! Arrêtez ! cria-t-il.

Le garçon avait détalé comme un lapin. Kennedy courut vers la clôture, l'escalada à son tour… et tomba nez à nez avec le mari de Lorna Martin, qui venait de sortir de chez lui en robe de chambre.

— Kennedy ? dit-il, s'arrêtant brusquement. Que se passe-t-il ? Qu'est-ce que vous faites ici ?

— Un gosse est entré dans votre jardin. Vous l'avez vu ?

— Non mais il n'a pu aller que de ce côté-là, répondit Bob Martin, le doigt pointé vers les haies.

— Ils sont deux, l'informa Kennedy en forçant l'allure.

Bob cria quelque chose mais il ne ralentit pas. Il était hors de question de laisser le petit voyou lui échapper. Il piqua un sprint et lorsqu'il dépassa les haies, il aperçut la sombre silhouette à l'autre bout du terrain vague. Visiblement, le jeune voleur avait l'intention de s'enfoncer dans le sous-bois. Kennedy s'immobilisa un instant pour reprendre son souffle.

Une pluie fine et tenace s'était mise à tomber. Où était passé le garçon ? Dans une seconde, ils seraient trempés tous les deux, ce qui n'était guère encourageant. Mais Kennedy ne renonça pas. Il se remit à courir, enjamba les rails de la voie ferrée et fonça vers la forêt dont la masse sombre ceignait la ville.

Son gibier n'était plus visible. Comment ferait-il pour traverser la petite rivière qui serpentait sous les arbres ?

S'il projetait de traverser à la nage, dans le noir, il n'irait pas loin.

A son tour, Kennedy plongea dans le sous-bois. Ici, sous le dôme des feuillages, l'obscurité était encore plus dense, plus opaque. Quelle direction avait pris le voleur ? A moins qu'il ne se soit caché dans les buissons ?

Kennedy fit une halte, l'oreille à l'affût. Un hibou lança un long hululement lugubre qui se fondit dans un silence oppressant. Kennedy se mit à avancer vers la rivière, guidé par le faible bruissement de l'eau. Rien. Personne. Il se demandait s'il ne devait pas rebrousser chemin, puis revenir muni d'une lampe torche, quand un cri étouffé perça dans la nuit. Que s'était-il passé ? Il attendit une seconde. Soudain, un rayon de lune filtra à travers les feuillages, et dans la lueur chétive, il distingua la mince silhouette prise au piège des branches enchevêtrées d'un mûrier.

Kennedy, qui portait un pantalon long, ne craignait pas les épines. Il se fraya un passage à travers les ronces, attrapa le voleur sous les aisselles, le hissa sans ménagement et l'obligea à s'asseoir par terre.

— Mais que diable…, commença-t-il.

L'autre roula sur le côté, prêt à bondir. Kennedy le ceintura.

— Reste tranquille !

Une brève lutte s'ensuivit. Kennedy eut facilement le dessus et plaqua son adversaire au sol. Une seconde après, il sentit que le corps qui se tordait sous lui était celui d'une femme. D'une pichenette, il fit tomber la casquette de base-ball et scruta le visage de son cambrioleur. La surprise le suffoqua. C'était Grace Montgomery !

7.

Grace ne pouvait plus respirer. Ni réfléchir normalement. Une seule pensée s'était cristallisée dans son esprit, tenace, obsédante. Fuir ! S'échapper ! Elle essaya de repousser Kennedy afin de se libérer, mais il était trop lourd et beaucoup plus fort qu'elle. Un flot d'adrénaline se déversa dans ses veines.

— Lâchez-moi !

— Arrêtez de vous débattre.

Impossible. Elle se débattait avec l'énergie du désespoir. S'il trouvait la bible du révérend dans sa ceinture, elle ne perdrait pas seulement son travail, sa position sociale, le respectable édifice qu'elle avait bâti à la force du poignet. Elle risquait de perdre beaucoup plus.

— Calmez-vous ! dit-il. Je n'avais pas l'intention de vous faire mal.

Il lui avait saisi les mains et les maintenait au-dessus de sa tête, sur la terre boueuse.

— J'ai d'abord cru que vous étiez un garçon.

Une autre voix se fit entendre. Joe Vincelli arrivait à travers le bois.

— Kennedy ? Où es-tu, mon vieux ?

Grace se figea, glacée, le cœur battant la chamade,

priant pour que le sol spongieux s'ouvre en deux pour l'avaler. Kennedy releva la tête mais ne répondit pas. Il était difficile d'apercevoir son expression car l'ombre masquait son visage. Après quelques secondes, il reporta son attention sur sa captive.

— Qu'est-ce qui vous a pris ? murmura-t-il. Pourquoi êtes-vous entrée par effraction dans le magasin de Jed Fowler ?

Elle serra les dents. Cet homme l'avait toujours considérée comme une moins que rien. Tout ce qu'elle pourrait lui dire ne servirait qu'à le conforter dans son opinion.

— S'il vous plaît, souffla-t-il d'une voix plus douce. Expliquez-moi ce qui s'est passé. J'espère que vous avez une bonne raison.

Il lui parlait comme à un enfant effrayé, mais sa gentillesse devait être feinte. Elle était bien placée pour savoir que les hommes mentaient avec la bouche, avec les mains, avec leur corps.

S'efforçant de se ressaisir, elle leva vers lui un regard de défi.

— Grace ?

La pluie trempait leurs vêtements et la jeune femme cligna des paupières pour en chasser les gouttes. Du coin de l'œil, elle apercevait la lueur vacillante d'une lampe de poche. Joe approchait.

— Hé, Kennedy ! Où es-tu ? Quelqu'un est passé par ici.

Il n'avait eu aucun mal à suivre leur piste, pensa Grace, désespérée. Ils avaient piétiné l'herbe, cassé des brindilles dans leur course éperdue. Elle ferma les yeux pour que la lumière ne l'aveugle pas… Mais contre toute attente,

Kennedy se redressa, la hissa sur ses pieds et la poussa vers les arbres.

— Filez ! dit-il d'une voix rauque.

Bon sang ! Il avait peine à croire que lui, Kennedy Archer, peut-être le futur maire de la ville, avait laissé s'échapper un cambrioleur. Il eut beau se dire qu'une arrestation coûterait à Grace son poste au bureau du procureur et qu'il ne fallait pas agir avant de connaître le fin mot de l'histoire, en son for intérieur, il savait que ses motivations étaient tout autres. En percevant les tremblements qui parcouraient le corps de la jeune femme, il avait mesuré sa terreur, et il avait voulu la protéger. Il avait cru la revoir assise près de Teddy… Ne jamais se fier aux autres. On ne peut se sauver que soi-même… Voilà ce qu'elle avait dit.

Pendant qu'il la tenait entre ses bras, elle avait paru si distante et si fragile en même temps… C'était de la folie ! Elle le voyait comme un ennemi, pas comme un sauveur.

Joe émergea de l'obscurité.

— Ah, te voilà ! Pourquoi tu ne m'as pas répondu ?

Kennedy recula d'un pas. Son pied heurta quelque chose de carré, à la fois doux et solide. Ce n'était ni une pierre ni une racine. Alors quoi ? Un livre ? Un livre, ça ne tombe pas du ciel ! Il y avait de fortes chances pour que Grace l'ait perdu dans la bagarre. Kennedy se positionna de manière à le cacher à la vue de Joe.

— J'ai vu un deuxième personnage sortir de l'atelier de Jed et je l'ai suivi jusqu'ici. Le petit salopard m'a glissé entre les doigts comme une anguille.

Joe braqua sa lampe sur les épineux.

— Peut-être que ce n'est pas trop tard. Tu viens ?

Comme il lui tournait le dos, Kennedy en profita pour récupérer l'objet égaré qu'il dissimula sous sa chemise, dans la ceinture de son pantalon. Ensuite, il prit Joe par le bras.

— J'ai déjà cherché par là.

— Bon sang, il n'a pas pu aller loin ! La rivière est juste là.

L'objet humide, pressé contre l'estomac de Kennedy, semblait bien être un livre. Mais pourquoi Grace aurait-elle dérobé un livre chez Fowler ?

— Il est parti, Joe. Et il pleut. Rentrons.

— Ouais… Tu as vu qui c'était, au moins ?

— Il faisait si noir que je n'ai pas pu voir son visage. Il n'était pas très grand, c'est tout ce que je sais.

Joe secoua la tête.

— Je te parie à cent contre un que ce n'était pas un garçon.

Kennedy réprima un tressaillement. Son instinct protecteur s'éveilla de nouveau. Il se demanda pourquoi il s'acharnait à couvrir Grace Montgomery. L'envie de se faire pardonner ? Le désir de lui plaire ? Le challenge ! conclut-il. D'habitude, les gens l'aimaient bien. C'était la première fois qu'il rencontrait une telle résistance. Ou alors…

— Pourquoi dis-tu ça ? demanda-t-il à Joe, tout en mettant le cap sur la lisière de la forêt.

— Je pense que c'est Kirk Vantassel qui a commis l'effraction, répondit Joe.

Kirk était plus grand que lui, plus grand que Joe, et il venait de lui dire que le voleur était petit.

— Qu'est-ce qui t'inspire cette réflexion ?

— On a pourchassé Madeline Barker dans l'allée et on l'a rattrapée.

Kennedy poussa légèrement le livre sur le côté. La pluie trempait sa chemise de coton.

— Madeline est une citoyenne au-dessus de tout soupçon. Qu'est-ce qu'elle serait allée faire chez Fowler ?

— Elle est persuadée qu'il a tué son père. Elle nous a dit qu'elle cherchait des indices.

Ça paraissait logique. Madeline avait déjà échafaudé une bonne dizaine de scénarios pour expliquer la disparition du révérend. Elle avait fait paraître plusieurs articles dans son journal sur ce sujet. Peut-être avait-elle découvert une nouvelle piste ? Elle avait toujours défendu farouchement les Montgomery, se rappela-t-il. Aurait-elle entraîné Grace dans ce cambriolage ? Et, dans ce cas, le livre représenterait-il une pièce à conviction ?

— Est-ce que Madeline vous a dit que Kirk était avec elle ?

— Elle jure ses grands dieux qu'elle était seule, mais quand Bob nous a expliqué que tu avais suivi quelqu'un dans sa cour, j'ai compris qu'elle avait un complice.

Kennedy fixa le cercle lumineux que la lampe de Joe projetait sur le sol moussu. Il aurait voulu jeter un coup d'œil par-dessus son épaule mais il se retint. Il décida de gagner du temps afin de permettre à Grace d'arriver à bon port saine et sauve.

— Vous l'avez livrée à la police ? demanda-t-il.

— Non. Elle a promis de payer les dégâts, alors on l'a laissée partir. Elle a assez souffert comme ça.

Ils avaient émergé dans le terrain vague.

— C'est vrai, approuva Kennedy.

Il faisait plus clair ici, par rapport aux ténèbres du

sous-bois. La pluie qui continuait de ruisseler fournit à Kennedy un bon prétexte pour presser le pas. En fait, il voulait entraîner Joe le plus loin possible de la cachette de Grace. Le livre, qu'il sentait contre sa peau, était relié en cuir. Il avait hâte d'y jeter un coup d'œil.

— C'était un drame aussi pour les Montgomery, reprit-il, histoire de continuer la conversation.

— Foutaises ! Si tu veux mon avis, Madeline ferait mieux de chercher des indices à la ferme plutôt que chez ce pauvre Jed. C'est ce que je te disais cet après-midi, à ton bureau. Tu devrais mettre la pression à McCormick. S'il rouvre l'enquête, peut-être que cette fois-ci, les coupables seront arrêtés.

La belle excuse ! songea Kennedy. Au fond, Joe se fichait éperdument des tourments de Madeline. C'était sa vieille haine contre les Montgomery qui lui dictait son attitude de justicier.

— Irene, Clay et Grace ne méritent pas un nouvel interrogatoire, déclara-t-il, à seule fin d'attirer l'attention de Joe, qui promenait le rayon de sa lampe sur le rideau noir de la forêt.

Le stratagème fonctionna. Joe fit volte-face pour le regarder.

— S'ils sont coupables, comme je le pense, ils méritent bien pire. Je veux que justice soit faite, Ken.

— La justice… S'ils sont innocents, leurs vies seront brisées.

— Chacun son tour ! La vie de mon oncle a été brisée aussi.

Ils traversèrent les voies ferrées.

— Ce n'est pas aussi simple, Joe. On a tous quelque chose à se reprocher, non ?

Il faisait allusion à l'époque du lycée, mais Joe prit la mouche.

— Qu'est-ce que tu me chantes ? Je suis du côté de la victime, d'accord ? Il est grand temps que la police résolve l'énigme.

Kennedy se libéra de la main de Joe crispée sur son bras.

— Pourquoi veux-tu déterrer cette vieille histoire ? Quelles sont tes motivations ?

— *Déterrer*, c'est le cas de le dire ! lança Joe en gloussant. Je veux la vérité. Si tu demandes à McCormick de reprendre l'enquête, ce sera un atout pour ta campagne, ajouta-t-il en balayant de son front une mèche de cheveux mouillés. Alors ? Tu vas m'aider ou pas ?

Il irait jusqu'au bout, à seule fin de se venger de Grace, pensa Kennedy.

— Elle a repoussé tes avances ? demanda-t-il. C'est pour ça que tu veux la traîner dans la boue, une fois de plus ?

Joe éteignit sa lampe.

— Diable, non ! Pourquoi j'essaierais de séduire Gracie ?

Kennedy haussa les épaules. Le souvenir des yeux bleus de Grace envahissait ses pensées. Les yeux d'une personne qui avait souffert, qui souffrait encore.

— Pourquoi pas ? C'est une belle femme. Une femme spéciale.

— *Spéciale ?* Tu rigoles ? J'ai déjà couché avec elle. Nous avons tous couché avec elle, sauf toi peut-être, parce que tu étais amoureux de Raelynn.

Kennedy ignora ces sarcasmes.

— Grace t'a laissé utiliser son corps parce que c'était une gamine un peu paumée, dit-il. Aujourd'hui, c'est différent. Elle est adulte, elle a réussi brillamment et elle se fiche complètement de toi, de moi, de nous tous.

La mâchoire de Joe se contracta.

— A mes yeux, elle n'a pas changé, déclara-t-il d'un air mauvais.

Il mentait, bien sûr. Kennedy savait très bien qu'aujourd'hui, aucun homme de cette ville ne réussirait à entraîner Grace Montgomery dans son lit. Pas plus lui que les autres.

Clay cessa d'arpenter la cuisine pour regarder Grace droit dans les yeux.

— C'est impossible, dit-il.

— C'est pourtant ce qui s'est passé.

Elle serrait sur sa poitrine l'épais drap de bain qu'il lui avait donné. La nuit était tiède mais la jeune femme claquait des dents. Il était 3 heures du matin. Elle avait regagné la maison d'Evonne sous la pluie, elle avait grimpé dans sa BMW sans se donner la peine de se changer ni même de se sécher, et elle avait foncé à la ferme.

— Pourtant, nous avons enterré sa bible avec lui, déclara Clay très calmement, comme si la vérité tenait à la seule force de sa conviction.

— Elle a dû tomber. Elle était déjà tombée une fois sous le porche.

— On s'en serait aperçus.

— Pas forcément. Il faisait si noir. Et puis, tu crois qu'on avait les idées assez claires pour remarquer chaque détail ?

Elle était sûre que non. Surtout Clay. C'était lui qui avait eu l'idée d'enterrer le corps puis d'abandonner la voiture du révérend dans la carrière de roche. Voilà dix-huit ans qu'il vivait avec ce fardeau sur la conscience. De toute façon, ils n'avaient pas eu le choix. Ils auraient pu appeler la police, bien sûr, mais personne ne les aurait écoutés, personne ne les aurait crus. Les habitants de Stillwater leur auraient fait payer cher la mort de leur révérend bien-aimé.

— On a été très prudents, dit-il.

— Pas assez, apparemment.

— Jed n'a jamais parlé de cette bible. Il ne m'a rien dit, pas plus qu'à maman ou à la police. Pourquoi ?

— Je n'en ai pas la moindre idée.

Clay s'assit sur le bord de la table, à côté de sa sœur.

— Où est-elle, maintenant ?

— Kennedy Archer a dû la ramasser dans le bois. A moins que ce ne soit Joe Vincelli... Enfin, c'est ce que j'imagine.

Une lueur d'espoir traversa les yeux de Clay.

— Ils ne l'ont peut-être pas remarquée. On devrait y retourner pour voir si on la trouve.

— Non. Je sais où je l'ai perdue.

Pendant le corps-à-corps avec Kennedy. Dans son récit, elle avait omis ce détail, comme le fait qu'il l'avait laissée filer. Elle avait rapporté à son frère la seule information intéressante, à savoir qu'elle avait perdu la bible du révérend dans la forêt. Le reste ne le regardait pas. Pourtant, elle ne put s'empêcher de se poser pour la énième fois la question qui la tourmentait depuis quelques heures : pourquoi Kennedy l'avait-il aidée ?

— Quand ils sont partis, je suis ressortie de ma cachette et j'ai cherché le livre. Il n'était plus là.

Clay s'était remis à faire les cent pas.

— Joe Vincelli l'apportera sûrement à la police.

— Je sais.

— Kennedy Archer aussi.

Grace ne répondit pas tout de suite. Elle était encore stupéfaite qu'il l'eût libérée. Mais peut-être le regrettait-il, maintenant ?

— Il le faudra bien, dit-elle finalement. Il ne voudra pas être impliqué dans cet imbroglio.

— Je vais appeler maman, dit Clay. La préparer au cas où…

Un coup à la porte les fit bondir. Qui était-ce ? Joe ? Kennedy ? La police ?

Grace avait les nerfs tendus comme un arc. Aussi loin que remontaient ses souvenirs, elle avait toujours épié cette porte avec appréhension. Petite, elle redoutait le retour du révérend. Aujourd'hui, elle craignait une descente de police.

— Monte à l'étage, murmura Clay. Je m'en occupe.

C'était inutile. Grace avait garé sa voiture dans la cour gravillonnée derrière la maison, mais on pouvait l'apercevoir depuis la route. Il aurait été plus judicieux de se glisser dehors par la porte de la cuisine et de redémarrer à fond de train.

— Clay ? fit alors la voix de Madeline de l'autre côté du battant. Clay, tu m'entends ? Ouvre-moi !

Clay regarda Grace.

— Elle sait, pour la bible ?

— J'espère que non. Sinon, elle harcèlerait Jed jusqu'à ce qu'il avoue comment il l'a eue.

— Jed ne dira rien, affirma Clay. Il n'a aucun intérêt à parler.

Grace se passa la main sur les yeux.

— Bien sûr que si ! Il aura intérêt à cracher le morceau s'il ne veut pas être lynché par la population.

— Clay ! cria Madeline en cognant sur le battant. Dépêche-toi, j'ai besoin de toi ! Je ne sais pas où est Grace.

Clay serra le bras de sa sœur, avant de traverser le living-room pour déverrouiller la porte.

Madeline fit irruption comme une folle.

— Oh, mon Dieu, Clay, j'ai entraîné Grace dans…

Elle s'arrêta net en voyant la jeune femme, puis elle se précipita dans la cuisine et la serra dans ses bras.

— Dieu soit loué, tu es là ! Est-ce que ça va ?

— Oui, oui, répondit Grace en échangeant un regard avec Clay par-dessus l'épaule de Madeline.

A l'évidence, elle n'était pas au courant. Donc, Joe n'avait pas trouvé la bible, sinon il l'aurait apportée au commissaire, qui aurait immédiatement averti Madeline. Conclusion : c'était Kennedy Archer qui l'avait ramassée.

Grace pressa les doigts sur ses tempes. Ses idées s'embrouillaient. Joe. Kennedy. Madeline. Clay. Irene. Que des relations complexes. Sans oublier George qui n'avait pas donné signe de vie depuis deux jours.

— Je suis contente que tu sois saine et sauve, dit Madeline. Désolée de t'avoir entraînée dans cette galère.

— Tout va bien, affirma Grace. Et toi ? Qu'est-ce qui t'est arrivé ?

— Ils m'ont rattrapée dans l'allée. Je me suis débattue mais ça n'a servi à rien.

L'ecchymose sur sa joue racontait la même histoire.

Soudain, Madeline se figea. Elle venait de remarquer les égratignures sur les jambes de Grace, sur ses mains, sur sa figure.

— Oh, mon Dieu ! souffla-t-elle. Regarde-toi. Tu es encore plus amochée que moi.

— Je me suis cachée dans les ronces.

— Ils ne t'ont pas trouvée, alors ?

Grace se rappela le corps de Kennedy allongé sur le sien, et elle éprouva un curieux pincement au cœur. *Je n'avais pas l'intention de vous faire mal…*, avait-il dit. Pourquoi tant de délicatesse, compte tenu de la situation ?

— Non, ils ne m'ont pas trouvée.

— Tant mieux. Ils savent que je n'étais pas seule mais j'ai refusé de l'admettre. Par contre, je leur ai dit pourquoi je m'étais introduite chez Joe. Et j'ai promis de rembourser les dégâts matériels.

— Alors tout est bien qui finit bien, dit Grace.

Elle parvint à sourire à Madeline tout en se disant qu'après tant d'années, la bible du révérend allait la trahir.

Assis dans sa cuisine, Kennedy examina sa trouvaille. Le livre était une bible. Et pas n'importe laquelle. Elle avait appartenu au révérend Barker. Son nom était gravé sur la couverture de cuir, et les notes qui figuraient dans la marge avaient été tracées de sa main. Kennedy les avait parcourues : elles révélaient un homme plus obsédé par son propre pouvoir que par Dieu.

Il se remit à tourner les fines pages de vélin avec une sensation de malaise. Kennedy était jeune quand Lee Barker avait disparu, mais il découvrait brusquement un personnage profondément différent de l'homme pieux qu'avaient toujours dépeint les habitants de Stillwater.

La plupart des phrases évoquaient Grace. Il y avait deux ou trois pages blanches à la fin du Livre, couvertes de l'écriture serrée du révérend : une sorte de long poème dédié à sa belle-fille.

Les sourcils froncés, Kennedy réfléchissait intensément. Peut-être que son imagination lui jouait des tours ? Peut-être que Barker se réjouissait simplement d'avoir une famille nombreuse ? Oui mais, dans ce cas, pourquoi n'avait-il rien noté sur Molly ? Ou sur Clay ? Ou même sur sa propre fille ? Et quelle que fût l'interprétation de ces annotations, souvent obscures, une seule conclusion s'imposait : le révérend semblait obnubilé par Grace.

Kennedy alla se planter devant la baie d'où il scruta un instant la nuit. Il devait se tromper. Lee Barker était un homme de Dieu, et lui-même devait projeter sur lui ses propres phantasmes sexuels concernant Grace… Il n'arrivait pas à oublier la nymphe aux seins nus qu'il avait aperçue à la fenêtre.

Retenant un soupir, il revint vers la table où il avait posé la bible. Il se sentait un peu comme le roi David ébloui par la beauté de Bethsabée. Passion néfaste s'il en était, se rappela-t-il. Un sourire d'autodérision se dessina sur ses lèvres. Etait-il devenu à moitié fou à force de vivre sans Raelynn ?

Comme attiré par le souvenir de son épouse, il passa dans le petit salon de musique et contourna le piano pour se laisser tomber sur un fauteuil capitonné. A peine imaginait-il Raelynn penchée sur le clavier que le visage de Grace, son corps tremblant sous le sien durant le bref combat qui les avait opposés, lui revenait à la mémoire. Cette femme l'avait profondément troublé. Elle avait éveillé en lui un désir brûlant qu'il n'avait encore jamais éprouvé… N'empêche que le révérend avait disparu dans des circonstances mystérieuses, que les Montgomery avaient été suspectés et que Grace transportait la bible de Barker… N'aurait-il pas dû apporter cette pièce à conviction à la police ?

En faisant cela, il déclencherait certainement la curée. Et Joe Vincelli conduirait la meute contre ceux qu'il considérait comme les assassins de son oncle. Pourtant, en y réfléchissant, Kennedy ne pouvait s'empêcher de penser qu'un sombre secret liait le révérend à la famille de Grace. Oui, un lien étrange, presque sordide…

Il allongea le bras, saisit le téléphone. Avant de rentrer chez lui, il était passé devant la maison d'Evonne. Les lumières étaient éteintes, signe que Grace dormait… ou qu'elle n'était pas là. Il composa le numéro des renseignements.

— Quelle ville, s'il vous plaît ? fit une voix féminine.

— Stillwater. Je voudrais le numéro de Grace Montgomery.

Un bref silence, puis :

— Désolée. Il n'y a aucun numéro à ce nom. Voulez-vous que je cherche dans une autre commune ?

— Non, merci.

Il raccrocha. Visiblement, la jeune femme ne jugeait pas utile d'avoir une ligne fixe puisqu'elle n'allait rester à Stillwater que très peu de temps.

Kennedy rangea la bible dans un tiroir de la commode, sous ses chaussettes. Il prendrait une décision plus tard. Il allait d'abord remonter jusqu'aux événements qui avaient précédé la disparition de Lee Barker, dans l'espoir de découvrir la vérité.

De retour chez elle, Grace aperçut un bout de papier sous la porte. Elle lança un regard alarmé en direction de la rue, puis vers le jardin, mais ne vit que les longues silhouettes noires des peupliers. La peur la tenaillait. Nul doute qu'à la suite de ce cambriolage stupide, l'enquête allait reprendre. Elle avait l'impression d'être ligotée sur des rails, tandis qu'un train se dirigeait vers elle à toute vitesse…

Frissonnante, elle ouvrit la porte, ramassa la feuille de papier, referma le battant. Ensuite, elle s'assit dans le living obscur. Le tic-tac de la pendule rendait le silence encore plus profond. Au bout d'un long moment, elle alluma la lampe, puis déplia le feuillet.

Où es-tu, ma jolie ? On s'est mal compris, hier soir. Je ne suis pas un mauvais garçon. Essayons d'oublier le passé. Passe-moi un coup de fil.

Suivait la signature de Joe, puis son numéro de téléphone.

Avec une grimace, Grace contempla l'écriture en pattes de mouches. Décidément, ce type n'avait rien compris… Secouant la tête, elle alluma une bougie et approcha la feuille de la flamme. Lorsqu'elle s'embrasa, elle la laissa brûler dans l'évier de la cuisine, ouvrit le robinet et regarda les cendres s'engouffrer dans la bonde.

Exit, Joe ! S'il attendait qu'elle lui téléphone, il allait devoir patienter jusqu'au jugement dernier.

Enfin, elle appela George. Elle avait besoin de vérifier qu'elle avait une autre vie, ailleurs.

La sonnerie résonna dans le vide. Grace consulta sa montre : 5 heures du matin. Son fiancé devait dormir… Elle essaya de nouveau, dans l'espoir d'entendre le son de sa voix.

— Bonjour, ici George E. Dunagan. Je ne suis pas disponible…

Elle raccrocha. Sans doute dormait-il plus profondément que d'habitude. Elle se promit de le rappeler plus tard à son bureau, puis monta à l'étage. La pluie avait cessé mais le vent sifflait dans les branches. Grace n'aimait pas le vent. Il lui rappelait toutes ces années où elle se pelotonnait sous les couvertures, l'oreille aux aguets, trop effrayée pour bouger, retenant son souffle. C'était lors d'une nuit venteuse comme celle-ci qu'elle avait découvert pour la première fois l'ombre menaçante de son beau-père sur le seuil de sa chambre.

— Il est mort, murmura-t-elle.

Elle avait aidé Clay à l'enterrer. Ils l'avaient tous aidé. Mais quand, peu après, elle s'était allongée et avait fermé les yeux, elle avait vu le visage pâle du révérend pressé au carreau de la fenêtre. Il était revenu. Et il essayait d'entrer dans la maison.

8.

Kennedy regardait Teddy dévorer ses céréales au miel. Il aurait voulu évoquer avec lui ses travaux de jardinage chez Grace mais c'eût été hypocrite d'expliquer au petit garçon qu'il devait passer moins de temps en compagnie de la jeune femme. Teddy était rentré avec un sac plein de cookies, un plat de lasagnes ainsi qu'un pain à l'ail croustillant, qui avaient fait grincer des dents à Camille Archer. Ils les avaient dégustés la veille au soir, avant que Kennedy ne se rende à la Roue de la Fortune, et les garçons avaient apprécié ce dîner avec leur père, sans la présence de leur encombrante grand-mère.

— Tu manges trop vite, dit Kennedy en repliant son journal. Il n'y a pas le feu.

— Quel feu ? demanda Teddy, la bouche pleine.

— C'est une expression. Dis-moi pourquoi tu es si pressé.

Le petit garçon marqua une pause pour lancer un regard à son père.

— Il faut qu'on parte, non ?

— Oui mais la perspective d'aller chez mamie ne t'a jamais enthousiasmé de cette façon.

Teddy baissa les yeux sur son bol.

— La semaine dernière, tu ne voulais même pas rester une minute chez ta grand-mère, poursuivit Kennedy.

La cuillère s'immobilisa à un centimètre de la bouche du gamin.

— C'est plus pareil.

— Vraiment ? Et pourquoi donc ?

Pas de réponse.

— Tu aimes donc tellement les cookies ?

— J'aime bien Grace, dit Teddy. On s'amuse tous les deux.

Heath vida son verre de lait et le reposa.

— Il est resté avec elle toute la journée, hier, déclara-t-il. Mamie était furieuse.

— Commérages et compagnie ! lança Teddy d'un air méprisant.

Kennedy réprima un sourire.

— Justement, ta grand-mère m'a prié de te raisonner à propos du temps que tu passes en compagnie de Grace.

— Mamie la déteste parce qu'elle vote pour Mme Nibley ! lança Teddy.

— Oui, il y a des affiches de Nibley chez elle, confirma Heath. Mamie les a vues et elle a dit que ça ne l'étonnait pas.

— Bon, et qu'est-ce que vous faites quand tu vas chez elle ? demanda Kennedy.

— On travaille, répondit Teddy en haussant les épaules.

— Quel genre de travail ?

— On fait la cuisine… on compte les bocaux au grenier… on…

— Donc, tu ne restes pas dans le jardin, comme convenu, l'interrompit Kennedy, les sourcils froncés.

Les joues de Teddy s'empourprèrent.

— Oh, papa, quelle importance ? s'écria-t-il. Il fallait bien faire la cuisine, sinon on ne serait pas prêts pour aujourd'hui.

— Que doit-il se passer aujourd'hui ?

— On va rouvrir la boutique.

— Quelle boutique ?

— Euh… tu sais bien… le stand d'Evonne.

Kennedy battit des paupières.

— C'est une blague ?

— Pas du tout, affirma le petit garçon, les yeux brillants d'excitation. On a déjà vingt-cinq bocaux de pêches au sirop, dix-huit jarres de tomates et…

— Est-ce que Grace a besoin d'argent ?

— Je ne sais pas. En tout cas, on va partager.

— J'en déduis qu'elle n'en a pas besoin.

— Je crois qu'Evonne lui manque, déclara Teddy avec un air sérieux de grande personne. Elle veut suivre ses traces.

— Ce qui veut dire ?

Les épaules de Teddy s'affaissèrent.

— Je ne sais pas.

— Ça veut dire…, commença Kennedy.

— Ah, je m'en souviens ! s'exclama Teddy. Evonne était pour le retour à la nature… ou quelque chose comme ça.

Kennedy s'esclaffa.

— C'est quoi le retour à la nature, papa ? s'enquit Heath.

— Vivre au rythme des saisons. Et compte tenu de son job, je suis convaincu que ça lui ferait un sacré changement.

— Qu'est-ce qu'elle fait, comme job ? demanda Heath.

— Elle est le substitut du procureur de l'Etat.

— C'est quoi ? lança Teddy.

— C'est-à-dire qu'elle est juriste.

— Qu'est-ce que c'est *juriste* ?

— Quelqu'un qui connaît les lois. Un avocat, en somme.

Teddy lécha le nuage de lait sur sa lèvre supérieure.

— Oh, oui, je m'en souviens, maintenant. Elle m'a dit qu'elle avait pris *congé des lois*...

— De *l'exercice* des lois, rectifia son père.

Mais le petit garçon n'eut pas l'air de le remarquer.

— Elle est vraiment très gentille, reprit-il. Et drôlement jolie.

Kennedy croisa les bras sur sa poitrine.

— Ceci n'explique pas pourquoi tu m'as désobéi.

— Elle avait besoin de mon aide.

— Les bonnes excuses ne justifient pas la désobéissance.

Les sourcils blonds de Teddy se joignirent au-dessus de son petit nez en trompette.

— On laisse la porte de derrière ouverte pour faire des courants d'air, déclara-t-il, comme si ce détail pouvait améliorer la situation. Et des fois, on s'assied sous le porche pour boire une citronnade.

— C'est vrai ? demanda Heath d'un air envieux. Tu crois que je pourrais y aller, moi aussi ?

— Peut-être, répondit Teddy.

Mais au ton de sa voix, Kennedy devina qu'il voulait avoir Grace pour lui tout seul.

Il se demanda comment il devait réagir. Il n'avait pas

oublié la bible qui se trouvait désormais dans son tiroir et qui l'avait empêché de fermer l'œil toute la nuit. Pourtant, il ne doutait pas que Grace pût avoir une influence positive sur Teddy.

— Tu m'as désobéi, donc tu mérites une punition, dit-il.

— Laquelle ? demanda le petit garçon.

— Tu balaieras le porche *et* le garage, par exemple.

— O.K ! fit Teddy sans broncher. Mais est-ce que je peux quand même aller chez Grace aujourd'hui ?

— Je ne sais pas…

— Oh, s'il te plaît, papa ! Elle a besoin de moi.

— Bon, mais essaie de ne pas rester plus d'une heure ou deux, sinon ta grand-mère va s'inquiéter.

— Mais on a un tas de choses à préparer !

Kennedy simula de son mieux une expression sévère.

— C'est ça ou rien, Teddy.

— Ce serait idiot de rester toute la journée chez mamie. Dès que je fais un truc, elle me dit d'arrêter.

— Si tu tiens à rouvrir le stand d'Evonne avec Grace, tu devras accepter ce compromis.

— Mais…

— Teddy !

Enfin, le gamin eut l'air de comprendre qu'il n'avait pas d'autre choix.

— D'accord, murmura-t-il d'une voix fêlée.

— Et puisqu'on en parle, rends-moi un petit service.

La frimousse du petit garçon se rembrunit.

— Quoi encore ?

Kennedy sourit.

— Rapporte-nous encore quelques cookies.

Les yeux gris de l'enfant s'illuminèrent.

— Je veux bien, à condition que Grace vienne camper avec nous ce week-end.

— Quoi ?

— Elle adore la campagne. Elle me l'a dit.

— Je ne crois pas que ce soit une bonne idée, Teddy. Et puis, elle n'accepterait certainement pas mon invitation.

— Bien sûr que si, papa ! D'ailleurs, si tu veux qu'elle vote pour toi, il faudrait qu'elle te connaisse un peu mieux.

Feignant un détachement qu'il n'éprouvait pas, Kennedy reprit son journal.

— Une autre fois peut-être, mon bonhomme…

C'était compter sans l'opiniâtreté de Teddy.

— Allez, papa ! Donne-lui une chance. Je suis sûr que vous deviendrez copains, si elle vient avec nous. Et alors, tu ne te feras plus de souci pour moi quand j'irai chez elle. Parce qu'on a l'intention de vendre les produits d'Evonne toute la semaine…

Kennedy étudia le petit visage levé vers lui. Teddy semblait au bord des larmes.

Mal à l'aise, il s'éclaircit la gorge.

— J'y songerai.

Ce fut tout ce qu'il trouva à rétorquer.

Un large sourire éclaira les yeux de Teddy.

— Merci, papa ! T'es formidable !

Kennedy ouvrit la bouche pour préciser qu'il n'avait pas encore donné son accord, puis il se ravisa. De toute façon, Grace se chargerait de décliner son invitation.

— Ne sois pas déçu si elle refuse, se crut-il obligé d'ajouter. Peut-être qu'elle a d'autres plans.

— Elle n'en a pas, décréta Teddy sur le ton de la confidence. Elle ne connaît personne ici. Et elle m'aime vraiment beaucoup.

Les sentiments de Grace pour Teddy ne faisaient aucun doute. C'était plutôt son hostilité vis-à-vis de lui qui posait problème à Kennedy.

Dès qu'elle sortit de la douche, Grace appela George à son bureau. Elle avait déjà essayé de le joindre deux fois, mais Heather, sa secrétaire, lui avait répondu qu'il n'était pas encore arrivé. D'habitude, il était à son bureau à 8 heures tapantes. Il était 10 heures du matin, maintenant, et ça semblait bizarre que Heather ne sache pas où se trouvait son patron.

— Le bureau de Maître George E. Dunagan.

— Salut, Heather, c'est encore moi ! Est-ce que George est là, s'il vous plaît ?

Elle sentit une légère hésitation.

— Euh… Je vais voir…

— Merci, j'attends, dit Grace, quelque peu déroutée.

Après un interminable silence, George prit enfin la communication.

— Allô, Grace ?

La jeune femme laissa échapper un soupir de soulagement.

— Bon sang, George, j'essaie de te joindre depuis hier soir. Je commençais à me demander si tu n'avais pas été enlevé par des extraterrestres.

Elle rit, mais il ne l'imita pas.

— Que se passe-t-il ?

— Rien. Je voulais juste entendre ta voix. Ça fait plusieurs jours qu'on ne s'est pas parlé…

— J'étais occupé, répondit-il sans donner davantage d'explications. Comment ça va à Stillwater ?

— Ça va…

George recouvrit le récepteur de sa paume et se mit à parler à quelqu'un.

— Madeline et moi, on a cambriolé un magasin la nuit dernière, dit Grace, sachant qu'il ne l'écoutait pas.

— Très bien, dit-il quelques secondes plus tard.

Grace jeta un regard à une photo qui les montrait tous les deux au restaurant où ils avaient fêté son anniversaire.

— George, qu'est-ce qu'il y a ? Tu as l'air si distant…

— Ecoute, Grace, j'ai un autre coup de fil. Est-ce que je peux te rappeler un peu plus tard ?

La jeune femme sentit son estomac se nouer. George ne l'avait jamais traitée aussi froidement. Pourquoi ne la pressait-il pas d'écourter son séjour ? Pourquoi ne lui demandait-il pas s'il pouvait la rejoindre pour le week-end ?

— Tu me caches quelque chose ? lui demanda-t-elle.

— Je ne peux pas te parler maintenant. J'ai du boulot.

— D'accord, George. Tu vas bien, au moins ?

— Mais oui, répondit-il.

Et il se dépêcha de raccrocher.

Quelque chose ne tournait pas rond, c'était évident. George avait toujours été si stable, si sérieux. Avait-il changé d'avis concernant leur relation ? Allait-il rompre, alors qu'elle avait tellement besoin de lui ?

Grace regardait toujours le téléphone quand Teddy frappa à la porte. Elle l'attendait mais elle n'était plus tout à fait sûre de vouloir de la compagnie.

Lorsqu'elle ouvrit la porte, le petit garçon lui tendit prestement une dent-de-lion jaune.

— Je l'ai cueillie pour toi, déclara-t-il fièrement.

Elle sourit.

— Merci. C'est très joli.

Ce geste attendrissant lui remonta singulièrement le moral. Elle se trompait pour George, pensa-t-elle. Ils s'aimaient. Ils allaient se marier et ils auraient un gentil petit garçon comme Teddy. D'ailleurs, pourquoi se faisait-elle du souci pour George, alors que la bible du révérend se promenait quelque part dans la nature ?

— Tu es prêt à ouvrir la boutique ? demanda-t-elle au gamin.

— Oh, oui !

Il était presque aussi excité qu'elle par la perspective de vendre les savons et les lotions d'Evonne.

— Ta grand-mère sait que tu es ici ?

Il jeta un coup d'œil aux affiches électorales de Mme Nibley et se balança gauchement d'un pied sur l'autre.

— Oui, bien sûr.

Il lui cachait quelque chose, devina-t-elle.

— Teddy ?

Il leva les yeux vers elle.

— Quoi ?

— J'aimerais rencontrer tes parents.

— Ce week-end ? demanda-t-il, plein d'espoir.

— Aujourd'hui.

— D'accord. Mais maman est sortie et papa est à son travail. Ce soir, peut-être, quand on aura fermé le stand ?

— Ce soir, d'accord. Viens, maintenant : tu vas m'aider à sortir les bocaux de pêches au sirop.

*
* *

— Tu crois qu'on va gagner beaucoup d'argent ? demanda Teddy en rapprochant sa chaise de jardin de celle de Grace.

Le « stand » se résumait à une longue table à tréteaux sur laquelle ils avaient aligné leurs marchandises. Au dernier moment, Teddy avait insisté pour qu'ils y ajoutent des cookies. Grace avait hésité. Elle savait que les produits d'Evonne attireraient son ancienne clientèle. Mais ses produits à elle… surtout après les rumeurs selon lesquelles Grace et sa mère auraient empoisonné le révérend… Finalement, elle avait fabriqué les cookies et Teddy les avait disposés dans cinq plats différents.

— Peut-être une centaine de dollars, répondit-elle avec un haussement d'épaules.

— Je me demande qui on va avoir comme premier client.

— On verra bien.

Au même moment, une Sedan blanche se gara le long du trottoir et Mme Reece, l'un des anciens professeurs de Grace, en sortit. La jeune femme crispa les doigts sur les bras de son fauteuil. Mme Reece lui avait jadis jeté un dictionnaire à la figure parce qu'elle avait mal répondu à une question. Au lycée, Grace n'avait guère le temps d'étudier. Son job de serveuse ne lui permettait pas de réviser ses cours, sans oublier le constant sentiment d'insécurité que lui procurait la présence d'une tombe dans l'arrière-cour de la ferme.

— J'ai entendu dire que vous étiez revenue ! lança Mme Reece quand Grace la salua.

Ses cheveux avaient blanchi mais son visage n'avait rien perdu de sa dureté.

— Oui, pour trois mois.

— Je vois, dit Mme Reece en promenant sur l'étal un regard scrutateur. J'ai été informée de votre réussite professionnelle, ce dont je vous félicite, bien que je sois quelque peu surprise, pour être honnête.

Elle désigna les affiches sur le porche, et reprit :

— En tout cas, je n'approuve pas vos choix politiques.

— Je pourrais vous en dire autant, madame Reece.

La vieille dame ouvrit la bouche mais aucun mot n'en sortit. Enfin, se tournant vers Teddy, elle fronça les sourcils.

— Ta grand-mère sait que tu es ici ?

Tandis que le petit garçon hochait vigoureusement la tête, elle ajouta :

— Je ne crois pas qu'elle t'ait donné sa bénédiction.

— Vous vous êtes arrêtée pour une raison précise, madame Reece ? demanda Grace poliment.

La femme pointa l'index sur les pêches au sirop.

— Ce sont celles d'Evonne ?

— Absolument. Nous les avons sorties du grenier pas plus tard qu'hier.

— Trois bocaux, s'il vous plaît.

Grace laissa Teddy encaisser le prix de leur première vente, puis elle lui dit :

— J'ai cru comprendre que Mme Reece connaît bien ta grand-mère ?

Une expression chagrine apparut sur la frimousse du petit garçon.

— *Tout le monde* connaît ma grand-mère.

— Qui est-ce ?

Une guimbarde des années 50 freina devant le trottoir, dispensant Teddy de répondre. Le cœur de Grace fit un bond.

C'était Jed Fowler. Aussi loin que sa mémoire remontait, le garagiste circulait dans ce véhicule branlant.

Il lui parut aussi rougeaud que dans ses souvenirs. Il avait conservé sa bedaine, et portait le même genre de vêtements élimés que le jour où il avait débarqué à la ferme pour réparer le tracteur. La casquette rouge imprimée du logo de sa station-service empêcha Grace de vérifier s'il avait perdu ses cheveux.

Se sentant gagner par la nervosité, elle se leva pour l'accueillir.

— Bonjour, Jed. Comment allez-vous ?

Lorsqu'il la dévisagea, elle eut la sensation qu'il lisait ses pensées. Que savait-il exactement sur le cambriolage de son atelier ? se demanda-t-elle avec angoisse. Et une fois de plus, elle pensa à la bible qu'elle avait égarée dans les bois…

Elle essuya ses paumes moites sur sa jupe en coton, et prit une profonde inspiration.

— Que puis-je pour vous ?

Il désigna les cookies.

— C'est vous qui les avez faits ?

— Oui.

Il prit un pain de savon à la lavande, le huma et le reposa avec une grimace.

— Je prendrai un bocal de pickles, dit-il.

Son regard se fixa un instant sur Teddy, et une lueur de surprise traversa ses prunelles délavées.

— Et un de ces plats, dit-il au petit garçon en lui tendant un billet de vingt dollars.

Grace se sentait partagée entre la reconnaissance et la culpabilité. Elle aida Teddy à rendre la monnaie au vieil homme. Et au moment où il s'apprêtait à tourner les talons, elle l'appela.

— Monsieur Fowler ?

— Oui ?

— J'ai… j'ai appris pour hier soir. Je suis désolée.

Il se contenta de hocher la tête. Puis son regard se posa une dernière fois sur Teddy, et il remonta dans son antique camionnette.

— Qu'est-ce qui s'est passé hier soir ? demanda Teddy.

Grace répondit par une autre question :

— Pourquoi les gens ont-ils l'air étonné de te voir ici ?

— Je ne sais pas, répondit le gamin, les yeux fixés sur ses chaussures.

— Teddy, qui est ta grand-mère ?

Il leva sa petite main devant ses yeux, ébloui par l'éclat du soleil.

— Je peux te le dire plus tard, Grace ? Quand mon papa t'invitera à faire du camping avec nous ?

— Pardon ?

— Je lui ai demandé qu'on passe le week-end ensemble et il a accepté.

— Mais en attendant, tu ne veux rien me dire sur ta famille.

— Non.

— Pourquoi ?

— Parce que si tu n'aimes pas ce que je te dirai, tu vas me renvoyer à la maison.

— Ne sois pas bête. Le nom de ta famille m'importe peu.

— Tant mieux, rétorqua-t-il, soulagé. Parce que ce

ne sera pas ma faute si mon papa remporte les élections contre Vicki Nibley.

Avait-il dit *mon papa* ?

Grace sentit ses genoux se dérober sous elle.

— Qu'est-ce que tu as dit ?

Il lança un coup d'œil vers les affiches électorales.

— Je ne serai pas fâché contre toi si Mme Nibley gagne les élections.

— Attends ! Es-tu en train de me dire que tu es le fils de Kennedy Archer ?

Il acquiesça à contrecœur.

— Mais… c'est impossible ! s'écria-t-elle.

— Pourquoi, Grace ?

— Parce que… tu ne lui ressembles pas !

— Non ?

— Non ! répéta-t-elle avec obstination.

Quoique… Maintenant qu'elle était au courant, elle trouvait une vague ressemblance entre Teddy et son illustre père. Le sourire, peut-être. Ou l'ossature du visage.

— Les gens disent que je ressemble à ma mère.

Raelynn. Bien sûr ! Comment ne l'avait-elle pas remarqué ? Et comment Kennedy Archer permettait-il à son petit garçon de huit ans de tondre la pelouse de n'importe qui ? Pour s'attirer les bonnes grâces des électeurs, sans doute ! Effarée, la jeune femme secoua la tête. Qui aurait pu prévoir qu'elle chérirait aussi tendrement le fils de Kennedy Archer ?

— Pourquoi est-ce que personne ne te surveille ? lança-t-elle en s'efforçant de dissimuler sa déception.

— Je te l'ai déjà dit. Mamie me surveille.

— Ce n'est pas possible. Ta grand-mère vit en dehors de la ville.

— Elle a déménagé il y a longtemps.

— Où ça ?

— En face… Papy voulait qu'ils habitent plus près de la banque.

En face. Plus près de la banque… C'était logique. Teddy avait perdu sa mère : il fallait bien que quelqu'un le garde pendant la journée. Mme Archer mère, naturellement. Ce qui voulait dire… Grace pressa ses doigts sur ses tempes. C'était bien Kennedy qu'elle avait aperçu dans la SUV noire, le matin où elle s'était penchée à sa fenêtre, à moitié nue.

— Bon sang ! marmonna-t-elle en se laissant tomber sur une chaise.

Après un long silence, Teddy lui tapota timidement l'épaule.

— Grace ?

— Oui, quoi ?

— Tu es fâchée contre moi ?

— Non, bien sûr que non…

Elle s'interrompit, ne sachant que dire. Archer l'avait peut-être laissé filer, hier soir, mais ce n'était que partie remise.

— Alors qu'est-ce qui ne va pas ?

— Je… J'ai besoin de réfléchir, Teddy. Pourquoi tu ne rentres pas chez ta grand-mère ? Prends les cookies, si tu veux. Nous… nous en reparlerons une autre fois, d'accord ?

— Tu ne veux plus qu'on soit amis ?

En voyant le visage bouleversé du petit garçon, elle crut que son cœur allait se briser.

— Teddy, ce n'est pas ça. Tu vois, ton père et moi… nous ne nous sommes jamais appréciés.

— C'est pas vrai. Il te trouve sympa.

— Je n'y crois pas. J'ai même du mal à croire qu'il t'ait donné la permission de venir chez moi… Il ne le sait pas, hein ?

— Mais si ! Il m'a dit de te remercier pour les lasagnes. Et il m'a demandé de lui rapporter des cookies. Il *adore* tes cookies, Grace.

Ah, bravo ! Elle avait préparé un dîner pour les Archer ! Et ce charmant petit garçon n'était pas un enfant pauvre, comme elle l'avait cru. C'était un fils de famille. Le fils de Kennedy Archer.

— Il a même dit que tu pourrais faire du camping avec nous, insista Teddy.

Grace haussa les épaules. Elle ne pouvait pas y croire.

— Ecoute, Teddy, tu as une famille qui t'aime et qui prend soin de toi. Tu n'as pas besoin de moi.

Des larmes emplirent les yeux du petit garçon.

— Je ne reviendrai plus jamais ! cria-t-il.

Il partit en courant.

Sonnée, Grace regarda les produits étalés sur la table. Ensuite, elle songea aux livres pour enfants qu'elle voulait emprunter à la bibliothèque municipale. Teddy ne connaissait pas Lemony Snicket et elle avait projeté de lui lire toute la série de ses aventures.

Elle regarda vers le coin de la rue où le petit garçon avait disparu, et enfouit son visage entre ses mains.

Kennedy aurait aimé que sa mère lui fiche un peu la paix, ne fût-ce qu'une journée. Mais voilà qu'elle l'appelait encore ! Elle avait toujours une doléance à lui présenter ou une suggestion à lui faire. Elle lui passait un coup de fil pour lui demander la permission de laisser les enfants ramasser des pêches dans le jardin de Rodney Granger, son voisin. Ou pour lui signaler qu'elle allait louer une machine de nettoyage de tapis. Ou pour lui annoncer qu'elle avait convaincu un supporter de Vicki Nibley de voter pour lui. Bref, elle l'appelait constamment. Et Kennedy ressentait un intense besoin de solitude. Et de liberté. Chose impossible, étant donné que sa mère gardait les garçons quotidiennement. La famille représentait une valeur essentielle dans l'éducation qu'il avait reçue, et la mort de Raelynn puis la maladie de son père avaient renforcé ses liens avec Camille.

Il prit la communication en soupirant.

— Allô ?

— Kennedy ? Nous avons un problème.

— Quoi donc ?

— Teddy est dans tous ses états.

— Pourquoi ? Il est rentré en retard et il s'est fait gronder ?

— Non. Il est rentré tôt. Il a grimpé dans sa cabane sur l'arbre et il ne veut plus redescendre. Il s'est passé quelque chose pendant qu'il était chez cette femme.

En dehors d'Irene, Grace était la seule personne que sa mère appelait « cette femme ».

— Que s'est-il passé ? Tu le sais ?

— Il ne veut pas me le dire, répondit Camille d'un ton fortement désapprobateur. Je t'avais bien dit qu'il ne fallait pas l'autoriser à aller là-bas !

— Bon, dis-lui que je veux lui parler.

Kennedy attendit un long moment avant d'entendre enfin la voix de son fils.

— Oui ?

— Salut, bonhomme. Qu'est-ce qui se passe ?

— Rien, marmonna Teddy d'un ton lugubre. Je suis rentré à l'heure.

— Je sais. Je t'appelle pour savoir ce qui s'est passé chez Grace aujourd'hui.

— Il ne s'est rien passé.

— Je suis passé devant chez elle vers midi. Le stand était vide. Vous n'avez pas ouvert la boutique d'Evonne ?

— Si mais… elle ne veut plus que je l'aide, répondit le petit garçon d'une voix pleine de larmes. Elle ne m'aime plus.

Kennedy se rappela la scène qu'il avait surprise entre eux et qui l'avait tant touché.

— Qu'est-ce qui te fait croire ça ?

— Elle m'a dit de prendre tous les cookies et de rentrer chez moi.

— Peut-être qu'elle était fatiguée.

— Elle n'était pas fatiguée.

Kennedy changea son téléphone d'oreille.

— Comment le sais-tu ?

— Elle a changé quand je lui ai dit que tu étais mon papa.

Kennedy fronça les sourcils.

— Elle ne le savait pas ?

Silence.

— Teddy ?

— J'aurais pas dû lui dire ! gémit le petit garçon. Elle veut que ce soit Vicki Nibley qui gagne les élections.

— Alors, pourquoi tu le lui as dit ?

— Je voulais attendre jusqu'à ce que tu l'invites à notre excursion mais Mme Reece, qui est venue acheter des pêches au sirop, a dit que grand-mère n'apprécierait pas de me voir là-bas, tu comprends ?

Oh, oui, Kennedy comprenait de mieux en mieux. Et il se représentait parfaitement la vieille dame belliqueuse formulant des commentaires désobligeants. Autrefois, Grace suivait les cours d'anglais de Mme Reece. Elle était assise au fond de la classe. Un jour, la petite amie de Joe l'avait provoquée et finalement, le prof d'anglais avait puni Grace.

— Elles se sont disputées ?

Teddy renifla.

— Non mais je crois qu'elle n'aime pas Mme Reece.

— Probablement pas, dit Kennedy. Ne te fais pas de souci, fils. Ça va s'arranger.

Il y eut un silence, puis Teddy murmura :

— Papa ?

— Oui.

— Tu ne pourrais pas passer chez Grace pour essayer de lui prouver que tu es gentil ?

— Tu parles sérieusement ?

— Oui. Elle m'a dit que vous n'avez jamais été amis. Tu pourrais lui dire que tu es désolé ?

— Teddy…

— Tu m'as bien obligé à présenter des excuses à Parker McNally, alors qu'il m'avait frappé le premier.

— Tu lui as mis le nez en sang.

— C'était lui qui avait commencé mais tu as dit que, parfois, on doit se comporter en adulte, tu t'en souviens ?

— Ce n'est pas la même chose.

— Pourquoi ? Tu ne veux pas être copain avec Grace ?

— Si, bien sûr, mais je ne crois pas qu'elle acceptera.

— S'il te plaît, papa ! On devait garder le stand toute la semaine… et puis le camping, ce sera pas drôle sans elle.

Kennedy se passa la main sur le front.

— Teddy…

— Oh, papa, fais un effort, s'il te plaît ! Grace est ma *meilleure* amie.

Kennedy sentit son cœur se serrer douloureusement. Avant, Teddy disait que sa meilleure amie était Raelynn.

— Papa ? Tu es là ?

— Je suis là, oui.

— Alors, tu le feras ? Pour moi ? S'il te plaît !

Kennedy poussa un long souffle.

— Très bien, répondit-il finalement. J'irai.

— Sois gentil avec elle, d'accord ? Et quand tu l'inviteras, n'oublie pas de lui dire qu'on mangera des marshmallows. Elle adore ça.

Kennedy n'était pas sûr que Grace lui ouvrirait sa porte.

— Teddy, je ne sais pas si ça va changer quelque chose.

— Si, papa, j'en suis sûr, affirma le gamin d'une voix vibrante d'espoir.

Kennedy raccrocha. Il était navré de ce qui s'était passé autrefois au lycée. Terriblement désolé. Il était tout prêt à présenter des excuses à Grace Montgomery. Mais les accepterait-elle ? Ça, c'était une autre paire de manches.

9.

Grace ouvrit la porte. Elle portait un chemisier de coton blanc qui soulignait le hâle de sa peau, une longue jupe rouge, orange et rose. Elle était pieds nus et un bracelet entourait sa cheville fine. Kennedy lança un bref coup d'œil aux ongles rose vif de ses orteils. Elle avait de petits pieds délicats, très féminins, songea-t-il en levant les yeux vers son visage. L'égratignure sur sa joue et l'expression inquiète de son regard le ramenèrent brutalement aux événements de la veille… Puis il se rappela que Teddy lui avait confié une mission et qu'il devait s'y atteler.

— Bonjour, Grace.

Il avait desserré le nœud de sa cravate, fourré ses poings dans ses poches, et il s'efforçait d'afficher un air décontracté.

— Bonjour, répondit-elle d'une voix mal assurée.

Il lui offrit son plus charmant sourire, puis désigna le stand, dans le jardin.

— Il vous reste des pêches ? demanda-t-il aimablement.

— Vous êtes venu pour ça ?

— Non, pas vraiment, admit-il.

Elle passa les doigts dans son opulente chevelure brune qui flottait sur ses épaules.

— Alors, vous voulez me parler d'hier soir ?

— Non plus. C'est Teddy. Il m'a appelé il y a quelques minutes.

La poitrine de Grace se souleva, comme si elle avait inspiré profondément.

— Je suis désolée. Je n'avais pas l'intention de le blesser. Je n'aurais jamais reporté délibérément sur un enfant les sentiments négatifs que j'éprouve pour vous et vos amis.

Il tressaillit. Elle le détestait donc à ce point ?

— Et je ne l'aurais pas embauché si j'avais su qu'il était votre fils, poursuivit-elle. Je comprends qu'il soit déçu mais il oubliera. Les enfants oublient vite… A l'avenir, je serai plus prudente. Dites-lui ce que vous voulez : que j'ai une mauvaise influence sur lui, que je ne suis pas digne de son amitié… ça m'est égal. Je veux bien fermer le stand pendant une semaine, si ça peut l'aider.

Kennedy fit un pas en avant et posa la main sur la porte. La jeune femme n'essaya pas de refermer le battant.

— Grace, je suis navré, dit-il.

Elle recula, afin de mettre de la distance entre eux.

— Il ne faut pas. Teddy ne m'a causé aucun ennui.

— Je ne parle pas de Teddy. Je lui avais donné la permission de vous aider. Je croyais qu'il vous avait dit qu'il était mon fils ou que quelqu'un d'autre s'en chargerait. De toute façon, je suis désolé pour ce que j'ai fait, ou plutôt pour ce que je n'ai pas fait, quand nous étions au lycée.

— Je ne veux pas parler de cette époque. Vous, vous pouvez relire les éloges que vous avez reçus, admirer les trophées que vous avez remportés au foot, au basket et au base-ball. Moi, j'étais trop stupide, à l'époque, trop désespérée et…

Elle laissa sa phrase en suspens pendant un instant, puis conclut :

— Je veux juste oublier ces années de malheur.

— Est-ce que ça veut dire que vous refusez de me pardonner ?

Elle scruta un point hypothétique dans le jardin avant de reporter son regard sur le visage de Kennedy.

— Allez-vous me rendre ce que vous m'avez pris hier soir ?

Kennedy fronça les sourcils. Si elle était impliquée dans la mort du révérend et qu'il lui rendait la bible, il deviendrait complice d'un crime. S'il remettait sa trouvaille à la police, il contribuerait à envoyer Grace en prison, et s'il la conservait, il devrait en répondre un jour.

Pouvait-il lui faire confiance ? Il était incapable de répondre à cette question.

— Accepteriez-vous de venir camper avec nous ce week-end ? demanda-t-il à brûle-pourpoint.

Elle écarquilla les yeux.

— Je vous demande pardon ?

— Teddy compte sur moi pour vous convaincre.

Lui aussi le voulait, du fond du cœur, mais il savait qu'il était inutile de le lui dire. Elle ne le croirait pas.

— Non…, commença-t-elle avant de se figer et de baisser le ton. De quoi s'agit-il exactement ? Vous me proposez un marché ?

Il détestait ce genre de tractations. Jusqu'alors, il n'avait jamais soudoyé une femme. Or, il avait besoin de mieux connaître Grace avant de prendre une décision la concernant.

— Vous me rendrez la bible si je viens avec vous ce week-end ?

— Ça dépend, répondit-il, gêné.

— De quoi ?

— De… la manière dont les choses se passeront.

Elle plissa les lèvres en une moue de dégoût.

— Bon sang, vous êtes pire que Joe.

— Je ne suis pas comme Joe ! s'écria-t-il.

— Non ? Eh bien, laissez-moi vous dire comment les choses se passeront, mon cher ! Je ne coucherai pas avec vous. Pour rien au monde.

— Je ne parlais pas de ça…

Il haussa le menton, heurté dans sa fierté de mâle.

— Vous, au moins, vous savez comment rabaisser un homme ! L'idée de coucher avec moi vous paraît donc si désagréable ?

— Je ne compte pas me laisser prendre à votre jeu, quand bien même vous deviendriez le président des Etats-Unis. Ce temps-là est révolu.

— Mais je n'essayais pas… Ecoutez, Grace, je ne vous demande rien. Aucun rapport physique, j'entends. Ce n'est qu'une excursion qui durera trois jours et deux nuits. Les garçons seront avec nous et vous aurez votre propre tente.

L'expression de la jeune femme se radoucit.

— Vous faites tout ça pour Teddy ?

— Oui, plus ou moins.

— Vous ne me toucherez pas ?

— Pas si vous ne le voulez pas, répondit-il en la dévisageant.

— Et vous me rendrez la bible ?

Il l'avait envisagé en échange d'une explication.

— Peut-être.

Peut-être, c'était mieux que rien, se dit-elle. Et c'était sa seule chance.

— D'accord. J'accepte votre proposition.

— Parfait.

Il pivota sur ses talons et se dirigea vers sa voiture, mais à mi-chemin il se retourna.

— Je passerai vous chercher à 8 heures demain matin.

— Voulez-vous que j'apporte des sandwichs ? Une salade ?

— Inutile : je m'occupe de tout.

Grace suivit du regard la SUV noire qui s'éloignait dans l'allée. Elle allait camper dans la forêt avec Kennedy Archer et ses fils… Elle n'était pas certaine d'avoir pris la bonne décision. Cet homme faisait jaillir en elle des émotions singulières : un mélange d'attirance, de désappointement et d'embarras. Il savait tout sur elle, sur l'existence misérable qu'elle avait menée autrefois. Le ressentiment, la colère, l'humiliation qu'elle avait relégués aux oubliettes resurgissaient. Bizarrement, elle l'avait cru sur parole lorsqu'il avait affirmé qu'il ne la toucherait pas. Il fallait coûte que coûte récupérer la bible, se dit-elle. Par ailleurs, elle éprouvait une culpabilité écrasante vis-à-vis de Teddy. Le petit garçon s'était senti rejeté. Il était trop jeune, trop innocent pour comprendre la complexité des sentiments qu'elle éprouvait à l'égard de son père.

Son cellulaire se mit à bourdonner. Elle se précipita pour décrocher dans l'espoir d'entendre la voix de George.

Il ne l'avait pas rappelée depuis leur brève conversation de ce matin.

— Pas de nouvelles de l'objet perdu ? demanda Clay.

— Si. C'est Kennedy Archer qui a trouvé la bible.

— Il te l'a dit ?

— Très clairement.

— Il l'a apporté à la police ?

— Pas encore. Il se demande s'il doit me la rendre ou pas.

Clay alla baisser le son de la télé.

— Pourquoi ferait-il une chose pareille ?

— Je vais camper avec lui.

Il y eut un silence, puis Clay répéta :

— Tu vas camper avec Kennedy Archer ?

— C'est dingue, je sais.

— Et George ?

Grace tira les rideaux pour se protéger de l'éclat du jour.

— Maman t'a parlé de George ?

— Oui. Molly aussi. Elles prétendent que tu veux l'épouser.

Oui, mais le comportement étrange de George laissait à désirer.

— Je crois qu'on a rompu, dit-elle.

— Tu n'en es pas sûre ?

— Non. Et ce week-end avec Archer n'a rien à voir avec un rendez-vous amoureux.

— C'est quoi, alors ?

— Une excursion, avec ses enfants.

— Il ne t'aurait pas invitée s'il n'avait pas une idée derrière la tête.

— Teddy, son plus jeune fils, m'a aidée à rouvrir la

boutique d'Evonne. C'est lui qui insiste pour que je vienne camper avec eux.

Clay émit un gloussement incrédule.

— Ouais, d'accord. Rappelle-moi quand tu seras rentrée. J'ai hâte d'entendre le récit de ce week-end.

— N'en parle à personne, Clay. J'ai trop peur des ragots. Et puis, ce sera plus facile de récupérer la bible si personne n'est au courant.

— Qu'est-ce que tu comptes raconter à maman et à Madeline ?

— Que je vais voir George, à Jackson.

— Bon, alors ce sera aussi ma version. A plus tard, Grace.

— Attends !

— Qu'est-ce qu'il y a ?

— Si Kennedy me rend la bible et me promet de garder le silence, tu ne crois pas qu'il serait judicieux de déplacer euh… le paquet qui…

— Non !

— Réfléchis, Clay. Si nous ne laissons aucun indice…

— C'est impossible. On ne peut pas creuser sans attirer l'attention.

— On peut toujours dire que tu as entrepris des travaux à la ferme.

— Contente-toi de récupérer la bible, O.K. ?

— Clay, tu es sûr que…

— Certain !

La tonalité l'avertit que la communication avait été interrompue. Grace avala sa salive. Elle envisagea un instant d'appeler George, puis elle changea d'avis. Pas de panique ! pensa-t-elle. Il devait exister une bonne centaine de raisons pour que son fiancé ne la rappelle pas. Toutefois, au fond de son cœur, elle n'en retint qu'une seule : celle qu'elle redoutait le plus. Il était en train de la quitter.

Par chance, lorsque Kennedy arriva chez sa mère, Teddy ne lui posa aucune question. Il se contenta de marmonner sous cape :

— Tu y es allé ?

Kennedy répondit par un hochement de tête. Camille, tout en pelant des pommes de terre devant l'évier, se lança dans une longue diatribe contre Grace. Elle avait prévu depuis le début que l'amitié entre *cette femme* et Teddy ne durerait pas longtemps. Le petit garçon échangea un regard entendu avec son père et, faute d'objections, Camille finit par se taire.

Bien qu'il eût refusé de rester dîner, Kennedy dut rester encore une heure chez ses parents. Camille lui demanda d'abord de l'aider à installer une nouvelle imprimante. Ensuite, son père lui montra la biographie de Jack Nicholson qu'il était en train de lire. Quand, enfin, il réussit à s'en aller, les garçons mouraient de faim. Naturellement, Camille sauta sur l'occasion pour leur proposer un repas chaud. Kennedy refusa courageusement. Il voulait préparer leurs bagages pour l'excursion.

La SUV remontait la grand-rue quand il annonça aux garçons que Grace avait accepté l'invitation. Ils furent tous les deux si surpris qu'ils en oublièrent leur faim.

— C'est vrai ? s'écria Teddy en frappant dans ses mains.

— Oui, camarade ! lança Kennedy en souriant.

Il se sentait rajeuni.

— Chic, chic, chic ! Comment tu t'y es pris pour la convaincre ?

Kennedy songea à son petit stratagème. Il ne regrettait rien. Il devait absolument apprendre à connaître Grace avant de décider s'il allait se joindre ou non au camp de sa mère et de tous ceux qui portaient les pires accusations contre la jeune femme.

— Oh, je crois qu'elle vient surtout pour te faire plaisir, Teddy.

— Quand est-ce qu'on part ? demanda Heath.

Kennedy freina devant l'unique Big Burger de la ville. Ce soir, il n'avait aucune envie de faire la cuisine.

— Demain matin à la première heure, répondit-il.

— Youpi ! s'exclama Teddy.

Kennedy regarda son fils aîné.

— Qu'en penses-tu, Heath ? Tu es content que Grace vienne ?

Le petit garçon hésita.

— Mamie n'aimera pas ça.

Kennedy fit un créneau et coupa le moteur.

— On n'est pas obligés de tout dire à mamie, tu sais ?

— Oui, je sais.

— Parfait. Ce sera notre petit secret à tous les trois.

— D'accord, dit Heath sans polémiquer, pour une fois.

Ils allaient atteindre la porte vitrée du restaurant lorsque la voiture de Buzz s'immobilisa dans le parking. Le meilleur ami de Kennedy baissa sa vitre.

— Hé, salut ! cria-t-il.

Les enfants étaient entrés dans l'établissement. Kennedy

se retourna et son sourire s'effaça. Joe était assis à côté de Buzz.

— Vous allez manger des hamburgers ?

— Non, répondit Buzz. J'ai aperçu ta voiture et je voulais juste te dire bonjour.

— Venez boire un verre avec nous, si ça vous dit.

— On ne peut pas. Sarah a invité Joe à dîner. Et elle a convié aussi Melinda, si tu vois ce que je veux dire !

— Elle joue toujours les marieuses ?

Kennedy était ravi d'avoir échappé aux projets matrimoniaux de Sarah Harte, qui essayait à tout prix de caser sa nièce divorcée.

— Sarah me considère comme un excellent parti, déclara Joe.

— Et Buzz est trop loyal pour lui dire la vérité ! ajouta Kennedy en riant.

— Viens donc avec les garçons, lui proposa Buzz. Tu connais Sarah. Elle a dû préparer de quoi nourrir une armée.

— Papa ?

Teddy était ressorti du restaurant. Kennedy s'assura qu'aucune voiture n'arrivait, après quoi il lui fit signe d'approcher.

— Merci, Buzz, mais nous allons dîner ici, dit-il.

— Hé, Buzz, tu sais quoi ? cria Teddy qui les avait rejoints.

— Non, fiston, mais je sens que je ne tarderai pas à le savoir.

— Demain, on va camper.

Retenant un juron, Kennedy appuya la main sur l'épaule de son fils en espérant qu'il capterait son message.

— Vraiment ? dit Joe, intéressé. Où ça ?

— A Pickwick Lake, répondit Kennedy, sachant que son ami n'aimait pas ce coin-là.

— Encore ? Vous allez toujours au même endroit.

— L'habitude. Et puis, c'est une décision de dernière minute.

— Si vous alliez à Arkabutla, je vous accompagnerais avec plaisir.

Joe Vincelli adorait la chasse et la pêche. Comme tous ses copains étaient mariés, il cherchait toujours le moyen de se divertir. Sauf que Kennedy n'avait nullement l'intention de l'inviter. Après l'incident de la pizzeria, Grace n'aurait pas apprécié sa présence.

— Une autre fois, alors.

Buzz regarda sa montre.

— Bon, il faut qu'on se sauve. Sarah sera furieuse si on arrive en retard.

— Amusez-vous bien ! lança Kennedy. Embrasse Sarah et les enfants.

— Je n'y manquerai pas.

— Et toi, Joe, ne brise pas le cœur de Melinda !

— Moi ? fit Vincelli avec un sourire narquois. Je suis trop galant pour faire de la peine à une dame.

Kennedy fit semblant de trouver ça très amusant, mais quand la voiture redémarra, il poussa un soupir de soulagement. Si Joe Vincelli apprenait qu'il emmenait Grace avec lui, il n'hésiterait pas à proférer un flot de calomnies.

Grace se sentait un peu nerveuse en attendant Kennedy et les garçons. La veille au soir, Madeline l'avait appelée pour lui demander si elle pouvait passer. Elle avait refusé, prétextant une migraine. Continuer à feindre qu'il ne s'était rien passé après leur incursion chez Jed ne faisait qu'augmenter son angoisse. La jeune femme évita également de parler à sa mère afin de lui épargner un souci supplémentaire. Finalement, ce n'était pas plus mal qu'elle s'absente pendant les deux prochains jours.

Même si c'était avec Kennedy Archer.

Elle se frotta le front comme pour effacer les souvenirs qui resurgissaient. Combien de fois, au lycée, n'avait-elle pas contemplé la grande silhouette athlétique d'Archer, alors qu'il traversait la cour de récréation, le bras autour des épaules de sa petite amie ? Combien de fois n'avait-elle pas rêvé qu'elle était à la place de Raelynn ? Mais à cette époque-là, Kennedy l'ignorait purement et simplement. A ses yeux, Gracie-tout-sourire n'existait pas.

Et maintenant ? Qu'est-ce qui avait changé, depuis ? Il l'avait surprise en train de vomir dans les toilettes de la pizzeria, il l'avait interceptée dans la forêt alors qu'elle s'enfuyait… Pas vraiment de quoi jeter les bases d'une relation solide.

De toute façon, Teddy serait là. Le petit garçon avait conquis le cœur de Grace. Il était tellement intelligent pour son âge ! Elle n'avait jamais rencontré un gamin aussi adorable. Et elle estimait que Kennedy ne méritait pas Teddy, comme il n'avait pas mérité Raelynn. Oh, mais la vie était injuste. Grace l'avait appris à ses dépens, des années auparavant.

Un bruit de moteur dans l'allée la tira de ses ruminations. Elle saisit un sachet de cookies ainsi que le petit sac de voyage dans lequel elle avait jeté quelques affaires de toilette, deux shorts et deux T-shirts, une paire de tennis, un maillot de bain, un tube de crème solaire. A part Clay, les membres de sa famille la croyaient à Jackson, auprès de George, qui ne l'avait toujours pas rappelée. Pourvu qu'un œil indiscret ne l'aperçoive pas dans la SUV ! pria-t-elle.

Elle ouvrit la porte avant même que la sonnette ne retentisse.

— Bonjour ! dit Kennedy avec un sourire qui eut immédiatement raison des ressentiments de Grace.

— Bonjour, Kennedy.

Il souleva le sac, tandis qu'elle verrouillait sa porte.

— J'espère que vous avez pris des chaussures de marche, dit-il en indiquant ses tongs.

Elle fit « oui » de la tête, tout en se dirigeant vers la SUV.

Au milieu de l'allée, elle s'immobilisa.

— C'est insensé, dit-elle. Je n'aurais pas dû accepter votre invitation.

— Pourquoi ?

— Je ne vois pas l'intérêt.

— L'intérêt du camping, c'est de s'amuser.

— Oui, je sais, fit Grace, embarrassée. Seulement…

— Tout va bien se passer, lui promit-il. Si vous changez d'avis maintenant, les enfants seront déçus.

Teddy agitait la main joyeusement par la fenêtre de la voiture. Près de lui, un autre petit garçon tendait le cou pour mieux la regarder. Grace poussa un soupir.

— Bon, allons-y.

Kennedy lui ouvrit la portière, alla mettre son bagage dans le coffre, puis revint avec le sachet de cookies.

— Salut, Grace ! cria Teddy, tandis qu'elle s'installait sur le siège du passager.

Elle lui adressa un large sourire.

— Salut, Teddy.

— Voici Heath, mon fils aîné, dit Kennedy en se glissant derrière le volant. Il a dix ans.

— Encore un beau garçon ! dit Grace avec une totale sincérité.

Si les fils de Kennedy ressemblaient à leur père en grandissant, ils deviendraient des bourreaux des cœurs.

La jeune femme fronça les sourcils et se tourna vers la fenêtre. Comme s'il avait ressenti son changement d'humeur, Kennedy lui serra le bras.

— Détendez-vous, d'accord ?

Il lui décocha un sourire auquel elle fut incapable de résister.

— D'accord.

Elle boucla sa ceinture de sécurité et accepta le gobelet en plastique que son compagnon lui tendait.

— C'est chaud, faites attention.

— Merci.

— Il y a du sucre et de la crème dans le petit sac, à vos pieds.

— Et des gâteaux ! cria Teddy en brandissant un grand sac de papier brun.

— Excellente idée ! déclara Grace.

— On a essayé de deviner ce que tu préférais et on a fait un pari, expliqua le petit garçon.

— Et alors ?

— Alors, on a pris un échantillon, expliqua Kennedy. Beignet aux éclats de chocolat, tarte aux pommes, pancake au sirop d'érable.

Teddy se pencha en avant.

— Laquelle tu préfères ?

— Qui a choisi le beignet ?

Elle s'attendait à ce que ce soit l'un des deux petits garçons. Elle fut donc surprise quand Kennedy répondit :

— C'est moi.

— Vous aimez les beignets ? lui demanda-t-elle.

— Non, mais il ne s'agit pas de moi. C'est bien votre pâtisserie préférée, n'est-ce pas ?

— Eh bien, en fait, c'est la seule que je n'aime pas.

— Menteuse ! dit-il.

Elle éclata de rire.

— Fais gaffe ! l'avertit Teddy. Ne mens jamais à papa, sinon tu vas passer à la séance de torture.

— Ah oui ? Et c'est quoi, exactement ?

— Il attrape le menteur et il lui chatouille les côtes jusqu'à ce qu'il implore sa pitié, précisa Heath.

— Ou alors, il va frotter ses favoris sur ton cou jusqu'à ce que tu dises « je me rends », ajouta Teddy.

— Oh, mais moi, je ne me rends jamais !

La voiture négocia le virage de Mulberry Street, puis mit le cap sur la frontière du Tennessee.

— Dans ce cas, je vous suggère de ne pas me mentir, sinon je serai obligé de vous prouver que vous avez eu tort, dit Kennedy d'un air parfaitement calme.

— Et il y arrivera ! déclara Teddy avec conviction.

Grace étudia le profil du conducteur pendant quelques secondes.

— Il n'y arrivera pas, répliqua-t-elle avec une conviction égale à celle du petit garçon.

— Mais si ! lança Heath. On ne peut pas l'arrêter. Il est trop fort.

— L'astuce consiste à ne pas se débattre, expliqua Grace. Il faut faire le mort.

Kennedy lui lança un regard en biais.

— Faire le mort ?

— Naturellement ! dit-elle en se calant confortablement dans son siège. Ce n'est pas drôle de torturer quelqu'un qui s'en fiche.

— C'est si facile que ça, de s'en ficher ?

— Ça peut devenir une habitude.

— Il faudrait que vous appreniez à baisser la garde, Grace.

Les garçons suivaient avec curiosité l'étrange conversation qui s'était engagée entre les deux adultes.

— Pourquoi ? demanda-t-elle.

— A force de vous protéger, vous risquez de passer à côté de choses importantes.

— Bah ! Je survivrai, au moins.

Une lueur d'émotion fit briller les yeux de Kennedy.

— Ce n'est pas une vie, murmura-t-il.

Elle lui adressa un sourire forcé.

— On fait ce qu'on peut, conclut-elle.

Le trajet se poursuivit en silence. Kennedy songea soudain que Grace lui rappelait un cactus. Piquant à l'extérieur, tendre au-dedans. La métaphore l'amena à se remémorer l'enfance malheureuse de la jeune femme. L'environnement aride dans lequel elle avait grandi pouvait expliquer l'indifférence qu'elle affichait aujourd'hui vis-à-vis de son entourage. Une sorte de détachement qui confinait à la froideur.

— Je vous propose un jeu : faisons comme si nous venions tout juste de nous rencontrer, dit-il tout en prenant le dernier virage et en lançant la voiture sur une départementale.

Le lac n'était plus qu'à un quart d'heure de route.

Grace, qui somnolait, se redressa soudain.

— Que voulez-vous dire ?

— Vous m'avez très bien compris.

Elle parut réfléchir à la question.

— Je ne suis pas sûre que ce soit une bonne idée, déclara-t-elle finalement.

— Il ne vous arriverait rien de terrible, croyez-moi.

— Vous dites ça parce que rien de terrible ne vous est jamais arrivé, lui fit-elle remarquer. Vous êtes né sous une bonne étoile.

Kennedy pinça les lèvres. Les garçons étaient absorbés dans une partie de game-boy mais il savait qu'ils entendaient.

— Grace, reprit-il en baissant le ton. Vous avez accepté mon invitation et nous sommes convenus que je ne vous demanderais rien en retour. Qu'est-ce qui vous inquiète ? La crainte de vous amuser ? La possibilité de permettre à quelqu'un de mieux vous connaître ?

— Vous me connaissez déjà.

Il songea aux rumeurs qui, des années durant, avaient circulé sur Grace et sa famille, à la bible qu'elle avait perdue dans la forêt, à son attitude si réservée.

— Non, je ne vous connais pas.

— C'est drôle, fit-elle. Parce que moi, je vous connais.

— Pas vraiment. Nous n'avons jamais...

— Je me souviens de ce dauphin que vous aviez fabriqué en troisième, avec de la pâte de verre. Vous aviez reçu un A et ensuite vous l'avez jeté. Je l'ai récupéré dans la poubelle et je l'ai rapporté chez moi... A mes yeux, c'était un chef-d'œuvre, ajouta-t-elle avec un rire. Je l'ai accroché sur le mur de ma chambre et je l'ai gardé pendant quatre ans... Je me rappelle aussi quand vous vous êtes cassé le bras en jouant au basket. Vous avez dû vous faire très mal car vous avez pleuré. Votre mère est venue vous chercher dans sa nouvelle Cadillac, ce jour-là.

— C'était la faute de Joe, dit-il, un peu gêné de ne pouvoir lui rendre la pareille. Il m'a poussé, alors que j'allais marquer.

— Je vous revois lisant à votre père votre nomination de Majesté de l'école. J'étais sûre que vous alliez gagner le titre et je ne m'étais pas trompée.

Kennedy déglutit. Il aurait bien voulu qu'elle s'arrête.

— Et la fois où vous vous êtes rasé la tête ! Et votre victoire sur l'équipe de Cambridge Heights ! Et votre discours, le soir de la remise des diplômes !

— Assez ! dit-il doucement.

Lui aussi se rappelait la remise des diplômes. Grace s'était approchée de lui avec un sourire timide, comme pour le féliciter. Il avait détourné la tête et l'avait ignorée.

Le silence retomba dans l'habitacle, jusqu'à ce qu'ils atteignent le terrain de camping. Kennedy régla l'entrée, puis se gara dans l'espace qu'il avait réservé. Les garçons jaillirent hors de la voiture, mais alors que Grace s'apprêtait à les imiter, Kennedy lui saisit la main. Il espérait que son expression ne trahissait pas trop cruellement sa culpabilité. Il chercha désespérément une formule d'excuse, mais les mots ne vinrent pas. En retournant la main de la jeune femme, il traça du bout des doigts une ligne dans sa paume.

— Je ne savais pas que vous me connaissiez aussi bien, dit-il simplement, avant de la relâcher.

10.

Grace ne savait plus quoi penser de Kennedy. La journée s'était passée en randonnées, pêche à la ligne, concours de ricochets sur le lac. Il avait poussé Heath et Teddy dans l'eau, puis ç'avait été le tour de Grace. Ensuite, il l'avait ramenée au campement sur son dos, afin que ses tennis mouillés ne soient pas maculés de boue. Il lui avait attribué la tente la plus spacieuse, le sac de couchage le plus confortable. Et quand les deux petits garçons lui avaient offert un bouquet de fleurs sauvages, il avait rempli d'eau un récipient en zinc et l'avait posé sur la table de pique-nique, à côté du feu de camp.

— Teddy m'a dit que vous aimiez la campagne ?

Assise sur une bûche, la jeune femme faisait des mots croisés avec les enfants. Elle leva la tête vers Kennedy.

— Oui, c'est vrai, reconnut-elle en souriant.

L'odeur des truites qu'ils avaient attrapées dans le lac et qu'il faisait griller sur les braises lui avait ouvert l'appétit. Bizarrement, elle se sentait apaisée, très détendue loin de Stillwater, presque insouciante. Indéniablement, le charme légendaire de Kennedy Archer opérait car, pour la première fois, sa présence la réconfortait.

— Quatre vertical, déclara Heath. Qu'est-ce que ça peut être « nourrit ou arrose » ?

— Une étendue d'eau ? suggéra la jeune femme.

— Rivière ?

— Non, il y a cinq lettres.

— Fleuve, ça fait six, murmura Heath.

— Et lac, trois, intervint Teddy, le front plissé.

— Attention, la dernière lettre est un g, leur rappela Grace.

— J'ai trouvé ! cria Heath. *Etang.*

Elle lui tapota l'épaule.

— Excellent !

— Maintenant, le quatre horizontal, dit Teddy. « Au revoir nocturne » en six lettres.

— Dodo ? proposa Heath. Ah non : c'est quatre lettres seulement et il y a un i au milieu.

— *Baiser ?* suggéra leur père, penché sur le barbecue.

Grace leva les yeux et son regard croisa celui de Kennedy. Les battements accélérées de son cœur ne lui rappelèrent que trop le héros de son adolescence. Immédiatement, elle baissa le nez sur les mots croisés.

— Bravo, papa, c'est bien ça ! s'écria Teddy.

— Quelle est la définition suivante ?

— Neuf vertical, annonça Heath. « Fiancé en fête. »

— Mon amour ! hurla Teddy.

— En un seul mot, imbécile !

— L'idée était bonne, dit Grace, mais dans le cas présent, je pencherai plutôt pour Valentin.

— Tu as un Valentin ? demanda le petit garçon tout en inscrivant avec application les lettres dans les cases.

— Tu veux dire un petit ami ?

— Ouais.

Elle songea au silence de George.

— Non, pas vraiment.

— Pas vraiment ? demanda Heath. C'est oui ou c'est non ?

— Nous avons rompu, expliqua-t-elle.

Teddy se pencha vers elle, plein de sollicitude.

— Mais tu l'aimes encore ?

— Oui, bien sûr. On ne cesse pas d'aimer quelqu'un du jour au lendemain.

— Et tu vas te marier avec lui ? demanda-t-il, avec un sourire malicieux qui arracha un rire à la jeune femme.

— Oui, un jour peut-être.

— Pourquoi pas tout de suite ?

Elle lança un regard furtif à Kennedy, qui arrosait consciencieusement les truites de jus de citron, mais qui devait prêter l'oreille.

— Parce que…

— Tu ne veux pas te marier, acheva Teddy à sa place.

— Non, ce n'est pas ça. Je crois que je ne suis pas prête.

— Oh ? fit le petit garçon, les sourcils froncés. Et quand est-ce que tu seras prête ? La semaine prochaine ?

Grace laissa échapper un rire.

— Peut-être dans quelques semaines, quand je retournerai à Jackson.

Après un silence, Heath déclara très sérieusement :

— Il ne faut pas que tu repartes, Grace.

Venant de lui, cette remarque surprit la jeune femme.

— Pourquoi pas ? demanda-t-elle.

— Parce que tu ne pourras plus jamais faire du camping avec nous.

— Ah… euh… eh bien, une gentille dame prendra ma place.

— Maman était la seule qui venait avec nous, précisa le fils aîné de Kennedy.

La mention de Raelynn fut suivie d'un silence. Emue, Grace entoura de ses bras les frêles épaules des deux petits garçons.

— Je suis sûre qu'elle vous regarde du ciel.

Teddy leva la tête vers le firmament, comme s'il espérait apercevoir sa mère.

— Tu crois qu'elle est là-haut ?

— Sans aucun doute. Votre maman est devenue un ange. Et Dieu permet aux anges de s'occuper de ceux qu'ils aiment.

Les yeux de Teddy se mouillèrent de larmes et Grace décida d'accorder un moment d'intimité aux enfants et à leur père.

— Je vais faire un tour, déclara-t-elle en se levant. Aidez votre papa à mettre la table.

— D'accord, murmura Heath d'une voix étranglée.

Elle prit le chemin du lac, sentant trois paires d'yeux épier ses mouvements.

La fraîcheur de l'eau contre ses chevilles, la douceur veloutée du sable sous ses pieds permirent à Grace de rassembler ses idées. Des idées plutôt confuses, au demeurant. Les questions de Teddy sur son fiancé l'avaient perturbée. Tout comme l'étrange émotion qu'elle ressentait chaque fois que son regard croisait celui de Kennedy. Elle scruta le miroir de l'eau où se reflétait le rougeoiement du crépuscule en pensant à l'homme qu'elle était censée épouser. Pourquoi ne l'avait-il pas rappelée ? Ils étaient suffisamment intimes pour se téléphoner à n'importe quelle heure du jour ou de la nuit.

Elle tira son portable de la poche de son short, vérifia les barres de réception, puis la batterie. Aucun problème. Soudain, l'envie de demander à George quelle était son excuse pour ne pas avoir donné signe de vie la submergea. Elle cliqua sur « répertoire », puis sur son numéro préenregistré. Le répondeur automatique se déclencha dès la première sonnerie.

« Bonjour. Je ne suis pas disponible actuellement. Laissez-moi un message et je vous rappellerai bientôt. »

Grace attendit le signal sonore.

« George, c'est moi. Passe-moi un coup de fil dès que tu pourras.»

D'un geste nerveux, elle enfouit le cellulaire dans sa poche. C'était samedi soir. D'habitude, ils sortaient tous les deux avec des amis. Ils allaient au cinéma, au restaurant… Où était-il ce soir ?

— Grace ? cria Kennedy, émergeant entre les arbres. Le dîner est servi.

Elle acquiesça mais continua d'admirer le reflet pourpre du crépuscule dans l'eau miroitante.

— Joli, n'est-ce pas ?

Comme il ne répondait rien, elle se retourna.

— Je n'ai jamais rien vu d'aussi beau, dit-il alors, sans la quitter des yeux.

*
* *

Elle semblait parfaitement heureuse en compagnie de ses garçons, songeait Kennedy en observant Grace à travers les flammes du feu de camp. Heureuse, détendue, attentive à leurs demandes. La petite voleuse agressive qui l'avait farouchement combattu dans les bois avait cédé la place à une jeune femme charmante.

Depuis un quart d'heure, ils s'amusaient tous les quatre à faire rôtir des marshmallows. Kennedy remarqua que Grace feignait d'apprécier les morceaux presque carbonisés que Teddy et Heath lui offraient.

— Elle était bonne, celle-là, hein, Grace ? fit Teddy en la voyant lécher ses doigts.

— Délicieuse, répondit-elle.

Mais quand son regard accrocha celui de Kennedy, elle eut un petit sourire penaud si adorable qu'il se demanda comment Joe et les autres avaient pu se méprendre à ce point sur elle.

Kennedy éloigna du feu la brochette de bois sur laquelle il avait enfilé les cubes de pâte de guimauve. Ils étaient dorés sur le dessus et moelleux à l'intérieur.

Grace allongea devant elle ses longues jambes minces qu'elle avait enduites de crème anti-moustique.

— Tu t'amuses bien ? lui demanda Heather avec empressement.

Kennedy fut le seul à noter une légère hésitation.

— Oui, bien sûr, répondit-elle. Vous êtes tous si gentils, tous les trois…

Teddy piqua deux marshmallows avec la pointe de sa baguette.

— Alors, tu ne vas pas voter pour Vicki Nibley ?

Elle lui sourit.

— Il faut bien que quelqu'un vote pour cette pauvre femme.

— Mais pas toi ! déclara Heath. Et notre papa, alors ?

— Votre père a suffisamment d'amis, il me semble.

— On n'a jamais assez d'amis, dit Kennedy.

La chaleur du feu avait fait rosir ses joues, et elle essuya une gouttelette de sueur sur sa lèvre supérieure.

— J'ai toujours défendu les causes perdues ! dit-elle en riant.

Il la scruta, haussant les sourcils.

— Papa, tes marshmallows vont tomber, le prévint Heath.

Kennedy redressa sa brochette. Les cubes étaient caramélisés à point.

— Vous en voulez un ? demanda-t-il en contournant le feu pour se pencher vers Grace.

Elle réprima un sursaut, comme si elle venait seulement de s'apercevoir qu'il était là, tout près d'elle.

— Non, merci. J'ai trop mangé.

— Vous êtes sûre ? Je les ai faits pour vous.

Il scruta le visage fin de la jeune femme, tiraillée entre le doute et la surprise, puis fit mine de s'éloigner. L'instant suivant, il sentit sa main douce sur la sienne.

— Pour moi ? fit-elle avec un étonnement presque enfantin. Dans ce cas…

Elle saisit délicatement un marshmallow et le porta à ses lèvres. Il sut alors qu'il avait eu raison de croire à l'innocence de Grace Montgomery et que les habitants de Stillwater, y compris sa propre mère, s'étaient lourdement trompés à son sujet.

*
* *

Quand le portable de Grace sonna, il était presque 3 heures du matin, mais ça lui était égal car le sommeil la fuyait. Chaque fois qu'elle fermait les yeux, elle voyait Kennedy, elle entendait son rire, elle se rappelait le contact de ses muscles puissants quand il l'avait ramenée au campement sur son dos. Aussi fut-elle particulièrement ravie de déchiffrer le nom de George Dunagan sur son écran.

— Enfin ! murmura-t-elle. Je commençais à me dire que tu m'avais oubliée.

— Désolé… j'aurais dû t'appeler plus tôt.

Un léger tremblement dans sa voix alerta Grace.

— Mais qu'est-ce…

— Ce n'est pas facile pour moi, Grace.

L'estomac noué, elle baissa le ton afin de ne pas réveiller Kennedy et les garçons qui dormaient dans la tente voisine.

— Qu'est-ce qui ne va pas, George ?

— J'ai rencontré quelqu'un, lâcha-t-il précipitamment.

Elle exhala un long souffle d'air, comme si elle avait reçu un coup de poing en pleine poitrine. Comment était-ce possible ? George l'aimait. Il l'avait toujours aimée. Mais il avait perdu confiance, oui, voilà ! Il fallait absolument le convaincre qu'elle serait bientôt prête à s'engager réellement.

— George, tu… tu as mal réagi à mon départ, murmura-t-elle. Je reviendrai dans peu de temps. Si tu veux, on peut passer le week-end prochain ensemble.

Une infime hésitation, puis :

— C'est inutile, Grace. J'ai attendu trop longtemps. Tu connais mes sentiments à ton égard mais même Petra…

— Tu as parlé de moi avec ta sœur ?

— Pourquoi tu chuchotes ?

— Je ne suis pas à la maison. Je fais du camping avec des amis.

— Quels amis ?

— Pour quelqu'un qui a rencontré une autre femme, je te trouve bien possessif, George.

— Tu disais que tu n'avais aucun ami à Stillwater. Qui sont ces gens ?

— Un ancien camarade d'école, répondit-elle rapidement, tout en sachant que Kennedy était bien plus que cela. Eh bien, qu'est-ce qu'elle dit, Petra ?

— Elle se fait du souci pour moi. Elle estime que notre relation est à sens unique.

— Donc, elle pense que je ne t'aime pas assez. Alors que je projette de t'épouser et de fonder une famille.

— Si tu tenais à moi, nous serions déjà mariés.

— Ce n'est pas forcément vrai, objecta-t-elle en se retournant dans son sac de couchage.

— Si, Grace. Sois honnête. Chaque fois que je te touche, tu te dérobes.

Elle se tut un instant. L'espace confiné de la tente lui faisait l'effet d'une tombe. Elle se sentait seule, si seule.

— Ce n'est pas vrai, souffla-t-elle.

— Tu crois que je ne l'ai pas remarqué ?

Grace scruta l'obscurité. Il n'avait pas tout à fait tort. Parfois, elle simulait un désir qu'elle ne ressentait pas.

— Je ne me dérobe pas.

— Disons que tu n'éprouves aucun plaisir.

— Pas toujours mais…

Il eut un rire amer.

— Pas toujours ? La grande passion, quoi !

Elle ne lui avait pas expliqué pourquoi elle avait du

mal à se laisser aller dans ses bras, et elle se demanda s'il aurait compris. De toute façon, c'était trop tard. Le passé se dressait de nouveau entre eux. George avait peut-être rencontré une femme équilibrée, pas une écorchée vive. Sans doute avait-il le droit d'être heureux. Pourquoi devrait-il payer pour ses malheurs à elle ?

Une boule se forma dans sa gorge, rendant son élocution laborieuse mais elle parvint à demander :

— Qui est-ce ?

— Tu es sûre que tu veux le savoir ?

— Ça m'aiderait si je pouvais t'imaginer avec une femme capable de te rendre heureux.

Elle l'entendit étouffer un juron.

— Ne dis pas ça, Grace. Tu ne me facilites pas la tâche.

— Qui est-ce ? répéta-t-elle.

— Tu connais Heather, mon employée ?

Elle se remémora la voix mal assurée de Heather, la dernière fois qu'elle avait cherché à joindre George.

— Tu sors avec ta secrétaire ?

— Non. Sa sœur aînée est passée au bureau et… on s'est bien entendus.

Quelque chose de glacé et de pointu s'enfonça dans le cœur de Grace. Ses mains se crispèrent sur l'appareil et elle s'efforça de respirer normalement pour apaiser sa douleur.

— Tu as couché avec elle ?

Un silence gêné flotta un instant entre eux.

— Oui.

L'obscurité se referma soudain sur Grace. Une sombre terreur l'envahit, comme la nuit où elle s'était réveillée bâillonnée par les mains du révérend. Elle avait treize ans, alors… *N'y pense pas, n'y pense pas*, se répéta-t-elle. Mais un flot de larmes lui brûla les yeux.

— J'ai réalisé ce que c'était de faire l'amour avec une femme qui avait vraiment envie de moi, poursuivit-il.

Elle remua les lèvres mais aucun son n'en sortit. C'était sûrement rassurant, pour George, de se sentir désiré. C'était sa faute à elle. Grace avait depuis longtemps bridé sa sexualité. Les assauts du révérend avaient laissé de trop profondes cicatrices. Elle avait jeté un voile épais sur cet épisode de son existence, elle avait enfermé les souvenirs douloureux dans la geôle la plus secrète de son âme et avait jeté la clé. Il n'était pas facile de faire voler en éclats des années de lourd silence.

Elle jaillit hors du sac de couchage, en quête d'un peu d'air.

— Grace ?

— Quoi ?

— Est-ce que ça va ?

— Oui, oui, ça va.

— Je suis désolé, dit-il après un silence. Je sais que nous devions repartir de zéro, mais je ne veux pas rater ma chance avec Lisa… En fait, je ne crois pas que nos rapports pourraient s'améliorer.

— Ne t'excuse pas, George… Je comprends.

— Je ne voulais pas te blesser, Grace.

— Je sais, murmura-t-elle en s'essuyant les yeux. On peut rester amis ?

— Je ne pense pas que ce soit une bonne idée. Je ne pourrais pas m'empêcher de vous comparer Lisa et toi, alors… Mieux vaut une rupture claire et nette.

Il gardait un ton mesuré mais sa volonté était manifeste.

Grace s'imagina à Jackson sans George, et les larmes ruisselèrent sur ses joues. Ils étaient ensemble depuis trois ans et demi, et en dehors de leurs ébats médiocres, cette relation la sécurisait. Mais George avait raison : leur vie amoureuse manquait singulièrement de chaleur.

— Tu comptes énormément pour moi, dit-elle en ravalant ses larmes.

— Je t'aime, Grace.

L'espace d'une seconde, elle serra les poings, prête à se battre pour le reconquérir. Un instant après, elle fut la proie d'une nouvelle incertitude. George méritait une femme follement amoureuse de lui, qui l'épouse sans l'ombre d'une hésitation, qui se donne à lui sans la moindre réticence.

— Je t'aime aussi, murmura-t-elle.

— Grace ?

Il prononça son nom avec douceur, avec tendresse, mais la jeune femme refusa de se laisser émouvoir.

— Reprends ta liberté, dit-elle. Tu as fait le bon choix.

Elle raccrocha avant qu'il ne puisse répondre.

Kennedy avait entendu la sonnerie du téléphone, les chuchotements, puis la fermeture-Eclair de la tente qui s'ouvrait. Grace était sortie. Mais elle n'avait pas emporté la lampe torche qu'il lui avait prêtée car aucune lueur ne perçait la nuit.

Ses pas décrurent sur le sol rocailleux.

Il s'était passé quelque chose durant ce coup de fil. Il ne savait pas quoi exactement mais son instinct l'avertissait qu'elle était bouleversée.

Le bruit de pas décrut, jusqu'à disparaître. Elle semblait se diriger vers le lac. En faisant attention de ne pas réveiller les enfants, Kennedy se glissa hors de son sac de couchage, enfila un pantalon, puis se précipita dehors.

Le vent ébouriffait les feuillages. Il l'aperçut à l'orée du bois, dans le clair de lune blafard. Elle était en maillot de bain et descendait à vive allure en direction de l'eau. Il la vit passer la main sur sa figure et songea qu'elle avait besoin de solitude. Il allait rebrousser chemin quand un clapotis le fit se retourner. Elle avait plongé et s'était laissée couler sous la surface sombre, comme pour chercher l'oubli.

Kennedy retint son souffle jusqu'à ce que la tête de Grace réapparaisse entre les flots. Ensuite, elle se mit à nager vers le milieu du lac.

— Merde ! lâcha-t-il entre ses dents.

L'eau, noire comme de l'encre, semblait avoir englouti la nageuse. Il se dandina un instant d'un pied sur l'autre, indécis, frissonnant sous le vent froid, plissant les yeux et scrutant la vaste étendue liquide. La tête et les bras de la jeune femme fendaient l'eau, toujours plus loin. Elle devait être épuisée, se dit-il. Oui, épuisée et gelée.

Ne tenant plus en place, il s'avança sur le rivage et mit les mains en coupe devant sa bouche.

— Grace !

Au son de sa voix, elle s'immobilisa. Il crut qu'elle allait faire demi-tour mais elle continua à nager dans la direction opposée.

— Mais…

Il faillit hurler son nom une seconde fois mais se retint. Visiblement, elle n'était pas d'humeur à obéir. Par ailleurs, il risquait de réveiller les enfants. Il arracha son vieux pantalon, le laissa tomber sur le sable. Il portait un boxer en dessous, mais sa pudeur était la dernière chose à laquelle il songeait. Il ne voyait plus du tout Grace. Il prit son élan et se jeta dans le lac. Le contact de l'eau glacée lui coupa le souffle. Il plongea aussi profondément qu'il le pouvait et quand il eut l'impression que ses poumons allaient exploser, il refit surface.

Elle était encore loin. Et elle nageait toujours. Il se mit à crowler, s'efforçant de combler la distance qui les séparait. Quand enfin, il se rapprocha, il devina à ses mouvements désordonnés que la fatigue l'avait gagnée.

Mais qu'est-ce qu'elle cherchait ? A se noyer ?

Etouffant un juron, il força l'allure. Enfin, tendant le bras, il l'attrapa par la cheville et l'attira vers lui.

— Nom d'un chien, qu'est-ce que vous faites ?

— Allez-vous en ! cria-t-elle en se débattant.

— Vous allez nous noyer tous les deux.

— J… je ne vous ai pas d… demandé de me suivre.

Il la saisit par la taille et se mit à l'entraîner vers le rivage.

— Laissez-moi ! dit-elle en gigotant pour se libérer. J… je n'ai pas b… besoin de vous.

— Mais si ! Plus que vous ne le pensez. Arrêtez de remuer.

— F… fichez-moi la p… paix. R… retournez aup… près de v… vos enfants.

Ses dents claquaient si violemment qu'il comprenait à peine ce qu'elle disait.

— Je n'irai nulle part sans vous ! déclara-t-il.

Elle lui saisit les doigts et les tordit.

— K… Kennedy !

Il resserra son étreinte. C'était le moment où jamais de lui montrer sa détermination.

— Calmez-vous, lui ordonna-t-il en clignant des paupières pour chasser les gouttes de ses yeux.

Elle cessa de se débattre d'un seul coup. Son corps devint inerte entre les bras de son sauveteur. Il se remit à nager. Et quand ils eurent rejoint la berge, il la serra contre lui.

— Alors, fit-il d'un ton radouci. Qu'est-ce qui s'est passé ?

Il n'aurait pas su dire si le visage de Grace était baigné de larmes ou d'eau glacée.

— Qui vous a téléphone ? insista-t-il.

— Personne.

Elle tremblait de tous ses membres. Et soudain, elle s'accrocha à ses épaules, lui entourant la taille de ses jambes, comme une enfant perdue, le visage enfoui dans son cou.

— Ça va aller, dit-il en l'étreignant plus fort.

Ils ne parlèrent plus pendant quelques minutes. Les tremblements de Grace avaient cessé. Au bout d'un moment, elle releva la tête.

— Pourquoi m'avez-vous amenée ici, Kenedy ?

Il fixa ses lèvres humides.

— Je ne sais pas, murmura-t-il. Vous… je crois que vous me plaisez.

Elle secoua la tête.

— Nous n'avons rien à faire ensemble. Dans votre propre bien, gardez vos distances.

— Je sais ce qui est bon ou mauvais pour moi, Grace.

— Oh, non ! Vous ne soupçonnez pas dans quel pétrin vous allez vous fourrer.

— Je suis un grand garçon, vous savez ?

— Vous ne comprenez pas. Vous…

— Chut ! fit-il, tout contre ses longs cheveux trempés.

Leurs corps presque nus se touchaient. Il pencha la tête et frotta doucement ses lèvres contre celles de Grace. Il lui avait fait le serment de ne pas la toucher — une promesse trop difficile à respecter. Maintenant qu'il la tenait dans ses bras, il avait du mal à la relâcher. Elle avait fermé les yeux, les lèvres entrouvertes. Il happa sa lèvre inférieure, glissa sa langue contre la sienne. Un feu dévorant le consuma. S'il s'était écouté, il l'aurait prise là, sur le sable ; il se serait plongé dans sa chaleur jusqu'à en perdre la raison. Mais il ne voulait pas profiter de ce moment de faiblesse. Pourtant, c'était la première femme qu'il désirait une femme à ce point, depuis Raelynn.

Grace ne fit rien pour briser leur étreinte. Au contraire, elle répondit à son baiser avec une ardeur qui le laissa pantelant.

— Votre bouche a un goût de miel, murmura-t-il.

Il la vit froncer les sourcils.

— Qu'y a-t-il ?

— Vous m'avez embrassée comme si…

— Quoi ?

— Comme si je comptais pour vous, acheva-t-elle.

Le doute, l'incertitude assombrissaient le bleu de se prunelles.

— Mais vous comptez pour moi, dit-il.

Elle voulut se dégager. Il la retint.

— Restez là, lui dit-il.

— Ce n'est pas bien.

— Vous plaisantez ? C'est la meilleure chose qui me soit arrivée depuis des lustres.

— Je sais ce que vous voulez, Kennedy.

Il posa son front sur le sien.

— Je veux vous entendre dire que vous le voulez aussi.

— Non.

— Non, vous ne voulez pas le dire, ou non, ça ne vous plaît pas ?

— Ça ne me plaît pas.

Il l'attira tout contre lui.

— Vous mentez.

— Vous n'en savez rien.

— N'ayez pas peur de moi, Grace. Je ne vous ferai aucun mal.

— C'est de moi dont j'ai peur.

— Pourquoi ?

L'attitude de la jeune femme changea brusquement. Elle rejeta la tête en arrière pour le dévisager d'un air provocant.

— Si je vous donne ce que vous voulez, vous me laisserez tranquille, après ?

Il ne songeait qu'à se débarrasser de la mince barrière de son maillot de bain, mais il dit :

— Allons nous réchauffer. Vous allez attraper froid.

Sur ce, il fit mine d'avancer. Ce fut elle qui le retint.

— Non ! Finissons-en et qu'on n'en parle plus.

— Une autre fois, peut-être. Pas maintenant.

Elle lui prit la main, la posa sur son sein. Les doigts de Kennedy se crispèrent immédiatement sur sa chair douce.

— Là, vous voyez ? C'est ça que vous voulez, n'est-ce pas ? Je vous le donne. Ici même.

Il y avait quelque chose d'étrange, de dangereux même dans le ton de sa voix. Kennedy brûlait de désir mais il devinait que l'offre dissimulait quelque chose qui ressemblait à une vague menace.

— Et puis quoi ? demanda-t-il, hésitant.

— Et puis rien. Ce sera fini. Vous retrouverez vos copains et vous leur direz qu'ils avaient raison. Je ne suis qu'une traînée, une fille facile… Faites ce que vous voulez. A condition de ne plus jamais chercher à me revoir.

Avec une grimace, il libéra sa main.

— Désolé. Je ne suis pas intéressé.

— Vous vous croyez trop bien pour moi, c'est ça ?

Tout en parlant, elle se frottait contre lui. Il serra les dents. Ainsi, elle voulait une aventure d'un soir et rien de plus ? Pour quelle raison ? La peur de l'intimité ? De l'abandon ?

— Moi, trop bien ? Vous vous trompez, Grace. Qu'y a-t-il ? Vous vous sentez en danger ?

Immédiatement, elle cessa son manège.

— Bien sûr que non. Je cherche la meilleure façon de récupérer la bible de mon beau-père.

— Ce n'est pas si simple.

— Je ne vois pas de quoi vous parlez.

— Vous avez peur de vous donner la moindre chance d'être heureuse.

— Je vous ai toujours trouvé séduisant. Comme toutes les autres filles.

— Vous avez une drôle de manière de me le montrer.

— Et vous, vous avez deux enfants à élever. Je suis la dernière personne au monde que vous devriez fréquenter. Prenez ce que vous voulez, rendez-moi la bible, et basta !

— Je comprends mieux, maintenant, dit-il.

— Vraiment ?

— Vous m'offrez votre corps juste pour me prouver que je ne cherchais que ça. Et pour vous convaincre, ensuite, que je suis bien un salopard, comme vous l'avez toujours pensé.

— Eh bien, vous devriez vous réjouir, répliqua-t-elle. Vous en tirerez tout le bénéfice.

Il la poussa vers les arbres.

— Non, merci.

— Ecoutez-moi.

— Non. Vous avez une mauvaise image de vous-même.

— Et alors ? Qu'est-ce que ça peut vous faire ?

Il lui prit la main. Elle se libéra d'un geste rageur.

— Allons, Ken ! Pas de bons sentiments. Je suis Gracie-tout-sourire, vous vous en souvenez ? Qu'est-ce que Joe a dit, déjà, à la pizzeria ? Que j'écartais les cuisses pour un sourire ? Eh bien, cette fois-ci, je n'en demande pas tant.

— Assez ! hurla Kennedy. Ce qui s'est passé à l'école me rend malade.

— Vous n'avez pas peur que je salisse votre réputation ? Si les braves gens de Stillwater savaient que vous me fréquentez…

— Je ne m'inquiète pas pour ça.

— Alors, qu'est-ce qui vous tourmente ? Pourquoi hésitez-vous ?

— Je n'aime pas les termes du marché.

— Vous ne voulez plus me rendre la bible ?

— Il ne s'agit pas de la bible.

— Alors, de quels termes parlez-vous ? demanda-t-elle, incrédule. Je n'ai pas d'attaches. Je suis majeure et consentante. Que faut-il de plus à un homme comme vous ?

Il pivota sur ses talons pour la dévisager.

— Pour un homme comme moi ? Vous me connaissez à peine. On n'est plus au lycée, Grace.

— Vous vous imaginez que je ne le sais pas ?

Il balaya d'un geste rageur la mèche de cheveux mouillés qui lui tombait dans les yeux.

— Je pense que vous n'arrivez pas à oublier votre passé. Et je déteste l'idée d'en faire partie.

— Si vous ne voulez pas de moi, passez votre chemin.

Il fit un pas vers elle, furieux, et instinctivement, elle recula. Kennedy laissa errer un regard affamé sur son visage, sa bouche, ses épaules nues.

— D'accord. Je vous désire.

Il défit l'agrafe de son soutien-gorge, qui dégringola sur le sable, révélant ce qu'il avait déjà vu à la fenêtre et dont il ne cessait de rêver, depuis. Glissant l'index sous son menton, il la força à relever la tête.

— Le sexe ne m'intéresse pas, dit-il. Je veux vous faire l'amour, Grace. Au cas où vous ne le sauriez pas, il y a une sacrée différence.

Elle ne bougea pas, ne souffla mot.

— Maintenant, si dans cinq minutes vous n'êtes pas sous votre tente, j'apporte cette fichue bible à la police, compris ?

Sans attendre sa réponse, il longea le sentier bordé de ronces qui menait au terrain de camping. S'il était resté avec elle une minute de plus, il aurait accepté son offre, et ce n'était pas ce qu'il souhaitait.

11.

Grace s'assit sur un rocher et regarda le lac. Que s'était-il passé au juste ? Elle avait quitté sa tente, en proie à une souffrance intolérable, et avait fini dans l'eau avec Kennedy Archer, taraudée par un désir inouï, le désir qu'elle n'avait jamais éprouvé dans les bras de George. Seigneur, comment la vie pouvait-elle se montrer aussi perverse ? Les paupières closes, elle se remémora l'exquise chaleur de sa langue sur la sienne, la pression de son érection entre ses jambes. A ce souvenir, elle tressaillit. Si seulement elle avait ressenti la même passion pour George, ils formeraient déjà un couple heureux.

Mais Kennedy ?

— Oh, non ! murmura-t-elle, le visage dans ses mains. Surtout pas !

Un nouveau frisson la parcourut. Elle écarta les bras, dans l'espoir que le vent froid viendrait lui rappeler qu'elle ne devait pas accorder sa confiance à cet homme ni croire un seul instant qu'elle comptait pour lui. Elle était si différente de Raelynn, qu'il avait adorée.

Ses bras retombèrent le long de son corps, tandis qu'elle faisait son propre examen de conscience. Aux yeux des habitants de Stillwater, elle resterait à jamais *Gracie la traînée*, la fille qui avait couché avec la moitié des garçons du lycée. Si elle-même ne se pardonnait pas ces écarts de conduite, comment Kennedy pourrait-il l'absoudre ? Il ne devrait même pas s'afficher avec elle. Ses parents la détesteraient. Lui-même finirait par la haïr. Car si la vérité enfouie depuis dix-huit ans sous la terre meuble venait à éclater au grand jour, ça le détruirait, tout comme elle. Il n'y avait aucun avenir pour eux, se dit-elle, sentant les larmes lui brûler les yeux.

Elle renifla en pensant aux deux fils de Kennedy. Si jamais ils s'attachaient à elle… Grace posa le front sur ses genoux et étreignit ses jambes tremblantes. Pourquoi ne retournait-elle pas tout de suite à Jackson ? Mais là-bas, elle serait seule puisque George souhaitait qu'elle sorte de sa vie.

— Grace ?

La voix de Kennedy lui parvint de derrière le bosquet.

Il n'était pas allé se coucher, finalement.

— Oui, j'arrive.

Elle rattacha son soutien-gorge, se redressa, épousseta le sable sur ses jambes.

Lorsqu'elle s'engagea dans le sentier, elle le vit qui venait vers elle.

Le sexe ne m'intéresse pas. Je veux vous faire l'amour, Grace…

La nuance lui échappait. Mais pour la première fois, elle avait envie de découvrir la différence. Avec Kennedy, elle sentait que ce serait possible… Sauf qu'elle ne le saurait jamais.

Ils se rejoignirent au milieu du chemin encadré de ronces, remontèrent vers le campement en silence. Peu après, la jeune femme marmonna un vague « bonne nuit ». La main de Kennedy saisit la sienne avant qu'elle ne se glisse sous sa tente.

— Grace ? fit-il dans un murmure. Savez-vous ce qu'il y a dans la bible du révérend ? Avez-vous lu ses annotations ?

— Non… Qu'est-ce qu'il a écrit ?

— Beaucoup de choses sur vous.

Elle n'osa souffler mot.

— Je les ai parcourues et je me suis demandé…

Une sombre appréhension s'empara de Grace.

— Quoi donc ? fit-elle d'une voix hésitante.

— Est-ce que le révérend vous a…

— Je ne veux pas parler de ça ! coupa-t-elle, l'estomac révulsé.

Kennedy lui prit les mains et les pressa gentiment dans les siennes.

— Est-ce qu'il vous a touchée, quand vous étiez enfant, d'une manière inconvenante ?

Grace déglutit péniblement. L'espace d'une seconde, elle faillit s'épancher, poser le lourd fardeau qui l'écrasait depuis l'enfance, partager le secret qu'elle avait caché à tous, y compris à son psychanalyste. Mais très vite, la honte resurgit. La faute lui incombait. Elle s'était sentie horriblement coupable chaque fois que le révérend l'avait agressée sexuellement. Comme chaque fois qu'elle s'était donnée à l'un des garçons du lycée. Elle avait conçu, alors, un profond dégoût d'elle-même. Parler, aujourd'hui, ce serait reconnaître qu'elle et sa famille avaient un puissant mobile pour tuer Lee Barker. Kennedy ne manquerait pas de faire le rapprochement, surtout qu'il avait en sa possession la bible, pièce à conviction s'il en était.

— Non, répondit-elle en détournant les yeux, de crainte qu'il ne lise dans ses pensées.

Elle voulut dégager sa main mais il la retint.

— Je crois que si, dit-il avec obstination.

— Vous divaguez ! répondit-elle d'une voix qu'elle s'efforça de raffermir. Les gens de Stillwater vous lyncheraient s'ils vous entendaient. Le révérend était un homme d'une moralité exemplaire, vous le savez.

Le visage de Kennedy demeura impassible.

— Je ne le sais pas. C'est à vous de me le dire.

Il semblait à l'affût de ses réactions.

— Il… Bien sûr. Tout le monde sait q… quel époux et père de f… famille extraordinaire il était… Il…

Il lui sembla que les mots se figeaient sur ses lèvres. Il fallait qu'elle continue l'éloge de son beau-père, il le fallait à tout prix. Sauf qu'elle ne le pouvait pas. Pas ici. Pas maintenant. Pas devant Kennedy.

— Etait-il un homme bon ? murmura-t-il.

Grace reprit son souffle. Trop d'événements s'étaient produits. Tout semblait s'emballer, lui échapper. Des émotions contradictoires l'agitaient. Le chagrin. La colère. Le désarroi. Le désir. Et l'espoir. Kennedy incarnait une bouée de sauvetage qui n'était qu'illusion, elle le savait. Il était M. Stillwater et elle était Gracie-tout-sourire.

— Vous a-t-il violée, Grace ?

Elle réprima une folle envie de se boucher les oreilles.

— Non. Arrêtez ! Je… Oh, taisez-vous, à la fin !

Libérant sa main, elle s'engouffra sous la tente où elle laissa libre cours à ses larmes. A genoux, prostrée, elle pria pour que Kennedy l'ait crue sur parole.

— Bon Dieu ! l'entendit-elle marmonner. S'il n'est pas déjà mort, je l'étranglerai de mes propres mains.

Il resta longtemps étendu dans le noir. Grace avait cessé de remuer sous sa tente. Peut-être s'était-elle endormie. Quant à lui, il était bon pour une nuit blanche. Le sommeil le fuyait. Il revoyait le visage terreux de la jeune femme, quand il lui avait demandé si le révérend avait abusé d'elle. Il avait lu la vérité dans ses grands yeux bleus, malgré ses dénégations. Si ce salaud l'avait violée, quel âge avait-elle à l'époque ? Et combien de fois l'avait-il prise de force ? Une fois ? Deux ? Plus ?

L'image du révérend obligeant une petite fille sans défense à se soumettre à ses appétits sexuels fit courir dans ses veines une colère brûlante. Une violente nausée le saisit. Il imaginait parfaitement la peur d'une enfant innocente, sa culpabilité, son désespoir, sa solitude. Il comprenait mieux à présent pourquoi, en tant qu'adulte, elle continuait à se déprécier, et pourquoi, adolescente, elle avait adopté cette attitude indécente vis-à-vis des garçons. Il avait déjà entendu parler de ces enfants qui, ayant subi des attouchements sexuels, reproduisent inlassablement le schéma de leur honte. Il n'était guère étonnant que Grace eût désespérément cherché à attirer l'attention de ses camarades masculins, même si le révérend avait disparu avant qu'elle n'entre au lycée. Les problèmes n'avaient pas disparu avec lui. Sa mère n'était guère appréciée à Stillwater. Les Montgomery subissaient la suspicion générale, sans oublier les rumeurs, les blagues obscènes, les allusions mesquines, les surnoms dégradants. Ses propres amis affublaient Grace de toutes sortes de sobriquets et lui, Kennedy, assistait à ce spectacle sans réagir.

— Pourquoi ? murmura-t-il.

Pourquoi n'avait-il pas eu le courage de sortir de son cocon doré pour lui témoigner un peu de compassion ? Un peu de cette considération à laquelle elle aspirait aussi ardemment ? Il était aussi nul que Joe et les autres, finalement. Avoir connaissance d'une injustice et ne rien faire pour la réparer, c'était aussi moche que de commettre soi-même cette injustice.

Pourtant, elle avait survécu. Elle avait obtenu son baccalauréat, avait brillamment réussi ses études à la faculté de droit et était devenue substitut du procureur. C'était une femme belle, intelligente, impressionnante. Pourtant, les cicatrices du passé étaient à vif, il le savait.

Il revit le jour où Clay Montgomery avait cassé la figure de Tim. Clay était une force de la nature. Au lycée, il avait raflé tous les prix d'haltérophilie. Une plaque de bronze gravée à son nom — il avait soulevé un poids de plus de 300 kilos — commémorait encore sa victoire dans la salle de gymnastique.

Est-ce que Clay avait découvert les agissements du révérend ? L'avait-il tué dans un accès de rage ? Ou bien Irene s'en était-elle chargée ? A moins que la petite Grace eût elle-même mis fin aux abus sexuels dont elle était victime ? Dans ce cas, sa famille la couvrait…

Toujours est-il que les accusations qui pesaient sur les Montgomery étaient fondées. Les mots ambigus que le révérend avait écrits sur sa bible ne laissaient plus aucun doute. La disparition inexplicable ne tenait plus la route. Les Montgomery étaient coupables ! Mais pouvait-on leur jeter la pierre ?

*
* *

Les rayons du soleil tapaient sur la toile de tente. Grace roula sur le côté, incommodée par la chaleur. Il était encore tôt, environ 8 h 30, mais Kennedy et ses fils étaient déjà levés. Elle les entendait discuter, et percevait nettement les effluves de bacon grillé.

— Maintenant, elle sait que tu es gentil, papa, disait Teddy.

— On en reparlera plus tard, répondit Kennedy à voix basse.

— Elle t'aime bien, je te le jure.

Il s'éclaircit la gorge.

— Ça suffit, Teddy.

— D'accord. Mais toi aussi tu l'aimes bien, hein, papa ? Elle est tellement jolie !

— Oui, c'est vrai, admit Kennedy.

La jeune femme étouffa un gémissement, tandis que les souvenirs de la veille la submergeaient. Elle avait embrassé Kennedy, elle s'était offerte à lui. Les ennuis ne tarderaient pas à arriver. Surtout après ses mensonges maladroits à propos du révérend. Pourquoi n'avait-elle pas été plus forte, plus convaincante ? Elle ouvrit les yeux et son regard tomba sur le téléphone portable posé à côté du sac de couchage… George ! Elle avait perdu l'homme qu'elle s'apprêtait à épouser. En une nuit, son univers avait basculé dans le néant.

— Moi aussi je la trouve jolie, déclara Heath.

— Apporte-moi les œufs ! lui dit Kennedy.

Grace défit la fermeture Eclair de son sac de couchage. Autant faire face à la situation tout de suite. Saluer Kennedy, comme si de rien n'était et oublier tout ça. A ceci près qu'elle n'avait guère envie de nier ses sentiments.

— Décidément, tu as tout faux, ma pauvre fille ! marmonna-t-elle.

— Je crois qu'elle est réveillée ! s'écria Teddy avec une impatience qui la fit sourire.

— Reste ici, Teddy ! Donne-lui le temps de s'habiller.

— Je voulais juste lui dire bonjour, murmura le petit garçon.

Elle enfila un short et un T-shirt, puis rassembla ses affaires de toilette dans un sac et sortit de la tente. La matinée était douce. Il avait plu avant l'aube, et des gouttes scintillaient dans l'herbe et sur les feuilles. Grace respira profondément l'air pur. Ses cheveux devaient être affreusement emmêlés, se dit-elle, mais Kennedy ne parut pas le remarquer. Il se retourna vers elle, et un invisible courant passa entre eux. Une sorte de complicité qu'elle n'avait jamais ressentie auparavant. Chassant délibérément les images troublantes de la nuit, elle s'avança vers le feu de camp.

— Bonjour, dit-il en lui tendant une tranche de bacon.

Elle marmonna quelque chose, focalisant son attention sur le goût salé de la viande.

— Les pancakes seront prêts dans une minute.

— Mmm, ça sent bon. Est-ce que j'ai le temps de prendre une douche ?

— Bien sûr !

— Je t'accompagne, proposa Heath.

Elle prit la main du petit garçon.

— Je viens aussi ! déclara Teddy en s'emparant de son sac.

Un rugissement de moteur déchira le silence. Grace jeta un coup d'œil par-dessus son épaule.

— Oh, non ! murmura-t-elle en reconnaissant le conducteur.

— Qu'est-ce qu'il y a ? demanda Teddy.

Joe Vincelli sortit de sa camionnette. Teddy resta près de Grace mais Heath s'élança vers le nouveau venu.

— Salut, Joe ! Je ne savais pas que tu allais venir.

Grace ne le savait pas non plus.

— Vous l'avez invité ? chuchota-t-elle à l'intention de Kennedy.

La vue de Joe lui avait rappelé brusquement que Kennedy faisait partie du camp ennemi. Combien de temps tiendrait-il avant de révéler à ses amis qu'il détenait la bible du révérend et que la veille au soir, Grace lui avait fait des avances ?

— Non, répondit-il.

Il n'eut pas le temps de s'expliquer davantage.

— Ah, te voilà ! cria Joe. Je savais que je te trouverais ici.

— Qu'est-ce que tu veux ?

Le regard aigu de Joe se reporta sur Grace.

— Quand tu m'as dit que tu allais camper, tu m'as caché que tu emmenais Gracie.

— Elle s'appelle Grace. Et tu ne me l'as pas demandé.

— Exact ! fit Joe avec un sourire amusé. Mais ne t'inquiète pas : ton honneur est sauf.

— Son honneur ? répéta-t-elle.

— Eh, oui. Les faits et gestes des élus sont observés à la loupe.

Il se pencha dans la camionnette et en extirpa une boîte de beignets.

— J'ai apporté de quoi se régaler.

— Tu en as avec des éclats de chocolat ? lui demanda Teddy.

— Tu plaisantes ? cria Joe en riant. Ces trucs-là, c'est bon pour les mauviettes !

— Dommage, dit Heath, parce que moi, je les aime bien. Et Grace aussi !

Joe haussa les sourcils.

— Tiens, tiens, tiens ! Quel revirement ! Heureusement que je suis arrivé.

— Qu'est-ce que ça veut dire exactement ? demanda la jeune femme.

— Oh, rien !

— J'espère bien, dit froidement Kennedy.

Joe poussa Heath du coude.

— Si tu arrives à convaincre la dame de se montrer gentille avec tonton Joe, je veux bien retourner en ville pour lui acheter des beignets au chocolat.

La jeune femme leva la main.

— C'est inutile. Je m'en passerai.

Ce disant, elle mit le cap sur les douches. Elle savait que la journée allait être difficile.

Quand Grace et les garçons eurent disparu, Kennedy se tourna vers Joe.

— Qu'est-ce qui t'a pris ? Tu as dû te lever à 5 heures du matin pour arriver aussi tôt.

— Je t'avais dit que je te rejoindrais peut-être.

— Je croyais que tu détestais Pickwick Lake !

Joe engloutit un beignet en deux bouchées.

— J'ai changé d'avis. C'est pas mal ici, finalement, dit-il en mâchonnant.

— Qu'est-ce qui t'a décidé à venir ?

— Depuis quand je dois avoir une excuse pour rendre visite à mon meilleur ami ?

— Tu savais que Grace était avec moi, n'est-ce pas ?

Joe hésita, puis haussa les épaules.

— Buzz m'a dit qu'il t'avait vue quitter la ville avec une femme dans ta voiture.

Kennedy disposa le reste du bacon dans un plat en terre cuite.

— Et bien entendu, il a fallu que tu m'espionnes !

— Tu n'es jamais sorti avec personne, depuis la mort de Raelynn. J'étais curieux de connaître ta nouvelle conquête, je l'avoue. J'étais loin de me douter qu'il s'agissait de Grace.

Kennedy n'en crut pas un mot.

— Eh bien, maintenant, tu sais.

Joe croisa les bras.

— Ouais. Maintenant, je sais. Et tout s'explique.

— Qu'est-ce qui s'explique ?

— Ton refus de m'aider à résoudre l'affaire de la disparition de mon oncle.

— Je t'ai déjà énuméré mes raisons.

— Naturellement ! fit Joe, avec ce gloussement déplaisant qui avait le don d'exaspérer Kennedy. Simplement, tu as oublié d'ajouter que tu étais plus intéressé par une belle paire de fesses que par la justice.

Kennedy posa la spatule avec laquelle il avait remué

les œufs brouillés, et déposa la poêle sur un dessous de plat en fer forgé.

— On se connaît depuis l'enfance, Joe, dit-il à mi-voix. Je te dois une fière chandelle, je ne l'oublie pas. Mais si jamais tu répètes ce que tu viens d'insinuer, je n'hésiterai pas à te briser la mâchoire. Et crois-moi, campagne électorale ou pas, je ne me gênerai pas.

Joe mit un moment à encaisser cette information. Son sourire moqueur s'effaça.

— Tu vas laisser une femme nous séparer, Ken ? Elle est *bonne* à ce point ?

Kennedy connaissait cet air mesquin : il l'avait déjà vu sur le visage de son ami. Lors d'un combat de boxe improvisé dans la salle de billard, et à l'occasion d'une dispute homérique avec son ex-femme.

Au même moment, Teddy et Heath arrivèrent en courant.

— Je n'en sais rien, répondit-il en baissant le ton.

— Mais tu crèves d'envie de le découvrir.

— Je voulais juste un peu de compagnie, voilà tout.

Heath atteignit la camionnette avant son petit frère.

— J'ai gagné ! hurla-t-il.

— Tu as triché ! lui reprocha Teddy.

— Non, je n'ai pas triché.

— Si ! Tu es parti avant moi !

Heath porta la main à son cœur, heurté par ce qu'il considérait comme une fausse accusation.

— J'ai dit « un, deux, trois, partez. »

— J'avais pas entendu.

— Alors, on recommence.

— O.K. Un, deux, trois, partez ! cria Teddy.

Puis il s'élança, prenant Heath de court.

Quand ils se furent tous deux éloignés, Joe regarda son ami.

— Excuse-moi. Je ne suis pas satisfait de ma vie. J'en ai assez d'être seul, assez de mon job. J'en ai marre de faire toujours la même chose… J'aurais bien voulu croire que Grace avait changé, et je comprends que tu sois attiré par elle. Mais elle est toujours la même, Kennedy. Ne te laisse pas prendre au piège d'un joli minois.

— Ne t'inquiète pas pour moi.

— Elle ne te plaît pas, peut-être ?

Kennedy fut tenté de répondre que non, puis il opta pour une réponse plus évasive.

— Je crois qu'elle a un petit ami à Jackson.

Joe grignota une tranche de bacon.

— Et tu as pris le risque de l'emmener ici ?

— Mon Dieu, quel risque !

— Tu sais comment les gens réagiront si la rumeur court que tu fréquentes cette fille.

— Je l'ai emmenée faire du camping. La belle affaire !

Joe s'empara d'une deuxième tranche. Un sourire curieux jouait sur ses lèvres.

— Pourquoi tu souris ? lui demanda Kennedy.

Vincelli désigna la direction où Heath et Teddy avaient disparu.

— Tu as besoin d'une bonne mère pour tes enfants. Et compte tenu de ta carrière, il faut qu'elle bénéficie d'une réputation sans failles, tu es d'accord ?

C'était vrai. Sauf qu'il n'avait pas de leçons à recevoir de personne. Surtout pas de Joe.

— J'ai l'intention de la voir de temps en temps, dit-il.

Joe se raidit.

— Pourquoi ?

— Pourquoi pas ?

— Tes parents ne vont pas aimer ça.

— J'ai trente et un ans, mon vieux. Je n'ai plus besoin de l'approbation de mes parents.

— D'autres personnes pourraient en prendre ombrage.

— Toi, par exemple ?

— Elle a tué mon oncle !

Kennedy baissa les yeux sur le bacon.

— Où est la preuve ?

— Tout le problème est là.

— Tu te montes la tête pour rien. Je ne vais pas l'épouser, si c'est ça qui te tracasse.

— Voilà qui est réconfortant.

Joe Vincelli hocha la tête, comme s'il avait enfin compris. Mais compris quoi ? se demanda Kennedy. Et lui-même, qu'éprouvait-il pour Grace ? Il était prêt à mettre en jeu son amitié avec l'homme qui lui avait sauvé la vie, sans être sûr de ce qu'il pouvait partager avec cette femme.

Grace s'attarda longuement sous la douche, en espérant qu'à son retour, Vincelli serait parti.

Hélas, il était encore là, attablé devant un copieux petit déjeuner. Il la suivit d'un regard scrutateur, dès l'instant où elle réapparut, jusqu'à ce qu'elle s'installe sur l'une des trois chaises pliantes à l'autre bout de la table de pique-nique.

— Tu as faim ? lui demanda aussitôt Teddy, qui avait pris place à côté d'elle.

Comme elle acquiesçait, il posa devant elle une assiette

débordant d'œufs brouillés, de tranches de bacon et de pancakes au sirop d'érable.

— Un jus d'orange ? proposa Heath, le pichet à la main.

La jeune femme sourit. Elle en était arrivée à chérir le fils aîné de Kennedy presque autant que Teddy.

— Oui, merci.

A son grand étonnement, Joe poussa vers elle un godet en plastique.

— Rien de tel que les pancakes et les œufs brouillés quand on fait du camping, déclara-t-il.

— C'est moins bon que les marshmallows, dit Teddy.

Grace ouvrit la bouche pour donner raison au petit garçon, mais Joe lui coupa la parole.

— Tu te souviens de mes tartes aux fruits, Ken ?

— Oui, répondit Kennedy d'une voix neutre.

Il était loin d'être enthousiaste. Grace n'aurait su dire s'il était content ou non de voir Joe. Son excellente éducation ne lui permettait pas de se montrer carrément désagréable, pourtant elle crut comprendre qu'il n'avait pas apprécié l'arrivée impromptue de Vincelli.

— Alors, les gars, réjouissez-vous ! Ce soir, c'est moi qui régale.

La nourriture prit un goût de cendres dans la bouche de la jeune femme. Allait-il rester toute la journée ?

— Myrtilles ou mûres, Grace ? demanda-t-il obligeamment.

— Je n'ai pas de préférence.

Elle serait bien rentrée chez elle, mais elle ne put se résoudre à décevoir Heath et Teddy. Elle survivrait jusqu'à demain. Le seul avantage de la présence de Joe, c'est qu'elle l'éloignait de Kennedy.

— Moi, je préfère les mûres, annonça Teddy.

Joe renversa son assiette à moitié vide dans la poubelle de plastique accrochée au coin de la table.

— Des mûres, alors ! Qui veut venir avec moi en ville pour acheter les ingrédients nécessaires ?

Heath se porta volontaire. Joe poussa le pied de Grace du bout de sa chaussure.

— Et toi ?

— Non, merci.

— Grace va nager avec moi, décréta Teddy.

— Exact ! dit-elle.

— Chic, alors ! Je vais me changer !

Teddy se rua vers la tente.

— Et toi, Kennedy ? s'enquit Joe en lançant à Grace un coup d'œil à la dérobée, comme s'il avait scrupule à les laisser seuls.

— Je vais nettoyer.

Vincelli se rembrunit. Au bout d'un moment, il haussa les épaules.

— Bon, d'accord. Allons-y, Heath !

Il grimpa dans la camionnette, baissa la vitre.

— On sera de retour dans une heure.

— N'oublie pas de boucler la ceinture de sécurité de Heath ! lança Kennedy.

Joe balaya d'un geste nonchalant cette recommandation.

— Relaxe, mon pote ! La liberté est plus précieuse que la sécurité.

Compte tenu de l'accident qui avait coûté la vie à Raelynn, Grace dut se faire violence pour ne pas fustiger les propos de Joe. Elle attendit que la camionnette disparaisse au tournant, pour s'adresser à Kennedy.

— Je vais faire la vaisselle. C'est mon tour. Allez nager avec Teddy.

— Non, non. J'en ai pour une minute.

Elle n'insista pas. Mieux valait éviter tout contact avec cet homme. Pivotant sur ses talons, elle prit docilement la direction de sa tente.

— Grace ?

Elle se retourna.

— Qui vous a appelée hier soir ?

— George, répondit-elle après une légère hésitation.

— L'homme que vous allez épouser ?

— Lui-même.

— Et ?

Elle esquissa un imperceptible haussement d'épaules.

— J'ai cru comprendre que le mariage était annulé.

— Et votre relation ?

— C'est fini, dit-elle en s'efforçant d'afficher une expression détachée, sans y parvenir vraiment.

Il s'abîma dans la contemplation de la poêle à frire qu'il s'apprêtait à plonger dans la cuvette.

— Je suis désolé.

— Ne le soyez pas. C'est beaucoup mieux comme ça, de toute façon.

Puis elle partit vite se changer.

12.

Assis à côté de Joe sur le rivage, Kennedy regardait Grace et Teddy jouer dans l'eau étincelante. Son fils avait endossé le rôle du dauphin et éclaboussait bruyamment la jeune femme qui riait aux éclats. Il avait déjà remarqué qu'elle paraissait transfigurée en présence des enfants. Quelques minutes plus tôt, Heath lui avait offert un galet. Elle s'était extasiée sur son aspect poli, tant et si bien que le petit garçon était reparti immédiatement à la recherche d'un nouveau trésor.

— Quand tu l'as invitée, est-ce qu'elle a accepté tout de suite ? demanda Joe en allongeant ses longues jambes sur le sable.

Il avait retiré son T-shirt pour exhiber son torse bronzé.

— Oui… assez facilement.

— Tu lui as dit « viens » et elle a répondu « oui », comme ça ? fit Joe en claquant des doigts.

— Teddy a passé pas mal de temps à jardiner chez elle, expliqua Kennedy en enfonçant ses orteils dans le sable chaud. Je crois qu'elle est venue pour lui.

— Es-tu en train de me dire qu'elle est plus intéressée par tes gamins que par toi ?

— C'est probablement le cas.

Joe but une gorgée de Coca à même la canette.

— Pourquoi, à ton avis ?

— A cause du passé, je suppose.

— Ce qui est arrivé au lycée n'est pas de notre faute.

— Ça dépend quoi.

— Tu veux dire que nous avons eu des torts ?

Kennedy n'hésita pas à enfoncer le clou.

— Plus ou moins, oui.

Joe fronça les sourcils.

— Tu étais amoureux de Raelynn. Tu n'as jamais fréquenté Grace, à l'école.

— Non, mais je n'ai pas été très gentil avec elle. Quant à toi…

— N'essaie pas de me culpabiliser. Elle avait le feu aux fesses !

— Je n'ai pas envie de parler de ça, Joe.

— Je n'allais tout de même pas l'éconduire alors qu'elle me suppliait à genoux de la sauter !

Kennedy sentit ses muscles se crisper. Pourtant, il resta calme. Joe le provoquait délibérément pour en savoir plus sur ses véritables sentiments.

— Je crois qu'elle a été plus bouleversée par la façon dont vous l'avez traitée après ces incidents que par les incidents eux-mêmes, rétorqua-t-il tranquillement.

Joe laissa échapper un grognement incrédule.

— Ah oui ? A quoi elle s'attendait ? A des égards ?

Kennedy dissimula son écœurement de son mieux.

— J'espère sincèrement que tu n'as pas besoin de moi pour répondre à cette question.

Grace poussa un cri ravi, tandis que Teddy l'entraînait sous l'eau. Joe reporta son attention sur le lac.

— Quoi que tu penses, cette nana cherche toujours l'aventure. Sauf que cette fois, elle est plus sélective.

— Qu'est-ce que tu racontes ?

— Simplement que sa subite passion pour tes enfants n'est certainement pas étrangère au fait que tu es veuf et riche.

— A mon avis, tu te trompes, dit Kennedy en serrant les poings.

Son ami s'esclaffa.

— Tu es bien naïf, mon pauvre vieux.

— Elle est ici parce qu'elle apprécie la compagnie de Heath et de Teddy, déclara Kennedy posément.

Et parce qu'il avait trouvé la bible. Il ne doutait pas que l'attachement de Grace pour les enfants fût sincère. Et réciproque, bien entendu. C'était simple. Sans équivoque. Si Kennedy s'était contenté d'une relation platonique, elle se serait très certainement montrée plus amicale. Or, leur attirance physique l'avait incitée à le classer immédiatement dans la catégorie des *individus dangereux*.

— Tout à l'heure, tu m'as dit que tu avais l'intention de la revoir.

— Oui. Et alors ?

Joe haussa les sourcils.

— Tu comptes le faire ouvertement ?

Kennedy retint un soupir impatient. Il souhaitait que Joe débarrasse le plancher. Il aurait préféré nager dans le lac avec Grace, Teddy et Heath, au lieu de s'ennuyer sur la plage. D'un autre côté, mieux valait ne pas s'approcher de la jeune femme tant que Joe était là car s'il décelait la moindre connivence entre eux, il n'hésiterait pas à se précipiter chez Camille et Otis Archer.

— Peut-être, murmura-t-il.

Joe redressa le buste.

— Vraiment ?

— Elle avait à peine treize ans quand ton oncle a disparu. Excuse-moi de ne pas voir en elle une meurtrière.

— Très bien ! rétorqua Joe, ulcéré. N'empêche qu'elle a très mauvaise réputation.

— Je te l'ai déjà dit : elle a changé.

Son irritation, trop manifeste, cloua un instant le bec à son interlocuteur.

— Ecoute, Ken, si tu as envie de la sauter, n'hésite pas. Mais ne va pas plus loin. Tu aurais trop à perdre.

— Le respect que tu manifestes vis-à-vis des femmes est fascinant, dit sèchement Kennedy.

— Cindy n'était pas comme Raelynn, sinon tu m'aurais mieux compris.

Cindy, l'ex-femme de Joe, avait désespérément essayé de sauver leur union. Vaine entreprise, car son incorrigible mari avait perdu au jeu des sommes considérables et l'avait trompée plus d'une fois.

— Il fait trop chaud, dit Kennedy, soucieux de ne pas entamer une dispute. On va se baigner ?

Se levant, il fit passer son T-shirt au-dessus de sa tête et le laissa tomber sur le sable. Joe, qui s'était redressé en même temps, l'attrapa par le coude.

— Si tu t'acoquines avec cette gonzesse, tes parents laisseront leur argent à une institution caritative, déclara-t-il sur le ton de l'avertissement.

— Je n'ai pas peur d'être déshérité.

— Aucune femme ne mérite un tel sacrifice.

— Tu dis ça parce que tu as des problèmes d'argent.

Joe le toisa froidement.

— De quoi parles-tu maintenant ?

— Buzz m'a dit que tu avais contracté de nouvelles dettes de jeu.

Une lueur belliqueuse passa dans les prunelles de Joe.

— Ça ne te regarde pas.

— Si, dans la mesure où la dernière fois, je t'ai dépanné. Et comme je ne recommencerai pas, si ton père découvre le pot aux roses, ce n'est pas moi qui serai déshérité. Je te suggère, en conséquence, de ne pas te mêler de mes affaires.

— Autrement dit, de la fermer devant papa-maman.

— Exactement.

Secouant la tête, Joe émit un rire tonitruant, comme s'il venait d'entendre la meilleure blague de l'année.

— Je n'y crois pas ! M. Parfait me fait du chantage.

— C'est *ton* point de vue.

— Ken, si tu sors avec elle, tes parents l'apprendront forcément.

— J'espère au moins que tu ne seras pas impliqué dans les rumeurs.

— Tu me crois capable de te trahir ? demanda Joe d'un air faussement chagriné.

— Bien sûr que non ! Je veux juste m'assurer que je peux compter sur toi.

— Je t'ai déjà sauvé la mise, n'est-ce pas, vieux frère ?

— Oui, je sais… Allons nous baigner, maintenant.

— D'accord. Il n'y a pas de souci, hein ? Si nos parents ignorent nos frasques, ça ne leur fera pas de peine.

Kennedy ne répondit pas. Il pensait à la bible du révérend, qui se trouvait toujours dans la boîte à gants de sa voiture.

*
* *

La nuit, Heath et Teddy décidèrent d'inviter Grace sous leur tente pour se raconter des histoires effrayantes dans le noir. La fatigue eut d'un seul coup raison de leurs forces, et peu après, la jeune femme entendit leur respiration régulière. Elle resta immobile un long moment, le cœur débordant d'affection pour ces deux enfants qui lui témoignaient une amitié si sincère.

Et puis, elle n'avait guère envie d'affronter Kennedy et Joe.

Les deux hommes discutaient près du feu et malgré elle, Grace pensa que depuis l'arrivée de son ami, Kennedy n'était plus le même. Il l'évitait soigneusement. Il s'était tenu à l'écart quand Vincelli avait proposé de lui enduire le dos de crème solaire, et n'avait pas soufflé mot quand elle avait refusé. C'était encore Joe qui avait accroché l'asticot à l'hameçon de Grace, pendant la séance de pêche à la ligne, devant un Kennedy silencieux.

La jeune femme réprima un sursaut de dégoût. Joe n'avait pas cessé de la frôler, sous des prétextes fallacieux.

Chaque fois, elle avait eu un mouvement de recul.

— J'aimerais bien que Cindy trouve un job, disait-il à présent.

— Qu'est-ce que ça peut te faire qu'elle se contente de sa pension alimentaire ? demanda Kennedy.

— Ça m'énerve. Elle ne fout rien de la journée.

Grace s'efforça de chasser de son esprit la voix râpeuse de Vincelli. Le doux parfum de l'herbe et de l'eau du lac qui émanait des deux petits garçons endormis lui arracha un sourire attendri. Ils s'étaient amusés comme des fous.

— Il paraît qu'elle veut ouvrir son propre restaurant, dit Kennedy.

— Ah, parlons-en ! Madame exige que j'investisse dix mille dollars dans cette affaire, tu te rends compte ?

— Tu lui dois bien cette somme.

— Diable, non !

— Sa version des faits est légèrement différente. Il paraît que tu as mis la bague de sa grand-mère en gage.

— N'importe quoi ! lança Joe. Je me fous de ce qu'elle raconte. Pendant notre mariage, je payais le loyer et la bouffe. Si on fait les comptes, c'est elle qui me doit de l'argent.

Les paupières de Grace s'alourdissaient. Elle se releva, soucieuse de ne pas s'endormir dans le sac de couchage de Kennedy.

Le zip de la tente la trahit, car les deux hommes se tournèrent vers elle.

— Ah, te voilà, beauté ! lança Joe. Viens t'asseoir avec nous.

Elle n'osa pas refuser.

— Kennedy prétend que je dois un paquet de fric à mon ex, reprit Joe. Qu'est-ce que tu en dis ?

Cindy avait été l'une des filles les plus populaires du lycée. Elle et Joe s'étaient mariés après que Grace avait quitté Stillwater. Deux êtres aussi superficiels auraient pu former un couple harmonieux, après tout.

— Je ne sais pas de quoi tu parles, dit-elle.

— Je ne lui dois pas un sou.

— Si tu le dis…

Les ombres projetées par les flammes vacillantes masquaient le visage de Kennedy, mais quelque chose dans son expression laissait penser qu'il ne voyait pas les choses comme son ami. D'ailleurs, toute la journée, il avait paru contrarié par la présence de Vincelli, ce qui semblait surprenant. Ils étaient si proches, autrefois.

— Tu n'as jamais été mariée ? demanda Joe.

Grace se servit un verre d'eau.

— Non.

— Tu n'y penses jamais ?

Le souvenir de sa rupture avec George la fit tressaillir. Elle serra son gobelet d'eau entre ses paumes.

— Pas en ce moment… Disons que rien ne presse.

La sécurité et l'affection que George lui procurait lui manquaient affreusement. Pourtant, un vague soulagement se mêlait à cette sensation de manque. Elle s'était sentie tellement coupable de ne pouvoir lui donner ce qu'il cherchait qu'elle ressentait maintenant une sorte de liberté grisante, une incroyable légèreté.

Kennedy remua les braises avec un tison. A travers les étincelles, leurs regards s'accrochèrent. Il détourna les yeux presque immédiatement mais pas assez vite : Grace avait eu le temps d'y apercevoir une lueur de désir. Leurs rapports se compliquaient singulièrement. Au souvenir de leur baiser, la jeune femme fut parcourue d'un frisson rétrospectif.

— Une tasse de café ? lui proposa Joe.

Elle s'éclaircit la gorge.

— Non, merci. Je tombe de sommeil.

— Déjà ? Allons ! J'ai conduit toute la journée pour qu'on s'amuse un peu. La moindre des politesses serait de rester encore quelques minutes avec moi. Il y a tant de questions que je voudrais te poser.

La lassitude de Grace n'en fut que plus pesante.

— Des questions ? Lesquelles ?

— Et je ne suis pas le seul. Il semble que tu détiennes la clé du mystère, si tu vois ce que je veux dire.

— C'est faux. Je ne sais pas où est le révérend.

— Tu l'appelles révérend, maintenant ?

Elle maudit sa stupidité.

— Comment veux-tu que je l'appelle ?

— Si j'ai bonne mémoire, tu l'appelais papa, avant.

— Il ne m'a jamais adoptée légalement. Et j'ai trente et un ans.

— Tu aurais pu dire « mon père ». *Je ne sais pas où est mon père.*

La fraîcheur de la nuit enveloppait Grace. Elle eut l'impression que la température avait chuté de plusieurs degrés. Elle se recroquevilla sur elle-même.

— Je ne vois pas où est le problème, dit-elle.

— Non ? Quand tu étais petite tu l'aimais bien, pourtant !

— J'ai grandi.

— Nous avons tous grandi, fit remarquer Joe en souriant à Kennedy. Nous l'avions remarqué.

Kennedy lui lança un regard noir, qui ne parut pas l'incommoder le moins du monde.

— Eh bien, Grace, quelle est ta théorie à propos de la disparition d'oncle Lee ? demanda-t-il. Tu as sûrement une idée.

— Fiche-nous la paix avec cette histoire ! coupa Kennedy d'un ton cassant.

Joe pencha la tête sur le côté.

— Le sujet ne t'intéresse pas ?

— Il m'ennuie plutôt.

— Alors, tu es la seule personne à Stillwater qui ne se pose pas de question. Excepté Grace, bien sûr.

— Papa ? cria Teddy d'une voix ensommeillée.

— Qu'est-ce qui t'arrive, bonhomme ?

— Heath m'a donné un coup de pied.

— Pousse-le.

— J'ai essayé. Il est trop lourd.

Kennedy jeta à son ami un regard d'avertissement avant de partir à la rescousse de son fils. Mais dès qu'il eut disparu sous la tente, Joe se pencha en avant, les coudes sur les cuisses.

— Pourquoi on n'essaierait pas de rassembler les pièces du puzzle, tous les deux ?

— Je ne vois pas comment. Il a disparu sans laisser de traces.

— Sans laisser de traces, répéta Joe. Voilà où nos avis divergent. Moi, je suis convaincu qu'il y a un indice quelque part. Un témoin oculaire.

Comme Jed Fowler, songea Grace.

— Qui ? demanda-t-elle.

Si Joe possédait une preuve solide, ça se saurait.

— Nora Young l'avait rencontré à l'église, la fameuse nuit. Elle affirme qu'elle était encore sur le parvis, avec Rachelle Cook, quand mon oncle a fermé la porte à clé, avant de prendre sa voiture. Rachelle l'a confirmé.

— Et alors ? Dede Hunt l'a vu se diriger vers l'autoroute aux environs de 20 h 30.

— Elle a cru apercevoir une voiture qui ressemblait à celle de Lee, rectifia Joe avec un sourire sinistre. Nuance ! Et Bonnie Ray Simpson, la plus proche voisine, affirme que sa voiture était garée dans l'allée de la ferme entre 9 et 10 heures du soir.

— Bonnie Ray est alcoolique.

— Elle a quand même pu voir la voiture de mon oncle !

Grace se renversa sur sa chaise en s'efforçant de paraître complètement détendue.

— Il n'est jamais rentré à la maison. Seule ma mère est revenue.

— A quelle heure ?

— Vers 21 heures. Elle avait une répétition avec la chorale chez Ruby Bradford.

— Et elle ne l'a pas vu.

— Tu sais bien que non. Je te le répète, Joe : il n'est pas rentré.

Joe s'adossa au dossier de sa chaise.

— Bon Dieu, ça ne te rend pas folle, Grace ?

Elle avala une gorgée d'eau, le regard fixé sur le bord du verre.

— Quoi donc ?

— Le fait de ne pas savoir.

— On s'habitue à tout, répondit-elle.

Elle avait réussi à refouler les souvenirs de cette terrible nuit, surtout de la partie la plus terrifiante : le révérend enfermant Molly dehors, juste avant le retour d'Irene…

— Tu as l'air convaincue que le mystère ne sera jamais éclairci, dit-il avec un claquement de langue. Tu sais quelque chose que les autres ignorent ?

Clay était rentré un peu après leur mère. Elle crut réentendre les cris, les hurlements, le bruit mat des coups de poing.

— Tu me l'as déjà demandé. Tu crois que la réponse peut être différente aujourd'hui ?

— Je peux toujours espérer.

— Certes. Mais l'espoir ne rend pas les choses plus réelles.

Il l'étudia quelques secondes.

— Ta mère avait un œil au beurre noir, le lendemain

de la disparition de mon oncle. Et Clay avait une coupure à la lèvre.

— Clay cherchait une assiette dans le placard de la cuisine. Il a accidentellement enfoncé son coude dans l'œil de maman. Ensuite, quand il s'est penché pour s'assurer qu'elle allait bien, elle a relevé la tête inopinément et l'a heurté à son tour à la bouche.

Il y avait eu d'autres blessures. Heureusement, les vêtements pouvaient les dissimuler.

— Tu en es sûre ?

— Est-ce que tu insinues que ton oncle, homme d'église et garant des valeurs morales, aurait frappé une femme ?

Joe ajouta une rasade de whisky dans sa tasse, puis avala une gorgée.

— Peut-être qu'elle l'a provoqué ?

— Il était trop patient, trop doux pour réagir violemment.

La fermeture Eclair de la tente les avertit que Kennedy revenait.

— Eh bien, Ken, qu'est-ce que tu en penses ?

Kennedy se mit à ramasser les jouets de ses fils.

— Je pense que tu as trop bu. Ecoute, on est tous crevés. Allons nous reposer.

— Au moment où la conversation commence à devenir intéressante ? lança Joe en caressant pensivement ses favoris. Dis-moi ce qu'il lui est arrivé, d'après toi, Grace. Honnêtement !

— Ça suffit ! déclara Kennedy. Elle ne veut pas en parler.

— C'est à elle que j'ai posé la question. Pas à toi.

Grace retint son souffle. Instantanément, une tension presque palpable avait imprégné l'atmosphère.

Enfin, Joe lui lança un regard malveillant.

— On dirait que tu as fait ton entrée dans le monde ! lança-t-il.

— Qu'est-ce que tu veux dire par là ?

— Oh, rien…

Son retour à Stillwater avait réveillé les passions. On aurait dit qu'un gros rocher roulait sur une pente raide, à une vitesse hallucinante. Il allait l'écraser si elle ne l'arrêtait pas.

— Qu'est-ce que tu attends de moi ? demanda-t-elle doucement à Joe.

— Tu le sais. J'attends la vérité. Et je veux que Kennedy l'entende de ta bouche.

— Joe…, commença Kennedy.

Grace leva la main. Elle ne voulait pas s'immiscer dans leur relation. Et elle souhaitait surtout protéger Kennedy des cancans.

— Laissez, lui dit-elle. Ça ne me dérange pas. J'ai déjà dit la vérité.

Et sans un mot de plus, elle alla se réfugier sous sa tente. Elle était plus que jamais convaincue qu'ils devaient déplacer les restes du révérend. Oui, ils devaient aller l'enterrer dans la forêt, et laisser Joe fouiller la ferme. Il s'agissait d'un plan audacieux mais s'il fonctionnait, elle et sa famille pourraient peut-être enfin vivre normalement.

— Grace ?

La voix de Kennedy la tira d'un sommeil agité. Elle souleva une paupière lourde. Il était accroupi devant sa tente, et balayait de sa lampe torche la toile bleu marine pour attirer son attention.

— Grace ? répéta-t-il.
— Quoi ? fit-elle d'une voix pâteuse.
— Rendez-vous au cabanon des douches.
— Mais… pourquoi ?
— Chut ! fit-il.

Joe ronflait dans sa propre tente, assommé par le whisky, mais mieux valait être prudent.

Enfin, elle émergea. Cheveux ébouriffés, tongs aux pieds, pantalon de pyjama, T-shirt à l'envers. Elle esquissa quelques pas, trébucha sur sa propre lampe de poche, la ramassa. Ensuite, elle prit la direction du cabanon. Kennedy lui emboîta le pas. Un peu plus loin, il l'obligea à baisser sa lampe, de manière à ce que le rayon forme un cercle lumineux sur l'herbe.

— Mais qu'est-ce…

Il lui serra le poignet, lui intimant le silence.

Lorsque le cabanon fut en vue, il éteignit les deux lampes, puis guida Grace derrière le petit édifice en rondins. Les doigts de la jeune femme se refermèrent sur les siens, avec une sorte de secrète angoisse qui le stupéfia. Il la sentait fragile, tremblante de froid, et cette constatation ne fit que le conforter dans la décision qu'il avait prise.

— Où allons-nous ? murmura-t-elle.

Il l'attira vers la forêt de hêtres.

— Là, dit-il.
— Pourquoi ?

Il la scruta, les yeux plissés. Le dôme des arbres laissait filtrer une faible clarté lunaire.

— Il faut qu'on parle, Grace.
— Non ! répondit-elle d'une voix tendue.
— Je me pose des questions au sujet de cette bible,

insista-t-il. Que faisiez-vous chez Fowler ? Pourquoi l'avez-vous prise ?

Elle secoua la tête.

— Ne vous en mêlez pas, Kennedy.

Il poussa un soupir.

— Vous avez peut-être raison. Oubliez ce que je vous ai demandé.

Ce fut au tour de Grace de le scruter. Que voulait-il dire ? L'avait-il entraînée jusqu'ici pour lui restituer le petit livre relié de cuir ?

— Avez-vous pris une décision au sujet de la bible ?

— Et vous ? Qu'allez-vous en faire si je vous la rends ?

— C'est une possibilité ?

La suspicion dans sa voix le mit presque en colère.

— Qu'est-ce que vous avez cru ? Que j'étais capable de vous serrer dans mes bras, de vous embrasser en vous disant que je voulais faire l'amour avec vous, pour vous jeter ensuite dans la gueule du loup ?

Grace ne répondit pas. Son silence arracha un nouveau soupir à Kennedy. Il se remémora les sévices que ses amis lui avaient infligée, à tel point qu'elle ne parvenait plus à associer la loyauté et le désir.

— Allez-vous la cacher quelque part ? lui demanda-t-il.

— Je la brûlerai, déclara-t-elle simplement. Et je vous demanderai d'oublier que vous l'avez vue. Continuez votre vie, Kennedy, comme s'il ne s'était jamais rien passé.

— Et vous ? demanda-t-il après une hésitation. Suis-je supposé vous oublier aussi ?

— Avez-vous un autre choix ?

Il resta un instant silencieux. Il semblait que non, en

effet. Or, il était trop habitué à obtenir ce qu'il voulait pour renoncer à ce désir obsédant.

— Vous ressentez la même chose que moi, Grace.

Elle ne répondit pas.

— Est-ce que je me trompe ?

Elle se contenta de le regarder sans un mot. N'en pouvant plus, il posa les deux lampes torches par terre et glissa les mains sous le T-shirt de la jeune femme. Elle lui saisit les avant-bras, sans le repousser pour autant.

— Une simple caresse comme celle-ci me rend fou, chuchota-t-il. Je veux vous sentir sous moi, je veux entendre vos râles de plaisir.

Elle ferma les yeux, chancelante.

Le cœur de Kennedy fit un bond, quand sa bouche se posa sur le cou gracile de Grace. Il huma la senteur de fumée qui s'accrochait à ses cheveux, happa le lobe de son oreille. Elle poussa un doux gémissement lorsque la main de l'homme lui effleura les seins. L'instant suivant, elle se dégagea de son étreinte, puis se recula, hors d'atteinte.

— Qu'est-ce qui ne va pas ? demanda-t-il d'une voix haletante.

— On ne peut pas faire ça.

— Pourquoi ?

— J'ai peur de mes propres réactions.

— Nos sentiments ne sont pas nos ennemis, Grace.

Elle passa les doigts dans ses cheveux.

— Ils le sont pour moi. Je suis incapable de vous aimer juste un peu, pendant un court laps de temps.

Juste un peu ? C'était donc cela qu'elle envisageait ? Et lui, que cherchait-il au juste ? Remplir le vide que Raelynn avait laissé dans sa vie ? Oui, sans doute. Et même s'ils parvenaient tous deux à surmonter leur passé, il ne pourrait pas lui offrir un véritable engagement. S'il s'affichait avec elle, son père en mourrait, pensa-t-il. Et pourtant, il n'arrivait pas à renoncer à elle…

— Faites-moi confiance ! supplia-t-il d'une voix enrouée. Je ne ressemble pas à Joe.

— Non, Kennedy. Je suis trop vulnérable.

— Moi aussi, dit-il, bien que leur vulnérabilité ne fût pas de la même nature. Je vous en prie…

Elle hocha la tête.

— Nous allons droit dans le mur.

— Prenons le risque. Baissez votre garde, pour une fois. Voyons où cette relation peut nous mener.

Elle hésita une seconde, puis haussa les épaules.

— Elle ne nous mènera nulle part. J'ai toujours envié votre amour pour Raelynn. Mais je ne suis pas comme elle.

Elle haussa le menton.

— J'ai besoin de savoir une chose, Kennedy.

— La bible ! grommela-t-il.

— Oui, la bible. Est-ce que vous comptez me la rendre ?

Il enfouit sa main dans la poche où il avait glissé le livre, afin de lui prouver sa loyauté… Puis il suspendit son geste. Si Grace et sa famille avaient tué le révérend, il détenait une pièce à conviction importante. Et si un deuxième indice refaisait surface, les annotations sur les pages de vélin pourraient amener un jury aux mêmes déductions que lui.

— Je ne peux pas, souffla-t-il.

— Alors, vous allez me jeter dans la gueule du loup, finalement ?

Il grimaça un sourire.

— Non. Je l'ai détruite.

— Quand ?

— Hier soir.

Dans la pénombre, les yeux de Grace lancèrent des éclairs.

— Pourquoi ?

— J'étais furieux. Ce type était un porc. Je le déteste presque autant que vous.

Contre toute attente, elle le crut. Tendant le bras, elle s'appuya à l'arbre le plus proche.

— Vous aviez raison, murmura-t-elle.

Le cœur de Kennedy manqua un battement.

— A propos de quoi ?

— A propos de ce qu'il m'a fait.

Elle ramassa sa lampe de poche et s'en fut en courant.

Kennedy resta figé, dans le silence de la forêt, s'efforçant d'assimiler la révélation. Il n'avait jamais eu affaire à ce genre d'émotions extrêmes. Raelynn était une femme heureuse, douce, sans problème. Ils étaient tombés amoureux à un âge tendre et avaient vécu un bonheur sans nuage. Grace était le contraire de Raelynn. Elle avait vécu un enfer dont elle ne se remettrait peut-être jamais. Alors pourquoi, au nom du ciel, cherchait-il à la séduire ? Si sa raison l'incitait à laisser tomber, à ne surtout pas s'engager, une autre partie de son esprit lui susurrait : « Oui, oui, oui... » Un chant de sirènes envoûtant.

Grace força l'allure. Elle contourna le cabanon, remonta le sentier étroit qui menait au campement, pressée d'atteindre sa tente avant que Kennedy ne la rattrape. La bible avait donc disparu. Elle aurait voulu la regarder brûler, voir les feuilles se racornir dans les flammes. Cependant, un flot de reconnaissance la submergeait à l'idée que Kennedy avait détruit cet indice accablant. Un sourire amer apparut sur ses lèvres. Un rayon de soleil perçait enfin dans les ténèbres de son existence. Mais qui aurait cru que la chance d'être désirée par le seul homme qu'elle eût jamais aimé constituerait en même temps une épreuve si effrayante ?

Elle remonta la pente douce en petites foulées. La terre meuble, sous ses pas, exhalait des senteurs profondes.

En s'approchant du terrain de camping, elle repéra une sombre silhouette. Aussitôt, elle s'immobilisa, étouffant un cri de surprise.

— Hé, ce n'est que moi !

Joe. En tennis sans chaussettes, short Nike et coupe-vent ouvert sur ses pectoraux, signe qu'il s'était habillé hâtivement.

— D'où tu viens ? demanda-t-il.

— Des toilettes. Pourquoi ?

— Sans lampe torche ?

Elle prit une profonde inspiration pour recouvrer son calme.

— La voilà, dit-elle en brandissant l'objet. Avec ce clair de lune, je n'ai pas eu besoin de l'allumer.

Il lui arracha la lampe des mains, l'alluma, puis braqua le rayon lumineux sur les arbres.

Grace jeta un regard par-dessus son épaule. Elle s'attendait à apercevoir Kennedy sur le chemin. Personne, grâce à Dieu !

— Tu es seule ? dit Joe, surpris.

— Avec qui veux-tu que je sois, à cette heure-ci ?

Il leva la lampe pour éclairer son visage.

— J'ai cru que tu faisais une pipe à Ken.

Clignant des yeux, elle éloigna la main de Joe, et fit comme si ses propos blessants ne l'avaient pas affectée.

— Vraiment ? Etant donné qu'il dort avec ses fils, ce serait un exploit.

Le sourire de Joe se transforma en rictus.

— Il n'est pas dans sa tente. J'ai vérifié. Mais tu le sais déjà.

Elle ébaucha un nonchalant haussement d'épaules.

— Tout ce que je sais, c'est qu'il ne laisserait pas Teddy et Heath seuls très longtemps. Peut-être qu'il est parti faire un petit tour jusqu'au lac. Tu n'as qu'à aller voir.

Un rire mesquin secoua Joe Vincelli.

— Tu sais, Grace, si Kennedy s'intéresse à toi, c'est parce qu'il n'a pas touché une femme depuis deux ans. Ce sera terminé dès qu'il aura eu ce qu'il voulait.

Grace le dépassa et se dirigea vers sa tente.

— N'attends rien de lui ! cria-t-il dans son dos.

— Je n'attends rien, justement ! répondit-elle sans se retourner.

— Tu parles ! Tu es exactement comme ta mère. Elle a épousé l'oncle Lee pour sa ferme, pas vrai ? Sauf qu'avec Kennedy, tu as mis la barre trop haut, ma belle ! Ne te fais pas d'illusions, Gracie. Les grands bourgeois ne sont pas aussi faciles à berner qu'un pauvre prédicateur.

13.

Kennedy errait dans la forêt. Il avait enveloppé la bible dans un sac en plastique noir, et il lui cherchait une cachette. Il était hors de question de la remettre dans la boîte à gants de la SUV car Grace ou l'un de ses fils risquaient de mettre la main dessus.

Il s'enfonça dans le sous-bois avec la ferme intention d'enterrer le livre dans l'humus. Il y avait peu de chances qu'un promeneur trébuche dessus. Par ailleurs, si besoin était, il saurait où la retrouver.

Il saisit une grosse pierre taillée en pointe, s'agenouilla et se mit à creuser au pied d'un grand sapin. Il était tard et la fatigue se faisait sentir.

La porte du cabanon claqua, dans le lointain, puis le silence retomba. Les arbres l'entouraient, longues silhouettes paisibles. Il se remit à creuser quand soudain, la voix de Joe se fit entendre.

— Kennedy ?

— Merde ! marmonna-t-il.

Il éteignit sa lampe torche et se dépêcha de terminer sa besogne.

— Tu es là, vieux ?

Le trou était assez profond. Kennedy y laissa tomber

la bible dans son enveloppe en plastique, puis la recouvrit rapidement de terre friable. A peine venait-il de lisser le tapis de feuilles mortes qu'un bruissement parcourut les broussailles.

— Ken ?

D'un coup de pied, il expédia dans les hautes herbes la pierre dont il s'était servi, et piétina la petite tombe. Enfin, il reprit sa lampe et se redressa, tandis que Joe émergeait à travers les branches.

— Par ici, dit-il. Je suis là !

— Qu'est-ce que tu fais dans les bois ?

— Rien. J'avais besoin de réfléchir.

— A quoi ?

— Je pensais à Raelynn, répondit-il en priant pour que ce mensonge lui fût pardonné.

— Tu ne peux pas l'oublier, hein ? dit Joe avec sympathie.

Il n'oublierait jamais Raelynn. Elle faisait partie de sa vie. Mais, bien sûr, la réalité reprenait petit à petit le dessus. Et maintenant que la douleur et le chagrin s'étaient quelque peu apaisés, un vide immense les avait remplacés. Un vide qu'il souhaitait combler.

— Elle était extraordinaire, dit-il.

Il était sincère.

Joe hocha la tête.

— Je suis d'accord. Ce sera difficile de la remplacer… De vivre avec une autre femme. Grace ne lui arrive pas à la cheville, acheva-t-il dans un gloussement.

Kennedy ne répondit pas tout de suite. De son point de vue, les habitants de Stillwater avaient jugé et condamné Grace Montgomery sans chercher à comprendre. Ils avaient compté le nombre de fois où elle était tombée — et pas les fois où elle s'était relevée.

— Certains événements façonnent le caractère, dit-il.

Joe lui lança un regard sceptique.

— Ce qui veut dire ?

— Serais-tu étonné si une fleur poussait à l'endroit idéal, avec l'eau et la lumière nécessaires ?

— Qu'est-ce que c'est que cette histoire de fleurs ? lança sèchement Joe.

— C'est une métaphore.

— Eh bien, non : je ne serais pas surpris.

— Mais tu le serais si une fleur rare et délicate s'épanouissait dans un milieu hostile, privée d'eau et de lumière ?

— Je ne vois pas…

— Réponds à ma question.

— Alors, oui, je serais surpris, dit Joe après une hésitation.

— Tu ne voudrais pas la protéger, cette fleur ? Tu ne considérerais pas sa beauté comme un miracle ?

— Tu compares Grace à un miracle ? Bon sang, elle s'est envoyée en l'air avec la plupart de tes copains !

Il n'avait rien compris. C'était prévisible. Kennedy lui tapota le dos.

— Oublions tout ça ! dit-il en l'entraînant vers le terrain de camping.

— Nous avons grandi ensemble, lui rappela Joe. Je croyais te connaître. Franchement, je commence à m'inquiéter pour toi.

Le plus drôle, c'est qu'il ne le connaissait pas du tout, et c'était tant mieux. Cela aurait fini par détruire leur amitié.

— Ne t'inquiète pas. Rien ne va changer.

— Tu es sûr ?

— Certain.

Après tout, Grace allait repartir dans quelques semaines. Et alors, il faudrait bien qu'il l'oublie.

Joe attendit que son ami soit endormi avant de ramper hors de sa tente. Il s'inquiétait un peu à propos de toutes les conneries que Kennedy avait déblatérées — cette histoire de fleurs qui auraient poussé dans des milieux hostiles, comme des miracles, et autres balivernes.

Joe ne voyait pas Grace Montgomery comme une fleur rare. Elle était très attirante, certes, mais ça ne changeait rien au fait qu'elle et sa famille avaient commis un meurtre. Ils s'en étaient tirés miraculeusement et ils devaient bien se marrer, depuis.

Comble d'ironie, Grace était devenue procureur ! Joe retint un ricanement. Pas étonnant qu'elle n'ait jamais perdu un procès, pensa-t-il. Elle devait savoir exactement où chercher les indices des crimes… Et voilà que cette garce était revenue et qu'elle avait le culot de circuler en ville, comme si tout lui était dû. Eh bien, elle se fourrait le doigt dans l'œil parce que Joe Vincelli allait lui mettre des bâtons dans les roues.

Il faisait encore nuit. Peu à peu, l'horizon se voilait d'un linceul grisâtre. Joe se dit qu'il avait largement le temps de mener sa petite enquête avant le lever du soleil. Il prit la lampe torche que Kennedy avait posée sur la table de pique-nique et dévala le sentier en direction de la forêt. Ils avaient essayé de lui faire gober n'importe quoi, mais Joe n'était pas né de la dernière pluie. Ces deux-là étaient ensemble, tout à l'heure, dans le sous-bois. Pourquoi ?

Pour faire l'amour, sans doute. Encore que… La tension qu'il avait devinée chez son ami démentait cette hypothèse. Alors quoi ? Pour quelle raison s'étaient-ils donné rendez-vous dans la forêt en pleine nuit ?

Il retourna à l'endroit où il avait rencontré Kennedy et braqua sa lampe sur le sol. Que cherchait-il ? Un préservatif usagé, une couverture oubliée, quelque chose de palpable. Il avait fait du camping avec Kennedy des douzaines de fois et celui-ci ne s'était jamais aventuré dans la nature à 3 heures du matin pour penser à Raelynn.

L'atmosphère était chargée d'une forte odeur de feuilles en décomposition et de terre humide. Le rayon jaunâtre de la lampe éclaira un objet brillant — une canette de bière. Juste à côté, Joe aperçut un mégot. Puis, plus rien.

Il faisait trop sombre et il ressentait les effets de la fatigue. Il reprendrait ses recherches le lendemain matin, décida-t-il avant de rebrousser chemin.

Ce fut le gazouillis des oiseaux qui réveilla Joe. Heath et Teddy remuaient déjà dans la tente voisine. Il émergea à l'air libre, juste en même temps qu'eux. Comme il ne s'arrêtait pas à la table de pique-nique, les gamins voulurent savoir où il allait. Il marmonna une vague excuse, puis s'engouffra dans la forêt pour reprendre ses investigations. Le soleil filtrait entre les feuillages, mouchetant la mousse verte de taches dorées. Mais Joe n'aperçut rien de suspect, rien qui pût l'éclairer sur les activités nocturnes de Grace et Kennedy. Un petit monticule au pied d'un arbre attira soudain son attention. Il s'approcha et donna un coup de pied dedans.

— Tu vas faire pipi dans les bois, tonton Joe, comme l'année dernière ?

Il se retourna. Kennedy et Teddy l'avaient suivi.

— Ouais, fit-il aussi calmement qu'il le pouvait. Je déteste les toilettes publiques, pas vous ?

— Berk, ça pue ! s'exclama Teddy en plissant le nez et en levant les yeux vers son père. Je peux faire pipi ici, moi aussi, papa ?

Kennedy dévisageait Joe.

— Non.

— Pourquoi non ? demanda le petit garçon.

— Parce qu'il y a un cabanon pour ça, à dix mètres.

— Mais ça sent mauvais.

— Tu survivras, dit-il en entraînant son fils parmi les arbres.

Joe les suivit du regard, jusqu'à ce qu'ils disparaissent. Ensuite, il urina sur un tronc d'arbre pour le seul plaisir de s'accorder une liberté dont un Archer ne pourrait jamais jouir. Et si jamais Grace se pointait, tant mieux. Il lui montrerait qu'il était mieux pourvu qu'à l'époque du lycée.

Il se caressa et sourit quand son sexe doubla de volume. Elle serait impressionnée, c'était le moins que l'on puisse dire.

La voix de Teddy brisa sa rêverie érotique. Il referma sa braguette, mais les appétits qu'il avait éveillés le taraudaient encore.

Un de ces jours, il rendrait visite à son ex-femme. Occasionnellement, Cindy lui permettait de passer la nuit avec elle, à condition qu'il paie ses factures ou qu'il fasse réparer sa voiture. Elle aurait bien voulu l'exclure complètement de sa vie mais elle était trop pauvre pour tenir le coup toute seule. Les femmes devenaient tellement accommodantes, quand elles étaient dans le besoin.

En attendant, Grace n'allait pas tarder à se rappeler de quel bois il se chauffait.

Grace avait hâte de dire au revoir à Kennedy. Elle avait envie de se retrouver seule pour faire le point sur ce week-end. Pourtant, quand il posa son sac de voyage sur le perron d'Evonne et commença à s'éloigner, elle éprouva une étrange sensation de perte.

— Merci d'être venue, lui avait-il dit poliment.

Depuis leur rencontre dans les bois, il gardait ses distances. Elle détestait cette subite froideur. Cette politesse glaciale. Elle préférait le Kennedy amusant, souriant et volubile qui semblait la considérer comme un être humain normal, pas comme une espèce de traînée au passé sordide.

— Kennedy ?

Il s'approchait de la SUV depuis laquelle Teddy et Heath agitaient la main et criaient chaleureusement « Au revoir ! »

— Quoi ? fit-il en se retournant.

— Vous êtes fâché ? lui demanda Grace.

— Je suis fâché contre moi-même, répondit-il d'un air crispé. Je me suis mis dans une situation que j'aurais dû éviter.

Un long souffle s'échappa des lèvres de Grace.

— Eh bien, dit-elle, il n'est pas trop tard pour vous sauver de ce traquenard.

Elle savait qu'ils en arriveraient là. Elle aurait préféré un éclat, une dispute qui lui aurait permis d'affronter Kennedy. Mais à quoi bon ? Elle vivrait avec le souvenir de ses baisers, les seuls qui avaient forcé ses défenses. Et de ses caresses furtives et tendres qui l'avaient lavée de ses souillures, de ces bouffées de haine qui la faisaient suffoquer chaque fois qu'un homme la désirait.

Il fronça les sourcils mais ne répondit pas.

— Vous avez des enfants adorables, Kennedy. Vous avez de la chance, en dépit de la fin prématurée de Raelynn. Et malgré tout… j'ai de la peine pour elle.

Elle regrettait d'avoir pensé qu'il n'avait pas mérité sa jeune épouse. En réalité, ils étaient faits l'un pour l'autre.

— Vous rencontrerez une autre femme. Quelqu'un d'aussi merveilleux que…

— Ça suffit ! lança-t-il.

Elle comprit qu'il souffrait trop lorsqu'on évoquait Raelynn, et s'empressa de changer de sujet.

— Je vous remercie, en tout cas. Pour l'excursion et… pour… vous savez quoi.

— Rendez-moi un service, dit-il d'un ton bourru.

— Oui, quoi ?

Il baissa la voix, afin que les enfants ne l'entendent pas.

— Oubliez le révérend. Oubliez le passé. Tâchez de vous en sortir.

Elle étudia un instant les lignes dures de son visage. Elle s'apprêtait à lui signifier qu'elle ne voulait pas de sa pitié quand un bruit attira leur attention vers le bout de l'allée.

Irene s'était garée à côté de la SUV.

Dans d'autres circonstances, l'œil rond et l'expression ahurie de sa mère auraient amusé Grace. Mais aujourd'hui, elle n'avait aucune envie de rire. Si Joe Vincelli n'avait aucune raison d'ébruiter le fait qu'elle avait passé le week-end avec Kennedy Archer, Irene, en revanche, ne résisterait pas à ce plaisir. Après tout, Kennedy était un personnage important.

Compte tenu du mépris que les habitants de la région manifestaient à Irene, Grace ne lui en voudrait pas de saisir cette occasion pour valoriser sa fille — et elle aussi, par la même occasion. Mais la jeune femme refusait catégoriquement d'utiliser Kennedy pour asseoir sa position sociale.

— Tiens donc, Kennedy Archer ! Quel plaisir de vous voir ! lança Irene en usant de tout son charme sudiste et en ondulant des hanches tandis qu'elle remontait l'allée.

Kennedy lui dédia son sourire d'homme politique.

— Bonjour, madame Barker. Comment allez-vous ?

— J'irais mieux si vous m'appeliez Irene, dit-elle en battant des cils. Nous nous connaissons depuis si longtemps, n'est-ce pas ?

— Bien sûr.

— Comment évolue la campagne électorale ?

— Pas très bien, j'en ai peur, répondit-il en indiquant les affiches sous le porche. Il semble que mon adversaire bénéficie de solides appuis parmi la population.

Irene rougit joliment.

— Oh, je verrai ce que je peux faire ! Mais vous savez que mon autre fille, Madeline, vous soutient dans son journal.

— Et je lui en suis reconnaissant.

Irene tourna les yeux vers Grace et s'exclama aussitôt :

— Seigneur, qu'est-ce que tu as sur la pommette ? De la suie ?

— J’ai besoin d’une bonne douche, dit la jeune femme en se frottant la joue.

— On a fait du camping ! hurla Teddy avec enthousiasme.

Kennedy recula d’un pas et épousseta son pantalon.

— Nous sommes tous un peu crasseux, admit-il.

Irene pressa une main ornée de bagues sur sa poitrine.

— Vous avez passé la nuit dans les bois *ensemble* ?

Grace soupira, tandis que Kennedy opinait.

— Deux nuits, en fait. Dans des tentes séparées.

— Oh mais c’est formidable ! Je suis surprise que Grace ne m’ait pas parlé de ses plans pour le week-end.

— Ça s’est décidé à la dernière minute, maman.

— Donc, tu n’es pas allée à Jackson ?

Kennedy ne quittait pas la jeune femme des yeux.

— J’espère que ce changement de programme ne vous a causé aucun ennui, lui dit-il.

Elle sut qu’il faisait allusion à sa rupture avec George.

— Non, répondit-elle. Ce serait arrivé de toute façon.

— Vous savez quoi, madame Barker ? s’écria Teddy en sautillant devant la SUV noire.

Irene parvint à produire un sourire à l’adresse de l’enfant, bien qu’elle fût visiblement plus intéressée par son père.

— Quoi, mon chou ?

— Je peux retenir mon souffle sous l’eau, presque aussi longtemps que Grace.

— C’est merveilleux. Vous vous êtes bien amusés, alors ?

— On s’est éclatés ! déclara Teddy, avant de lever les

yeux vers son père. Dis, papa, est-ce que Grace peut venir au feu d'artifice avec nous, la semaine prochaine ?

Kennedy toussota pour s'éclaircir la voix.

— On verra, Teddy.

Le petit garçon se tourna vers la jeune femme d'un air suppliant. Déterminée à garder ses distances, elle secoua la tête.

— Je suis désolée, Teddy. J'ai d'autres projets.

— Ah, oui ? s'exclama Irene d'une voix suraiguë. Lesquels ?

Grace déglutit. Il y avait peu de choses à faire un 4 juillet dans une petite ville. La fête de l'indépendance était célébrée lors d'un pique-nique géant que clôturait le feu d'artifice.

— Je… suis invitée chez Madeline, marmonna-t-elle lamentablement.

— Voyons, chérie ! Je suis sûre que Maddy ne verrait aucun inconvénient à te recevoir la veille ou le lendemain, dit Irene.

D'un regard éperdu, Grace chercha de l'aide auprès de Kennedy. A son grand étonnement, il semblait soutenir Irene. Une étincelle d'amusement s'était allumée dans ses yeux.

— Vous croyez que vous pourrez vous décommander auprès de Madeline ? demanda-t-il.

Grace haussa le menton d'un air belliqueux.

— Qu'est-ce qu'il ne faut pas faire pour gagner une voix !

— Chaque voix compte, effectivement.

— S'il te plaît, Grace ! gémit Teddy.

— Tu peux emmener Madeline, ajouta Heath.

Grace rejeta en arrière ses cheveux emmêlés.

— Je lui poserai la question.

— Et je suis sûre qu'elle dira oui, affirma Irene.

— Formidable. Je compte sur vous, alors, dit-il en dédiant à la mère de Grace un sourire nettement plus chaleureux que tout à l'heure. Je suis ravi d'avoir bavardé avec vous, Irene.

— Moi aussi, répondit-elle, flattée.

Grace roula des yeux.

— On en reparlera, murmura-t-elle.

Il s'éloigna. Au passage, il ramassa les affiches électorales de Vicki Nibley sur le gazon.

— Puis-je enlever ces bouts de papier ? demanda-t-il.

— Si ça peut vous remonter le moral…

Il rangea les affiches dans le coffre de la SUV.

— Je vote pour vous ! cria Irene.

Quand, enfin, la voiture démarra, elle se tourna vers sa fille avec un sourire un peu crispé.

— Pourquoi tu ne m'as pas dit que Kennedy Archer te faisait la cour ?

Grace ouvrit la porte d'entrée.

— Il ne me fait pas la cour.

— On dirait bien, pourtant !

— Nous sommes juste amis.

— N'empêche qu'il veut t'emmener au feu d'artifice.

— Je n'irai pas.

Restée sous le porche, Irene suivait la SUV d'un regard avide.

— Il est parti, maman. Tu peux rentrer.

Enfin, Irene pénétra dans la maison.

— Pourquoi tu ne veux pas y aller ? insista-t-elle. Tu n'as pas encore épousé George !

Grace laissa tomber son trousseau de clés dans le tiroir du petit secrétaire.

— George et moi, nous avons rompu ce week-end.

— Ce n'est pas la première fois.

— Là, c'est définitif.

Le visage d'Irene s'éclaira.

— Tant mieux, alors.

— Merci pour la consolation, soupira Grace en entraînant sa mère dans le salon.

— Kennedy Archer est parfait pour toi. J'aime bien George mais…

— Mais quoi ? Tu ne l'as vu qu'une fois.

— Il est fagoté, voilà.

— *Fagoté* ?

— Oui. Et beaucoup trop rigide.

Par loyauté, Grace prit la défense de son ex-fiancé.

— George est bon, généreux, solide comme un roc.

— Peut-être mais il est loin d'être aussi charmant que Kennedy.

— George *est* charmant ! Il était occupé le jour où je te l'ai présenté, voilà tout.

Irene s'assit sur le canapé de cuir.

— Et il n'est pas très beau, ajouta-t-elle.

— Maman, arrête ! Tu sais bien que je ne peux pas me montrer avec Kennedy sans mettre toute la ville sens dessus dessous.

— Laisse-les causer ! Il est grand temps que ces langues de vipère réalisent que nous valons quelque chose. Maintenant que tu as attrapé Kennedy Archer dans tes filets…

— Je n'ai rien attrapé dans mes filets, maman ! Son petit garçon s'est lié d'amitié avec moi. Je… je suis une amie de la famille.

— Il a besoin d'une femme, dit Irene en minaudant. Imagine, Grace, si tu devenais Mme Archer !

Comment imaginer une chose pareille ?

— Je ne suis pas son genre.

— Tu t'es bien amusée pendant ce week-end ?

Elle se revit dans l'eau avec Kennedy, sentit le contact de ses lèvres sur son cou, et une chaleur intolérable se répandit dans ses veines. Oh mais elle se faisait des illusions, Joe le lui avait bien dit ! Elle courait au-devant d'une nouvelle et cruelle déception.

— Oui, on s'est amusés jusqu'à ce que Joe Vincelli débarque.

Les mains crispées, Irene baissa la voix.

— Est-ce qu'il a dit quelque chose sur Lee ?

— Non, rien.

Mieux valait mentir pour éviter de bouleverser sa mère.

— Bon. Parfait.

Irene se leva et prit son sac.

— Tu t'en vas ?

— J'allais dîner chez Madeline quand je t'ai vue avec Archer. Tu veux m'accompagner ?

— Non, merci. Je n'ai pas assez dormi hier soir. Je vais prendre une douche et ensuite, j'irai droit au lit.

— Entendu, dit Irene en se ruant vers la porte. Quand Maddy saura que tu sors avec Kennedy Archer, elle concoctera sûrement un article dans sa rubrique des célibataires.

— Non ! s'écria Grace en suivant sa mère. Promets-moi que tu ne diras à *personne* que j'ai fait du camping avec Kennedy !

— Tu plaisantes ? C'est la meilleure chose qui soit arrivée à notre famille depuis des lustres.

— Je suis sérieuse, maman.

— O.K., je serai discrète.

Grace haussa les épaules. Elle n'avait pas l'intention de revoir Kennedy.

— Je l'espère, dit-elle.

Mais sa mère se rua dehors, comme si elle était impatiente d'annoncer la bonne nouvelle à la première personne qu'elle rencontrerait.

Le téléphone sonna au moment où Grace sortait de la douche. Elle se drapa dans une serviette de bain et courut vers sa chambre où elle avait laissé son portable.

— Oui, allô ?

— Salut !

C'était sa sœur, Molly, qui l'appelait de New York.

— Comment vont les choses à Stillwater ?

— A vrai dire, je n'en sais rien. Rien ne se passe comme prévu.

— Madeline m'a raconté le cambriolage chez Jed. J'ai du mal à y croire ! Vous pourriez être en prison.

— Ne m'en parle pas, grommela Grace.

— Bon sang, qu'est-ce qui t'a pris ?

— Qu'aurais-tu fait à ma place ? Maddy s'était mis en tête d'y aller, avec ou sans moi. Je ne pouvais pas la laisser seule.

— Bon, l'essentiel c'est que vous n'ayez pas été prises en flagrant délit, dit Molly après un silence.

Grace envisagea un instant d'évoquer Kennedy Archer et la découverte de la bible du révérend. Mais elle y renonça.

Kennedy représentait une énigme. Leurs rapports étaient trop compliqués… Et elle ne voulait pas replonger Molly dans le passé. Sa sœur était si jeune, cette fameuse nuit. Elle s'était réfugiée dans un coin en pleurant. Elle avait été moins affectée que les autres membres de la famille et jusqu'à ce jour, Grace doutait qu'elle eût vraiment saisi les événements qui avaient abouti au drame.

— As-tu parlé avec Clay récemment ? demanda-t-elle.

— Non. Comment va-t-il ?

— Bien.

— Maman est ravie que tu sois revenue à Stillwater.

— Vraiment ?

— Elle m'a appelée hier soir pour m'annoncer que vous vous entendiez mieux que jamais.

Grace hocha la tête. Sa mère n'allait pas au fond des choses. Elle se contentait de la surface.

— Elle ne t'a rien dit d'autre ?

— Non. Elle ne parle toujours pas de sa liaison.

— Tu sais, je n'ai pas trouvé la moindre preuve qu'il y ait quelqu'un dans sa vie.

— N'empêche qu'elle a un drôle de comportement. Même au téléphone, elle m'a paru bizarre.

— Bizarre comment ?

— Préoccupée. Trop excitée.

— De toute façon, si elle a un amant, ils ne pourront pas se cacher très longtemps.

— Je pense comme toi et c'est justement ce qui m'inquiète.

Grace ne se sentait pas vraiment concernée par la question : elle avait trop de problèmes pour ça.

— Et toi, tu vas bien ? lui demanda Molly.

— Oui, plus ou moins.

— Auras-tu le courage de rester dans ce bled pendant trois mois ?

Il n'aurait pas été plus facile de retourner à Jackson, de toute façon. Grace savait qu'elle aurait du mal à vivre sans George.

— On verra. Pour le moment, je reste.

— Tu es sûre que tu ne veux pas que je vienne ?

— Si tu as des vacances…

— Non, mais je peux me débrouiller.

— Non, non, ne t'inquiète pas : tout va bien.

— Tu es sûre, Grace ?

Un bip l'avertit qu'elle avait un autre coup de fil.

— On essaie de me joindre. Je peux te rappeler plus tard ?

— Bien sûr, dit Molly.

Grace prit la seconde communication.

— Alors, tu l'as ? lui demanda Clay sans préambules inutiles.

— Quoi ?

— Devine !

Il parlait de la bible, bien sûr. Elle soupira.

— Non.

— Pourquoi ? Que s'est-il passé ?

— Il l'a détruite.

— Tu en es sûre ?

— Absolument. Il me l'a dit.

— Et tu l'as cru ?

— Il n'avait aucune raison de mentir. Pourquoi voudrait-il conserver un tel indice ?

— Il sait où tu l'as trouvée ?

Elle entendit une porte s'ouvrir, puis se refermer. Clay bouclait la maison pour la nuit.

— Il me l'a demandé mais je n'ai pas répondu. De toute façon, je pense qu'il ne tient pas vraiment à le savoir.

Il y eut un silence, puis Clay reprit :

— Ce qui veut dire qu'il s'intéresse à toi, comme je l'avais prévu.

Grace ne le niait pas. Kennedy lui avait clairement exprimé son désir.

— Je crois qu'on veut toujours ce qu'on ne peut pas avoir, dit-elle.

— Il ne te plaît pas ?

Elle perçut le scepticisme dans la voix de Clay.

— Non, répondit-elle vivement.

— C'est à cause de George ?

— George n'a rien à voir là-dedans. Il a rencontré une autre femme.

— Depuis quand ?

— Il a lâché la bombe samedi soir.

Clay émit un sifflement.

— Charmant !

— Il s'est donné une chance d'être heureux. Je suis contente qu'il ait sauté le pas.

— Toi aussi tu mérites d'être heureuse, affirma Clay.

— Et toi, alors ?

— Tu as passé un bon week-end, au moins ?

Grace alluma le ventilateur et s'allongea sur le lit.

— Joe Vincelli nous a rejoints le dimanche.

— Vraiment ? Pourquoi ?

— Soi-disant pour passer un peu de temps avec Kennedy, qui est son ami. Sauf que Kennedy ne l'avait pas invité.

Je crois que Joe voulait savoir où en étaient nos relations. Ça l'inquiète.

— Est-ce qu'il a réussi à influencer Kennedy ?

— Pas que je sache.

— Alors, on n'a pas à s'inquiéter.

— Si, Clay, au contraire. Joe est toujours préoccupé par la disparition de son oncle. Il nous soupçonne de plus en plus…

Elle marqua une pause, puis se lança :

— Je sais que tu n'es pas d'accord mais je pense que nous devrions déplacer le… le problème.

— Ne ramène pas ce sujet sur le tapis !

— On ne peut pas faire l'autruche plus longtemps, Clay.

— On ne peut pas non plus se remettre à creuser sans attirer l'attention.

— Sauf si on se montre prudents.

— La prudence, en l'occurrence, consiste à rester tranquilles tout en redoublant de vigilance.

La vigilance ne servirait pas à grand-chose, songea Grace. Son expérience des investigations policières lui dictait une autre solution : se débarrasser définitivement de ce qui restait de Lee Barker, à condition de ne pas se faire attraper, bien sûr.

— Occupe-toi de ton jardin, du stand d'Evonne, de Maddy et de Molly, et oublie le passé, lui recommanda son frère.

Grace tira le drap jusqu'à son menton. Clay ne changerait pas d'avis. Il avait pris l'affaire en charge depuis le début, et il entendait conserver le rôle prépondérant. Parfois, Grace ne pouvait s'empêcher de le blâmer, comme elle se blâmait elle-même.

— Oublier le passé ? répéta-t-elle, incrédule.

Kennedy lui avait donné le même conseil.

— Exactement.

— C'est impossible, murmura-t-elle.

Joe Vincelli allait très certainement se charger de le lui rappeler.

14.

Irene étudia Francine Eastman, qui l'avait précédée dans l'épicerie fine du supermarché Piggly Wiggly, et chercha frénétiquement un moyen d'engager la conversation.

Francine — Fran pour les intimes — avait créé un club de bridge réservé aux élites de Stillwater et, naturellement, Irene n'y avait jamais été invitée.

— La salade de macaronis semble délicieuse, dit-elle.

Elles n'étaient que toutes les deux devant l'étincelante vitrine réfrigérée en attendant que Polly Zufelt ressorte de l'arrière-boutique. Fran ne put donc ignorer qu'Irene s'était adressée à elle. Se retournant, elle lui lança un regard hautain.

— Oui, en effet.

Irene lissa le joli foulard de soie qui agrémentait sa robe de lin.

— Le club est prêt à ouvrir ses portes ?

— Nous allons fêter l'anniversaire de Reva. Polly a préparé le gâteau.

Reva, épouse de l'un des plus influents propriétaires terriens de la région, était la meilleure amie de Fran. Occasionnellement, elle passait à la boutique de mode.

Irene ne pouvait pas la sentir, pas plus que ses copines, d'ailleurs, plus snob les unes que les autres.

— Elle soufflera ses bougies après votre partie de cartes ?

— Exactement... Je suppose que vous êtes pressée de retourner travailler ?

Irene se raidit. Le mépris à peine déguisé de Fran ne lui rappelait que trop cruellement le fossé social qui les séparait. Visiblement, cette femme avait divisé le monde en deux classes : les riches et les pauvres.

— Oh, j'ai tout mon temps ! répliqua-t-elle, sur la défensive.

Fran haussa les épaules.

— Tant mieux pour vous.

A ce moment-là, Polly réapparut avec le gâteau d'anniversaire.

— Et voilà, madame Eastman. Comment le trouvez-vous ?

— Il est parfait. Merci, Polly.

Fran saisit la boîte cartonnée dans laquelle la gérante du magasin avait disposé le gâteau. Avant qu'elle ne la range dans son caddie, Irene lança :

— Grace est revenue, vous savez ?

Fran accueillit la nouvelle avec condescendance.

— Oui, j'en ai entendu parler.

— Elle n'est pas encore mariée, le croiriez-vous ?

— J'imagine pourquoi.

Irene saisit l'allusion. Fran se référait à la mauvaise réputation de Grace. Irene avait eu vent, à l'époque, des rumeurs qui circulaient à propos de la conduite inqualifiable de sa fille. Elle ne lui avait jamais jeté la pierre. Elle savait que la faute lui incombait. Elle aurait dû quitter Lee dès que leur mariage avait commencé à battre de l'aile. Mais elle avait eu peur de la pauvreté. Et puis, elle ne voulait pas laisser Madeline…

— Tout espoir n'est pas perdu, déclara-t-elle sereinement. Qui peut dire comment se terminera sa relation avec Kennedy ?

Fran trébucha et faillit lâcher son gâteau.

— Kennedy ? Quel Kennedy ?

Irene l'aida à retrouver son équilibre.

— Kennedy Archer, bien sûr. Sa mère est l'une de vos amies, je crois.

Fran écarquilla les yeux d'un air stupéfié.

— Ce n'est pas vrai ! souffla-t-elle.

— Bien sûr que si ! Il l'a emmenée faire du camping, ce week-end. Avec ses fils, naturellement.

— Qui vous l'a dit ?

— Lui-même. Demandez-le-lui.

— Je n'y manquerai pas !

Irene savoura intérieurement sa petite vengeance, tandis que Fran, dans sa hâte de se ruer dehors, faillit se tordre la cheville.

— Passez une bonne journée ! cria-t-elle.

Nul doute que cette chipie passerait sa journée au téléphone. Bientôt, la ville entière serait au courant, mais Irene s'en fichait. Elle espérait, en fait, que Fran commencerait par informer la mère de Kennedy.

— Et pour vous ? demanda Polly.

Souriante, Irene s'approcha du comptoir.

— Une Reuben, commanda-t-elle en indiquant la salade de macaronis. Et tant pis pour mon régime.

*
* *

Le mardi, après le déjeuner, Kennedy eut la surprise de trouver sa mère dans son bureau.

— Est-ce que papa va bien ?

Sa présence lui semblait incongrue : elle aurait pu lui téléphoner si elle avait quelque chose à lui dire.

Camille le toisa d'un air ulcéré.

— Tu as du toupet de me poser cette question !

Il posa son attaché-case, puis se dirigea vers sa table de travail. Mais comme sa mère ne semblait pas décidée à s'asseoir, il resta debout.

— Où sont les garçons ? demanda-t-il.

— Avec Otis.

— Papa est à la maison ?

— Il n'est pas allé travailler ce matin. Il ne se sent pas bien ! ajouta Camille d'une voix stridente.

Kennedy sentit son estomac se nouer. Jusque-là, il avait tout fait pour nier la maladie de son père. Un mauvais plan, qui ne durerait pas éternellement, il le savait. Tôt ou tard, il faudrait faire face à la triste réalité.

— Tu l'as emmené à l'hôpital ?

— Non. Nous avons appelé son médecin. Ils se sont mis d'accord pour commencer — elle baissa le ton — le traitement dès la semaine prochaine. En attendant, il doit garder la chambre. Heureusement, il n'est pas encore au courant, sinon il serait anéanti.

— Au courant de quoi ?

Camille ferma la porte du bureau, puis se tourna vers son fils.

— Comment as-tu pu nous faire une chose pareille ?

— Je pourrais répondre plus facilement à ta question si je savais de quoi tu parles, dit-il.

Mais en réalité, il avait deviné.

Lorsqu'il avait invité Grace à Pickwick Lake, il avait eu la naïveté de croire que cela ne prêterait pas à conséquence. Il s'était lourdement trompé.

— Ne joue pas à ce petit jeu avec moi, lui dit Camille. Je parle de la fille Montgomery.

Kennedy finit par s'asseoir. Puis, d'un air détaché, il passa en revue les messages qui s'empilaient sur son bureau.

— Et alors ?

— Pourquoi l'as-tu emmenée en week-end ?

— J'avais envie de la connaître un peu mieux, répondit-il avec un haussement d'épaules.

— Et… ?

— Et voilà.

— Et voilà ! répéta-t-elle en extirpant de son sac à main un tract glorifiant Vicki Nibley : « La candidate qui défend la loi, l'ordre, les droits des victimes et de leurs familles. » Plus bas figurait une pétition signée par Elaine, Marcus et Roger Vincelli : « Aidez-nous à soutenir la candidate de la vérité et de la justice. »

Kennedy regarda les signatures, ulcéré par la défection du frère et des parents de Joe. Ils ne s'étaient même pas donné la peine de le prévenir.

— C'est… inattendu, murmura-t-il.

— Tu trouves ? glapit sa mère. Les rumeurs vont bon train ! Es-tu devenu irresponsable ? Tu connais la réputation de cette femme ! Pourquoi t'es-tu exposé aux critiques, juste avant les élections ?

Kennedy se leva.

— Qu'on lui fiche un peu la paix ! C'est une jeune femme innocente qui…

— Qui quoi ?

— Qui a été maltraitée quand elle était enfant. T'es-tu

jamais demandé pourquoi elle s'était comportée aussi mal quand elle était adolescente ?

— Non, et je n'en ai que faire. Je ne pense qu'à toi.

Sa voix dérapa dans les aigus, et Kennedy comprit qu'elle était au bord des larmes. Il ne l'avait jamais vue pleurer, sauf une fois, quand elle avait appris que son mari avait un cancer. A présent, Camille Archer, d'habitude si forte, si fière, semblait sur le point de s'effondrer. En la voyant si bouleversée, Kennedy sentit une pointe de culpabilité.

— Ça va s'arranger, maman. Je… Je vais faire quelque chose.

Quoi au juste ? Il l'ignorait.

Mais déjà, Camille se ressaisissait.

— J'espère bien ! lâcha-t-elle enfin.

La maladie d'Otis l'avait beaucoup éprouvée, songea Kennedy. Elle avait bâti son existence autour de son époux, de ses rêves, de ses ambitions.

— Ce n'est qu'une élection, lui rappela-t-il gentiment.

— Ne crois pas ça ! répliqua-t-elle d'un ton déterminé. Si tu ne succèdes pas à ton père à la mairie, sa santé s'en ressentira. Je ne le tolérerai pas, Kennedy.

Il la regarda, impuissant à la consoler. Soudain, il sut qu'il ne se sacrifierait pas pour faire plaisir à ses parents.

— Je ferai de mon mieux, murmura-t-il.

— C'est exactement ce que je te demande. Reste loin de cette femme.

Il songea au feu d'artifice. Grace avait dit qu'elle l'appellerait. Elle ne l'avait pas fait, mais il avait interprété son silence comme un accord.

— Ce n'est pas ce que je souhaite, avoua-t-il à sa mère.

— Elle n'a pas besoin de toi.

— Si. Elle a besoin d'un ami dans cette ville.

— Pense à toi, Kennedy.

— Et les garçons ? Tu crois qu'ils doivent l'éviter, eux aussi ?

— Naturellement.

— Mais ils l'adorent !

— Parce qu'ils croient que tu tiens à elle.

Kennedy pinça les lèvres.

— Ils seront malheureux si je leur interdis de la voir. Ils ne comprendront pas.

— Evidemment ! dit Camille. Elle joue avec eux comme si elle n'avait rien d'autre à faire de ses journées.

— Elle est en vacances.

— Eh bien, elle devrait se consacrer davantage à son travail. Etre plus productive et moins… visible.

Manifestement, Camille souhaitait que Grace disparaisse de son horizon.

— Teddy et Heath sont allés chez elle tôt ce matin, reprit-elle. Maintenant, ils sont assis sur sa pelouse et ils vendent des savons, des cookies et je ne sais quoi d'autre.

— Et alors ?

— Pour l'amour du ciel, Ken, elle habite sur la grand-rue ! Tout le monde profite du spectacle. Et pour ne rien arranger, elle a mis l'une de tes affiches électorales dans son jardin.

— Vraiment ? fit-il, secrètement ravi.

— Ben voyons ! Un jour elle soutient Vicki Nibley, le lendemain c'est Kennedy Archer. Ose me dire que ce n'est pas cette petite séance de camping qui l'a persuadée de changer de camp !

— Seigneur, je crois entendre Joe !

— C'est la vérité.

— Où a-t-elle trouvé cette affiche ?

— Est-ce que je sais, moi ? Teddy a dû la prendre dans le garage et la lui apporter.

— La grand-rue est un excellent emplacement.

Camille froissa le tract qu'elle avait jeté sur le bureau.

— Très drôle ! Il est grand temps que tu réalises que si on t'associe à cette femme, tu cours à ta perte. Et cette affiche dans son jardin ne t'apportera que des désagréments.

— Tu parles comme si Nibley avait déjà gagné les élections. La campagne n'est pas encore terminée.

— Tu perdras, si tu continues à fréquenter Grace Montgomery.

Kennedy contourna le bureau et prit gentiment sa mère par le bras, tout en songeant qu'elle l'avait toujours poussé sur le chemin de la réussite, avec hargne et dévotion. Elle était vouée corps et âme à son fils et à son mari.

— Pourquoi l'as-tu emmenée au lac ? demanda-t-elle en s'asseyant sur le bord d'un fauteuil somptueusement capitonné.

— Je ne sais pas… Parce que Teddy l'aime bien. Parce qu'elle n'a jamais eu de chance.

— Tu trouves ? Alors que Lee Barker a accepté d'héberger toute sa famille ?

— Le gîte et le couvert ne suffisent pas à rendre un enfant heureux, maman.

— Que veux-tu dire ?

Kennedy s'accorda un instant de réflexion. D'un côté, il comprenait l'attitude des Vincelli. De l'autre, il ne pensait pas qu'ils fussent les seuls à mériter la considération générale. S'ils se croyaient victimes d'une injustice, que dire de Grace ?

— Je crois qu'elle a subi de mauvais traitements, quand elle était petite.

Camille esquissa une grimace incrédule.

— Elle t'a dit ça ? La bonne excuse ! Tu ne vois pas qu'elle essaie de te manipuler, mon pauvre garçon ?

Il crut revoir le visage désespéré de la jeune femme.

— Elle ne m'a rien dit. Je l'ai deviné.

— Comment ?

— A différents détails.

Camille secoua la tête.

— Pfft ! Tu te fais du cinéma. Cette fille n'est qu'une dépravée et une coureuse de dot, comme sa mère.

— Ce n'est pas vrai.

— Alors, présente-moi un seul témoin qui aurait aperçu sur elle des marques de maltraitance.

Kennedy baissa la voix.

— Il y a d'autres types d'abus, mère.

— Lee Barker était prédicateur ! J'espère que tu n'insinues pas ce que je crois comprendre. Parce que si tu as tort et que tu accuses un homme comme Lee, le retour de manivelle sera sévère.

— Je n'insinue rien. J'ai des preuves.

Camille le considéra pendant quelques secondes, puis son regard se radoucit.

— Quel genre de preuves ?

Il eut brusquement la vision de Joe, debout près de l'endroit où il avait caché la bible. Avait-il compris quelque chose ? Kennedy avait songé à revenir mais il n'en avait pas eu l'opportunité. Il s'était rassuré en se disant que si Joe avait trouvé la bible, il l'aurait déjà remise aux policiers.

— Peu importe… En tout cas, les apparences sont souvent trompeuses.

Camille examina ses ongles manucurés.

— Dans ce cas, produis cette preuve au grand jour, dit-elle.

— Je ne peux pas.

Tout dépendrait de l'interprétation des annotations. Il n'y avait rien d'explicite dans ces pages. Il s'agissait d'une conviction intime. D'une explication personnelle du comportement passé de Grace et des raisons pour lesquelles les Montgomery auraient pu vouloir se débarrasser de Barker.

— Pourquoi ? lui demanda sa mère.

— Parce que ça pourrait à la fois aider Grace et la détruire.

— Kennedy, qu'est-ce que tu as découvert ? Dis-le-moi.

— Non.

— Dis-le-moi !

Il se passa la main dans les cheveux.

— Ne t'inquiète pas, maman. La preuve n'est pas ici.

— Qui la détient, maintenant ?

— Personne.

— Alors, où est ce… cette chose ?

— Je l'ai enterrée.

— *Enterrée ?* Pourquoi, bonté divine ?

Il poussa un long soupir.

— Parce que ça pourrait me causer du tort, à moi aussi.

— Oh, mon Dieu ! s'exclama Camille, affolée. Kennedy, que se passe-t-il ?

— Maman, je ne peux pas… je te demande de me faire confiance.

— Confiance ?

— Exactement. Tu sais bien que je ne t'ai jamais déçue.

Elle se contenta de lui lancer un regard courroucé.

— En dehors du week-end dernier, rectifia-t-il.

Camille parut lâcher prise.

— Qu'est-ce que tu suggères ?

— Que nous venions en aide à Grace.

— *Quoi ?*

— Ecoute, si toute la famille se soudait derrière elle…

— Ton père n'acceptera jamais d'associer son nom à celui des Montgomery.

— Il le fera si tu le lui demandes.

Depuis sa maladie, Otis s'en remettait à sa femme pour toutes les décisions importantes.

Camille se laissa choir dans le fauteuil.

— Tu prends un risque énorme, Kennedy. J'espère que tu en as conscience. On n'a peut-être pas découvert le corps mais quelqu'un a tué Lee Barker. Si tu te trompes au sujet de cette femme, si un nouvel indice apparaît…

Soudain, elle blêmit.

— J'espère que ce n'est pas *le corps* que tu as enterré !

— Bien sûr que non !

— Je ne sais plus quoi penser.

— Pense à me faire confiance, d'accord ? De toute façon, ma décision est prise.

Il s'assit sur le bord du bureau et soutint le regard de sa mère.

— Tu es avec moi ou contre moi, maman ?

Une longue minute s'écoula. Enfin, Camille hocha la tête.

— Tu es mon fils, murmura-t-elle. Bien sûr que je suis avec toi !

— Ce ne sera pas de tout repos mais je crois qu'on échappera à la tempête.

Camille saisit le tract froissé, en fit une boule et l'expédia dans le panier.

— Les Vincelli ne gagneront pas ! déclara-t-elle. Je leur ferai payer cher ce torchon.

— On les aura ! dit Kennedy en riant, amusé par son emportement.

Il se demanda en même temps s'il ne se fourvoyait pas. S'il s'affichait ouvertement avec Grace, il s'aliénerait d'autres électeurs…

Sur le seuil de la porte, sa mère se retourna.

— Je prie pour que tu aies raison, dit-elle. Je ne voudrais pas avoir à regretter cette décision.

Grace fut surprise de voir Heath et Teddy revenir chez elle, tard dans l'après-midi, compte tenu de la manière énergique dont leur grand-mère les avait récupérés, un moment plus tôt.

Lorsqu'elle ouvrit la porte, ils la saluèrent avec enthousiasme.

— Salut, Grace ! cria Teddy.

Heath lui sourit.

— Qu'est-ce que tu as fait depuis qu'on est partis ?

— Des pommes au caramel.

— Pour le stand ?

— Non, pour vous.

— J'adore les pommes au caramel ! s'écria Teddy.

— Combien tu en as fait ? demanda Heath.

— Une douzaine.

— Si on essayait d'en vendre, pour voir si ça marche ?

Grace avait vite compris que des deux frères, Heath était le froid businessman et Teddy, l'artiste passionné.

— Mais j'ai déjà tout rangé !

— C'est pas grave : on va t'aider à ressortir la table, riposta Heath.

Il avait réponse à tout, ce petit diable ! La jeune femme soupira. Quelque chose avait changé durant les deux derniers jours. Quelque chose d'indéfini que, pourtant, elle ressentait. Et pas seulement à cause de son amitié avec Kennedy. On aurait dit que la haine et le mépris dont elle était l'objet avaient grimpé d'un cran... En fait, elle aurait préféré passer l'après-midi à lire tranquillement, allongée sur son lit.

— Si je dois sortir par cette chaleur, autant en profiter pour désherber, dit-elle.

— On t'aidera à arracher les mauvaises herbes plus tard, promit Teddy.

— Allez, ouvre le stand ! supplia Heath. S'il te plaît, Grace !

Elle regarda son petit visage plein d'espoir. Eh bien, les mauvaises langues de Stillwater n'allaient pas l'empêcher d'exaucer le rêve de ce charmant petit garçon.

— D'accord, dit-elle.

Et ils se mirent au travail.

— Tu crois qu'on aura plus de clients que ce matin ? demanda Heath, tout en disposant les paniers débordant de tomates, carottes, courgettes et petits pois sur la table à tréteaux.

— Espérons-le.

Au fond, elle n'en croyait rien. Ils venaient juste de terminer leur installation quand Madeline se gara le long du trottoir.

— Voilà déjà quelqu'un ! cria Heath, enchanté.

Madeline émergea de sa jeep et traversa la pelouse en souriant aux deux enfants.

— On dirait que tu as de l'aide, cet après-midi !

— Oh, oui ! répondit Grace.

— Pourquoi tu ne réponds pas au téléphone ?

— Quand m'as-tu appelée ?

— J'ai essayé à plusieurs reprises.

— Désolée. J'ai dû activer le mode silence sans m'en rendre compte.

Depuis que George l'avait quittée, elle ne vérifiait même plus ses messages.

— As-tu besoin de quelque chose ?

— Maman m'a dit que tu sortais avec Kennedy. Je ne l'ai pas crue jusqu'à ce que d'autres personnes me disent la même chose. Alors, je suis venue pour m'en assurer.

— Je ne sors pas avec Kennedy, répondit Grace.

Madeline jeta son chewing-gum, et désigna d'un geste du menton les deux garçons qui s'activaient derrière le stand.

— Bien sûr ! lança-t-elle d'un air ironique.

— Nous sommes juste bons amis, affirma Grace.

Teddy choisit ce moment crucial pour arriver en courant.

— Grace a fait du camping avec nous, ce week-end !

Madeline s'approcha du stand et choisit un brownie.

— Je te croyais à Jackson, dit-elle simplement.

— Je ne t'ai pas parlé de ce week-end pour t'éviter de penser que c'était important.

— Mais *c'est* important. Kennedy Archer ! Sais-tu combien de femmes aimeraient être à ta place ?

Grace haussa les sourcils.

— Si tu écris un article sur nous dans ton journal, je te ne le pardonnerai jamais.

Sa sœur ne répondit pas. Elle admirait le panneau que Teddy avait planté à coups de marteau au milieu de la pelouse.

— Joli ! fit-elle en dégustant son brownie. Puis-je prendre une photo ? Mets-toi devant l'affiche, entre Teddy et Heath.

— Maddy !

Une deuxième voiture s'arrêta. Aussitôt, les deux garçons reprirent leur place derrière le stand. Grace retint un « ouf ! » de soulagement, jusqu'à ce qu'elle reconnaisse l'ex-femme de Joe.

Petite, potelée, le visage rond, Cindy n'avait pas beaucoup changé depuis le lycée. Ses cheveux étaient juste plus foncés que dans le souvenir de Grace, et coupés à la garçonne.

L'ex-Mme Vincelli resta un instant sur le trottoir, comme si elle hésitait à approcher. Mais quand Teddy et Heath s'élancèrent vers elle, elle parut enfin se décider.

— Salut, les enfants ! dit-elle d'une voix prudente.

Elle jeta un regard alentour, craignant sans doute d'être vue chez Grace Montgomery.

— Qu'est-ce qui se passe ? demanda Madeline.

— Rien.

Cindy s'approcha de la table et se pencha pour examiner les articles exposés. Teddy lui avait emboîté le pas.

— C'est vous qui avez fait tout ça ? demanda-t-elle à Grace.

— Ce sont les recettes d'Evonne.

— Evonne me manque, dit brusquement Cindy.

Elles avaient au moins un point commun.

— Les brownies sont un délice, dit Madeline en frottant ses mains l'une contre l'autre.

Cindy sourit à Teddy, qui attendait au garde-à-vous.

— Bon, alors je vais prendre un brownie, dit-elle.

— Et une pomme au caramel ? proposa Heath. C'est une nouvelle recette.

— D'accord. Combien je vous dois ?

— Deux cinquante, répondit Heath. C'est ça, Grace ?

— Tout juste.

Elle n'avait pas rouvert la boutique d'Evonne pour gagner de l'argent. C'était plutôt un hommage à la mémoire de la gentille vieille dame.

Cindy sortit son porte-monnaie, régla ses achats, mais après que Heath lui eut tendu le brownie et la pomme dans un sac en papier, elle ne repartit pas. Au lieu de tourner les talons, elle se glissa vers le coin de la table où Grace était assise.

— Grace, je… je sais que nous n'avons jamais été amies mais…

La jeune femme fronça les sourcils.

— Qu'y a-t-il ? demanda-t-elle d'un air suspicieux.

Cindy jeta un coup d'œil à Heath et Teddy, qui avaient entrepris de vanter à Madeline les mérites des pommes au caramel.

— J'ai souvent eu du mal à supporter Joe et sa famille, confia-t-elle à Grace en baissant le ton.

— J'en suis navrée.

— La plupart du temps, on arrive à s'entendre mais… ces temps-ci, ils n'arrêtent pas de parler de vous.

Une vague anxiété envahit Grace.

— De vous et de Kennedy Archer, reprit Cindy.

— Cela ne les regarde pas.

— Je sais. Et je suis d'accord. Je n'essaie pas de vous embêter. Seulement… Kennedy est très gentil, vous savez ? Je ne voudrais pas que les Vincelli arrivent à leurs fins.

— A leurs fins ?

— Vous n'êtes pas au courant ? Ils soutiennent Vicki Nibley, uniquement parce que Kennedy vous fréquente.

Elle sortit de sa poche une feuille pliée en quatre, et la tendit à Grace.

— J'estime que vous devez le savoir, déclara-t-elle avant de se précipiter vers sa voiture.

Grace déplia la feuille.

— Qu'est-ce que c'est ? lui demanda Madeline.

Grace enfouit le papier dans la poche de sa jupe.

— Rien d'important, murmura-t-elle.

— Mais c'est quoi ?

— Un tract politique.

Madeline mordit à belles dents dans sa pomme caramélisée.

— Elle soutient Kennedy, n'est-ce pas ?

— Je crois que oui.

— Il va gagner !

Grace contempla un instant les deux gamins qui faisaient les comptes.

— Je l'espère, dit-elle.

Les Vincelli ne s'étaient encore jamais retournés contre les Archer.

Rien n'était joué.

La boutique d'Evonne était encore ouverte. Il n'y avait pas de clients pour le moment, mais Kennedy aperçut Grace et ses deux garçons. Il ralentit. Il devait une fière chandelle à sa mère. Il était près de 17 h 30 et Camille n'était pas encore venue chercher ses petits-fils. Il sourit. Quand sa mère prenait une décision, elle suivait son idée jusqu'au bout. Une déclaration officielle faite à la télévision n'aurait pas été plus explicite que le spectacle qui s'offrait aux yeux de Kennedy : Teddy, Heath et Grace ensemble, à la vue de tout le monde.

Il retint un soupir. Pourvu qu'il n'entraîne pas ses parents dans une galère ! songea-t-il, tout en se garant dans l'allée.

— Papa ! Papa !

Teddy arriva en courant, suivi de près par Heath, toujours un peu moins vif que son petit frère.

Kennedy enlaça ses fils, puis remonta jusqu'au grand parasol sous lequel Grace était installée. En s'approchant, il distingua les gouttelettes de sueur sur sa lèvre supérieure. La chaleur avait empourpré ses joues, le bout de son nez luisait, mais il la trouva plus belle que jamais. Elle avait ramassé ses cheveux en queue-de-cheval et portait une robe en lin toute simple et des sandales noires.

— Comment vont les affaires ?

Elle ne répondit pas. Elle semblait préoccupée.

— Qu'est-ce qui ne va pas ? lui demanda-t-il.

— Vous êtes au courant pour les Vincelli ?

Décidément, la rumeur allait vite.

— Ne vous inquiétez pas pour ça, dit-il.

— Qu'est-ce qu'il y a avec les Vincelli ? demanda Heath.

— Ils soutiennent Vicky Nibley, lui expliqua son père.

— Quoi ? *Joe* va voter pour Mme Nibley ?

— Il n'a pas signé la pétition et je n'ai pas pu le joindre. Par conséquent, j'ignore quelles sont ses intentions.

Teddy avait pâli sous le choc.

— Les Vincelli sont nos amis, dit-il.

Kennedy fourra ses poings dans ses poches.

— Ils ont le droit de choisir leur candidat.

— Pourquoi ils ne veulent plus voter pour toi ? demanda Heath.

— Ils doivent penser que Mme Nibley servira mieux leurs intérêts.

— Qu'est-ce que ça veut dire ? lança Teddy.

— Qu'elle s'est engagée à faire ce qu'ils lui demanderont.

— Oh ?

Kennedy se tourna vers Grace.

— Ma mère nous attend pour le dîner. On va vous aider à ranger.

Elle secoua la tête.

— Ce n'est pas la peine.

— Vous êtes sûre ?

— Je suis sûre, oui.

Kennedy poussa les garçons vers la voiture.

— Montez vite et bouclez vos ceintures. Papy ne se sent pas bien aujourd'hui. Je ne veux pas le faire attendre.

— Il est souvent malade, fit remarquer Teddy.

Kennedy songea qu'un de ces jours, il allait devoir expliquer à ses fils que leur grand-père était gravement malade. Mais pas ce soir. Ce soir, il avait d'autres préoccupations.

Grace lui donna une jarre de pêche, un bocal de pickles, un autre de sauce tomate, ainsi qu'un panier de carottes et d'herbes fraîches du potager.

— Apportez donc ça à vos parents.

Il n'eut pas le cœur de refuser.

— Merci.

Après avoir rangé les victuailles dans la voiture, il posa sur la jeune femme un regard admiratif.

— Vous êtes très belle, ce soir.

Il la vit froncer les sourcils.

— Il faut vous éloigner de moi, Kennedy.

— Qui a dit ça ?

— Moi.

Il sourit.

— Et si je ne peux pas ?

Mais elle ne lui retourna pas son sourire.

— Essayez-vous de me séduire ? lui demanda-t-elle d'un air très sérieux.

— Non, et vous ?

— J'essaie de vous épargner, vous et ces deux petits garçons. Je… Je ne vous tiens pas rigueur pour ce qui s'est passé au lycée, Kennedy. Je souhaite que vous soyez heureux. Que vous ayez tout ce que vous désirez.

Il contempla la frange noire de ses cils, le bleu limpide de ses prunelles.

— Et si c'est vous ? demanda-t-il d'une voix douce. Si c'est vous que je veux, Grace ?

— Arrêtez, s'il vous plaît ! Je n'ai aucune envie de détruire votre vie.

Elle s'était levée brusquement. Il essaya de lui prendre la main, mais elle s'esquiva juste à temps.

Quelques secondes plus tard, la porte claquait sur sa fine silhouette.

15.

— Jed m'a passé un coup de fil dimanche, dit Madeline.

Depuis le départ de Kennedy, quelques heures plus tôt, Grace n'avait fait que penser au tract. La mention de l'homme qu'elles avaient cambriolé la tira brutalement de ses sombres ruminations.

— Il sait que c'était toi ?

Grace leva les yeux vers le disque brillant de la pleine lune, qui semblait posé sur la haie d'hibiscus, et elle augmenta le volume de son cellulaire pour pouvoir entendre la voix de sa sœur au milieu des cris incessants des grillons.

— Il le sait.

— Qu'est-ce qu'il a dit ?

— Il a dit qu'il était désolé pour papa mais que ce n'était pas lui qui l'avait tué.

Grace s'assit dans le hamac, au milieu du parfum de thym et d'anis qui imprégnait le potager, laissant ses pieds nus se balancer dans le vide.

— Et tu l'as cru ?

— Oui… Je l'ai cru, finalement.

Le ton désespéré de sa sœur aiguisa la culpabilité de

Grace. En dépit de sa perversité, d'une certaine façon, Lee Barker avait été un bon père pour Madeline.

— Jed paraissait sincère, ajouta la jeune femme. Il n'était même pas fâché contre moi.

— Il ne t'aurait pas appelée s'il avait fait du mal au r... à papa, répondit Grace.

— Bien sûr. Il n'empêche que je me pose des questions à son sujet.

Grace s'en posait, elle aussi, mais pas les mêmes. Elle se demandait comment Jed Fowler avait trouvé la bible du révérend et pourquoi il l'avait dissimulée pendant si longtemps.

— Par exemple, je lui ai demandé pourquoi il avait cessé d'aller à l'église, poursuivit Madeline.

— Et qu'a-t-il répondu ?

— Qu'un homme doit suivre son cœur.

Grace souleva ses cheveux pour offrir sa nuque à la caresse de la brise.

— Drôle de déclaration... Qu'entendait-il par là, à ton avis ?

— Justement, je le lui ai demandé. Il a prétendu qu'il s'adressait directement au bon Dieu et qu'il n'avait pas besoin qu'un homme comme mon père lui dicte sa conduite.

— Eh bien, tu en sais plus sur Jed Fowler que n'importe qui dans cette ville.

— J'ai senti qu'il avait de la peine pour moi, Grace.

— Je suppose qu'il t'aime bien. Jadis, quand les gens l'ont soupçonné d'être impliqué dans la disparition de papa, il n'a pas proclamé son innocence, tu t'en souviens ? Il a continué à s'occuper tranquillement de ses affaires.

— Je m'en souviens. Et je regrette mes soupçons, aujourd'hui. Jed est un peu bizarre mais il n'est pas méchant.

— L'autre jour, il m'a acheté des cookies, dit Grace.

— Vraiment ?

— C'était sa façon à lui de me dire qu'il m'acceptait. Son geste m'a touchée.

— Il ne sait pas que tu m'as aidée à forcer sa porte, n'est-ce pas ?

— Difficile à dire. Comment a-t-il su que c'était toi ?

— Je n'en sais rien. Les rumeurs sont monnaie courante à Stillwater. Tu devrais lire les lettres et les e-mails que j'ai reçus au journal.

— Et le shérif McCormick ?

— Oh, il doit être au courant mais il ne m'a pas contactée. A moins que Jed décide de porter plainte, il n'en fera rien.

Si Jed avait remarqué la disparition de la bible, il devait se douter que Madeline n'était pas seule. Parce que Madeline, elle, l'aurait mentionné dans son journal.

— Je ne crois pas qu'il me soupçonne, dit Grace.

— Bon, tant mieux !

— Que disent ces lettres ?

— Certaines sont assez gentilles. D'autres m'accusent d'avoir pris les choses en main au lieu de laisser la police faire son boulot. Les pires réclament que les membres de ma famille se soumettent au détecteur de mensonge.

Grace retint son souffle. Le détecteur de mensonge ! Madeline commençait-elle à se poser des questions ? A subodorer que les êtres qu'elle aimait par-dessus tout lui avaient menti ? A cette pensée, elle frémit.

— Et pourquoi pas ? fit-elle, le cœur battant à tout rompre. C'est ce que tu veux, toi ?

— Bien sûr que non ! Je vous fais confiance, tu le sais bien.

Grace se couvrit les yeux d'une main tremblante. Madeline lui faisait-elle vraiment confiance ou avait-elle peur de découvrir la vérité ?

— Ces machines ne sont pas absolument fiables, dit-elle.

Sa voix sonnait faux à ses propres oreilles. C'était la voix de quelqu'un qui a quelque chose à cacher... Mais Madeline n'eut pas l'air de remarquer son trouble.

— Le comble, ce serait d'obtenir un faux résultat, approuva-t-elle.

— Tu ne vas pas publier une ou deux de ces lettres à propos du cambriolage ? demanda Grace, sitôt qu'elle put changer de sujet.

— Non. Ce ne serait pas très professionnel de ma part.

— Pourquoi ?

— Je n'aurais pas hésité à les publier si elles avaient été adressées à quelqu'un d'autre. La déontologie du journalisme, que veux-tu ! Défendre les causes perdues, faire triompher la vérité, servir la justice.

Grace laissa errer son regard sur la pelouse où le clair de lune allumait des reflets changeants.

— A toi de décider, conclut-elle. C'est ton journal.

— Je n'ai pas envie de ressusciter les vieux démons, dit Madeline. Maman en a suffisamment souffert. Il y a eu tant d'accusations, tant de suspicions...

L'obscurité semblait plus dense à Stillwater. Elle se collait aux arbres comme une cape de velours. Grace sentit un frisson la parcourir. Elle envisagea de monter dans sa chambre mais dehors, l'air était plus frais.

— As-tu parlé des lettres à Clay ?

— Il pense, comme moi, que je devrais les jeter à la poubelle. Et Molly est d'accord, elle aussi.

Un vol de lucioles autour de la lumière du porche ruissela soudain comme une pluie luisante.

— Tu ne sais toujours pas qui est l'homme que maman fréquente ?

— Pas encore. Je suis passée devant chez elle, hier soir. Les rideaux étaient fermés : je n'ai rien pu voir. Et toi ?

— Moi non plus.

— Elle est très excitée à propos de ta relation avec Kennedy, tu sais ?

Grace faillit répondre : « Je n'entretiens aucune relation avec Kennedy. » Mais elle se ravisa. Sa sœur ne la croirait pas.

— Tu sais que les Vincelli font campagne avec Nibley ? demanda-t-elle, espérant soudain que Madeline pourrait aider Kennedy.

— Tout le monde le sait.

— Tu ne peux rien faire pour minimiser les dégâts ?

— Comme quoi ?

Grace donna une petite impulsion au hamac pour qu'il se balance.

— Je ne sais pas… Publier une quelconque réfutation.

— J'aimerais bien, mais ça ne ferait qu'envenimer la situation. Mes lecteurs connaissent mes liens de parenté avec toi.

— Il fera un bon maire.

— Ne t'inquiète pas. Ils n'arriveront pas à changer l'issue du scrutin. Les Archer sont beaucoup plus puissants que les Vincelli.

Grace cessa de se balancer.

— Le problème ne se pose pas en termes de puissance, Maddy. Les gens me détestent et Archer est mon ami.

Les dangers étaient nombreux et de toutes sortes. Non seulement Kennedy risquait de perdre les élections mais elle-même, que deviendrait-elle si les Vincelli rameutaient les foules à son sujet ? Son passé sordide ne tarderait pas à resurgir. Auquel cas, il se pourrait qu'elle perde son poste au bureau du procureur. L'Etat du Mississippi était profondément religieux.

— Et Joe dans tout ça ? demanda Madeline.

— J'ai cru comprendre que pour le moment, il observait une neutralité bienveillante. Sans doute à des fins inavouables…

Elle espérait que Kennedy retournerait à ses affaires, que les Vincelli se calmeraient et que tout rentrerait dans l'odre. Un peu plus tôt, elle l'avait appelé pour lui demander d'interdire à ses enfants de venir chez elle mais il n'avait pas répondu.

— Je déteste Joe, ajouta-t-elle.

— Il m'a invitée une ou deux fois à sortir, dit Madeline.

— Tu as refusé, j'espère ?

— Bien sûr ! Il ne sait pas comment traiter les femmes. La pauvre Cindy te le dirait.

Un bip retentit dans l'écouteur. Instinctivement, Grace sut que c'était le coup de fil qu'elle attendait.

— On essaie de me joindre, Maddy. Je te rappellerai demain.

— Qui ça *on* ?

— Arrête !

Madeline répondit par un rire, suivi d'un bâillement.

— D'accord. Fais de beaux rêves.

Grace en doutait. Les Vincelli allaient plutôt lui donner des cauchemars. Elle était furieuse contre eux et d'un autre côté, elle les comprenait. Comment aurait-elle réagi à leur place ?

Elle prit une inspiration et se connecta sur la ligne de son deuxième correspondant.

— Je suis navré de vous avoir manquée, tout à l'heure. J'étais encore chez mes parents.

Kennedy. Sa voix l'enveloppa, en même temps que le vent.

— Comment va votre père ?

— Un peu mieux, dit-il.

Mais elle décela dans sa voix une infime hésitation.

— Rien de grave, j'espère ?

Il s'éclaircit la gorge.

— Non mais il doit passer quelques examens. Pourriez-vous surveiller Heath et Teddy demain, pendant que ma mère l'accompagne chez le médecin ? J'ai des réunions tout l'après-midi.

— Vous… voulez que je garde Heath et Teddy ?

— Je n'ai pas d'autres enfants, fit-il avec un petit rire.

— Vous êtes fou ! Ils ne doivent plus venir chez moi. Pas plus que vous.

— Content que vous n'ayez pas laissé ce message sur mon répondeur.

— Vous devez regarder la réalité en face, Kennedy.

— Quelle réalité ? Pourquoi devrais-je m'éloigner de vous ?

— Vous savez pourquoi.

— Je ne laisserai pas les Vincelli choisir mes fréquentations, Grace.

Un bruit dans l'allée fit sursauter la jeune femme. Il y eut un miaulement, puis un chat traversa la pelouse.

— Alors, je dois partir, déclara-t-elle. Je vais rentrer à Jackson. Immédiatement.

Cette solution lui avait traversé l'esprit un millier de fois depuis qu'elle avait lu le tract. Pourtant, elle détestait l'idée d'affronter George et sa nouvelle petite amie. Elle se sentait bien chez Evonne, dans cette grande maison accueillante. Mais si elle risquait de nuire à Kennedy et à ses enfants, elle préférait s'en aller.

— Ne partez pas, Grace.

— Pourquoi ?

— Parce que vos racines sont ici, du moins durant l'été.

Etrange formulation ! Et à la fin de l'été ? Repartirait-elle le cœur brisé ? Serait-il trop tard, pour tous les deux ?

— Je n'ai pas de racines ! s'écria-t-elle. Et ne m'amenez pas les enfants demain : je ne serai pas là.

Elle raccrocha. Kennedy était trop têtu. Mieux valait qu'elle quitte Stillwater pendant qu'il était encore temps.

Elle se précipita dans la maison, monta à l'étage, tira sa valise de la vieille armoire de chêne et commença à y entasser ses vêtements.

Après que Grace eut coupé la communication, Kennedy se mit à arpenter le petit salon de musique, qui avait été le royaume de Raelynn. Une chaude atmosphère créée par la douce clarté des lampes imprégnait cette pièce dominée par le piano et quelques meubles ravissants. Personne n'entrait plus jamais ici, sauf Kennedy, quand il voulait se sentir plus près de Raelynn.

Mais ce soir, le lien qui le rattachait à l'âme de sa défunte épouse semblait rompu. L'anxiété le rongeait. Devait-il prendre les menaces de Grace au sérieux ? Allait-elle quitter la ville ? Il savait de différentes sources qu'elle avait loué la maison d'Evonne pour un trimestre. Et alors ? pensa-t-il. Ça ne voulait rien dire.

L'idée qu'elle retournerait à Jackson près de l'homme qu'elle avait projeté d'épouser lui déplaisait profondément. Il fut tenté de sauter dans la SUV et de foncer chez elle, afin de la convaincre de rester. Mais les enfants étaient tous seuls et il était trop tard pour appeler une baby-sitter.

Désemparé, il saisit le combiné et composa le numéro de téléphone de la seule personne au monde qui l'eût toujours épaulé, quelles que fussent les circonstances. La seule et unique personne sur laquelle il pouvait compter : sa mère.

Les rais de lumière perçaient à travers les rideaux de la cuisine. Grace coinça derrière ses oreilles les mèches de cheveux qui s'étaient échappées de sa queue-de-cheval. Elle s'était endormie au beau milieu des préparatifs de départ et s'était réveillée tard.

Elle ouvrit les rideaux et regarda le ciel bleu. Elle finirait ses bagages dans la journée et s'en irait ce soir, décida-t-elle en suivant un vol d'hirondelles. Elle laisserait la clé à l'agent immobilier et une fois à Jackson, elle contacterait une compagnie de déménagement pour les meubles, puisque George n'était plus disponible. Le plus pénible, ce serait de prévenir Madeline, Clay et Irene. Ils seraient déçus de la voir repartir aussi vite.

La bouilloire se mit à siffler. Elle éteignit le feu, puis

versa l'eau frémissante sur les feuilles de camomille qu'elle avait disposées dans une théière blanche. Jadis, tout le monde aimait la camomille d'Evonne, et Grace avait choisi exprès ce breuvage, comme un toast à la mémoire de sa vieille amie.

Elle s'apprêtait à avaler la première gorgée quand on frappa à la porte.

— Grace ! Grace !

C'était la voix de Teddy. La jeune femme tressaillit. Maudit Kennedy ! Elle lui avait bien dit qu'elle ne pouvait pas faire de baby-sitting ! Pourtant, l'envie de revoir les enfants, de les serrer dans ses bras une dernière fois prit le dessus.

Grace posa sa tasse, traversa le salon, ouvrit grand la porte… et se figea sur place. Les garçons n'étaient pas seuls. Camille Archer se tenait sur le porche, derrière ses petits-fils.

Mais déjà, Teddy se jetait dans les bras de la jeune femme.

— Ah ! tu es là…

Elle caressa les cheveux de l'enfant, consciente du regard d'aigle que la mère de Kennedy posait sur elle.

— Que puis-je pour vous ? lui demanda-t-elle.

Camille ne répondit pas tout de suite, trop occupée à détailler la jeune femme. Gênée par cette inspection, Grace retint une remarque acerbe. Heath s'était approché, lui aussi, et à présent, elle serrait les deux petits garçons contre elle.

Camille prit bonne note de ces gestes affectueux. Enfin, après un long silence, elle se décida à parler.

— J'ai entendu dire que vous partiez ?

— Oui, je dois rentrer à Jackson.

— Oh, non ! gémit Teddy.

— Pourquoi maintenant ? demanda Camille. Et pourquoi si soudainement ?

Grace ne cilla pas sous le regard perçant de la vieille dame.

— Parce que le devoir m'appelle.

— A moins que vous ne preniez la fuite pour éviter la bataille ?

— Vivre ici a toujours été une bataille, madame Archer. Je ne serais pas revenue si j'avais peur des gens. Je pars pour d'autres raisons.

— Lesquelles ?

— Franchement, ça ne vous regarde pas.

Camille pinça les lèvres et croisa les bras.

Grace remarqua alors que sa Cadillac crème était garée devant le jardin.

— Vous allez laisser votre voiture ici ? demanda-t-elle.

La vieille dame pencha la tête sur le côté.

— Il y a un problème ?

— Non mais tout le monde peut la remarquer. Plus particulièrement les Vincelli. Et à moins que vous ne vouliez mettre de l'huile sur le feu, je suggère…

— Je me fiche éperdument des Vincelli, l'interrompit Camille avec un geste dédaigneux de la main.

C'était donc ça ! Les Archer et les Vincelli avaient déterré la hache de guerre. Ils se préparaient à entamer une sorte de guerre tribale. Mais Grace ne permettrait pas que Camille détruise Kennedy par orgueil.

— Je crois qu'il vaut mieux entrer, madame Archer.

Ce disant, Grace pénétra dans la maison, ne laissant à sa visiteuse d'autre choix que de la suivre.

— Quel est le but de votre visite ? s'enquit-elle en refermant la porte et en guidant les enfants et leur grand-mère vers le salon.

— Je voulais savoir si vous partiez à cause de mon fils.

— Bien sûr que non ! dit Grace. On a besoin de moi à Jackson.

— *Qui* a besoin de vous ?

— Un… ami. Et le procureur.

— Je vois. Eh bien, cela va poser un petit problème.

— Quelle sorte de problème ?

— Heath et Teddy ont besoin de vous, cet été.

— Oui, Grace, on a besoin de toi ! fit écho Teddy.

Grace encaissa le choc aussi dignement qu'elle le pouvait.

— Vous voulez que je… je surveille les garçons, c'est ça ?

— Bien sûr, si vous ne pouvez pas, j'engagerai quelqu'un ! dit Camille.

Grace porta les mains à ses joues. C'était la première fois que la mère de Kennedy lui adressait la parole. Aussi loin que remontait sa mémoire, Mme Archer avait toujours fait semblant de ne pas la voir quand par hasard leurs chemins se croisaient.

— Engagez une baby-sitter ! dit-elle. Si j'acceptais, vous imaginez la réaction des Vincelli.

— Oh, très bien !

— Pourquoi êtes-vous venue, au juste ? Pour leur prouver que vous faites ce que bon vous semble ?

— Je suis là parce que mon fils me l'a demandé.

— Tu ne vas pas t'en aller, hein ? demanda Heath d'une voix tremblante.

Lui et Teddy regardaient Grace d'un air suppliant.

— Non mais... il se trouve que je suis obligée de retourner à...

Un torrent d'objections l'interrompit, tandis que les deux enfants se mettaient à parler en même temps.

— Et le stand ?

— Et le jardin ?

— Et *nous*, alors ?

Devant leur détresse, Grace sentit sa gorge se nouer. Mais elle s'efforça de masquer son émotion.

— Je suis désolée, dit-elle. Ma situation a changé. Mais vous avez toujours votre père, votre grand-mère et...

Camille l'interrompit.

— Si vous partez, déclara-t-elle, les Vincelli auront eu gain de cause.

Grace hocha la tête. Camille était loin d'imaginer les raisons pour lesquelles elle voulait s'en aller.

— Sans doute, répondit-elle. Mais ensuite, tout rentrera dans l'ordre.

Quelque chose tremblota dans le regard de Camille, une expression fugitive que Grace ne lui avait jamais vue auparavant. C'était comme si elle avait eu, l'espace d'une seconde, une vision précise de la femme qui se cachait sous le masque austère que Camille présentait au monde.

— Vous ne faites pas cela pour vous, n'est-ce pas ?

— Je ne sais pas de quoi vous parlez.

— Vous êtes amoureuse de mon fils.

— Absolument pas ! Nous sommes trop différents. Nous n'avons rien en commun... Et de toute façon, je m'en vais. Le reste importe peu.

— Je serai honnête avec vous, dit Camille. Je n'approuverais pas un rapprochement entre mon fils et vous mais…

— Mamie ! gémit Teddy.

— Mais quoi ? demanda Grace.

— Nous, on veut que tu restes ! cria Heath, empêchant sa grand-mère de répondre.

Teddy agrippa la main de la jeune femme.

— S'il te plaît ! Tu as promis de rester tout l'été.

Grace posa un regard scrutateur sur Camille.

— Si je reste, vous devrez demander à votre fils de garder ses distances.

— Je le ferai mais il ne m'écoutera pas. Il est têtu. Vous devriez le savoir.

— Et les Vincelli ?

— Ils ne perdent rien pour attendre, répondit Camille d'un ton si glacial que Grace éprouva un vague élan de sympathie pour la famille de Joe.

— Très bien, murmura-t-elle.

— Tu restes ? s'écria Heath.

— Oui.

— Youpi ! hurla Teddy en sautillant.

Mme Archer ne quittait toujours pas la jeune femme des yeux.

— Cela veut-il dire que je peux compter sur vous pour surveiller les garçons cet après-midi ?

Grace posa les mains sur les têtes des deux enfants.

— Bien sûr.

— Parfait. Je repasserai les chercher plus tard.

Sur ce, la mère de Kennedy se leva et se dirigea vers la porte. Grace la raccompagna jusqu'au perron. Avant de franchir le seuil, la vieille dame se retourna vers elle.

— Je vous remercie pour les gâteaux d'hier soir. Ils nous ont rappelé Evonne que nous aimions beaucoup.

Elle s'était exprimée d'un ton rigide, mais Grace ne put s'empêcher de sourire. C'était la première fois que Camille Archer la traitait en égale.

Le portable de Kennedy sonna tandis qu'il étudiait la liste des actionnaires et de leurs investissements. Il se demandait quelle serait leur réaction quand la maladie de son père deviendrait visible. Sa secrétaire et deux employés se trouvaient à ses côtés, dans la salle de réunion de la banque. Lorsqu'il entendit la voix de sa mère, il s'excusa et se retira dans son bureau.

— Qu'est-ce qu'elle a décidé ? demanda-t-il.

Une partie de lui-même espérait que Camille avait convaincu Grace de rester. L'autre partie reconnaissait que son départ arrangerait pas mal de choses. Les agissements des Vincelli lui causaient les plus vives inquiétudes. S'ils continuaient à presser le commissaire de rouvrir l'enquête et si jamais les flics découvraient la bible qu'il avait lui-même enterrée dans un moment de folie, il ne donnait pas cher de sa carrière.

— Les garçons sont avec elle. Je vais accompagner ton père chez le médecin.

— Alors, elle reste ?

— Je pense que oui. Pendant l'été, en tout cas.

Kennedy sentit un flot de soulagement le submerger, en dépit de ses angoisses.

— Tant mieux. Prendre la fuite équivaudrait à donner raison aux Vincelli.

— Je ne pense pas qu'elle ait voulu partir à cause des Vincelli.

— Pour quelle raison, alors ?

— Pour te protéger, dit Camille.

Kennedy se tut un instant, désarçonné. Il savait que Grace s'efforçait de mener sa vie sans créer de problèmes à son entourage. Et il suspectait que ses motivations n'étaient pas exemptes d'égoïsme. La jeune femme essayait de se protéger de ses propres faiblesses. Et ça, il pouvait le comprendre car leur attirance mutuelle l'effrayait, lui aussi. Jusqu'alors, aucune femme ne l'aurait persuadé de couvrir un meurtre.

— Je n'étais pas très gentil avec elle quand nous étions plus jeunes, reconnut-il.

— Personne n'était gentil avec elle à cette époque, lui rappela sa mère. Moi la première. Je t'avais interdit de fréquenter les Montgomery : tu n'as fait qu'obéir. Je pensais agir dans ton intérêt, et je ne m'en excuse pas.

Kennedy retint un rire. Personne ne demandait à Camille de s'excuser.

— Mais tu as changé d'avis, n'est-ce pas ? lui demanda-t-il.

— Je n'ai pas dit ça.

— Avoue qu'elle te plaît, finalement.

— J'avoue qu'elle est mieux que ce que j'imaginais.

Dans la bouche de Camille, c'était un compliment.

— Elle a bon cœur, dit-il.

— Et elle est très jolie.

— Vraiment ?

Il se rappela Grace à moitié nue à la fenêtre.

— Je ne l'avais pas remarqué, ajouta-t-il hypocritement.

— Tu parles ! C'est justement ce qui me tracasse.

Otis lança une phrase depuis le fond de la pièce.

— Qu'est-ce que papa a dit ?

— Que tu penses avec une autre partie de ton anatomie que ton cerveau.

— Je n'ai pas couché avec elle, si c'est ça qu'il a compris.

Camille répéta à Otis la réponse de leur fils.

— Peut-être pas encore, marmonna Otis, plus près du téléphone.

— Je l'ai entendu ! dit Kennedy, ulcéré.

Sa mère émit un rire.

— Visiblement, ton père a des doutes sur la pureté de tes intentions.

— Dis-lui de ne pas se faire de souci pour moi. Qu'il s'occupe plutôt de sa santé : c'est l'essentiel !

Le rire de Camille s'éteignit.

— Il le sait, Kennedy.

— Tout va bien ! cria Otis. Et je me fiche des rumeurs comme de ma première chemise. Si Grace Montgomery le rend heureux, j'en serai ravi. Il a toujours été un garçon formidable et je suis très fier de lui.

La voix de son père se fêla. Kennedy sentit une boule se former dans sa gorge. M. Archer avait toujours été un homme sévère, très féru de discipline, qui n'exprimait que très rarement ses émotions.

— Tu l'as entendu ? demanda doucement Camille.

— Oui. Et je compte sur lui pour qu'il voie grandir mes enfants.

— Il tiendra le coup.

— Dis-lui aussi que je l'aime, ajouta Kennedy.

*
* *

— Il est grand temps de nettoyer le bureau du révérend, dit Grace.

Clay, les lèvres pincées, jeta un regard par la fenêtre de la cuisine. Une rôtissoire semblable à celle de leur enfance trônait au milieu des poules qui picoraient la terre sombre. L'étable que Grace détestait tant se dressait derrière la basse-cour, et la porte était grande ouverte. Avec une grimace, elle fixa un point derrière le bâtiment décrépit, vers la rivière ourlée de peupliers, qui évoquait des souvenirs plus plaisants.

Chaque été, Clay fabriquait des bouées de sauvetage avec de vieux pneus et tous ensemble, ils se baignaient dans ce qu'ils appelaient « la piscine », là où l'eau cristalline cascadait dans un bassin naturel.

Mais irrésistiblement, le regard de Grace revint vers l'étable, et elle serra les dents.

— Je ne crois pas que ce soit une bonne idée, dit Clay. Les gens remarquent tout, par ici. Le moindre changement leur paraîtra suspect.

— On a quand même le droit de ranger ! objecta Grace. Bon sang, après tant d'années, on dirait qu'il est toujours le propriétaire du domaine.

— Et Maddy ?

— Tu lui passeras un coup de fil. Tu lui diras que nous avons déposé différents objets au garde-meuble et qu'elle peut aller les chercher, si elle le veut.

— Elle aura trop de peine, répondit Clay. Au fond de son cœur, elle espère toujours qu'il reviendra.

— Maddy sait qu'il n'y a pour ainsi dire aucune chance.

— Savoir et admettre sont deux choses différentes.

— Oh, Clay, je t'en prie ! J'ai besoin de faire place nette.

Son frère baissa les yeux.

— J'aimerais bien t'aider, soupira-t-il. Si tu savais comme je regrette…

Sa phrase resta en suspens mais Grace avait compris. Il se sentait responsable de cette horrible nuit au cours de laquelle il était censé monter la garde, comme Irene le lui avait demandé. Elle avait essayé à plusieurs reprises de lui expliquer qu'elle vivait déjà un enfer bien avant « l'incident ». En vain. Grace n'avait jamais tenu rigueur à son frère. A sa place, n'importe quel gosse de seize ans aurait préféré faire une virée avec ses copains plutôt que surveiller la chambre de sa sœur. Toujours est-il que Clay n'était pas à son poste quand Barker était rentré. Aujourd'hui, il ne se l'était pas encore pardonné et dans une certaine mesure, il n'avait pas complètement tort. S'il était resté avec Grace et Molly, peut-être que la situation n'aurait pas dégénéré.

Un goût amer de bile remonta dans sa gorge. Elle saisit son sac. Chez Evonne, elle arrivait à conjurer les ombres du passé. Mais ici, à la ferme, les souvenirs rejaillissaient, plus tenaces que jamais. Elle se prépara à sortir quand elle vit son frère baisser la tête. L'envie de le réconforter la suffoqua. Pourquoi continueraient-ils tous les deux à souffrir ?

Grace reposa son sac et alla s'agenouiller devant Clay. Levant les yeux vers son visage tourmenté, elle murmura :

— Ce n'était pas la première fois, tu sais ? Barker…

Elle frissonna, croyant sentir les doigts calleux du révérend sur son cou.

— C'était pire chaque fois. Il… il aurait fini par m'étrangler, j'en suis convaincue. Il avait trop peur que je le dénonce… et il était trop… trop malade pour s'arrêter.

Les yeux de Clay exprimèrent une tendresse qui lui alla droit au cœur. Des années durant, elle s'était sentie coupable. Les agressions sexuelles de Barker l'avaient profondément marquée. Elle avait honte de son corps. Et même si elle se disait qu'elle n'y était pour rien, une petite voix intérieure l'accusait sans répit. Sans s'en apercevoir, elle avait sûrement provoqué le révérend… La preuve : il ne s'était jamais attaqué à Molly ou à Madeline.

— Pourquoi ? murmura Clay. Pourquoi aurait-il voulu te détruire ? Tu étais si douce, si belle. Tu n'étais qu'une enfant, pour l'amour du ciel !

— Il me détestait, répondit Grace d'une voix tremblante en s'efforçant de libérer les mots de la geôle obscure où elle les avait verouillés. Il me détestait parce qu'il me désirait. A cause de moi, il était devenu un monstre, un damné. Peut-être qu'il avait peur de l'enfer…

La sueur ruissela soudain entre ses seins, dans son dos. Néanmoins, elle se força à poursuivre, ne fût-ce que pour alléger la culpabilité de son frère.

— Je crois qu'il me rendait responsable de sa perversion.

— Pourquoi tu ne l'as jamais dit à personne ? demanda Clay. Maman t'aurait aidée. Moi aussi.

Cette question l'avait longtemps obsédée. Ses proches ne connaissaient pas ce sentiment de morne abattement, d'impuissance absolue.

— Je ne pouvais pas. Il me menaçait avec un couteau. Il disait que si je parlais, il m'écorcherait.

— Oh, mon Dieu, Grace !

Une larme coula sur la joue de Clay, et Grace observa les traits puissants de son frère. Levant la main, elle lui toucha la joue.

— C'est du passé, Clay. Ça va aller.

Il lui sourit à travers ses larmes. Après dix-huit ans, lui aussi essayait de se pardonner.

Elle se releva, et il la serra dans ses bras, comme si elle était encore une petite fille.

— J'aurais donné dix ans de ma vie pour revenir en arrière, chuchota-t-il.

Elle posa la tête sur la large épaule de Clay, et tous deux restèrent un long moment enlacés, comme deux naufragés.

— Je sais, dit-elle. Moi aussi.

Lorsqu'il la relâcha, il se frotta le menton d'un air songeur.

— Allons ranger ce maudit bureau, grommela-t-il.

Grace le regarda.

— Mais Madeline…

— On la préviendra après. A un moment donné, il faut mettre un terme à la souffrance, dit Clay en se dirigeant d'un pas résolu vers la porte de la cuisine. Et en ce qui te concerne, je crois que tu as suffisamment attendu.

16.

L'air statique grésillait dans l'espace confiné, imprégné d'un relent de moisi. Des toiles d'araignées étaient suspendues dans les coins, une fissure courait sur le plafond avant de lézarder une cloison. On eût dit que l'âme noire de Barker affleurait d'une source invisible et pourrissait tout sur son passage.

Grace s'immobilisa sur le pas de la porte, cependant que Clay remontait le store de l'unique fenêtre, puis passait un vieux chiffon sur la vitre sale.

La lumière du soleil filtra à travers la vitre crasseuse dans la petite pièce sombre où, jadis, Lee Barker avait rédigé ses sermons et torturé sa belle-fille.

— Ça va ? demanda Clay à sa sœur.

Il s'approcha d'elle, alarmé.

— Tu es pâle comme si tu avais vu un fantôme.

— *Son* fantôme, murmura-t-elle.

— Tu crois qu'il nous regarde ?

— Je l'espère.

Oh, elle aurait voulu que Barker sache qu'elle avait survécu, qu'elle respirait librement !

— Je crois plutôt qu'il brûle en enfer, dit Clay.

Enfin, elle entra dans la pièce et se dirigea vers le

cabinet de rangement que le révérend fermait toujours à clé. Qu'avait-il fait des Polaroid qu'il avait pris d'elle ? Grace n'en avait pas la moindre idée. Quelques-unes de ces photos devaient être encore ici. La nuit, il marmonnait des mots obscènes au sujet de ces clichés. Il la menaçait de les montrer à Irene, quand elle refusait qu'il la touche. Alors, la petite fille se soumettait, craignant que par sa faute, le mariage de sa mère soit brisé, que sa famille soit privée de nourriture ou que Madeline soit arrachée à leur foyer.

Lorsque le révérend devint assez téméraire pour faire irruption dans sa chambre, en plus des séances qu'il l'obligeait à subir dans son bureau, la peur qu'il révèle l'existence des photos réduisait Grace au silence. Les pauses osées qu'il la forçait à adopter étaient devenues dans l'esprit de la petite fille un souci constant, une mortification de tous les instants. Elle aurait fait n'importe quoi pour éviter cette humiliation. *« Tu ne veux pas que ta maman sache ce qu'on fait ensemble, hein ? Sinon, elle nous quitterait tous les deux, et tu serais à moi… »*

Grace avait déjà vécu l'abandon. Son père les avait quittés. Son amour pour eux n'avait pas été assez fort pour le retenir. Il s'en était allé un beau matin et n'était plus jamais revenu.

La jeune femme s'appuya au mur et prit plusieurs inspirations. La pièce vacillait autour d'elle, comme dans un mauvais rêve.

— Assieds-toi pendant que je fais le ménage, dit Clay.

— Non, je veux participer.

Si elle en avait eu la force, elle aurait tout cassé à coups de poing. Cela aurait été son dernier combat contre le révérend. La question qu'elle s'était mille fois posée dans le passé revint la hanter. Si elle avait été moins docile, moins obéissante, aussi agressive que ses sœurs, n'aurait-elle pas pu éviter le drame ? Qu'est-ce qui, chez elle, avait tellement attiré Barker, au point de lui faire oublier qu'il était un homme d'église ?

Viens, mon joli bébé. Reste tranquille et tu auras du plaisir, cette fois-ci, je te le promets !

— Grace ?

Elle tressaillit, croyant sentir l'haleine brûlante de son beau-père. Clay dut répéter son nom avant qu'elle ne relève la tête.

— Quoi ?

— Par où veux-tu commencer ?

— Par là, répondit-elle, ramenée brutalement au présent.

Elle tira sur le tiroir du haut. Son bras était tout engourdi mais au bout d'un moment, elle parvint à l'ouvrir. Elle savait qu'il n'était pas fermé. Clay et sa mère avaient jeté la clé la nuit où ils avaient enterré le révérend, après avoir détruit les photos… Une partie des photos, du moins, car il y en avait beaucoup d'autres. Barker avait dû en brûler une grosse partie, de son côté, car les policiers n'avaient rien trouvé. En matière d'indices, ils avaient juste déniché une lettre d'Irene menaçant Barker de le quitter s'il ne la traitait pas mieux, un dessin de Grace représentant un homme pendu à un arbre, qui ressemblait étrangement à Barker, des relevés bancaires prouvant qu'Irene avait fait des chèques sans provision, alors que le compte de son mari était bien garni, puis l'assurance vie de dix mille dollars au bénéfice d'Irene, et que celle-ci n'avait même pas essayé de toucher. Des petits détails qu'Irene et Clay avaient laissé échapper dans leur hâte à se débarrasser du corps, à nettoyer le sang et à conduire la voiture du défunt dans la carrière de roche. Des pièces à conviction insuffisantes pour les confondre.

La boîte en acajou dans laquelle il rangeait les photos ne contenait plus que sa collection de dollars en argent, une épingle à cravate en forme de croix, un prix de bonne conduite qu'il avait reçu dans sa jeunesse.

Grace passa ses doigts tremblants sur ces maigres possessions. Ironiquement, l'existence de Lee Barker se résumait à vingt dollars en argent et deux ou trois colifichets sans valeur.

— Salopard ! hurla-t-elle en lançant la boîte contre le mur.

L'objet laissa une entaille dentelée dans le plâtre avant de s'écraser par terre. Clay leva les yeux mais ne bougea pas. Il la laissa déchirer les dossiers, saccager le bureau soigneusement rangé, vider les tiroirs, arracher les tableaux.

Elle détruisit même la petite unité d'air conditionné qu'elle avait tant de fois entendue bourdonner pendant qu'elle était clouée sur le plancher, sous son bourreau. Enfin, elle propulsa la radio sur la fenêtre. La vitre vola en éclats et l'appareil dégringola avec un couinement de poulet égorgé. Alors, comme si le flot de haine avait enfin reflué, elle resta debout, pantelante.

— Tu as fini ? lui demanda son frère.

Elle baissa les yeux sur les vestiges du poste de radio.

— Il mettait la musique très fort pour couvrir mes cris. C'était un homme si prudent. Si attaché aux apparences…

— Il a eu ce qu'il méritait, Grace.

— Oh, non ! J'espère seulement que l'enfer existe.

Clay la saisit par les épaules.

— Ne le laisse pas détruire ta vie.

Ce n'était pas faute d'avoir essayé, songea Grace.

Puis elle laissa errer son regard affolé dans la pièce saccagée.

— Mon Dieu ! Qu'allons-nous dire à Madeline ?

— On verra bien. Qu'on a été cambriolés. Que quelqu'un s'est livré à des actes de vandalisme.

— Elle ne nous croira pas.

Clay essuya le sang qui coulait d'une coupure sur la main de la jeune femme.

— Madeline nous a toujours crus.

Baissant la tête, Grace enfouit son visage dans ses mains.

— Pauvre Maddy ! Il s'agissait de son père… Et si je n'avais pas été là, peut-être aurait-il été un homme différent.

— Ce n'est pas vrai. Ne dis plus jamais ça !

Combien de fois Barker ne l'avait-il pas traité de tentatrice ? A trente et un ans, sa raison réfutait cette accusation. Mais dans son cœur d'enfant, elle en avait conservé la blessure. Comme elle ne répondait pas, Clay lui releva le menton, jusqu'à ce que leurs regards se croisent.

— Ne t'inquiète pas, dit-il. C'est toi la victime, pas lui.

Elle posa la main sur la joue de son frère. Clay avait porté le fardeau pour toute la famille. Mais ses épaules n'étaient pas assez larges pour supporter le poids du passé.

*
* *

Cette nuit-là, Kennedy se rendit comme souvent à la Roue de la Fortune. Il n'avait pas spécialement envie de jouer au billard mais c'était l'endroit idéal pour connaître les derniers cancans, et il voulait savoir si ses amis s'étaient rangés dans le camp des Vincelli.

Joe, Buzz, Tim et un autre garçon que Kennedy n'avait pas vu depuis des mois, Russ Welton, entouraient la table de billard en sirotant de la bière.

Dès qu'il entra, ils l'invitèrent cordialement à les rejoindre. Il avait déjà parlé avec Joe au téléphone depuis qu'il avait vu le tract de Nibley. Son ami avait juré ses grands dieux qu'il comptait rester à l'écart de ce qu'il appelait « leurs différends familiaux ». Pourtant, quelqu'un alimentait l'animosité entre les Archer et les Vincelli. La rumeur selon laquelle il était allé faire du camping avec Grace s'était répandue dans la ville comme une traînée de poudre. Elaine, Roger et Marcus Vincelli en avaient pris ombrage.

Joe devait être le responsable de cette polémique, se dit-il. Il jouait l'innocent, de crainte que Kennedy dévoile à ses parents ses dettes de jeu. En tout cas, ce soir, Joe se montrait plus calme qu'à l'accoutumée. Il ne se plaignit même pas quand Kennedy remporta haut la main la première partie, ce qui n'était guère dans ses habitudes.

— Tu es en forme, déclara-t-il simplement en avalant une gorgée de bière.

Kennedy haussa les épaules.

— J'ai eu de la chance.

— Dans tous les domaines ! ajouta Joe avec un sourire.

Aussitôt, l'attention de tous les hommes se reporta sur lui.

— Que veux-tu dire ?

— Tu vois toujours Grace, n'est-ce pas ?

— Nous sommes amis.

— Elle est devenue une vraie beauté, intervint Buzz, soucieux de ne pas gâcher l'ambiance.

Joe fit tourner la boule numéro huit entre ses doigts.

— Seulement amis ?

Kennedy souleva sa chope de bière.

— Pourquoi tu le demandes ? Pour adresser un rapport à ta famille ?

Joe propulsa la boule à travers le tapis, et les autres s'éparpillèrent derrière elle avec fracas.

— Je te l'ai déjà dit, Ken. Je ne me mêlerai pas de tes histoires avec mes parents et mon frère. En tout cas, je ne les blâme pas. Ils sont vexés que tu aies choisi Grace Montgomery contre nous. Nos familles ont toujours entretenu des rapports amicaux. Et les Vincelli soutenaient les Archer depuis des temps immémoriaux.

— Tes parents ont le droit de voter pour qui ils veulent. Nous sommes en république.

— Tu parleras autrement si tu perds les élections.

— Je ne perdrai pas les élections.

Joe eut un sourire rusé.

— Ce serait une honte si Nibley l'emportait. Tu étais désigné pour devenir le prochain maire et tu avais toutes les chances de ton côté, jusqu'à ce que tu te lies de... *d'amitié* avec Grace Montgomery.

— Je fréquente qui je veux !

— Bien sûr ! Personne ne dit le contraire.

Kennedy ouvrit la bouche pour répondre quand quelqu'un lui toucha le bras. Se retournant, il vit Janice Michaelson, une femme d'environ trente-cinq ans, qui vivait avec une copine rencontrée sur Internet. Janice n'avait jamais été mariée, et la rumeur avait couru qu'elle était lesbienne. Avec ses cheveux courts, son visage dépourvu de maquillage et ses vêtements masculins, elle correspondait à ce stéréotype, bien qu'elle n'eût jamais avoué son homosexualité, ce dont Kennedy ne lui en voulait pas. Les gays avaient la vie dure dans une ville comme Stillwater.

— On danse ? dit-elle.

Joe ne loupa pas l'occasion de se demander à voix haute qui des deux allait conduire. Tim et Randy pouffèrent de rire, et Buzz fit semblant de n'avoir pas entendu.

— Avec plaisir.

Kennedy voulut l'entraîner sur la piste de danse avant que Joe ne se permette un autre commentaire insultant. Mais au lieu de le suivre, Janice alla se planter devant Joe.

— Moi, au moins, je vis avec une femme qui m'aime, déclara-t-elle. On ne peut pas en dire autant de toi.

Joe rougit violemment, tandis que Tim émettait un sifflement moqueur.

— Bon sang, elle t'a cloué le bec, camarade !

Les autres s'esclaffèrent bruyamment, y compris Buzz.

— Tu te crois drôle, espèce de vieille dinde ? lança Vincelli. Moi, en tout cas, j'ai pas de complexe de castration.

Janice lui adressa un sourire ironique.

— Non ? Tu devrais, pourtant, vu la taille de ton zizi !

Joe crispa les poings et ouvrit la bouche avec l'intention d'émettre une réponse cinglante. La lueur dangereuse qui dansait dans ses yeux alerta Kennedy qui prit aussitôt

Janice par les épaules afin de gagner avec elle la piste de danse.

— Joe est un imbécile, lui dit-il dans un soupir.

— Si vous venez seulement de vous en rendre compte, c'est que vous êtes particulièrement lent, marmonna-t-elle.

— Il m'a sauvé la vie.

— Il vous a probablement poussé dans la rivière avant de plonger derrière vous.

Kennedy secoua la tête d'un air sceptique.

— Où est Constance ? demanda-t-il.

— Chez son père, à Nashville.

— Elle est originaire du Tennessee ?

— Son père habite là-bas. Elle a été élevée par sa mère, dans le Michigan.

— Alors, vous êtes seule, ce soir ?

— Oh, je ne vais pas rester ici longtemps ! En fait, j'allais partir quand je vous ai vu arriver.

— Moi ? s'étonna-t-il.

— Vous. C'est probablement stupide de ma part mais je voudrais vous dire quelque chose, ajouta-t-elle à mi-voix.

Il la regarda, stupéfait.

— A quel propos ?

— J'ai entendu dire que vous sortiez avec Grace Montgomery.

Il fit une grimace.

— Ne me dites pas que j'ai perdu votre voix, à vous aussi.

— Votre vie privée ne changera pas mes opinions politiques, répondit-elle. Je voterai pour vous. Mais les enjeux, ici, dépassent les élections… Et c'est pourquoi je voudrais vous signaler un détail qui pourrait avoir son importance.

— Je vous écoute.

Janice se mordit la lèvre : elle semblait encore indécise.

— J'espère que je ne le regretterai pas mais…

— Allez-y, Janice ; n'ayez pas peur.

— La nuit de la disparition de Barker, j'ai vu Clay dans la voiture du révérend…

— Quelle heure était-il ?

— Tard. Très tard.

Kennedy manqua un pas et faillit écraser les orteils de sa cavalière. Il cessa de danser et l'attira à l'écart, à l'autre bout du bar.

— Pouvez-vous répéter ça ?

— Vous avez très bien entendu, Kennedy.

— Mais c'est impossible. D'après leurs dépositions, les Montgomery n'avaient pas vu Barker ni sa voiture depuis 6 heures de l'après-midi, heure à laquelle il avait quitté l'église.

— La seule personne qui pourrait vous dire la vérité était restée dormir chez une amie, ce fameux soir, vous vous en souvenez ?

Kennedy s'appuya au comptoir et lança un regard alentour, afin de s'assurer qu'aucune oreille indiscrète ne traînait à proximité.

— Vous êtes sûre que c'était lui ?

— Absolument certaine.

Il détesta le ton assuré de sa voix.

— Comment pouvez-vous être aussi catégorique ? demanda-t-il, sentant son estomac se révulser.

— Parce que je l'ai *vu*. Il roulait dans le sens inverse du mien.

Kennedy essaya d'imaginer, sans y parvenir, ce que ce témoignage tardif pourrait signifier pour Grace, sa propre famille, les Vincelli, les Montgomery, la ville tout entière.

— Où étiez-vous ?

— Sur Gossett Road. Je revenais vers la ville. Il la quittait. Sa mère le suivait dans la vieille Fairlane qu'elle conduisait à l'époque.

Kennedy pressa ses doigts sur ses tempes.

— Pourquoi n'avez-vous rien dit, à ce moment-là ?

— Je n'avais que dix-sept ans.

— Et alors ?

— Eh bien, j'aurais dû expliquer ce que je faisais sur cette route à cette heure de la nuit, murmura-t-elle.

Lou Bertrum, le pharmacien de Stillwater, se tourna pour les regarder. Kennedy poussa Janice un peu plus loin, vers le coin de la salle.

— Et que faisiez-vous ?

— Je ne veux pas le dire.

— C'est un peu tard maintenant, vous ne croyez pas ?

Janice reporta son poids d'une jambe sur l'autre, mit un poing sur sa hanche, puis soupira.

— Je rentrais de chez Lori Hendersen, vous voyez le topo ?

Lori Hendersen. Kennedy ne l'avait pas revue depuis des années mais il ne l'avait pas oubliée. Lori était son professeur d'histoire au lycée. Une militante. Avec une bande de copains de Jackson, elle avait organisé une parade pour les droits des gays. Résultat : elle avait reçu des menaces de mort, puis, un an plus tard, sa maison avait entièrement brûlé.

— Oh ! fit-il, comprenant soudain pourquoi Janice avait gardé le silence pendant si longtemps.

— Je ne pouvais rien dire. C'était après minuit. J'étais mineure et je n'avais pas le permis de conduire. Lori aurait perdu son job. Je n'ai pas besoin de souligner que notre bonne ville n'est pas un exemple de tolérance. L'homosexualité est encore perçue comme une tare… Alors, vous pensez, une relation entre une prof et une élève…

— Pourquoi dites-vous ça maintenant ? Et pourquoi à *moi* ?

Il pensait à Grace, à son attachement pour elle, à la bible qu'il avait enfouie quelque part près de Pickwick Lake.

— Qu'est-ce que vous croyez ? J'essaie de vous prévenir que les Vincelli ont probablement raison au sujet de Barker. Que voulez-vous qu'il se soit passé ? Clay venait de la ferme, et on n'a plus jamais revu la voiture du révérend.

Hank Pew, le libraire, heurta Kennedy, le propulsant presque dans les bras de Janice. Il marmonna une excuse et s'éloigna vers le comptoir où il réclama une autre bière.

— A qui d'autre l'avez-vous dit ?

— A personne. Lori est partie depuis des lustres, mais mes parents vivent toujours dans ce bled et me supplient trois fois par jour de me marier et de fonder une famille. Ils sont âgés, maintenant. Il est inutile de les bouleverser et je n'ai pas envie de voir brûler ma maison. J'y tiens trop.

— Vous faites donc ça pour mon bien ?

— Pour Raelynn aussi, et pour vos enfants. Vous êtes des gens honorables. Ne vous mêlez pas aux Montgomery. Même si Grace n'a rien à voir avec le meurtre, elle a quand même gardé le silence pendant dix-huit ans, alors qu'elle est procureur, ce qui est un comble. Pensez à vos enfants. S'ils s'attachent trop à elle, comment réagiront-ils le jour où il y aura un procès ? Si elle finit en prison pour complicité ?

Kennedy imaginait parfaitement la déception de ses fils.

— Joe arrive ! murmura Janice. Je me sauve.

Il lui saisit le bras.

— Attendez !

— Non. J'ai fait mon devoir. Je ne reparlerai plus de cette histoire. Plus jamais. Libre à vous de suivre mon conseil ou pas…

Kennedy la suivit du regard, tandis qu'elle se frayait un passage en direction de la sortie. Au même moment, Joe apparut devant lui.

— Qu'est-ce qui se passe ? Cette garce semblait avoir un truc important à te raconter.

— Elle voudrait que je fasse goudronner la route devant sa maison, si je suis élu.

Joe afficha une expression sceptique.

— C'est tout ?

— C'est tout.

Kennedy fit encore deux parties de billard, histoire de sauver les apparences. Il paraissait détendu mais son esprit voguait vers Grace. Il ne pouvait plus ignorer le passé, faire semblant de croire à l'avenir.

Il devait absolument savoir ce qui s'était passé, cette nuit-là.

Clay ne répondit pas au coup de sonnette. Il était peut-être sorti. Kennedy était sur le point de rentrer chez lui, afin de libérer de ses obligations Kari Monson, sa baby-sitter du mercredi, quand la lumière du porche s'alluma et qu'un rideau remua derrière une fenêtre. Enfin, un déclic se fit entendre, puis la porte s'ouvrit.

— Kennedy ? fit Clay, à la fois curieux et sur ses gardes. Que puis-je pour vous ?

Il était hirsute et torse nu, ce qui tendait à prouver que le moment était mal choisi.

— Désolé de vous déranger à une heure aussi tardive. Pourriez-vous m'accorder une minute ?

Clay lança un regard par-dessus son épaule, sans doute pour faire comprendre à son visiteur qu'il n'était pas seul.

Kennedy ne bougea pas. Clay était un bourreau de travail et on était mercredi. Les rares fois où il sortait en ville — toujours le vendredi —, il rentrait se coucher tôt.

— Clay ? Qui est-ce ?

Une voix féminine. Peut-être celle d'Alexandra Martin, la tenancière d'un bistrot du centre-ville. A moins que ce ne fût une autre. Ces dames ne semblaient pas rebutées par l'idée que Clay avait peut-être commis un meurtre. Ses admiratrices faisaient tout pour le conquérir, mais lui ne semblait guère séduit par les liaisons durables, encore moins par le mariage.

— Vous préférez que je repasse demain ? lui demanda Kennedy.

— Ça dépend, répondit Clay doucement. C'est de ma sœur que vous souhaitez me parler ?

Kennedy préféra aborder la question différemment.

— C'est en rapport avec le passé.

Clay sortit et referma la porte.

— Je vous écoute.

Kennedy hésita. Il n'était pas question de mentionner

le nom de Janice, qui souhaitait conserver l'anonymat… Mais au fait, Clay l'avait peut-être aperçue sur la route ?

— Quelqu'un vous a vu au volant de la voiture du révérend, la nuit où il a disparu.

Clay ne parut nullement désarçonné.

— Cinq autres personnes ont vu des choses différentes, répliqua-t-il.

— Mais il s'agit d'un témoin de confiance.

— Je ne sais pas de qui il s'agit, mais cette personne se trompe. Le révérend m'interdisait de conduire sa voiture.

— L'interdiction n'est qu'une partie du problème. J'ai surpris Grace avec la bible que le révérend avait toujours sur lui. Je sais que vous ou un autre membre de votre famille êtes impliqué dans sa subite disparition.

Clay demeurait toujours impassible. C'est à peine s'il plissa les yeux.

— Pourquoi n'allez-vous pas raconter tout ça à la police ? demanda-t-il.

Kennedy se rembrunit.

— Vous savez très bien pourquoi.

— Vous appréciez Grace.

Apprécier était un mot bien faible pour définir la passion torride que la jeune femme lui inspirait.

— Je l'estime beaucoup, dit-il.

Ce qui n'était pas davantage satisfaisant.

Clay le jaugea d'un regard neutre.

— Alors, laissez le passé tranquille.

Il lui tourna le dos pour rentrer chez lui, mais Kennedy lui prit le bras.

— Je dois protéger ma propre famille, Clay.

Clay baissa les yeux sur la main de Kennedy, qui ne lâcha pas prise.

— Que voulez-vous que je vous dise ? Que vous n'avez rien à craindre ? Que vous pouvez continuer à voir Grace sans vous préoccuper du reste ?

— Je veux la vérité.

— Quelle version ?

— La vôtre, pour commencer.

Un rire sans joie franchit les lèvres de Clay. Il secoua la tête, comme s'il avait affaire à un détraqué.

— Si ce témoin accepte de faire une déposition, il y en aura d'autres, insista Kennedy dans l'espoir de le convaincre. Et qui sait, alors, comment les choses évolueront ?

— Je comprends que ça puisse être difficile pour vous, dit Clay. A votre place, je retournerais à ma vie et je sortirais avec une autre femme. Grace ne restera pas longtemps ici. Elle... elle est trop bien pour cette ville.

— Sans doute. Elle a énormément souffert, je le sais.

— Je m'occuperai d'elle, déclara Clay avec ferveur. Ne vous imaginez surtout pas qu'elle a besoin de vous !

La porte s'ouvrit sur Alexandra, enveloppée dans un drap.

— Salut, Kennedy ! fit-elle avec un petit gloussement.

Clay lui fit signe de l'attendre à l'intérieur. Elle fit la moue mais obéit. Kennedy eut l'impression que Clay l'aurait renvoyé dans ses pénates si elle avait opposé le moindre refus. Le jeune fermier ne se montrait pas très tendre avec ses conquêtes féminines : ce n'était un secret pour personne.

— Vous avez raison, dit Kennedy en soupirant. Je vais y réfléchir.

Il allait faire l'impossible pour s'éloigner de Grace. Elle-même le lui avait suggéré à maintes reprises. C'était la seule solution. Ainsi, si la vérité éclatait au grand jour, il ne serait pas éclaboussé, pas plus que ses parents et ses enfants. La vie continuerait, pensa-t-il avec tristesse.

— Bonne nuit, Clay.

Il tourna les talons et remonta dans la SUV. Là, il trouva un message de Grace sur son portable qu'il avait laissé dans la boîte à gants.

— Salut, Kennedy. Pouvez-vous me rappeler ?

Il ne la rappelerait pas. Il avait pris la décision d'éclaircir le mystère dont s'entouraient les Montgomery. Combien de gens l'avaient averti qu'il allait au-devant des pires ennuis en fréquentant Grace ?

Un kilomètre plus loin, il fit demi-tour et lança sa voiture sur la route de Stillwater. Il ne téléphonerait pas à Grace. Il irait la voir. La partie la plus obstinée de sa conscience continuait à espérer qu'ils avaient encore une chance… A condition qu'elle soit suffisamment attachée à lui pour lui révéler la vérité.

17.

Une sombre angoisse étreignit Grace lorsque la SUV noire pénétra dans l'allée. Elle avait frénétiquement cherché un prétexte pour téléphoner à Kennedy. Elle voulait entendre sa voix.

— Grace ? C'est moi, dit-il en cognant à la porte.

Elle faillit ne pas répondre, puis se ravisa. Elle avait les nerfs en pelote. Le nettoyage du petit bureau étouffant, symbole de ses souffrances, l'avait épuisée. Elle se sentait à bout, trop énervée pour dormir, et Kennedy y était pour quelque chose. Tout semblait converger vers lui.

— Grace ? cria-t-il une nouvelle fois.

Renonçant à se battre contre son désir de le voir, elle rentra son T-shirt de coton dans son short et alla ouvrir. Le regard de Kennedy se posa sur son visage. Il semblait sur le point de la prendre dans ses bras, mais il se retint.

— Vous m'avez appelé ?

Elle avait envisagé différentes versions du genre : « Heath a oublié son maillot de bain » ou « J'ai fait des crêpes à la cannelle pour les enfants. » Mais elle se contenta de répondre :

— Oui.

Après un silence, Kennedy lui demanda :

— Qu'est-ce que vous vouliez ?

— Vous voir.

Il haussa les sourcils.

— Ce soir ?

— Pourquoi pas ?

Elle s'effaça pour le laisser entrer.

— Vous ne voulez pas déplacer votre voiture ? lui proposa-t-elle avant de refermer la porte.

— A cause des Vincelli ? Je n'en ai que faire.

— Vous êtes en pleine période électorale.

— Et si je suis élu, je ferai mon devoir de maire. Dans le cas contraire, je passerai la main à Mme Nibley.

— Je n'arrive pas à croire que la victoire vous laisse indifférent.

— La victoire à tout prix ne m'intéresse pas, en effet. Je ne me soumettrai pas aux diktats de l'opinion publique.

Grace réprima un sourire. La mère de Kennedy l'avait prévenue : il était têtu comme une mule.

— Voulez-vous un verre de vin ?

— Volontiers.

Il la suivit dans la cuisine, et elle sortit du placard une bouteille de merlot. Elle allait se servir du tire-bouchon quand il lui prit les mains.

— Qu'est-ce qui vous est arrivé ? demanda-t-il en examinant les cloques qui recouvraient ses paumes.

Elle eut la vision des objets fracassés dans le bureau du révérend.

— J'ai un peu forcé sur le jardinage, répondit-elle avec un haussement d'épaules.

Kennedy caressa légèrement l'intérieur de ses poignets. Elle inspira profondément. Comme elle le désirait ! Pour la première fois de sa vie, à trente et un ans, elle avait envie de toucher un homme. Intimement.

Leurs doigts se mêlèrent.

— Grace…

Le ton implorant de sa voix la fit tressaillir.

— Qu'y a-t-il ?

— Je sais que vous détestez parler de certaines choses mais il faut que je sache ce qui s'est passé la nuit où le révérend est mort… Il est mort, n'est-ce pas ?

Elle dégagea ses mains, les enfouit crânement dans ses poches.

— Je ne sais pas. Je vous l'ai déjà dit. Il a disparu.

— J'aimerais vous croire, dit-il d'une voix tourmentée. Mais nous savons tous les deux que la vérité est ailleurs. La bible en est la preuve.

La jeune femme déglutit. Quelles seraient leurs relations demain ou dans un an ? Non, elle ne pouvait pas courir un tel risque.

— Je regrette mais c'est la seule vérité que je connaisse.

— Je me dois de protéger mes enfants et mes parents, plaida-t-il. Je ne peux pas continuer à vous voir si je ne sais pas où je vais.

Un froid intérieur envahit Grace. Qu'avait-elle donc imaginé ? Que les Archer auraient accepté une femme comme elle dans leur monde parfait ?

— Je comprends, répondit-elle tristement.

Chaque fois qu'elle nourissait un espoir, une ombre menaçante venait se poser sur elle, comme si le révérend jaillissait de sa tombe. Elle avait été vraiment stupide de penser qu'elle surmonterait le passé, surtout ici, à Stillwater. D'un geste nerveux, elle repoussa la bouteille de vin.

— J'ai fait des crêpes à la cannelle, récita-t-elle d'une voix monocorde. Prenez-en quelques-unes pour votre petit déjeuner.

— Ça suffit, Grace ! Arrêtez !

— Arrêter quoi ? s'écria-t-elle.

La colère remplissait le vide dans son cœur, à la place de l'optimisme qu'elle avait ressenti un instant plus tôt.

— Votre petit jeu. Nom d'un chien, je sais que vous étiez présente. Je le sens.

— Que voulez-vous que je fasse ? murmura-t-elle.

Il la prit par les coudes, l'attira vers lui.

— Faites-moi confiance, dit-il.

Puis, sa bouche chercha frénétiquement la sienne.

Un gémissement échappa à la jeune femme. Elle noua les bras autour de la nuque de Kennedy, la tête renversée, les lèvres entrouvertes. Elle avait trop attendu, trop espéré cet instant. Elle lui rendit son baiser avec une ardeur dont elle ne se serait jamais crue capable.

— Faites-moi confiance, répéta-t-il tout contre ses lèvres.

Elle hésitait. Trop de sensations se bousculaient dans sa tête, dans son corps. Elle s'attendait à ressentir le froid glacial qui la paralysait chaque fois qu'un homme essayait de la toucher, mais dans les bras de Kennedy, elle n'éprouvait que de la chaleur. Une douceur infinie. Aucune peur… Pas même quand il posa les mains sur ses seins.

— Qu'est-il arrivé au révérend, Grace ? Dis-le-moi.

Déchirée entre l'appréhension et le désir, elle secoua la tête.

— Je… ne peux pas.

Il baissa la tête, happa la pointe d'un sein dans sa bouche.

— Ne m'oblige pas à choisir, souffla-t-il.

Grace sentit ses nerfs se tendre comme un arc. Un plaisir inouï l'enflammait. Elle renversa la tête, stupéfaite. C'était donc ces merveilleuses sensations que les autres femmes ressentaient…

— Dis-moi que les gens auxquels je tiens n'auront pas d'ennuis si je me laisse aller à t'aimer, murmura-t-il, éperdu de passion.

C'était cette bible qui le rendait si suspicieux, songea-t-elle obscurément.

— Je… ne sais pas… J'ai trouvé la bible dans l'étable… je voulais la cacher dans l'atelier de Jed…

Il recula. Son visage exprimait à la fois le désir et le regret.

— Un coup monté contre Jed ? Je n'y crois pas.

— Non, bien sûr que non. Je…

— N'en parlons plus, coupa-t-il d'une voix dure, en proie à un profond conflit intérieur. Il faut que je me sauve. Je suis désolé mais Heath et Teddy sont trop précieux pour moi.

Les yeux clos, elle entendit ses pas s'éloigner. Il avait raison. Il serait mieux sans elle.

Elle attendit le claquement de la porte qui ne vint pas. En rouvrant les yeux, elle le découvrit au milieu de la pièce, en train de la scruter intensément.

— Je suis en train de tomber amoureux de toi, Grace, dit-il doucement. Tu as dû t'en rendre compte.

Elle secoua la tête. Cela ne pouvait être qu'un mensonge.

Son silence arracha à Kennedy un juron étouffé. Il lui tourna le dos, traversa le salon.

Grace s'appuya au comptoir, les ongles enfoncés dans ses paumes. *S'il te plaît, ne t'en va pas !*

Elle n'eut pas le courage de bouger. Les mots se figèrent sur ses lèvres. Dix-huit ans de silence, ça laissait des traces indélébiles…

Quand la porte d'entrée s'ouvrit, un sanglot muet la secoua. Alors, elle s'élança vers lui.

— Kennedy ?

Il se retourna sur le seuil et lui lança un regard empreint d'espoir. La bouche de Grace était trop sèche pour qu'elle puisse parler. Elle déglutit péniblement et repoussa sa frayeur.

— Reste avec moi ce soir.

Les yeux de Kennedy s'emplirent d'émotion.

— Grace…

— Tu partiras demain matin, dit-elle. Une nuit ne changera rien.

Elle lut sur son visage le combat féroce qu'il se livrait.

Il aurait voulu refuser. Mais c'était impossible. Ironie du sort, il était tombé amoureux de celle qu'il avait ignorée dans leurs jeunes années. Il songea à Heath et à Teddy, et son cœur se serra. Il ne permettrait pas qu'ils souffrent à cause de son inconséquence. Ni eux ni ses parents. Mais une nuit… une seule nuit dans les bras de Grace… S'il arrivait à satisfaire son désir dévorant pour elle, peut-être qu'il pourrait l'oublier plus facilement.

Il savait que la moindre imprudence lui serait fatale… Pourtant, il chassa résolument la voix de la raison, et revint sur ses pas.

Dès qu'il s'approcha, Grace se blottit dans ses bras. Un bonheur indescriptible l'embrasait. Il n'était pas parti. Il était là, avec elle.

Et ils avaient toute la nuit devant eux.

Leurs lèvres s'unirent avidement. De nouveau, il y eût cette flamme entre eux, cette puissante attraction mutuelle. L'air semblait vibrer, tandis qu'ils s'étreignaient. Grace se sentait décoller, s'envoler. C'était vraiment étrange qu'elle eût rencontré le véritable amour à Stillwater… Mais peut-être qu'au fond, le destin devait s'accomplir ici.

— Grace ? murmura-t-il entre deux baisers.

Elle ne répondit pas tout de suite, trop attentive aux battements désordonnés de son cœur.

— Mmm, quoi ?

— Le seul moyen de contraception dont je dispose est un vieux préservatif que Joe m'a donné il y a mille ans.

— Quelle activité sexuelle ! lança-t-elle en riant.

— Je ne suis sorti avec aucune femme depuis Raelynn… Et toi, tu n'as rien ?

— Non.

George l'avait poussée à prendre la pilule. Elle l'avait arrêtée depuis leur rupture.

— Alors, je crois que ce préservatif fera l'affaire, dit-il en soupirant.

Elle émit un nouveau rire, amusée par sa soudaine conviction. Elle n'aurait pas fait exprès de tomber enceinte mais depuis des années, elle rêvait d'avoir un bébé. Un petit être qu'elle adorerait. C'était surtout pour ça qu'elle avait envisagé d'épouser George. Or, si le destin avait décidé qu'elle porterait l'enfant de Kennedy, son retour à Stillwater prendrait tout son sens.

— Ça va aller, dit-elle en lui prenant la main et en l'entraînant vers l'escalier.

Au milieu de leurs ébats, Kennedy se hissa sur un coude pour contempler Grace. Il avait déployé des efforts surhumains pour brider sa passion. Sachant ce qu'elle avait enduré durant son enfance, il l'avait prise doucement, avec tendresse. S'ils devaient se contenter de ces quelques heures, il fallait qu'elles fussent inoubliables pour elle.

Sous son regard, elle rouvrit les yeux.

— Quoi ? murmura-t-elle.

Sa peau moite resplendissait dans le clair de lune qui se répandait sur le lit ; ses cheveux longs formaient une sombre auréole sur l'oreiller. Une confiance, un abandon absolus se lisaient sur son visage ravissant.

— Tu es très belle, Grace.

Un sourire sensuel étira ses lèvres pleines.

— Et toi… Je ne me doutais pas que tu serais aussi… attentionné.

— Tu vois qu'il ne faut pas se fier aux apparences !

— C'est vrai. Je reconnais que j'avais tort.

Il l'embrassa sur le bout du nez.

— En tout cas, reprit-elle, c'est une réussite.

Il sentit son désir rejaillir, intact. Leurs bouches se cherchèrent, puis il roula sur elle, en proie à une excitation folle. Elle lui enlaça la taille de ses longues jambes et se cambra pour l'accueillir.

— Là, fit-elle. C'est exactement ce que je veux. Pour la première fois de ma vie, j'aime ça.

Elle s'arc-bouta, l'invitant à plonger plus profondément en elle. Leurs regards se nouèrent. Un instant, tout sembla suspendu, puis il accentua la cadence de ses reins. Une expression extatique fit briller les yeux de Grace. Elle gémit et se mit à répéter le nom de Kennedy, encore et encore. Leurs caresses, leurs baisers se firent plus passionnés, plus exigeants, et ils roulèrent enlacés au creux du lit défait.

— C'est bon ! gémit-elle. Dieu que c'est bon !

Il parvint à se retenir jusqu'au moment où il la sentit se tordre dans ses bras. Il laissa alors libre cours à sa passion et, d'un ultime coup de reins, il l'emmena jusqu'aux étoiles. Comme dans un éblouissement, ils poussèrent ensemble un cri de délivrance en atteignant le sommet.

Grace écoutait la respiration régulière de son amant. Il s'était endormi dans ses bras.

Elle remua légèrement, rajusta son oreiller. La main de Kennedy reposait sur son sein d'une manière possessive. Quel bonheur ! se dit-elle, les larmes aux yeux.

Elle s'interdit de le réveiller. Pourtant, si elle en avait manifesté le désir, il lui aurait encore fait l'amour. Il était insatiable. Ils avaient utilisé le préservatif, puis avaient recommencé encore et encore, sans aucune protection. Elle sut qu'elle n'éprouverait plus jamais rien de semblable. Ce plaisir, cette exaltation, aucun autre homme ne pourrait les lui procurer.

— Grace ? grommela-t-il.

— Oui ?

— Je crois que ce serait bien si on allait voir le feu d'artifice ensemble, demain.

Elle poussa un long soupir. Lui non plus ne voulait pas que leur brève aventure se termine. Pourtant, elle répondit :

— Non, Kennedy.

— Les garçons seront terriblement déçus.

— On se verra là-bas, de toute façon. Mais mieux vaut qu'ils ne s'attachent pas trop à moi.

Il ouvrit un œil ensommeillé.

— Contre quoi est-ce qu'on se bat ?

Grace lui adressa un sourire tendre. Pour rien au monde elle ne voulait l'encombrer de ses secrets sordides.

— Toi, tu ne te battras plus contre rien.

— Si tu tiens à me protéger, dis-moi la vérité.

Elle ne dirait rien, il le savait parfaitement.

Il se glissa hors du lit.

— Il est tard. Il faut que j'y aille.

— Tu vas te faire gronder par ta baby-sitter, dit-elle dans l'espoir d'alléger un peu la tension qui s'était glissée entre eux.

— La pauvre, elle a dû s'endormir devant la télé ! Le mercredi est mon soir de sortie. Elle ne fait jamais attention à l'heure à laquelle je rentre.

Il se mit à ramasser ses vêtements éparpillés sur le sol, offrant à sa compagne le spectacle de son corps magnifique.

Dans quelques instants, il ne serait plus là. Déjà, Grace ressentait un manque. Elle s'était donnée à lui avec une confiance totale, et il l'avait comblée. Elle se sentait heureuse. Amoureuse. Et *normale*.

— Bonne nuit, dit-il, avant de se diriger vers la porte.

Un avant-goût de solitude la fit tressaillir. Il avait l'air furieux. Il était comme Clay : il ne supportait pas la contradiction.

A mi-chemin, il se retourna.

— Je voulais te dire quelque chose, Grace.

Elle s'assit et rabattit le drap sur son corps nu.

— Je t'écoute.

— Si tu peux te protéger de ce qui est arrivé dans le passé, n'hésite pas à le faire.

— Que veux-tu dire ?

— Quelqu'un a vu Clay conduire la voiture de Barker, la nuit où il a disparu. Il était tard, minuit environ, et il roulait sur Gossett Road. Ta mère le suivait dans sa propre voiture.

Sous son regard intense, elle dut faire un effort considérable pour conserver son sang-froid. Elle aurait pu le rassurer. Inventer un nouveau mensonge. Or, elle l'aimait trop pour lui mentir.

Il rebroussa chemin, se pencha vers le lit. Une douce promesse brillait dans ses yeux clairs, et elle fut tentée de lui avouer la vérité, rien que pour récolter la récompense d'un baiser.

— Bon sang, Grace, vas-tu me laisser partir aussi facilement ?

— Je ne peux rien faire, murmura-t-elle, désespérée.

— Je sais que tu m'aimes. Une femme ne se donne pas à un homme comme tu l'as fait si elle ne l'aime pas.

Elle cligna des paupières pour contenir ses larmes. Elle ne mettrait pas sa famille en danger pour satisfaire ses rêves égoïstes.

— Tu devrais être content, dit-elle doucement.

— Content que tu ne nous laisses aucune chance ?

— Content que je ne te dise rien d'autre. Rentre chez toi, Kennedy. Nous savions tous les deux que notre amour ne durerait pas plus d'une nuit.

*
* *

Kennedy étouffa un juron, tout en regagnant sa voiture. Grace avait dit qu'une nuit ne changerait rien à l'affaire. Balivernes ! Il le savait dès le début mais il n'avait pas pu résister à sa proposition. A présent, il allait payer le prix. L'odeur de la jeune femme l'imprégnait. Il sentait son parfum musqué sur sa peau, sur ses vêtements. Et il avait envie d'elle. Plus jamais il ne pourrait la regarder sans ressentir ce désir fou. Elle s'était offerte à lui sans réticence. Elle lui avait tout donné, excepté son secret.

Il ouvrit la portière de la SUV, toujours perdu dans ses pensées. Un mouvement sur le côté capta son attention. Il se retourna. Joe émergea de l'ombre.

— Tu as passé une bonne soirée ? demanda-t-il.

Il se pencha vers la flamme d'un briquet pour allumer son cigare, et la lueur orangée éclaira son visage pâle. Il était ivre.

— Ne commence pas. Je ne suis pas d'humeur.

Joe désigna la maison.

— Elle a dû te changer de Raelynn. Vous autres bourgeois, vous aimez bien vous encanailler de temps à autre, pas vrai ? Tu avais envie de sensations fortes, Ken ? Tu voulais voir ce que tu pouvais tirer d'une putain comme Grace Montgomery ?

Kennedy sentit sa mâchoire se contracter.

— J'ignore ce que tu fais ici et je ne veux pas le savoir. Tu ferais bien de rentrer chez toi.

Le bout rougeoyant du cigare flamboya, tandis que Joe le portait à ses lèvres.

— Pourquoi ? demanda-t-il avec un rire significatif. C'est mon tour. C'était comme ça que ça marchait au lycée. On se la passait. Avec une femme comme elle, inutile d'être jaloux, mon vieux. Quand j'en aurai fini, je passerai un coup de fil à Buzz.

Kennedy n'eut pas le temps de s'accrocher à l'idée que Joe le provoquait. Son bras se détendit et son poing s'écrasa sur le visage de Joe. Celui-ci chancela. Son cigare lui échappa.

— Mais qu'est-ce…

Un flot de sang jaillit de son nez, l'empêchant de poursuivre. Kennedy l'avait saisi au collet. Il fit mine de se dégager et ce fut alors qu'un deuxième coup de poing lui coupa le souffle. Joe s'affala par terre avec un cri de douleur, mais au lieu de le relâcher, Kennedy s'abattit sur lui et le frappa encore et encore, comme s'il avait eu affaire à son pire ennemi et non pas à l'homme qui lui avait sauvé la vie.

— Salaud ! hurla Joe en se débattant comme un forcené. Fils de pute !

Esquivant les coups de son adversaire, Kennedy l'attrapa par les cheveux et se mit à lui cogner la tête contre le ciment de l'allée. Aussitôt, Joe capitula. La peur dilatait ses pupilles.

— Arrête ! Je m'excuse. Je m'excuse. Lâche-moi !

Kennedy se releva. Il respirait bruyamment. Il regarda Joe se redresser péniblement sur ses jambes flageolantes. Un rictus de haine déformait son visage.

— C'est pas fini ! cria-t-il en crachant un filet de sang. Même le nom des Archer ne pourra plus te sauver, désormais.

Kennedy crispa les poings.

— Tu veux encore une explication ?

La porte de la maison s'ouvrit, et Grace apparut en robe de chambre.

— Que se passe-t-il ? cria-t-elle.

Joe la fusilla d'un regard meurtrier.

— *Toi*…, gronda-t-il avant de disparaître derrière la haie en titubant.

Kennedy jura entre ses dents. Ses phalanges lui faisaient mal. Il monta dans la SUV et alluma le moteur. Grace courut vers la voiture et saisit la portière avant qu'il ne puisse la fermer.

— Est-ce que ça va ? demanda-t-elle d'une voix inquiète.

— Rentre chez toi et ferme ta porte à clé, répondit-il.

Il fit claquer la portière, alluma le moteur et démarra dans une odeur de pneus brûlés.

18.

Teddy comptait les pièces de monnaie et les rangeait au fur et à mesure dans une boîte de crème glacée vide, quand son père passa la tête par la porte de sa chambre.

— Combien ? demanda-t-il.

Le petit garçon leva les yeux.

— Presque cent cinquante dollars.

— Une fortune !

Kennedy savait que son fils faisait des économies mais il ignorait pourquoi.

— Je voudrais acheter quelque chose, dit Teddy.

— Combien ça coûte ?

— Très cher.

— Qu'est-ce que c'est ? Un jouet ?

Teddy secoua la tête.

— Alors quoi ? De combien as-tu besoin exactement ?

— Je ne sais pas... Peut-être deux cents dollars de plus.

— C'est beaucoup !

Que pouvait désirer un petit garçon de huit ans qui coûtât trois cent cinquante dollars ?

Teddy contempla les rouleaux de vingt *cents* et les

liasses de vingt dollars, soigneusement rangés au fond de la boîte.

— Tu économises depuis pas mal de temps, n'est-ce pas ? dit Kennedy en entrant dans la jolie petite chambre tendue de tissu bleu pâle.

— Depuis la mort de maman.

Kennedy s'assit sur le lit. Aussitôt, son fils lui prit la main et regarda ses phalanges enflées.

— Oh… qu'est-ce qui s'est passé ?

Son père essaya de refermer le poing. La douleur lui arracha une grimace. Il remua prudemment les doigts, s'assurant qu'il n'avait rien de cassé.

— Papa ?

Heath fit son apparition en pyjama, les cheveux ébouriffés et les yeux lourds de sommeil.

— Déjà debout, les mecs ?

En voyant la main de son père, il courut vers lui.

— Comment tu t'es blessé ?

Kennedy leur aurait bien raconté qu'il avait eu un accident mais vu la rapidité à laquelle les nouvelles se répandaient dans Stillwater, il opta pour la vérité.

— J'ai cogné Joe.

— Vous vous êtes battus ? s'écrièrent-ils en chœur.

Croyant entendre l'écho de ses éloges de la non-violence, Kennedy retint un soupir. Il ne voulait pas s'en remettre au vieil adage « Faites ce que je dis et pas ce que je fais ».

Les événements de la nuit lui revinrent à la mémoire. Il avait fait l'amour avec Grace dans l'espoir d'effacer le passé. Et il avait frappé Joe dans un moment d'égarement. Hélas, il n'avait réussi qu'à envenimer la situation.

— Joe était soûl, expliqua-t-il. Il a fait une remarque

déplaisante, j'ai perdu mon sang-froid, et on s'est tapé dessus. Je crois que je l'ai blessé.

Il tendit le bras, le poing fermé, afin que ses fils puissent mesurer l'étendue des dégâts.

— Et comme vous pouvez le constater, je me suis fait mal également.

— Il t'a frappé le premier ? demanda Teddy.

Kennedy serra les dents.

— Non, reconnut-il.

Son plus jeune fils haussa les sourcils.

— Mais il a essayé ?

— Tu veux dire que tu l'as tabassé, papa ? cria Heath en sautant sur ses pieds et en décochant des coups de poing en l'air.

— La violence n'a jamais résolu les problèmes, déclara Kennedy posément. Je suis fautif, j'en ai conscience.

Heath cessa de s'agiter.

— Quels problèmes ? demanda-t-il.

La sonnerie du téléphone dispensa Kennedy de répondre.

— Je vais décrocher ! cria Heath en se propulsant hors de la chambre.

Kennedy essaya d'imaginer les problèmes en question, qui ne faisaient que commencer, lorsque Heath réapparut, brandissant le téléphone sans fil.

— C'est mamie, annonça-t-il.

Formidable ! Si Camille l'appelait à une heure aussi matinale, c'est qu'elle était déjà au courant.

Kennedy saisit l'appareil avec sa main valide, et le porta à son oreille.

— C'est vrai ? lui demanda Camille sans préambule. Tu as cassé le nez de Joe Vincelli ?

— Je ne sais pas si je lui ai cassé le nez mais je l'ai frappé, oui.

Silence.

— Maman, tu es toujours là ?

— D'après sa mère, tu lui as brisé le cartilage et tu lui as mis un œil au beurre noir.

— Ah, bien… — il étudia sa main enflée —. J'espère que ça lui servira de leçon.

— Tu trouves ça drôle ?

— Quelle importance ? Ce qui est fait est fait.

Afin de ne pas donner le mauvais exemple à ses fils, Kennedy se retint d'ajouter que oui, il avait trouvé assez drôle l'expression ahurie de Joe Vincelli.

— Seigneur ! Qu'est-ce qui s'est passé ?

Il alla se planter devant la fenêtre.

— On s'est disputés, et puis c'est tout.

— Et puis c'est tout ! répéta Camille d'un ton agacé. On croirait entendre Teddy.

— N'en rajoute pas, maman. Je ne suis pas particulièrement fier de moi… Mais comment se fait-il que tu sois déjà au courant ?

— Elaine m'a téléphoné il y a cinq minutes. Elle était hystérique. Les Vincelli menacent de porter plainte contre toi pour coups et blessures. Elle a même dit qu'ils allaient faire une pétition pour exiger ta démission de la banque.

— C'est tout ? dit-il sèchement.

— Kennedy ! Ce n'est pas ton genre de te bagarrer ! Qu'est-ce qui ne va pas ?

Il n'avait pas de réponse. Il avait l'impression de s'enfoncer dans des sables mouvants. Il avait dissimulé des indices, couché avec Grace, frappé Joe. Le pire, c'était qu'il ne regrettait rien. La nuit passée avec Grace l'avait comblé physiquement, au-delà de tout ce qu'il avait pu imaginer. Rien que d'y songer, son désir pour elle refaisait surface, tel le feu qui couve sous la cendre. Il recommencerait dès qu'il en aurait l'occasion, il le savait.

— C'est ton père ? demanda Camille à mi-voix. Une sorte de réaction à sa maladie ? Je sais que son état de santé t'a affecté.

— Joe a eu ce qu'il méritait. Ça n'a rien à voir avec papa.

La conscience que la vie était courte, qu'il fallait profiter de chaque instant ne jouait qu'un rôle secondaire dans ses états d'âme. Sa mauvaise humeur découlait plutôt de la certitude qu'il voulait quelque chose qu'il ne pouvait obtenir. Il avait connu le grand amour avec Raelynn, la douleur de perdre un être cher, et maintenant, il avait envie de combler le vide de son existence. Il voulait aussi donner une mère à ses enfants. Malheureusement, ils avaient tous les trois jeté leur dévolu sur une femme dont le passé trouble rendait ce rêve impossible.

— Elaine prétend que vous vous êtes battus pour Grace. Il paraît que tu étais chez elle à 3 heures du matin.

— C'est vrai.

— Ah… Et pourquoi Joe était-il avec toi ?

— Il n'était pas avec moi. Il rôdait autour de la maison.

— *Il rôdait ?* s'exclama Camille.

Puis il l'entendit soupirer.

— Quoi qu'il en soit, reprit-elle, tu as eu une réaction stupide.

— Merci ! Ça me remonte le moral de m'entendre dire ce que je pense déjà.

Camille ignora sa remarque.

— Il faut faire quelque chose pour couper court aux ragots, dit-elle. L'opinion publique aura vite fait de se retourner contre toi, Kennedy.

— Que veux-tu que je fasse à part dire la vérité ? Il est entré dans une propriété privée, il a insulté Grace, je lui ai flanqué une correction, point final.

— Il faut prouver aux gens que Grace n'est pas celle qu'ils croient. Qu'elle a été maltraitée dans son enfance, comme tu me l'as dis. Tu feras figure de chevalier blanc volant au secours d'une faible femme, et elle bénéficiera enfin du respect qu'elle mérite.

— *Qu'elle mérite* ? Est-ce que tu aurais changé d'avis à son sujet, maman ?

— Peu importe. Nous devons reprendre le contrôle de la situation, Kennedy, faire passer Joe pour le méchant.

— Mais il *est* le méchant ! C'est un…

Kennedy jeta un coup d'œil à ses fils, qui ne perdaient pas une miette de la conversation.

— Un voyou, conclut-il. Et de toute façon, on ne peut pas mettre ton projet à exécution.

— Pourquoi pas ? Tu m'as dit que tu avais une preuve.

— Oublie-la. Je refuse de révéler l'enfance tragique de Grace. Si elle avait voulu le faire, elle ne m'aurait pas attendu.

— Nous lui rendrons service en faisant cela. Ses malheurs passés lui attireront la sympathie des…

— Non !

— Je veux bien l'aider, Kennedy, mais pas à n'importe quel prix.

L'arrosage automatique se mit en marche, et une nuée de gouttelettes diamantées ruissela sur les vitres.

— Nous avons d'autres sujets d'inquiétude, maman.

— Plus importants que ton avenir ?

— Nul ne sait de quoi l'avenir sera fait… Comment va papa ?

Un long silence flotta sur la ligne.

— Bien.

— Prends soin de lui, maman, murmura Kennedy d'une voix anxieuse. Je m'occupe de mes affaires.

Il s'attendait à une réponse du genre « Tu t'en occupes bien mal, ces temps-ci », mais sa mère se contenta de lui répéter :

— Ton père s'en sortira.

— Bien il faut que j'y aille, dit-il. On m'attend à la banque.

La journée s'annonçait rude. La nouvelle de la bagarre avait dû faire le tour des chaumières.

Soudain, Kennedy se sentit abattu. L'optimisme que sa mère affichait ne le trompait pas. Il savait que la mort était en route et que rien ne pourrait l'arrêter.

— Tu m'amènes les garçons ou tu les confies à Grace ? demanda-t-elle le plus simplement du monde.

Il lança un regard à Teddy, qui recomptait ses sous pour la énième fois.

— Je ne reverrai plus Grace.

Il avait parlé à mi-voix, mais le petit garçon l'avait entendu.

— Et le feu d'artifice ? s'écria-t-il.

Kennedy recouvrit le récepteur de sa paume.

— Elle ira avec sa sœur. Vous la verrez là-bas, ce soir.

— Non ! crièrent les garçons avec un parfait ensemble.

Kennedy leur fit signe de se taire.

— Vous la verrez. C'est promis.

— Tu es sûr que tu veux renoncer à elle ? demanda Camille, étonnée. C'est un peu tard, tu ne crois pas ?

Il repensa au témoignage de Janice et se demanda où Clay avait bien pu cacher la voiture de Barker.

— Il le faut bien, soupira-t-il.

Camille Archer était assise sur le canapé de son salon, face à son mari qui sirotait à petites gorgées le thé vert qu'elle lui avait servi sur la table basse.

— Qu'est-ce que tu en dis ? demanda-t-elle.

Otis passa la main sur sa mâchoire. Il ne s'était pas encore rasé parce qu'il avait décidé de tondre la pelouse de bonne heure. Le parfum de l'herbe coupée imprégnait ses vêtements. Camille avait essayé de le dissuader mais il avait insisté. Elle retint un soupir. Elle avait espéré une rémission et si les médecins n'arrivaient pas à le soigner… Oh, elle ne pourrait pas vivre sans lui, pensa-t-elle, les yeux remplis de larmes. Otis n'était pas homme à se tourner les pouces. Tant qu'il lui resterait un semblant d'énergie, il la consacrerait à des tâches diverses. Le travail manuel apaisait ses angoisses, maintenant qu'il ne se rendait plus à la banque tous les jours. Il tenait à jardiner chaque matin, lentement, à son rythme.

— J'en dis qu'il est amoureux, répondit-il tranquillement.

— Il adorait Raelynn. Peut-être que son engouement pour Grace n'est que le contrecoup du deuil qui l'a frappé.

— C'est un sentiment plus profond qu'un simple engouement, Camille. Il se bat contre lui-même…

Le regard d'Otis dériva vers la fenêtre ensoleillée avant de se fixer de nouveau sur sa femme.

— Et si jamais je ne guéris pas…

Camille se raidit.

— Ne dis pas ça !

— Ecoute-moi, reprit-il gentiment. Si je ne guéris pas, je veux mourir en sachant que mon fils est heureux.

— Et si son bonheur se transforme en malheur ?

— Elle n'avait que treize ans quand Barker a disparu. A mes yeux, elle est innocente, comme elle l'a toujours proclamé.

— Mais les Montgomery…

— Il est grand temps qu'on oublie le passé dans cette ville, et qu'on essaie d'aller de l'avant.

— Facile à dire. Les Vincelli n'oublieront pas, et pour cause : ils sont apparentés au révérend. Comment réagirais-tu si un membre de notre famille était porté disparu ?

— Chacun voit midi à sa porte. Je tiens à soutenir mon fils. Si cette jeune femme le rend heureux, je suis prêt à toutes les concessions.

Camille se tut. Elle avait reparlé avec Grace à plusieurs reprises, depuis que les enfants l'aidaient à tenir la boutique d'Evonne dans son jardin. Et, malgré ses préjugés passés, elle commençait à l'apprécier. Quant à Heath et Teddy, ils la vénéraient.

— Si seulement Kennedy acceptait de produire la fameuse preuve dont il m'a parlé…, murmura-t-elle. Le fait qu'il se soit attaqué à Joe, qui l'a sauvé de la noyade au péril de sa propre vie, est significatif. Kennedy ne reculera devant aucun sacrifice pour la protéger. Je continue à croire qu'il faut que la vérité éclate au grand jour.

Otis tressaillit, tandis qu'il changeait de position sur le sofa.

Une bouffée de panique envahit Camille.

— Tu as mal ?

Il sourit.

— Arrête un peu de t'inquiéter pour moi. Je vais bien.

— Tu devrais peut-être t'allonger un peu…

Il leva la main, coupant court aux protestations de sa femme, puis reprit leur conversation.

— Crois-tu pouvoir convaincre Kennedy de t'en dire plus au sujet de cette preuve ?

— Je ne crois pas. J'ai déjà essayé.

— Veux-tu que je lui pose la question ?

Camille hésita. Otis était le seul, en effet, à pouvoir obtenir l'information…

— Plus tard peut-être, répondit-elle. J'en parlerai d'abord à Buzz.

— Tu crois que Buzz sait quelque chose ? s'étonna Otis.

— Il est le meilleur ami de Kennedy. Si quelqu'un sait quelque chose, ça ne peut être que lui.

— Vous avez vu la figure de Joe ? demanda Grace, alors qu'elle traversait le terrain de football de Stillwater, flanquée d'Irene et de Madeline.

Les trois femmes transportaient une couverture, un panier de pique-nique et un sac plein de pièces d'artifice. Une foule bariolée commençait à s'installer sur la pelouse. Les gens se retournaient sur leur passage : la bagarre nocturne entre le candidat à la mairie et son ami était déjà sur toutes les lèvres. Grace avait d'abord songé à rester chez elle mais sa mère et sa sœur n'avaient rien voulu entendre. Par ailleurs, Teddy et Heath l'avaient appelée pour s'assurer qu'elle viendrait au feu d'artifice, et elle n'avait pas voulu les décevoir.

— Pas encore, dit Madeline. Il paraît qu'il est salement amoché. J'ai même entendu dire qu'il allait porter plainte pour coups et blessures.

— Ça ne tiendra pas la route, déclara Grace. Joe a bel et bien pénétré dans une propriété privée. Le juge Reynolds lui répondra que sa plainte est irrecevable.

— Exactement ! lança Irene. Joe Vincelli a tous les torts.

— En tout cas, Kennedy l'a bien amoché ! conclut Madeline en pouffant de rire.

Irene haussa le menton.

— C'est bien fait pour sa pomme !

Grace se mordit la lèvre. Si elle n'avait pas retenu Kennedy, la bagarre n'aurait pas eu lieu.

Madeline changea le panier de pique-nique de bras.

— Kennedy n'est pourtant pas un type violent, dit-elle.

— C'est vrai, approuva Irene. Il est toujours si calme, si pondéré.

Il n'avait pas été si pondéré que cela, la nuit précédente, songea Grace. Ils avaient fait l'amour comme des fous, sans la moindre inhibition.

— Comment se fait-il qu'il ait perdu son sang-froid ? demanda Madeline.

— Je ne sais pas, répondit Grace. J'ai entendu du bruit et quand je suis sortie, Joe était par terre, en sang.

— Kennedy n'a pas été blessé ? demanda Irene.

— Il avait l'air en forme, hier soir, mais ce matin, Teddy m'a dit que sa main avait enflé, répondit Grace en baissant le ton.

Madeline étala la couverture sur le gazon.

— Je sais de source sûre que le Dr Phipps lui a fait passer une radio, cet après-midi. Il s'agirait d'un épanchement synovial.

— Et Joe n'a eu que ce qu'il méritait, déclara Irene.

En se rappelant la lueur haineuse dans les yeux de Joe, Grace réprima un frisson. Il allait chercher à se venger, cela ne faisait aucun doute.

A côté d'elles, Cindy était installée sur une couverture, avec sa sœur. Elle jeta un regard à Grace, qui détourna les yeux, gênée. Cindy lui avait conseillé de s'éloigner de Kennedy, et au lieu de l'écouter, elle n'en avait fait qu'à sa tête…

Elle s'aperçut brusquement qu'elle était le point de mire général. Les gens chuchotaient entre eux en la dévisageant.

— Je déteste ça ! marmonna-t-elle.

Sa mère fit bouffer ses cheveux.

— Vraiment ? Moi, j'adore. Eh bien, tu as rendez-vous avec Kennedy, après le feu d'artifice ? demanda-t-elle d'une voix assez forte pour que les voisins puissent en profiter.

— Arrête ! chuchota Grace. On ne se verra plus.

A cet instant précis, elle aperçut justement Kennedy, assis avec ses enfants sur un plaid, quelques mètres plus loin. Son T-shirt et son pantalon moulant soulignaient sa superbe musculature, et Grace sentit le rouge lui monter aux joues.

Leurs regards s'accrochèrent. A contrecœur, la jeune femme s'arracha à ce regard brûlant, envoûtant. Finalement, Kennedy baissa la tête vers Teddy, qui lui tapotait le bras et lui posait une question.

— Allons-nous-en, murmura Grace.

Irene et Madeline n'avaient pas encore aperçu Kennedy, ce qui laissait à la jeune femme une chance de les convaincre. Clay était supposé les rejoindre avec Alexandra. Ils se voyaient régulièrement, depuis quelque temps… Grace se demanda si le spectacle de toute la famille Montgomery réunie n'allait pas accentuer le sentiment de haine.

— Tu rigoles ? On est très bien ici, lui rétorqua Madeline.

— En plus, tout le monde peut nous voir, ajouta sa mère.

Justement ! Grace n'avait guère envie d'être aperçue si près de Kennedy. Et elle savait que si Teddy et Heath la voyaient, ils arriveraient en courant, ce qui ne ferait qu'attirer encore plus l'attention sur elle.

Elle se voûta légèrement et fit de son mieux pour se cacher derrière ses voisins. Une fois de plus, elle sentit le regard de Cindy peser sur elle. Elle se retourna vivement, mais l'autre ne baissa pas les yeux. Cela dit, elle ne paraissait pas en colère. Elle adressa même à Grace un petit signe de tête… en direction de Joe. Celui-ci discutait avec ses parents, à une trentaine de mètres de là, mais même à cette distance, on voyait à quel point son visage était tuméfié…

Le regard de Grace revint vers Cindy. Celle-ci lui dédia alors un large sourire auquel elle répondit malgré elle.

Joe balayait la foule des yeux. Il aurait préféré rester à la maison ce soir, mais sa mère s'y était opposée.

— Je veux que les gens voient ce qu'il t'a fait ! avait-elle déclaré.

Mais en fait, c'était pour une autre raison que Joe avait accepté de se rendre au stade. Il fallait coûte que coûte qu'il sache dans quel camp étaient les copains. Surtout Buzz Harte, le chef de la bande. Si Joe réussissait à le convaincre de prendre parti pour lui, Tim, Ronnie et les autres suivraient.

Mais où diable était donc passé Buzz ? se demandait-il, tout en arpentant le gazon sans répit et en fixant d'un air sombre ceux qui osaient le dévisager. Il retint une grimace. La dernière fois qu'il s'était regardé dans la glace, il ressemblait au monstre de Frankenstein !

Il continua cependant à chercher Buzz au milieu de la cohue. Le feu d'artifice ne commencerait pas avant la tombée de la nuit. Il avait un bon quart d'heure devant lui pour trouver son ami… Il aperçut Sarah Harte près d'un stand, en train de s'empiffrer de beignets, mais ne vit nulle part son mari. Une nouvelle grimace tordit ses lèvres gonflées. Si Sarah avait été sa femme, il l'aurait mise dare-dare au régime. Mais chaque fois qu'elle se plaignait de ses hanches trop larges, Buzz se contentait de rire. Il appelait les rondeurs de son épouse « la graisse du bonheur ». Joe les appelait « graisse » tout court.

Un rire qu'il ne connaissait que trop bien lui parvint alors. Il pivota sur ses talons. Grace et Madeline se tenaient devant la machine de barbe à papa, dix pas plus loin.

— Je n'ai pas goûté à ce truc depuis que j'avais dix ans, disait Grace en riant.

Un mélange de ressentiment et d'admiration envahit

Joe. Grace était peut-être une traînée, elle l'avait brouillé avec son meilleur ami, mais sa beauté n'en était pas moins frappante. Il lorgna sa peau satinée, dorée par le soleil, ses grands yeux bleus ombrés de cils épais. Dans sa jolie robe de plage, elle incarnait la féminité, la sensualité, et en songeant que Kennedy avait passé la nuit avec elle, il sentit une bouffée de jalousie le consumer.

— Tu te rappelles quand on mélangeait du beurre et du sucre et qu'on se régalait en l'absence de maman ? lança Madeline.

Elles semblaient bien s'amuser, toutes les deux, pensa Joe avec un regain d'animosité.

Il contourna un groupe de jeunes gens, et s'approcha des deux femmes par-derrière.

— Et comment ! répondit Grace en engouffrant un long filament cotonneux. Mmm, cette friandise me rappelle de bons souvenirs.

Joe se pencha à son oreille.

— Et les gradins ? susurra-t-il.

Elle virevoleta pour lui faire face.

— Quoi, les gradins ?

— Ils ne te rappellent pas de bons souvenirs ? C'était notre lieu de rendez-vous préféré, tu t'en souviens ?

Il lécha ses doigts et les frotta sous son nez recouvert d'une bande de gaze.

— Je peux encore flairer ton odeur, Grace.

La jeune femme blêmit, puis jeta sa barbe à papa dans une poubelle.

— Avec ce qui te reste à la place du nez, je m'étonne que tu puisses flairer quoi que ce soit.

Elle saisit Madeline par le bras.

— Tu viens ?

Joe la suivit d'un regard narquois. Il avait fait exprès de la blesser. Or, comme lors de chacune de ses rencontres avec Grace, il était resté sur sa faim. Ses piques ne lui apportaient aucune satisfaction, en fait. Il crevait d'envie de l'humilier, de la voir le supplier, quémander ses faveurs, comme du temps où elle était prête à tout. Il tendit la main pour la rattraper mais à ce moment-là, la foule s'écarta et il repéra Buzz Harte qui était en train de bavarder avec Camille Archer.

Joe laissa son bras retomber.

— Qu'est-ce qu'elle lui veut, à Buzz, cette vieille peau ? marmonna-t-il en se frayant un passage parmi les gens.

Il espérait surprendre des bribes de conversation mais lorsqu'il arriva à leur hauteur, la mère de Kennedy tapota le bras de Buzz et s'éloigna.

— Hé ! fit Joe.

En le voyant, Buzz prit un air étonné.

— Bon sang, tu es défiguré ! Qu'est-ce que tu as fait à Kennedy pour qu'il te mette dans cet état ?

— J'aurais pu l'arrêter, dit Joe. Je n'ai pas voulu me battre avec lui. On est amis depuis l'enfance, tu le sais. J'ignore ce qu'il lui a pris.

Buzz ne parut pas convaincu mais il ne fit aucun commentaire.

— Qu'est-ce qu'elle te disait la mère Archer ? demanda Joe sur un ton détaché. Que j'ai maltraité son fils chéri ? Si c'est ça, elle exagère ! D'abord, je lui sauve la vie, ensuite il se tape la femme qui a probablement assassiné mon oncle et enfin, il me casse la figure parce que j'ai osé exprimer mon mécontentement. Je ne vois pas pourquoi on s'apitoie sur son sort, en plus.

— Elle ne m'a pas parlé de la bagarre, déclara Buzz en cherchant sa femme des yeux.

— De quoi, alors ?

Buzz secoua la tête.

— Tu ne veux pas me le dire ?

— C'est pas ça. Je suis sûr que tu ne comprendrais pas plus que moi.

— Dis toujours, on verra bien.

Son copain haussa les épaules.

— Il faut peut-être que tu le saches, après tout. Après ça, tu ficheras la paix aux Montgomery.

— Qu'est-ce que je dois savoir ? Vas-y, parle !

— Camille prétend que Kennedy détient une preuve de l'innocence de Grace et de sa famille.

Joe fourra les mains dans ses poches afin de dissimuler ses poings serrés. Les Montgomery étaient coupables. Il *fallait* qu'ils le soient. Sinon Kennedy deviendrait le héros de Stillwater et lui, Joe, passerait pour un crétin.

— Quel genre de preuve ? demanda-t-il.

— Je n'en ai pas la moindre idée. Kennedy ne m'a rien dit. Tu l'as entendu mentionner quelque chose, toi, hier soir pendant qu'on jouait au billard ?

— Non, rien.

Buzz fit cliqueter les pièces de monnaie dans sa poche.

— Quoi que ce soit, Mme Archer pense qu'il a enterré cette pièce à conviction quelque part. Elle m'a posé mille questions auxquelles je n'ai pas su répondre. Ça ne tient pas debout, ajouta-t-il en fronçant les sourcils. Pourquoi est-ce qu'il cacherait la preuve de l'innocence de Grace ?

Joe se tut un instant. En effet, Kennedy n'aurait jamais caché un tel indice, pensa-t-il. Il n'y avait aucune raison.

Kennedy voulait à tout prix que Grace soit lavée de tout soupçon. En revanche, il aurait très bien pu dissimuler une preuve de sa culpabilité.

Son cœur se mit à battre plus fort, tandis que le sens des paroles de Buzz s'insinuait dans son cerveau. Kennedy détenait quelque chose. Quelque chose dont Joe avait besoin. Il cligna des yeux à plusieurs reprises, l'esprit en ébullition. Où avait-il pu le cacher ? se demanda-t-il. Chez lui ? Dans sa voiture ? Quelles étaient les paroles exactes de Buzz ?

Joe se figea sur place. *Enterré !* Il avait dit : « Camille pense qu'il a enterré cette pièce à conviction quelque part. » Voilà ce que Kennedy et Grace faisaient dans la forêt de Pickwick Lake.

Joe se rappela le monticule de terre qu'il avait remarqué à une quinzaine de mètres du cabanon. Un immense soulagement le submergea. Il savait où c'était. Au moment où il commençait à perdre espoir, la propre mère de Kennedy lui fournissait de quoi détruire les Montgomery pour de bon ! Et Kennedy aussi, dans la foulée.

— Joe ? murmura Buzz, perplexe.

— Quoi ?

— Est-ce que ça va ? Tu as l'air tout drôle.

Joe respira profondément, s'efforçant de se calmer.

— Ecoute, vieux, j'ai une migraine épouvantable. Je vais rentrer chez moi. Je prendrai deux cachets d'aspirine et si ça va mieux, je reviendrai.

— Le feu d'artifice ne t'attendra pas.

— Tant pis. A plus tard.

Il se fichait éperdument de manquer le spectacle. Parce que s'il découvrait ce qu'il cherchait près du lac, le vrai feu d'artifice exploserait à son retour.

19.

Teddy et Heath avaient repéré Grace juste avant le début du spectacle, et Kennedy leur avait donné la permission d'aller s'asseoir à côté d'elle. Les deux gamins étaient partis comme des flèches et s'étaient laissées tomber sur la couverture, près de Grace, tout à la joie de la retrouver. Elle leur rappelait trop leur mère, songea Kennedy, le cœur serré.

Après sa bagarre avec Joe, il aurait préféré laisser les esprits se calmer avant de laisser ses enfants s'afficher de nouveau avec Grace. Les Vincelli allaient prendre prétexte de cette amitié pour mener campagne contre lui, aux côtés de Mme Nibley, mais il n'avait pas le cœur de priver Teddy et Heath de la compagnie de leur nouvelle amie.

Il jeta un coup d'œil dans leur direction. Il aurait bien voulu être assis avec eux, sur la couverture des Montgomery. Il avait essayé de se convaincre que les quelques heures qu'il avait passées dans les bras de Grace seraient suffisantes pour le rassasier. Peine perdue. Les images érotiques de leurs ébats passaient en boucle dans son esprit enfiévré : Grace se tordant sous lui. Leurs doigts emmêlés. Son sourire repu, alors qu'il laissait courir ses doigts le long de son corps nu. L'ombre de ses cils sur ses joues fraîches, tandis qu'elle reposait à ses côtés entre deux étreintes passionnées.

S'il s'était écouté, il se serait levé pour la rejoindre, au vu de tous, mais ses parents étaient arrivés avec des amis proches et des voisins, et il s'était senti prisonnier.

— Allons-nous obtenir les fonds pour construire la nouvelle aile de l'école élémentaire, cette année ? demandait Tom Greenwood à Otis.

Les deux hommes parlaient affaires depuis quelques minutes. En temps normal, le sujet aurait capté l'attention de Kennedy. Il avait mené campagne en faveur de l'éducation des plus jeunes, et il avait souvent pressé les autorités à attribuer des bourses aux élèves les plus démunis. Mais ce soir, il ne pensait qu'à Grace et au moyen de la revoir le plus vite possible.

Il la vit caresser les cheveux de Teddy et se surprit à jalouser son propre fils.

— C'est fort possible, disait Otis, poursuivant un discours dont le début avait échappé à Kennedy. Quant à moi, je suis convaincu qu'il faut carrément construire une nouvelle école. Ce bâtiment est trop vétuste.

— Mon Dieu ! Et où allons-nous trouver l'argent ?

— A long terme, cela coûtera moins cher que d'agrandir cette vieille école.

— Et où construiriez-vous ? Sur les terres de Corte ?

— Non, c'est trop loin de la ville.

Otis énuméra un certain nombre de sites, et Kennedy fit semblant de l'écouter. En fait, il n'entendait rien…

Une musique de fanfare signala le début du spectacle. Conscient du regard scrutateur de sa mère, Kennedy renversa son visage vers le ciel. Une gerbe éblouissante alla mêler ses panaches de feu aux étoiles.

Les gosses poussèrent des cris de ravissement.

— Oh, la belle bleue ! La belle verte !

Comme tout le monde semblait absorbé par le spectacle, Kennedy s'autorisa un nouveau regard en direction de Grace. Elle était allongée entre Teddy et Heath, et regardait le firmament embrasé.

Il se rappela son parfum, la texture soyeuse de sa peau. Il avait été fou de croire qu'une nuit d'amour résoudrait le problème. Il la désirait plus que jamais.

Rentre chez toi, Kennedy. Nous savions tous les deux que cela ne durerait que jusqu'au matin.

Etait-elle sincère en disant cela ?

— Et le lycée ? Il est urgent de réparer le toit…

C'était sa mère qui s'adressait à Tom.

Un petit bout de chou se leva soudain et lui boucha la vue. Il se contorsionna pour apercevoir Grace… Elle le regardait. Il sut alors que leur idylle n'était pas terminée. L'expression de nostalgie sur le visage de la jeune femme en disait long sur ses désirs.

— Tu aimes le spectacle, Kennedy ? demanda Camille.

Il hocha la tête.

— C'est génial.

Mais il était loin du 4 juillet. Il pensait… à acheter des préservatifs ! Il lui en fallait plusieurs boîtes. L'été n'était pas terminé… Camille se pencha vers lui.

— Tu vas bien ? lui demanda-t-elle.

— Oui, très bien, répondit-il.

Mais ce n'était pas tout à fait vrai car une autre pensée était venue le tourmenter. Comment se sentirait-il quand Grace repartirait ? Serait-il capable de renoncer à elle ?

Bien sûr que oui ! se dit-il.

De toute façon, il n'avait pas d'autre choix.

Grace respira l'odeur de shampooing pour bébés sur les cheveux de Teddy. Lui et Heath étaient blottis dans ses bras. La frimousse de Teddy était toute barbouillée de barbe à papa. De sa vie, elle ne s'était sentie aussi à l'aise, entre ces deux enfants auxquels elle s'était attachée. Kennedy lui manquait mais ils devaient faire attention pour ne pas s'attirer les foudres de Joe… Peut-être que cet imbécile finirait par se lasser ?

Kennedy était veuf, il était donc normal qu'il veuille un peu de compagnie. Une brève liaison lui serait pardonnée dans la société misogyne de Stillwater. Tant que les gens ne la percevraient pas comme une possible remplaçante de Raelynn, il aurait toutes les chances de gagner les élections. A condition qu'ils soient prudents tous les deux. Très prudents…

— Kennedy te regarde, lui susurra sa mère.

Grace embrassa Heath, tandis que des gerbes étincelantes sillonnaient le ciel. Elle se sentait aussi heureuse que dans sa petite enfance, avant que sa mère n'épouse le révérend. Seule Molly brillait par son absence. Si sa petite sœur avait été là, elle aurait souhaité que le feu d'artifice dure jusqu'à la fin des temps.

— Il ne s'en cache pas, ajouta Madeline. Il te dévore des yeux.

— Mais non : il s'assure que ses enfants vont bien.

— Tu parles ! lança Irene en secouant la tête.

— Si Kirk m'avait regardée comme ça, je l'aurais épousé, murmura Madeline d'un air rêveur.

— Qui te regarde, Grace ? demanda Teddy.

— Personne.

Mais Heath répondit en même temps :

— Papa.

Le fils aîné de Kennedy semblait avoir compris pas mal de choses.

— Pourquoi ? demanda Teddy.

— Il trouve Grace jolie.

— Peut-être qu'ils vont se marier, alors ?

Grace adressa à Madeline une grimace dépitée par-dessus les têtes des deux petits garçons.

— Mais non ! dit-elle. Nous sommes juste amis.

Le spectacle se termina sur une pluie d'étincelles multicolores qui arrachèrent des applaudissements à l'assistance. Grace embrassa Heath et Teddy et leur souhaita une bonne nuit. Mais elle éprouva un curieux sentiment de solitude lorsqu'ils coururent vers leur père. Elle détourna les yeux. Les gens se relevaient déjà, repliaient les couvertures et prenaient le chemin du retour.

Comme par un fait exprès, Kennedy entra en collision avec Grace au moment où elle s'insérait dans la file. Il lui glissa une serviette en papier dans la main, puis s'en fut.

Elle l'enfouit dans la poche de sa jupe. Les Vincelli, groupés sur sa gauche, la détaillaient sans se cacher.

Dès que Madeline l'eut déposée chez elle, elle se précipita dans la maison, sortit la serviette de papier, la déplia.

Viens, avait-il griffonné.

A minuit passé, elle arpentait sa cuisine, un verre de vin dans une main, le billet de Kennedy dans l'autre. Des heures durant, elle avait combattu farouchement son envie d'y aller. Mais ils avaient passé un marché. La nuit précédente était censée être la première et la dernière. Elle avait fait une faveur à Kennedy en refusant de poursuivre leur relation. Sauf que sa volonté vacillait. Et que leur nuit d'amour n'avait rien d'une fin. Ce n'était qu'un début, au contraire.

La pendule sonna la demie, l'arrachant à ses méditations. Elle allait y aller, elle le savait. Inutile de prolonger l'attente. Mais il fallait faire preuve de prudence, car Joe devait surveiller la maison.

Grace prit son sac et les clés de sa voiture. Elle commença par faire un tour dans le jardin. Personne devant le garage. Ni dans l'allée. Elle s'assit dans la BMW et attendit un moment. Elle ne voyait nulle part la camionnette de Joe. Un lointain feu d'artifice, célébration tardive, éclairait le ciel à quelques blocs de là. Mais elle eut beau scruter la nuit, elle n'aperçut aucun rôdeur.

Elle fit tourner le moteur au ralenti, puis lança son véhicule d'un seul coup en direction de la grand-rue. Elle était vide. Joe ne pouvait pas l'épier vingt-quatre heures sur vingt-quatre, après tout !

Grace se mit à longer la rue déserte en maudissant sa paranoïa. Toutefois, elle ne se garerait pas dans le parc de Kennedy : elle laisserait sa voiture sur la route et elle marcherait.

Le manoir était imposant, avec ses deux étages, ses tourelles et son toit en dos d'âne. C'était de loin la plus belle demeure de Stillwater, le seul bâtiment classé monument historique, en dehors de la vieille poste.

La gorge nouée, Grace s'avança vers la large véranda

ceinte d'une balustrade de pierre, et s'apprêta à frapper. Puis elle changea d'avis. Elle n'avait pas le droit d'entrer, se dit-elle. Raelynn était peut-être morte mais c'était toujours sa maison, son mari, ses enfants… Elle allait redescendre les marches quand un déclic se fit entendre derrière elle.

— Tu voulais me voir ? lui demanda Kennedy.

Maudissant sa faiblesse, elle se retourna au milieu de l'allée entourée d'iris et de tulipes.

— J'ai eu peur de te réveiller.

— Je ne dormais pas.

Une voiture passa dans la rue. Grace retint son souffle.

— Qu'est-ce qui ne va pas ? lui demanda Kennedy.

— Cet endroit… ça change tout.

La pénombre ne lui permettait pas de distinguer le visage de son amant.

— Pourquoi ?

— Je ne me sens pas à l'aise ici.

Il l'étudia attentivement.

— Pourtant, c'est la première fois que tu viens !

— Je suis souvent passée par là. Je me rappelle encore le jour où tes amis et toi célébriez le seizième anniversaire de Lucy Baumgarter. Je me rendais à la pizzeria où je travaillais comme serveuse… Vous vous amusiez à pousser les filles sur la balançoire, ajouta-t-elle, pointant le doigt sur le côté.

Il ne répondit pas, et elle s'éclaircit la gorge.

— En fait, cet endroit me rappelle tout ce qui nous sépare.

— Je serais bien venu chez Evonne, mais je ne peux pas laisser les enfants tout seuls, dit-il.

— Je sais.

— Ça veut dire que tu n'entres pas ?

— Je ne peux pas.

Il sortit sur le perron et referma doucement la porte derrière lui.

— Grace…

Il descendit dans l'allée. Il ne portait qu'un pantalon, et elle eut un mal fou à ne pas regarder son torse nu.

— J'aimerais vraiment que tu viennes, dit-il doucement.

Il lui prit les mains, les leva et lui embrassa le bout des doigts.

— Tu aimeras cette maison quand tu t'y seras habituée.

— Tu t'es fait mal hier soir, murmura-t-elle en examinant sa main enflée.

— Ce n'est rien. Le médecin m'a affirmé que dans une semaine, il n'y paraîtrait plus.

— Tant mieux.

Il voulut l'attirer vers la porte, mais elle résista.

— Viens, Grace. Qu'est-ce qui ne va pas ?

— Je ne veux pas prendre la place de Raelynn.

Il lui relâcha les mains, la sonda au fond des yeux.

— Je veux que tu sois toi-même et personne d'autre.

Il l'enlaça et pressa les lèvres sur sa tempe.

— Cette surprise-partie n'était pas très drôle, tu sais… Aucune de ces fêtes, d'ailleurs.

— Nous sommes trop différents, Kennedy.

— Qui a dit ça ?

Tout le monde le savait. Elle avait *vécu* cette situation.

— Allez, viens par ici !

— Où m'emmènes-tu ?

Il lui désigna l'arbre sur lequel la balançoire était suspendue.

— C'est ton tour.

Après un instant d'hésitation, elle le suivit. Elle s'assit sur la balançoire, s'agrippa aux cordes, et il se mit à la pousser. Le vieux siège de bois craquait, tandis qu'elle s'envolait de plus en plus haut.

A chaque poussée, le cœur de Grace palpitait. Une étrange exaltation l'envahissait. Elle ferma les yeux, souriant aux anges. Les mains solides de Kennedy l'aidaient à naviguer dans l'espace. Le ciel se rapprochait... C'était incroyablement délicieux, comme un saut en chute libre, pensa-t-elle. Il était difficile d'imaginer que le souffre-douleur du lycée eût enfin été invitée à la fête. Par le prince charmant en personne.

L'intérieur du manoir rivalisait d'élégance avec l'extérieur. Dans l'enfilade des pièces, le mobilier raffiné côtoyait des tableaux magnifiques. Des tapis persans recouvraient le parquet qui fleurait bon l'encaustique, les appliques de bronze doré brillaient, les glaces biseautées des vitrines et les lustres en cristal scintillaient de mille feux, des moulures aux lambris d'or décoraient les plafonds.

Grace ressentit de nouveau la sensation de n'être pas à sa place, tandis qu'elle traversait le parloir, la salle de séjour, la salle à manger décorée d'un portrait de famille, au-dessus d'un bahut sculpté. Kennedy la tenait par la main, comme s'il avait peur qu'elle s'échappe. Par chance, quelques jouets éparpillés ça et là lui rappelèrent que Heath et Teddy vivaient ici.

— Je peux voir les garçons ? demanda-t-elle.

Il la guida vers l'étage. La chambre de Heath était à droite, celle de Teddy juste après. Elle entra dans chaque chambre sur la pointe des pieds, et regarda les visages des enfants endormis. Enfin, un sourire éclaira ses yeux.

— Ils sont tellement mignons ! murmura-t-elle en effleurant la joue douce de Teddy.

Kennedy l'embrassa dans le cou.

— Ils te trouvent très mignonne aussi, affirma-t-il. Ils seront furieux s'ils apprennent que tu es venue pendant qu'ils dormaient.

— Ce sera dur de les quitter quand je retournerai à Jackson.

— Ne parlons pas de ça, je t'en prie.

La grande horloge du rez-de-chaussée carillonna.

— Tu es la seule personne de ma connaissance qui possède une comtoise, dit-elle avec un sourire.

Il lui mordilla le lobe de l'oreille.

— Si tu ne l'aimes pas, je m'en débarrasserai.

— Maintenant ? lança-t-elle d'une voix taquine.

— Demain à l'aube. Ça peut attendre jusque-là ?

— Je ne sais pas. Je n'aime pas me rappeler le temps qui passe.

— Moi non plus. Pas quand tu es là.

Il l'entraîna loin du lit de Teddy.

Le pied de Grace glissa sur quelque chose. Elle s'immobilisa.

— C'est quoi ça ?

Elle se pencha, et ramassa une feuille de magazine pliée en triangle.

— Je ne sais pas.

Il prit la feuille, sortit sur le palier éclairé par des

appliques et la déplia. Ensuite, il jeta un regard en direction de la chambre de son fils.

— Oh, mon Dieu ! C'était donc ça.

— Quoi donc ?

Il lui tendit la feuille. La photo représentait un ange en marbre entre deux bains pour les oiseaux.

— La raison pour laquelle il fait des économies, murmura-t-il.

La première fois qu'elle avait vu Teddy, il lui avait confié, en effet, qu'il économisait pour s'offrir quelque chose de spécial.

— Il veut un bain pour les oiseaux ?

— Il veut l'ange.

— Comment le sais-tu ?

— C'était Raelynn qui avait mis de côté cette photo. Elle avait l'intention d'acheter la statue pour le jardin. Quand elle est morte, Teddy voulait qu'on mette l'ange sur sa pierre tombale.

— Et tu ne l'as pas fait ?

— Je voulais une plaque rectangulaire, lisse, sur laquelle il serait plus facile de graver son nom. J'étais trop accaparé par mon propre chagrin pour réaliser que c'était important pour lui.

— Et ça fait deux ans… Il aurait pu renoncer !

— C'est un sacré bonhomme ! dit Kennedy en repliant la feuille et en la posant sur la commode. Je lui offrirai l'ange, bien sûr.

— Je crois qu'il veut l'acheter tout seul, dit Grace. Sinon, il te l'aurait déjà dit.

Il lui effleura les lèvres avec son pouce.

— Tu as raison. Je vais lui confier des tas de petits travaux dans le jardin.

Ils se regardèrent. Le désir faisait briller les yeux de Kennedy. Il caressa la joue de Grace, et l'entraîna vers une double porte, au fond du couloir.

Le battant s'ouvrit sur une pièce spacieuse, dominée par un large lit à colonnettes. Un secrétaire dans un coin. Un sofa croulant sous les coussins. Deux dressing-rooms, un de chaque côté. Une vaste salle de bains à droite.

— Joli, fit-elle, mal à l'aise.

Elle regrettait le tendre moment qu'elle avait passé dans la chambre de Teddy. Il dut sentir sa nervosité, car il lui recommanda de se détendre. En même temps, il pénétra dans la salle de bains et mit en marche le Jacuzzi.

— Je ne suis pas nerveuse, répliqua-t-elle.

Il revint vers elle et glissa les mains autour de sa taille.

— C'est peut-être mon imagination. J'ai si peur que tu partes en courant, alors que je meurs d'envie de te faire l'amour.

Elle jeta un coup d'œil du côté du lit — le lit de Raelynn.

— Tu devines mes pensées, murmura-t-elle.

— Hier soir, tu m'as demandé de rester. Je te demande la même chose ce soir.

— Je n'appartiens pas à ton monde, Kennedy.

Il prit sa lèvre inférieure entre les siennes.

— Je veux que tu restes avec moi, Grace. Dis-moi que tu le veux aussi.

— Ce que je veux ne changera rien à l'affaire.

Il glissa une main sous son chemisier, défit son soutien-gorge et lui caressa la pointe d'un sein.

— Ne t'inquiète pas. J'ai toutes les protections de la terre.

— S'il ne tenait qu'à moi, on ne les aurait pas utilisées.

Il sursauta, comme sous l'effet d'un courant électrique.

— Quoi ?

— Je veux un bébé plus que tout au monde. Je veux *ton* bébé.

Une émotion qu'elle ne put déchiffrer tremblota dans ses yeux.

— Mais…

— Je sais, l'interrompit-elle. C'est impossible. N'en parlons plus.

Il l'embrassa, encore et encore. Elle s'accrocha à son cou et leurs baisers se firent plus profonds, plus exigeants.

— La baignoire va déborder, dit-il.

Il la poussa dans la salle de bains où il l'aida à se dévêtir. Lorsqu'il fut nu, lui aussi, elle ne put s'empêcher d'admirer son grand corps élancé. Ils étaient entourés de miroirs qui leur renvoyaient au moins dix images différentes.

— Oh, là, là ! murmura Grace dans un soupir.

Il lui sourit et l'entraîna vers le bain moussant. Un léger gémissement échappa à Grace, tandis qu'elle se laissait couler jusqu'au cou dans l'eau chaude et parfumée. Le corps humide de Kennedy contre le sien enflammait ses sens.

— Grace ?

— Oui ? fit-elle, savourant la sensation des vaguelettes qui lui léchaient la poitrine.

— Si je te fais un enfant, tu resteras ?

— Pour la nuit ?

— Pour toujours. Veux-tu m'épouser ?

Elle crut qu'un gouffre s'ouvrait sous elle, et rouvrit grand les yeux.

— Quoi ?

Il lui toucha la joue.

— Tu m'as entendu.

— Ce serait une folie, tu le sais.

— Dis-moi seulement que tu es innocente. Jure-moi que tu n'as rien à voir avec la disparition de Barker et je te ferai un bébé, je t'épouserai et je partagerai Teddy et Heath avec toi.

Le cœur de Grace battait à tout rompre.

— Kennedy, non…

— Si, insista-t-il, en effleurant avec une douceur insoupçonnée l'intérieur de ses cuisses, jusqu'à sa tendre féminité.

Elle se sentit sombrer, fondre sous ses caresses.

— Je… ne peux pas.

— Je sais ce que je veux, Grace. Je veux être avec toi. Me réveiller chaque matin à tes côtés et m'endormir dans tes bras. Dis-moi que tu veux la même chose.

— Plus que tu ne peux l'imaginer, murmura-t-elle.

— Alors, fais-moi confiance. C'est indispensable pour fonder un foyer.

Elle se rappela ce que lui avait dit Clay : qu'elle aussi avait droit au bonheur… Etait-ce possible ? Kennedy incarnait ses rêves les plus fous. Et le prix à payer s'appelait *l'honnêteté*.

— Grace…, plaida-t-il en lui couvrant le visage de baisers. Dis-le-moi. Je ne te ferai jamais de mal. Nous serons une famille.

Grace sentait chacun de ses muscles se crisper. En elle, la peur succédait à l'espoir.

— Nous aurons une petite fille : une sœur pour Heath et Teddy.

Des voix dans sa tête lui criaient de se taire. La terre

allait s'arrêter de tourner si elle ouvrait la bouche. Mais son cœur la suppliait d'y croire, pour une fois.

— C'était ma faute.

Le visage de Kennedy se figea, mais il continua de caresser ses épaules, ses seins, ses hanches.

— Que veux-tu dire ?

— Il… ne me laissait pas tranquille…, bégaya-t-elle en luttant pour respirer. Il… il avait renvoyé Molly de la ch… chambre. M… ma mère est r… rentrée. Elle a c… compris que quelque chose ne t… tournait pas rond. Il n'était pas censé s… se trouver à la maison… Il l'avait en… envoyée à la chorale exprès.

Kennedy ne bougea pas. Il la scrutait intensément.

— Elle s'est mise à hurler, à l'accuser, à le menacer de le dénoncer à la police. Elle lui a dit qu'elle allait révéler quelle ordure il était. Il… il ne l'a pas supporté. Il tenait tellement aux apparences. Il a nié, bien sûr ; il a nié de toutes ses forces, mais ma mère avait compris. Elle avait *enfin* compris.

Les mots se mirent à jaillir de ses lèvres plus librement, comme un torrent par-dessus un barrage.

— Les cris devenaient de plus en plus forts. Il s'est mis à la cogner. Je ne savais plus quoi faire. J'ai essayé de l'arrêter mais il m'a repoussée et il a continué à la frapper. Maman s'est réfugiée dans la cuisine mais il l'a suivie. Alors, Clay est revenu et… il… il s'est jeté dans la mêlée pour la sauver, pour me protéger.

— Et le révérend s'est tourné contre lui ?

Grace acquiesça.

— Ma… m… maman avait beau le supplier d'arrêter, il s'est acharné sur mon frère. Alors, elle a compris qu'il n'y avait plus qu'un seul moyen pour sauver Clay.

— Comment s'y est-elle pris ? demanda Kennedy doucement.

— Elle l'a frappé à la tête avec la poêle en fonte.

— Et ?

— Il est tombé, répondit Grace simplement. Il s'est affalé sur le carrelage.

Elle cligna des yeux pour chasser ses larmes avant de poursuivre :

— Il ne bougeait plus, ne respirait plus. On ne pouvait pas appeler la police. Personne ne nous aimait, ici, personne n'aurait cru qu'il s'agissait d'un accident. Maman savait qu'elle irait en prison et que nous serions confiés à des familles d'accueil.

Kennedy hocha la tête.

— Les Barker et les Vincelli vous auraient poursuivis.

— Il était le prédicateur de la ville, au-dessus de tout soupçon. Tous les esprits bien-pensants auraient réclamé nos têtes. C'était un accident, Kennedy... Mais il ne serait rien arrivé si je n'avais pas été là. Ils se sont battus à cause de moi.

Un silence pesant suivit sa confession. Kennedy la scruta, presque incrédule. Il avait peine à croire qu'elle avait enfin dit la vérité après dix-huit ans.

Les larmes de Grace coulaient sur ses joues, désormais. Des larmes de peur ? De délivrance ? se demanda Kennedy.

— Tu n'avais que treize ans, dit-il enfin.

— Jamais je n'oublierai : Molly pleurant dans un coin, maman poussant des cris hystériques, le révérend par terre, dans une mare de sang... Clay, plus calme, plus réfléchi. Au bout d'un moment, il a dit : « On va l'enterrer derrière l'étable. »

C'était fini. Elle avait avoué. Kennedy ne la regarderait plus jamais de la même manière, pensa-t-elle. Mais il laissa courir un doigt tendre le long de sa joue.

— Je serai à tes côtés, déclara-t-il. Je te protégerai.

Il repoussa la boîte de préservatifs, et se glissa doucement entre ses jambes.

Après avoir brisé la vitre d'une fenêtre à l'arrière de la maison d'Evonne, Joe enveloppa sa main dans son T-shirt et fit tourner l'espagnolette.

Le bruit avait peut-être réveillé Grace. Il s'attendit à la voir descendre les marches de l'escalier, titubant de sommeil, et une sombre excitation monta en lui.

Mais il n'entendit rien.

La bible de son oncle reposait dans sa poche. Il se glissa à l'intérieur et se fraya un chemin dans l'obscurité. Ce serait encore mieux de la surprendre au lit, songea-t-il avec un sourire d'anticipation. Comme elle le supplierait ! Il lui ferait croire que si elle couchait avec lui, il n'irait pas trouver la police. Et après s'être servi d'elle, il appellerait le commissaire.

Il porta la main à son nez cassé, ruminant sa revanche. Enfin, il la tenait. Et Kennedy aussi. Les vieilles marches craquèrent sous son poids mais rien ne bougea à l'étage.

— Gra-a-ce, chantonna-t-il. Gra-a-cie, j'ai une surprise pour toi !

Toujours rien.

Il passa la tête dans la première chambre. Une chambre d'amis vide. La suivante était vide aussi. La troisième était celle de Grace, mais la jeune femme n'était pas là. Sa brosse à cheveux trônait sur la coiffeuse, près d'un flacon de parfum. Le lit était fait. Une jupe était posée sur le dossier du rocking-chair, une petite culotte traînait par terre. Il la ramassa, la porta à ses narines, la renifla, laissant le plaisir lui monter à la tête. Enfin, il l'enfouit dans sa poche et redescendit au rez-de-chaussée. Peut-être s'était-elle endormie sur le canapé du salon, sur la balancelle ou encore dans le hamac.

— Grace ?

Il alluma les lampes. Il y avait un verre à vin sur la table basse. Il le prit et passa la langue sur le bord. Il reconnut le goût. Aussi entêtant que son parfum.

— Où es-tu, Gracie ?

La maison était vide. Le porche également. Et l'arrière-cour aussi. Il courut vers sa camionnette, en retira sa lampe torche, la braqua en direction du garage. La BMW n'était pas là.

— Partie, murmura-t-il, frustré.

Elle était sans doute chez sa mère, chez Madeline, à la ferme, ou encore chez Kennedy. Il opta pour le manoir mais ne voulut pas s'y rendre tout de suite. Il préférait la confondre quand elle serait seule. Il s'occuperait de Kennedy plus tard ; il irait le voir et lui dirait combien de fois elle l'avait fait jouir.

A la lueur de la lampe, il consulta sa montre. 2 heures du matin. Si Grace était allée rejoindre Kennedy, elle n'allait pas tarder à rentrer. Archer ne tenait certainement pas à ce que ses gosses trouvent une femme dans son lit, quand ils se réveilleraient.

Joe remit le cap sur la maison. Il allait l'attendre en mangeant un morceau et en tirant des plans sur la comète.

20.

Kennedy promena ses lèvres sur l'épaule nue de Grace, puis l'attira tout contre lui. S'ils n'avaient pas fait un bébé ce soir, ce n'était pas faute d'avoir œuvré dans ce sens. Désormais, Grace était à lui : il allait l'aimer et la protéger, tout comme il avait aimé Raelynn. Il savait que ce choix n'irait pas sans sacrifices, qu'il lui coûterait probablement la mairie. Mais il n'en avait que faire. La perspective de se réveiller tous les matins auprès de Grace comblait tous ses désirs.

Il s'allongea sur le dos et scruta le plafond de la chambre en se demandant si sa nouvelle compagne avait changé ses sentiments vis-à-vis de Raelynn. Non. Raelynn était toujours là, présence bénéfique, tel un ange gardien. Aimer Grace ne suscitait chez lui aucun sentiment de culpabilité. Raelynn aurait voulu qu'il soit heureux, que ses enfants trouvent une nouvelle mère.

— Il est tard, murmura Grace. Il faut que j'y aille.

Il n'avait pas remarqué qu'elle était réveillée.

— Comment te sens-tu ?

Elle eut un sourire ensommeillé.

— Bien.

— Pas de regrets ?

Se hissant sur un coude, elle se pencha vers lui, le visage à moitié masqué par le rideau soyeux de sa chevelure.

— Non. Et toi ?

— Aucun, dit-il.

Il était sincère. Son seul souci consistait à protéger la jeune femme de la vindicte de cette petite communauté cancanière.

— Tu pourrais en avoir, dans quelques mois.

Elle faisait allusion à une possible grossesse.

— Non, mon amour. Te voir porter mon enfant me remplira de fierté.

— Si tu perdais les élections, accepterais-tu de déménager ?

Il posa la main sur son ventre.

— Si tu n'étais pas heureuse ici, oui, je le ferais. A condition d'attendre un peu.

— A cause de la banque ?

— Mon père a un mélanome, Grace. Je n'irai nulle part avant de savoir comment sa maladie va évoluer.

— Je ne savais pas.

— Peronne ne le sait, à part ma mère, moi, et la famille de mon père à Iuka.

— Je suis désolée, murmura-t-elle.

Il regarda le ventilateur dont les pales tournoyaient lentement.

— Maman pense qu'il va s'en sortir.

Elle l'embrassa sur le coin de la bouche.

— Et toi ?

— Je ne sais pas.

— J'espère qu'il guérira, dit-elle avec ardeur. Pour ta mère, pour toi, pour les enfants aussi.

— Ça veut dire qu'il faudra rester ici un bon bout de temps. Est-ce que ça t'ennuie ?

— Non, répondit-elle en secouant la tête.

— Et ton travail ?

— Je démissionnerai.

— Tu ferais ça ?

— Je pourrai toujours retravailler quand les enfants seront plus grands. Même si nous n'avons pas un bébé maintenant, j'aimerais m'occuper de Heath et Teddy à plein temps. Ils sont plus importants à mes yeux que ma carrière.

Il la serra dans ses bras, l'embrassa et plongea les mains dans son opulente chevelure noire.

— Les prochains mois ne seront pas de tout repos, chuchota-t-il tout contre sa bouche. Tu ne me quitteras pas, hein ?

— Jamais, dit-elle. Je ferai ce qu'il faut pour ça.

Sur le moment, il ne prêta pas attention à l'étrangeté de cette promesse. Il était trop occupé à humer son parfum, à savourer la douceur de sa peau. Avec un soupir de bien-être, il roula au-dessus d'elle et recommença à lui faire l'amour.

Dans la BMW, sur le chemin du retour, Grace contempla les champs fertiles qui s'étiraient à perte de vue des deux côtés de la route. Tant de choses avaient changé en quelques heures… Elle avait accepté d'épouser Kennedy Archer. Ils projetaient de fonder une famille. Mais les mêmes ombres menaçaient leur amour. Joe, les Vincelli, et même Madeline étaient à la recherche de la vérité. Et le révérend gisait toujours derrière l'étable, dans une tombe peu profonde.

La jeune femme scruta la nuit. Si les policiers revenaient à la ferme, munis d'un mandat de perquisition, ce serait le début de la fin. Ils retourneraient chaque pierre, en quête d'indices. McCormick mènerait les investigations plus à fond que ne l'avait fait Jenkins, dix-huit ans plus tôt. Et alors…

Que Clay le veuille ou non, il était grand temps de changer de place les restes du révérend Barker.

En apercevant les phares de la BMW, Joe s'écarta vivement de la fenêtre. « Enfin, la voilà ! » songea-t-il en étouffant un rire. Dans un instant, elle serait à sa merci.

La BMW remonta l'allée et s'arrêta devant le garage. Le moteur tournait au ralenti, les feux de position étaient toujours allumés. Il fronça les sourcils. Pourquoi s'attardait-elle ? Qu'est-ce qu'elle fichait, là-dedans ?

Il écarta le rideau d'une main tremblante d'impatience.

Enfin, il la distingua dans la nuit. Elle ressortait du garage avec quelque chose dans la main… Une pelle !

Sous l'effet de la surprise, Joe laissa tomber son verre sur le carrelage, où il vola en éclats. Malgré l'alcool qu'il avait ingurgité, son cœur fit un bond quand il la vit fourrer la pelle dans le coffre de la voiture. Compte tenu de sa propre découverte près du lac, il devinait plus ou moins les intentions de Grace.

Il l'observa avidement, tandis qu'elle refermait le coffre d'une poussée, avant de se glisser derrière le volant. Les phares étincelèrent, le véhicule recula, et le store du garage se déroula.

Elle fit marche arrière, descendit l'allée, et une fois dans la grand-rue, elle fila comme un bolide. Joe resta à la fenêtre, le temps de s'assurer qu'elle avait tourné à gauche, en direction de la ferme.

Il jaillit dehors, courut vers sa camionnette qu'il avait dissimulée derrière la haie. Il démarra, lança son véhicule dans la même direction.

Peu après, à l'endroit où la grand-rue débouchait sur l'autoroute, il aperçut la BMW, et ralentit. Il n'avait nul besoin de trahir sa présence. Il connaissait la destination de Grace Montgomery. Et s'il avait vu juste, bientôt il pourrait indiquer à la police où se trouvait exactement le corps de son oncle.

Grace se gara dans l'ombre épaisse du bosquet qui jouxtait le canal. Elle éteignit les phares et rassembla les affaires qu'elle avait prises dans le garage : la pelle, des gants, une lampe torche.

La propriété était plongée dans l'obscurité, mais Clay avait l'ouïe fine. Si jamais il se réveillait, il essaierait de l'arrêter. Or, cette fois-ci, Grace était décidée à agir. Elle ne laisserait pas le passé détruire son avenir.

Le cri rauque d'un crapaud brisa le silence, tandis qu'elle traversait les champs de coton en direction de la ferme. L'étang n'était pas loin à en juger par le clapotis de l'eau. Le grincement de la girouette plantée sur le toit de l'étable lui parvint peu après. Grace serra les dents. L'été où le révérend était mort, il faisait très chaud et elle entendait ce grincement à travers la fenêtre ouverte de sa chambre, comme si la porte de l'étable roulait sur ses gonds et que le révérend sortait de son bureau. Alors, elle tirait le drap au-dessus de sa tête et restait là jusqu'au matin, tremblante, tandis qu'une sueur froide ruisselait dans son dos.

Et maintenant, elle était là, dix-huit ans après.

Elle fit une halte pour reprendre son souffle, avant de se remettre en marche. Sa décision était irrévocable. Elle ne pourrait pas vivre un jour de plus à Stillwater en sachant que le corps du révérend reposait à la ferme, comme la plupart des gens le suspectaient.

Elle devait se déplacer à pas lents, sans bruit. Se concentrer sur sa tâche sans se laisser distraire par les souvenirs. Prendre son temps, accomplir une action après l'autre. Bientôt, ce serait fini, pensa-t-elle pour se donner du courage. Et sans plus avoir à craindre de macabre découverte, elle pourrait enfin vivre sa vie.

Elle déboucha dans la clairière, à la lisière des arbres qui dessinaient un trait à vingt mètres de l'étable, appuya le manche de la pelle sur le tronc d'un saule pleureur et enfila les gants. C'était ici. Elle aurait trouvé l'endroit les yeux fermés. Jed, qui travaillait dans l'étable, cette nuit-là, les avait sans doute aperçus. La radio marchait à fond la caisse, couvrant le bruit de la brouette que Clay poussait sur les graviers. *Ne te souviens pas. Agis. Pour Kennedy. Pour Teddy et Heath. Pour tous ceux que tu aimes.*

Le rayon lumineux de sa lampe éclaira l'antique moissonneuse-batteuse, le tracteur, une pile de vieux pneus, ainsi qu'une lourde Chevy garée à côté d'une charrue. Clay n'aimait pas les chevaux. Il avait vendu l'étalon du révérend et se servait de l'étable pour réparer des vieilles bagnoles. Il travaillait sur une Thunderbird et une Mustang, le jour où ils avaient nettoyé le bureau de Barker. La Chevy se trouvait sur l'emplacement de la tombe, constata-t-elle soudain. Ça n'allait pas lui faciliter la tâche, bien sûr, mais plus rien ne pouvait l'arrêter. Elle se demanda, néanmoins, si elle parviendrait à surmonter sa répugnace. Elle savait par expérience que dix-huit ans plus tard, le cadavre était réduit à un tas d'os et de bouts de tissu…

Du revers de la main, elle essuya la sueur qui perlait à son front. *Mets-toi dans la peau du substitut du procureur en train de procéder à une exhumation. Un pas après l'autre. Une chose à la fois.*

Elle contourna la Chevy, tira sur la poignée. La lourde portière s'ouvrit avec un gémissement sinistre. La jeune femme balaya les toiles d'araignées. Les clés se balançaient dans le contact. Elle se hissa à l'intérieur, mais le vieux char d'assaut refusa de démarrer.

Elle allait devoir creuser sur le côté, songea-t-elle en remettant pied à terre et en laissant la portière ouverte afin d'éviter un nouveau craquement. Ensuite, elle se mit à quatre pattes et balaya à l'aide de la lampe torche l'espace sombre sous le camion. Ils avaient enterré Barker dans un plaid élimé qu'Irene avait acheté dans un vide-grenier, quand Grace était encore bébé.

Elle ne décela pas la moindre trace de la vieille couverture, signe que Barker était peut-être enfoui plus profondément qu'elle ne l'avait d'abord pensé. Auquel cas… Un bruit lui fit redresser vivement la tête. Le souffle court, elle prêta l'oreille. La girouette grinçait, grenouilles et grillons s'en donnaient à cœur joie. Ce n'était que le vent, songea-t-elle. Elle rejeta ses cheveux en arrière, puis s'accroupit entre les roues arrière de la Chevy. En braquant la lampe torche sur le sol noir et moussu, elle crut distinguer quelque chose de rose, comme un haillon. Le plaid, sans doute. Elle attrapa la pelle, la glissa sous la camionnette, essayant de gratter, puis de ramener vers elle le lambeau de tissu rose. Une brindille se cassa soudain avec un bruit sec. Grace se figea. Elle n'était pas seule. Etait-ce Clay ? Avait-il aperçu la lueur de la lampe ? Avait-il son fusil ?

Elle éteignit sa lampe et roula sous la Chevy. L'odeur des feuilles humides emplit ses narines, alors qu'elle attendait, à plat ventre sur l'humus. Le révérend était juste en dessous, songea-t-elle avec un frisson. Puis elle eut la vision d'une main squelettique jaillissant vers elle pour l'entraîner sous terre…

Une autre brindille craqua. Grace retint son souffle. Elle n'avait pas peur de Clay mais elle savait que s'il la trouvait là, son projet serait gravement compromis.

La jeune femme ferma les yeux. *Tiens-toi tranquille !* Quand elle aurait enfoui les restes du révérend au cœur de la forêt, elle serait enfin libre d'épouser Kennedy.

Mais les bottes qui s'approchaient n'étaient pas celles de Clay. Et l'homme qui arrivait n'avait pas la démarche de son frère.

— Gra-a-cie ? Où es-tu, ma colombe ? Je sais que tu te caches quelque part.

Son cœur cessa de battre. Joe !

— Arrête ton petit jeu, Gracie. J'ai la bible.

Elle crispa les poings. C'était impossible. Kennedy avait détruit la bible.

— J'ai passé un bon moment à lire les jolis poèmes qu'il a écrits sur toi. Il t'aimait beaucoup, apparemment !

Comment avait-il pu mettre la main sur le livre ? Kennedy ne le lui aurait jamais remis volontairement.

— Et regarde ce que toi et ta famille, vous lui avez fait !

Vous l'avez tué, n'est-ce pas ? Je t'ai vue prendre la pelle dans ton garage. Et j'ai compris pourquoi.

Depuis qu'elle avait quitté le manoir de Kennedy, elle avait regardé cent fois dans le rétroviseur mais elle n'avait aperçu aucun phare derrière elle. Comment avait-il réussi à la suivre ? En tout cas, elle l'avait conduit directement à la tombe de Barker. Elle avait pris un risque considérable pour se donner une nouvelle chance. Une chance qu'elle était sur le point de perdre à jamais.

La sonnerie du téléphone tira Kennedy d'un sommeil profond. Il se tourna sur le côté, entre les draps froissés, mais la sonnerie continua à lui vriller les tympans. Craignant d'entendre Camille lui donner des nouvelles alarmantes de son père, il s'empara du combiné avec un sentiment d'angoisse.

— … lô ?

— Kennedy ? fit une voix féminine qu'il ne reconnut pas.

— Qui est à l'appareil ? murmura-t-il d'une voix pâteuse.

— C'est Sarah.

Sarah Harte, la femme de Buzz.

Kennedy jeta un coup d'œil au réveil. Il était 3 h 30 du matin.

— Il est arrivé quelque chose à Buzz ? Aux enfants ?

— Ils vont bien. Je m'inquiète pour Grace, répondit Sarah.

— Pourquoi ? Que s'est-il passé ?

— Peut-être que je me trompe mais…

Kennedy s'assit dans le lit.

— Mais quoi ?

— Je l'ai vue se diriger vers la ferme.

— La ferme ? répéta-t-il sans comprendre.

Grace était partie de chez lui un peu plus tôt en prétendant qu'elle allait rentrer chez elle.

— Oui. Et Joe la suivait.

Kennedy rejeta la couverture.

— Quoi ? Mais où les as-tu vus ?

— Sur l'autoroute, au nord de la ville.

— Qu'est-ce que tu faisais là ?

— On s'est disputés avec Buzz et je suis allée passer la nuit chez ma mère.

— Je suis désolé.

— On traverse une crise, dit Sarah en soupirant.

— Et tu es sûre qu'il s'agissait de Grace ?

— Certaine. Elle est la seule en ville à circuler dans une BMW Beemer.

— Et Joe ?

— Il était dans sa camionnette.

— Seul ?

— Je crois que oui.

— Qu'est-ce qui te fait penser qu'il la suivait ?

— Il a déboulé comme un fou de la grand-rue, tous phares éteints. J'ai trouvé ça bizarre. Comme tu t'es bagarré avec lui, j'ai cru bon t'avertir. J'aime bien Joe mais ces temps-ci, il est vraiment obsédé par Grace, si tu vois ce que je veux dire.

— Très bien. Merci, Sarah. Essaie de te réconcilier avec Buzz : c'est un gentil garçon.

— Je le sais… Ça va s'arranger.

Kennnedy l'espérait du fond du cœur. Il raccrocha et appela Grace sur son portable.

— Bonjour, vous êtes sur la boîte vocale de Grace Montgomery. Laissez-moi un message et je vous rappellerai dès que possible.

Il attendit le signal sonore.

— Rappelle-moi ! souffla-t-il.

Ensuite, il essaya le portable de Joe. Celui-ci décrocha aussitôt.

— Tu es très en retard, ce soir ! lança Joe d'une voix enjouée.

— Qu'est-ce qui se passe ? demanda Kennedy. Pourquoi tu suivais Grace ?

— Tu gardes toujours un œil sur elle, hein ?

— Réponds à ma question !

— Eh bien, j'étais curieux de voir comment elle allait se servir de la pelle qu'elle a chargée dans le coffre de sa voiture.

La pelle ?

Kennedy se sentit envahi par une sombre appréhension.

— Fiche-lui la paix, Joe.

— Je n'aime pas la façon dont tu me parles, Kennedy. Mais ça ne m'étonne plus. Il m'a fallu beaucoup de temps pour comprendre que tu n'étais qu'un traître et un ingrat.

— Ce n'est pas vrai, Joe.

— Tu n'es pas l'ami que je croyais. Et maintenant, il est grand temps que la vérité éclate.

— Quelle vérité ?

— J'ai récupéré la bible de mon oncle. Et je sais que c'est toi qui l'avais enterrée.

Kennedy crispa les doigts sur le téléphone.

— Ne fais pas ça !

— Pourquoi pas ?

— Parce que, au fond, tu es un homme honorable.

— Comme toi ? ricana Joe. Parce qu'un homme *honorable* doit aider des assassins à couvrir un meurtre ?

— Il n'y a pas eu de meurtre.

— Ça, on le saura bientôt.

Kennedy passa un T-shirt au-dessus de sa tête.

— Comment comptes-tu t'y prendre pour le prouver ?

— C'est facile. Ta chérie m'a conduit directement à l'endroit où mon oncle est enterré.

A la ferme. Grace avait parlé de la ferme…

— Joe, s'il te plaît, accorde-lui une trêve.

— Sûrement pas ! Et ce n'est qu'un début, mon vieux. Les flics sont en route et cette fois-ci, je peux te garantir qu'ils vont trouver ce qu'ils cherchent.

Kennedy pressa sur le bouton du haut-parleur, enfila un pantalon et attrapa ses chaussures.

— Si tu cherches à te venger, tu n'as qu'à t'en prendre à moi et laisser Grace tranquille.

Joe eut un rire amusé.

— Tu rigoles ? Alors que je peux te faire souffrir en m'attaquant à ta petite protégée ?

Et sur ces mots, il raccrocha.

Kennedy contempla le téléphone. Ainsi, après dix-huit ans de dénégations, Grace avait commis une erreur, et la meute de loups l'encerclait.

La peur de ne pas pouvoir la sauver suffoqua Kennedy. Les doigts tremblants, il composa le numéro de Clay. Les sonneries s'égrenèrent dans le vide, pendant longtemps. Il raccrocha et essaya de joindre McCormick sur son portable.

— Commissaire McCormick, dit une voix profonde dans l'écouteur.

— Dale, c'est Kennedy.

— Que voulez-vous ?

Kennedy se mit à arpenter la pièce.

— Pouvez-vous venir chez moi ? J'ai besoin de vous parler.

— Pas maintenant, désolé. Je me rends à la ferme des Montgomery.

— Joe ne sait pas de quoi il parle.

— Kennedy, dit le commissaire après un silence gêné. Il a dit qu'il avait une preuve. Et il prétend que vous faites obstruction à la justice en dissimulant des indices.

— Grace et sa famille ne sont pas coupables de meurtre, Dale.

— Vous couchez avec elle, n'est-ce pas ?

— Ça n'a rien à voir avec l'affaire.

— Mais ça explique vos efforts pour l'innocenter, mon ami. J'ai beaucoup d'estime pour vous mais je dois faire mon boulot. Et mon boulot consiste à vérifier si Joe détient effectivement une pièce à conviction.

Merde ! pensa Kennedy, dépité.

— Vous y allez maintenant ? demanda-t-il.

— J'ai envoyé Hendricks chez le juge chercher un mandat de perquisition. Dès qu'il sera revenu, nous filerons sur les lieux.

— Mais vous avez déjà fouillé la ferme et vous n'avez rien trouvé.

— Non, mais un cadavre changerait tout. Joe affirme qu'il a localisé l'emplacement de la tombe de Lee Barker.

— Dale, écoutez-moi. Joe agit par dépit. Par esprit de vengeance.

— Si on ne trouve rien, je le traduirai en justice pour diffamation, c'est tout ce que je peux vous promettre.

Kennedy descendit les marches quatre à quatre, le sans fil collé à l'oreille, et se précipita dans la cuisine à la recherche de ses clés de voiture.

— Grace n'était qu'une petite fille quand le révérend a disparu.

— J'en ai vu des choses bizarres, au cours de ma carrière. De toute façon, quelqu'un est responsable de la disparition de Barker. Et mon job consiste à découvrir qui. Je ferai de mon mieux pour que justice soit rendue, Kennedy.

Ces mots n'offraient qu'un maigre réconfort.

Kennedy crut réentendre Grace lui disant : « C'est ma faute », puis « On n'avait pas l'intention de le tuer. C'était un accident. »

Mais qui allait croire à la thèse de l'accident ? Personne ! Les enquêteurs demanderaient aux Montgomery pourquoi ils n'avaient pas alerté les autorités. Pourquoi ils s'étaient débarrassés du corps. Dès lors, les Vincelli mettraient la pression à McCormick pour inculper Grace ou un autre membre de sa famille.

— Les faits ne sont pas toujours ce qu'ils semblent être, dit-il.

— Les faits sont les faits. Désolé. Je vous tiendrai au courant.

Kennedy lâcha un juron quand le commissaire raccrocha. Il appela ensuite le juge Reynolds pour s'entendre réciter une déclaration similaire. Si une nouvelle pièce à conviction venait à apparaître, les autorités étaient tenues de faire leur devoir.

Au moment où Camille Archer arriva, Kennedy essayait de joindre Irene Montgomery. Dieu merci, la mère de

Grace n'était pas sur liste rouge et il avait pu obtenir son numéro par les renseignements.

— Oui ? fit-elle d'une voix ensommeillée, après la seconde sonnerie.

— Irène, c'est Kennedy Archer.

— Kennedy ? répéta-t-elle comme si elle n'avait jamais entendu ce nom.

Il ne prit pas le temps de lui expliquer.

— Venez me rejoindre à la ferme aussi vite que vous le pourrez. Grace est là-bas, avec Joe Vincelli. Et la police est sur le chemin.

— Qu'est-ce qui se passe ?

— Ils ont demandé un mandat de perquisition, dit-il avant de raccrocher.

Il sortit de la maison et se précipita vers le garage.

21.

— C'était ton petit ami, dit Joe. Il se fait du souci pour toi.

Il ne l'avait pas encore trouvée. Mais il était si près que Grace se retenait de respirer.

— Je te parie qu'il sera bientôt ici, reprit-il. Ce sera parfait. Je veux voir sa bobine quand la police te passera les menottes. Tout se déroule selon mon plan, à un détail près… Un détail qui a son importance, acheva-t-il dans un rire lubrique.

Grace regardait les rais de lumière qui filtraient à travers la carrosserie rouillée de la Chevy. Les pieds de Joe étaient à quelques centimètres de son visage. *Pourvu qu'il ne se penche pas !* pria-t-elle.

Sa main tâtonna entre les feuilles en décomposition, et ses doigts se refermèrent sur un caillou. Joe avait inspecté l'intérieur du camion et refermé la portière. Il ne tarderait pas à regarder sous la voiture…

La jeune femme jeta la pierre dans les fourrés dans l'espoir de lui faire croire qu'elle détalait en direction de la rivière.

Il ne fut pas dupe. Bien au contraire, il se baissa et braqua sa lampe de poche sur le visage de Grace.

— Ah, mais la voilà !

Poussant un cri, elle roula vers le côté opposé. Mais il fut plus rapide. Il contourna la voiture, attrapa la jeune femme par les cheveux et la hissa sur ses pieds.

— Où est la pelle, Gracie ? fit-il en la plaquant sur le capot. Qu'est-ce que tu voulais faire avec ?

— Je ne sais pas de quoi tu parles.

— Bien sûr que si !

Il l'immobilisa et se colla contre elle.

— La police ne va pas tarder. Tu iras en prison.

— Et toi en enfer.

— Hé, sois gentille !

Du bout de la langue, il lui lécha le cou, puis éclata d'un rire méchant

— Tu as eu un tas d'amants, ma belle. La bagatelle va te manquer quand tu seras bouclée.

— Elle ne me manquerait pas si tous les hommes étaient comme toi.

En dépit de l'obscurité, elle distingua les yeux brillants de Joe.

— Si les flics ne risquaient pas d'arriver d'une minute à l'autre, je te montrerais bien comme j'ai changé.

— Tu essaies de me rendre malade ?

Il lui tira les cheveux en arrière et lui mordit cruellement le sein à travers son corsage. Mais elle sentit à peine la douleur. Elle guettait le moment où elle pourrait lui échapper. Si elle parvenait à atteindre sa voiture, elle quitterait Stillwater pour toujours, comme elle aurait dû le faire depuis longtemps. Ainsi, elle n'aurait pas à faire face à Madeline, quand ils exhumeraient les ossements de son père, et elle épargnerait à Kennedy et à ses enfants la honte de l'avoir fréquentée.

Elle remonta le genou vers l'entrejambe de Joe. Il esquiva le coup mais lâcha prise.

Libérée, elle se propulsa vers la BMW.

Il se lança à ses trousses, la rattrapa, et tous deux roulèrent par terre. Joe l'immobilisa, face contre terre, et l'odeur douceâtre de moississure l'assaillit. Elle voulut se retourner mais Joe, à demi agenouillé sur elle, lui assena une gifle.

La force de l'impact rejeta la tête de Grace en arrière. Sa joue lui cuisait. Elle essaya de le frapper sur le bandage qui recouvrait son nez, et reçut un coup de poing.

Un rayon lumineux fouillait les broussailles. A moitié aveuglée, Grace continua à se débattre, à se tordre, à repousser son adversaire de toutes ses forces. Soudain, elle put se redresser, et dégringola la pente douce vers la rivière.

Elle entendait les pas de Joe marteler le sol mou derrière elle. Il gagnait du terrain… Bientôt, des bras puissants la ceinturèrent, la réduisirent à l'immobilité. Il levait la main pour la frapper une nouvelle fois quand une détonation fracassante déchira l'air.

Clay ! Avec un mélange de soulagement et de culpabilité, Grace aperçut son frère.

— Tu as trois secondes pour libérer ma sœur et pour quitter mes terres ! cria-t-il.

Joe hésita. Enfin, il prit le parti de bluffer.

— Baisse ton arme, Clay ! Tu ne peux plus l'aider. Tu es fichu, toi aussi !

Grace regarda son frère. Il faisait trop sombre pour distinguer le visage de Clay mais sa posture rigide trahissait sa détermination. Il était capable de tirer, songea-t-elle. Et ils auraient alors deux morts sur la conscience.

— Clay, arrête ! dit-elle. Il ne mérite pas que tu gâches le reste de ta vie !

Son frère l'ignora.

— Tu es en train d'agresser ma sœur. Je peux tuer pour moins que ça.

— Clay…

Il ne la laissa pas finir.

— Je t'ai dit de la lâcher ! Tout de suite !

Joe fit passer Grace devant lui, comme un bouclier.

— Tu perds ton temps. Tes menaces ne me font pas peur. La police sera là d'une minute à l'autre. Tout est fini.

Clay leva le canon du fusil pour le braquer sur Joe.

— Rien n'est fini.

— Tu vas voir, quand ils auront trouvé le corps de mon oncle ! dit Joe d'une voix mal assurée.

— Dernier avertissement, déclara calmement Clay. Si tu ne la relâches pas immédiatement, le seul cadavre qu'ils trouveront ici sera le tien.

Furieux, Joe repoussa si violemment la jeune femme qu'elle perdit l'équilibre. Son frère ne fit pas un geste pour l'aider à se relever. Il continua à fixer Joe d'un air impénétrable.

— J'aurais dû t'abattre, dit-il en serrant la crosse du fusil. Tu n'es qu'un vaurien. Comme ton oncle.

— Je savais que tu le détestais, que vous le détestiez tous ! cria Joe avec véhémence. Finalement, tu l'admets, après tant de mensonges.

— Je n'ai rien admis, grogna Clay. Tu n'es qu'une larve, un pauvre malade. Tu n'obéis qu'à tes instincts. Tu ne mérites même pas l'air que tu respires.

Joe recula d'un pas.

— Tu… tu iras en prison ! hurla-t-il.

Clay redressa son arme.

— Dans ce cas, je n'ai rien à perdre : je peux débarrasser la terre d'un parasite comme toi.

La rage montait en lui comme un acide brûlant. Ces dix-huit dernières années ne l'avaient pas épargné, songea Grace. La frustration, la peur constante, l'inquiétude et la colère l'avaient endurci. Clay était trop jeune quand il avait eu à faire face à une situation extrême, imprévisible, et Grace ne pouvait pas le laisser s'enfoncer davantage. Il était hors de question que les policiers trouvent Joe mort et Clay l'arme encore fumante à la main... avant de découvrir les restes de Barker.

— Clay, dit-elle.

— Reste en dehors de ça, Grace.

Elle crut voir l'index de Clay se resserrer sur la détente.

— Non ! cria-t-elle. Baisse ton arme. Fais-le pour moi. Tu n'es pas un assassin.

— Je crois que les habitants de Stillwater ne seront pas d'accord avec toi.

— Ils ne te connaissent pas. Ne deviens pas un meurtrier : tu leur donnerais raison.

Clay serra les lèvres. Ensuite, comme si la plaidoirie de Grace avait fait son effet, il abaissa le canon.

Elle ferma les yeux, soulagée, mais n'eut guère le temps de serrer Clay dans ses bras.

Des gyrophares tournoyèrent dans la nuit, le beuglement strident des sirènes fracassa le silence. McCormick jaillit de la voiture de tête. Il était avec quelqu'un, une silhouette à contre-jour que Grace ne put reconnaître derrière les puissants rayons des lampes torches.

— Posez votre arme par terre et éloignez-vous, Clay ! cria-t-il.

Clay regarda Grace. L'espace d'un instant, elle crut qu'il allait ouvrir le feu, et leva la main pour l'en dissuader. Alors, un sourire énigmatique étira les lèvres de son frère, puis il fit exactement ce que le commissaire lui avait demandé.

Ils allaient commencer à creuser. Après tant d'années, ce que Grace redoutait le plus au monde était arrivé. McCormick, flanqué des officiers Hendricks et Dormer, attendirent que Clay déplace la Chevy à l'aide du tracteur. Ils avaient bouclé le périmètre avec un ruban fluorescent. La nuit pâlissait. Le camion fut tiré sur quelques mètres, révélant la pelle et la lampe torche éteinte. Grace était immobile. La terreur l'engourdissait. Elle ne bougea pas davantage quand, munis de pelles et de pioches, les policiers se mirent à l'ouvrage.

Joe suivait les opérations. A plusieurs reprises, il réclama une excavatrice, et McCormick lui promit d'en apporter une si besoin était. Oh, ils n'auraient guère besoin d'autres moyens ! Le révérend gisait exactement à l'endroit où ils fouillaient.

La jeune femme regarda les nuages de poussière qui s'envolaient. Ils ne mettraient pas plus de quelques minutes pour découvrir le corps.

Kennedy était arrivé peu après les enquêteurs. Le visage sombre, il tenait la main de Grace et suivait les mouvements des policiers qui empilaient la terre sur le côté. Chaque fois que ses yeux se posaient sur Joe, son regard se durcissait.

— Au lieu de me regarder, tu ferais mieux de donner un dernier baiser à Gracie, vieux frère ! lui lança Joe d'un air railleur. C'est pas demain que tu l'auras dans ton lit !

Kennedy crispa les poings et, l'espace d'une seconde, Grace craignit qu'il ne se jette sur Joe. Mais il se contenta de répondre :

— J'ai eu tort de croire en ton amitié.

— J'étais pourtant ton ami ! hurla Joe. J'ai sauvé ta putain de vie ! Tu l'as oublié ?

— Tu avais des qualités, autrefois. Dommage que tu les aies reniées.

— C'est toi qui m'as renié, Kennedy. C'est toi le traître !

Il eut un geste théâtral, afin d'attirer l'attention de l'assistance.

— Regardez-le ! Il la soutient, alors qu'elle est venue ici avec une pelle. Et après ça, il croit pouvoir devenir maire de cette ville !

McCormick lança à Joe un regard d'avertissement.

— Nous n'avons encore rien trouvé, Vincelli.

— Vous trouverez !

Le commissaire se tourna vers ses hommes qui creusaient toujours, quand la voiture d'Irene se gara dans l'allée.

En voyant sa mère, Grace crut défaillir. Elle lui en avait terriblement voulu, autrefois, comme elle en avait voulu à Clay mais d'une certaine façon, elle avait admiré leur force. La situation s'était dégradée d'une façon si spectaculaire qu'ils n'avaient pas eu le temps de réaliser ce qui se passait. Et quand ils avaient compris que le révérend était mort, ils avaient agi pour le mieux… Si seulement McCormick pouvait le comprendre !

Malheureusement, elle en doutait. La petite communauté

de Stillwater les avait attendus au tournant. Les gens portaient Barker aux nues. Ils vénéraient leur prédicateur. Jamais ils n'admettraient qu'ils s'étaient trompés à ce point.

— Grace, dit Irene en s'approchant.

Son visage couleur de cendre trahissait un profond désarroi. Elle semblait avoir vieilli de plusieurs années d'un seul coup.

— Je suis navrée, maman.

Irene enlaça sa fille et par-dessus son épaule, Grace vit Jed Fowler devant l'étable. Elle ouvrit la bouche pour demander pourquoi il était là, qui l'avait prévénu, puis elle fronça les sourcils. Etait-ce lui, l'homme qu'Irene rencontrait secrètement ?

Elle se pencha vers Irene et lui glissa à voix basse :

— Tu aurais pu nous dire que tu sortais avec Fowler !

Suivant le regard de sa fille, Irene parut sincèrement surprise en découvrant à son tour le garagiste.

— Mais je ne sors pas avec Jed ! murmura-t-elle.

— Alors, comment a-t-il su…

— Je l'ai appelé, expliqua Kennedy. Je me suis dit qu'il parviendrait peut-être à convaincre McCormick que vous n'avez pas enterré Barker ici, du moins pas pendant qu'il travaillait dans l'étable.

— C'est gentil à vous, Kennedy, répondit Irene. Merci d'être ici.

— Je ferai ce que je peux, promit-il.

— Hé, chef ! cria l'officier Hendricks, je crois que j'ai trouvé quelque chose.

Il se pencha sur le trou pour en tirer un bout de la couverture que Grace avait si désespérément cherchée un peu plus tôt.

A la vue du lambeau rose, ses genoux se dérobèrent, et si Kennedy ne l'avait pas soutenue, elle se serait écroulée.

McCormick lança un regard à Irene avant de demander :

— Qu'est-ce que c'est ?

— Je n'en sais rien, dit Hendricks. Un bout de tissu, je crois.

— On n'est pas là pour chercher du tissu ! lança Joe. Continuez à creuser.

McCormick l'ignora.

— Mettez-le de côté.

— Attention ! cria Joe. C'est peut-être un indice.

Hendricks glissa l'objet dans un sachet en plastique et reprit sa pelle. Grace retint sa respiration. Encore quelques pelletées, et le squelette apparaîtrait. Quelque chose de pointu et de blanc, comme un os, perça à travers l'humus…

Jed Fowler fit un pas en avant.

— C'était moi, déclara-t-il.

Les pelles s'immobilisèrent, tandis que chacun se tournait vers lui. Les sourcils broussailleux de McCormick se joignirent au-dessus de ses yeux bruns au regard perçant.

— Vous voulez dire que vous avez tué le révérend ?

Jed opina de la tête, et Grace resserra son étreinte sur la main de Kennedy. Le chef de la police jeta un autre regard à Irene, laquelle arborait un air étrange. On aurait dit qu'ils partageaient un secret… Mais c'était impossible : ils se connaissaient à peine.

— Comment l'avez-vous tué ? demanda McCormick.

— Avec une bûche, répondit Jed.

— Vous l'avez frappé ?

— Oui, monsieur. Derrière la tête.

McCormick se frotta le menton.

— D'accord. Quel était votre mobile ?

— Monsieur le commissaire…

Irene posa la main sur l'avant-bras de McCormick avec une sorte de familiarité qui ne manqua pas de surprendre Grace.

— Ce n'est pas lui, dit Irene.

— Bien sûr que non ! ajouta Clay.

Joe Vincelli s'approcha.

— Ils savent de quoi ils parlent.

Le commissaire leva la main, réclamant le silence.

— Eh bien, Jed ?

— Il ne voulait pas me payer, marmonna le garagiste.

— Voyons, Fowler, je vous connais ! dit McCormick d'une voix douce. J'ai vu les animaux errants que vous avez recueillis. Vous avez réparé ma voiture mille fois. Et vous voulez que je vous croie quand vous prétendez avoir assassiné le révérend Barker pour une facture impayée ? En plus, vous auriez gardé le silence pendant toutes ces années, alors que les suspicions pesaient sur les Montgomery ?

Jed regarda une nouvelle fois Irene, et Grace comprit brusquement pourquoi il avait caché la bible. Etait-il amoureux de sa mère ? En tout cas, il savait ce qui s'était passé cette nuit-là, du moins en partie. Il avait caché la bible pour sauver Irene.

— J'aurais dû venir vous voir plus tôt, murmura-t-il.

— Je ne vous laisserai pas vous accuser, Jed ! dit Irene.

Le commissaire fixait Fowler intensément.

— Vous n'avez aucun antécédent de violence et je vous connais depuis quarante-cinq ans.

— Ce soir-là, j'étais en rogne.

Il disait la vérité sur ce point, pensa Grace. Il était en colère à cause d'Irene. Avait-il entendu ses cris ? Ses supplications ? Avait-il assisté à la bagarre ? Les avait-il vus traînant le corps hors de la maison ? Sans doute que oui. Voilà comment il avait ramassé la bible.

— Alors, son crâne doit être brisé, dit McCormick.

— Probablement, oui.

— Qu'avez-vous fait du corps ?

— Il est là, dit Jed en désignant un os qui pointait sous l'humus noir.

— Il ment ! s'écria Joe. Il essaie de couvrir les Montgomery.

— Fermez-la ! gronda McCormick. Et vous, Hendricks, montrez-nous ce que vous avez trouvé.

Les muscles de Grace étaient tendus comme des ressorts.

Hendricks épousseta l'ossement qui gisait au fond de sa pelle — un crâne, visiblement. Ils se penchèrent tous dessus en braquant leur lampe torche. C'était un crâne, effectivement, mais trop allongé pour être humain. Et il n'était certainement pas fracassé.

Clay croisa les bras sur sa poitrine.

— Merveilleux ! s'exclama-t-il. Vous avez exhumé notre chien. Mort de vieillesse quand j'avais quinze ans. N'importe quel vétérinaire le confirmera.

Les yeux de Joe étaient ceux d'un fou : ils semblaient prêts à jaillir de leurs orbites.

McCormick, lui, parut respirer plus aisément quand Hendricks posa la tête du chien à côté du tissu rose.

— Creusez ! ordonna Joe. Je sais que mon oncle est là-dessous.

McCormick haussa un sourcil à l'intention de Joe. De nouveau, il échangea un bref regard avec Irene. Il y avait une complicité dans ce regard, une sorte de… Soudain, la jeune femme comprit. Sa mère ne sortait pas avec Jed Fowler. Elle avait une liaison avec le commissaire McCormick.

Grace étudia le visage d'Irene. Celle-ci baissa les yeux. C'était une tacite reconnaissance des faits. Ainsi, comme elle le craignait, sa mère couchait avec un homme marié. Et pas n'importe lequel. Elle couchait avec le chef de la police de Stillwater.

Grace lança un coup d'œil à Kennedy qui n'avait rien remarqué.

McCormick posa la main sur la manche de sa pelle.

— Je crois que ça suffit pour aujourd'hui.

Irene ferma les yeux, les mains jointes, mais Joe n'était pas prêt à lâcher le morceau.

— Attendez une minute ! lança-t-il. Vous avez un mandat de perquisition. Vous n'allez pas gâcher vos chances. Il faut encore creuser !

— Je fais ce que je veux, déclara McCormick.

Joe le scruta un instant, puis son regard dériva vers Irene d'une façon éloquente. Le commissaire parut alors se ressaisir. Son secret devait être inscrit en lettres de feu sur son front…

— Très bien, répondit-il d'une voix lasse, en évitant soigneusement de regarder Irene. Creusons !

L'opération dura quatre heures, jusqu'à ce que la sueur dessine des rigoles luisantes sur les visages poussiéreux des policiers. L'horizon s'était embrasé, et le soleil apparut, comme une grosse boule rouge.

Vers 10 heures du matin, les autres Vincelli arrivèrent.

Vicki Nibley passa un coup de fil à McCormick pour réclamer une pelleteuse. La machine arriva sur les lieux vers midi. Désormais, l'excavation faisait une bonne dizaine de mètres. Mais ils ne trouvèrent rien. Entre-temps, Madeline fit son apparition. Elle descendit l'allée au pas de course, tandis que les policiers s'apprêtaient à regagner leurs voitures.

— En ville, on dit que la police a trouvé un corps ici, murmura-t-elle d'une voix étranglée.

Grace, trop épuisée pour répondre, laissa à Clay le soin d'informer leur sœur adoptive.

— On n'a rien trouvé du tout, dit-il sobrement.

Hendricks essuya la sueur sur son front.

— La seule chose que nous ayons découverte, c'est la bible de votre père, expliqua-t-il à Madeline. Joe Vincelli prétend qu'elle était enfouie quelque part près de Pickwick Lake.

— Là où Grace et Kennedy l'ont enterrée, pendant qu'ils faisaient du camping, précisa Joe.

Les yeux de Madeline s'emplirent de larmes quand Joe lui tendit le livre. Elle toucha du bout des doigts l'inscription, avant de se tourner vers Grace.

Ce fut Kennedy qui prit la parole :

— Tu étais là-bas, toi aussi, Joe.

— Qu'est-ce que tu racontes ?

— Que c'est toi qui as caché la bible dans la forêt.

— Quoi ?

— Je ne vois pas comment ce livre a pu arriver jusque-là. Si nous l'avions trouvé, nous l'aurions remis à Maddy. N'est-ce pas, Grace ?

— Bien sûr, murmura-t-elle.

La pauvre Maddy semblait foudroyée. Grace s'efforça

de rassembler ses esprits. Où étaient passés les restes de Barker ?

Elle leva les yeux pour croiser le regard de Clay. Alors, elle comprit. Il les avait déplacés. Elle ignorait quand et comment mais le cadavre était parti. Et Clay méritait pleinement son surnom de cerbère.

— Votre cousin a surpris Grace ici même avec une lampe torche et une pelle, dit McCormick à Madeline. Il a cru qu'elle s'apprêtait à changer de place les restes de votre père.

— Une pelle et une lampe torche ? marmonna Madeline.

Et une fois de plus, elle posa sur Grace un regard interrogateur.

Celle-ci fournit la seule explication qui lui vint à l'esprit :

— J... je voulais savoir si les rumeurs étaient fondées.

— Tu as cru que Clay ou ta mère avait pu tuer papa ? demanda Madeline, bouche bée.

Grace regardait fixement le trou béant.

— Je ne sais pas ce qui m'a pris, dit-elle. C'est trop bête. Il y a eu tellement d'accusations que je voulais en avoir le cœur net.

Madeline lui prit la main.

— Oh, Grace ! Tu as eu tort de perdre la foi. Clay et maman ne feraient pas de mal à une mouche.

— Tu les connais bien mal ! lança Joe.

Madeline se tourna vers lui.

— Il n'y a rien ici, Joe. La police n'a *rien* trouvé. Est-ce que ça peut entrer dans le pois chiche qui te tient lieu de cerveau ?

— On n'a pas cherché au bon endroit, voilà tout !

— Je le saurais s'ils étaient capables de commettre un crime, Joe. J'ai vécu avec eux. J'ai grandi avec eux.

— Il était de notre devoir de fouiller, dit McCormick d'une voix penaude, comme s'il s'excusait auprès d'Irene.

— Vous perdez votre temps, lui rétorqua Madeline. Allez donc chercher le vrai coupable au lieu de harceler les gens que j'aime. A force de suspicions, vous avez poussé Grace à douter de sa propre famille. Mais vous n'arriverez pas à m'influencer. J'ai déjà perdu mon père. Je ne tiens pas à perdre quelqu'un d'autre.

Elle enlaça Grace et se mit à pleurer.

— Vous êtes satisfait ? lança McCormick à Joe.

— Non ! Il faut encore chercher.

Le commissaire ramassa sa pelle et la flanqua sur son épaule.

— Nous avons passé cet endroit au peigne fin. Votre oncle n'est pas ici.

— Il *est* ici ! hurla Joe. Probablement sous notre nez.

— Alors, montrez-nous sa tombe ! répliqua McCormick.

Le regard de Joe embrassa les champs de coton, vers l'étable, puis vers la maison.

— Et la bible ? Kennedy en sait plus qu'il ne veut bien l'avouer. C'est lui qui l'a cachée dans la forêt.

A mi-chemin de sa voiture, McCormick pivota sur ses talons.

— Vous insinuez que Kennedy Archer est impliqué dans cette affaire ? demanda-t-il d'une voix glaciale.

— Absolument !

— Dois-je vous rappeler que son père est le maire de cette ville ? Otis m'a téléphoné deux fois ce matin. Il m'a mis en garde. Il ne compte pas rester inactif pendant qu'on massacre son fils.

— Personne ne massacre personne, dit Joe.

— Vous ne pouvez pas accuser des gens innocents de couvrir un meurtre, Vincelli ! A moins d'en apporter la preuve.

Le visage de Joe vira au cramoisi.

— La bible est une preuve, non ?

Furibond, le commissaire avança droit vers lui.

— De quoi, exactement ? D'accord, cette bible était dans les bois. Qu'est-ce que ça prouve ?

Joe pointa l'index sur Kennedy.

— Demandez-le-lui.

Le chef de la police se frotta le menton d'un air pensif.

— Kennedy, pourriez-vous, par hasard, nous éclairer sur cette histoire ?

Kennedy haussa les épaules.

— Non, malheureusement.

— C'est bien ce que je pensais.

McCormick fit signe à ses hommes.

— Remettez tout en place.

Joe lui attrapa le bras.

— Clay a déplacé le corps ! vociféra Joe. Vous devriez chercher partout : au grenier, dans la cave, dans les fondations de la maison.

— Un mandat de perquisition ne sert qu'une fois, mon ami. On ne peut pas l'utiliser à tort et à travers pour vous faire plaisir.

— Si vous retournez chez le juge Reynolds…

— Non ! coupa McCormick. C'est fini. Nous allons partir maintenant, et je vous conseille d'en faire autant.

La violation de propriété est passible de prison. Clay a le droit de porter plainte contre vous.

— Allons-y, fils ! dit Mme Vincelli.

Visiblement, elle en avait assez, elle aussi.

— Je n'aurais jamais pu imaginer que tu prendrais un jour le parti de cette traînée, marmonna Joe à l'adresse de Kennedy.

Pour la première fois, la jeune femme éprouva un élan de compassion pour Joe. Il avait toujours admiré Kennedy, il l'avait toujours porté aux nues.

Kennedy étreignit la main de Grace.

— Navré, Joe. En dépit du passé, à partir d'aujourd'hui, Grace et moi, nous sommes solidaires.

Joe devint livide.

— Qui aurait pu croire que tu finirais avec Grace Montgomery ? lança-t-il d'un ton méprisant.

— Elle sera bientôt Grace *Archer*, annonça Kennedy.

Madeline poussa un cri de surprise.

— Vous allez vous marier ?

— Tous les deux ? ajouta Irene avec ravissement.

Joe chancela, comme s'il venait de recevoir un coup de poignard en plein cœur.

Grace sentit un sourire naître sur ses lèvres. Le soleil brillait dans un ciel dégagé. La nuit ne lui avait pas volé ses rêves. Elle resterait avec l'homme qu'elle aimait.

Madeline lui sourit. Après un ultime regard vers McCormick, qui leur tournait le dos, Irene enlaça ses deux filles.

— Quand ? demanda Clay.

Kennedy embrassa la main de Grace.

— Le plus tôt possible.

— Tu le regretteras ! cria Joe. Cette fille n'a rien à voir avec Raelynn.

— Je ne cherche pas une seconde Raelynn, répondit Kennedy. J'aime Grace comme elle est.

Joe baissa enfin les bras. Ses parents et son frère l'entraînèrent vers leur voiture.

Grace laissa son regard errer sur la maison. Elle s'attendait à ce que le fantôme du révérend vienne une fois de plus jeter son ombre sur la lumière éclatante, mais rien ne se produisit. Lee Barker était parti. Parti pour de bon. Elle n'aurait plus jamais peur du noir, songea-t-elle, la gorge nouée par l'émotion.

Kennedy posa la main sur son épaule.

— Allons annoncer la grande nouvelle aux garçons.

— Je suis heureuse de jouer auprès d'eux le rôle de mère, dit la jeune femme, en promettant intérieurement à Raelynn de veiller sur ses enfants.

Mais avant de s'en aller, elle avait encore une question à poser à son frère. Elle le prit à part.

— Pourquoi tu ne m'as rien dit ?

Clay gardait les yeux fixés sur les champs de coton.

— J'ai fait ce que j'avais à faire.

— Tu savais qu'ils viendraient fouiller ? Tu voulais qu'ils le fassent et qu'ils ne trouvent rien, n'est-ce pas ?

— C'était la seule façon de te rendre ta liberté.

— Pourquoi tu ne les as pas laissés creuser plus tôt ?

— Une invitation leur aurait paru suspecte. Il fallait que ça se termine de cette façon. Ça fait plus vrai.

Elle jeta un regard alentour pour s'assurer que personne ne les entendait.

— Quel endroit as-tu choisi ? murmura-t-elle.

Clay sourit et secoua la tête.

— Voilà une question à laquelle je ne répondrai jamais. Ce n'est plus ton problème. Moins tu en sauras, mieux ce sera.

— Grace ?

Madeline s'approcha. Elle avait feuilleté la bible de son père, tournant chaque page comme s'il se fût agi d'un objet précieux. Des larmes brillaient dans ses yeux. Elle posa un doigt sur une page blanche recouverte d'une écriture serrée.

— Tu devrais lire tous les poèmes merveilleux qu'il a inventés pour toi. Il t'aimait beaucoup, tu sais ?

Oh, oui ! Plus que Madeline ne pourrait jamais l'imaginer.

Les yeux de Grace croisèrent ceux de Kennedy, puis elle sourit à sa sœur adoptive.

— C'est toi qu'il aimait par-dessus tout, Maddy.

Épilogue

Grace était allongée sous le grand chêne, dans le domaine Baumgarter où elle vivait désormais avec Kennedy et ses enfants. L'hiver avait été particulièrement doux cette année. La journée s'annonçait magnifique, printanière. Kennedy avait retiré sa candidature à la mairie afin de s'occuper de sa famille. Il ne regrettait rien. Surtout depuis que le traitement de son père avait apporté des résultats inespérés.

— Quel âge a papy aujourd'hui ? demanda Teddy.

— Soixante ans, répondit Kennedy.

Il était en train de tailler le lierre grimpant qui partait à l'assaut du porche. Après une course effrénée, Teddy et Heath s'étaient laissés tomber sur le gazon, épuisés.

— Oouaouh, c'est vieux !

Les parents de Kennedy devaient arriver dans la soirée, afin de célébrer l'anniversaire d'Otis. Grace songea en soupirant qu'il serait bientôt l'heure de préparer le repas.

— Dieu merci, papy est avec nous pour encore un bon bout de temps ! dit-elle.

— Il va mieux, alors ? demanda Heath.

Une branche se cassa entre les lames du sécateur que Kennedy maniait avec adresse.

— D'après les médecins, il est en rémission, expliqua-t-il. C'est une bonne nouvelle.

Teddy rampa vers Grace.

— Je peux sentir le bébé ?

Elle émit un rire mélodieux. Teddy voulait toucher son ventre trois fois par jour.

— Le bébé ne bouge pas pour le moment.

— Il est grand comment, Grace ?

— Oh, elle doit peser un bon kilo ! dit Kennedy.

Heath haussa les sourcils.

— *Elle ?* Comment tu sais que c'est une fille ?

— Une intuition, lui répondit son père. Tu aimerais avoir une petite sœur ?

— A condition qu'elle joue au base-ball avec nous ! répondit Heath.

— Ouais, si elle est sportive, renchérit Teddy.

Grace posa la main sur le doux renflement de son ventre.

— C'est long ! déclara Teddy.

Kennedy jeta une branche sèche sur la pile de lianes qui grossissait sur la pelouse.

— Tu étais aussi petit qu'elle, tu sais ?

— Et regarde comme tu es grand maintenant, ajouta Grace.

Teddy se pelotonna contre elle.

— J'étais si petit que ça, quand j'étais dans le ventre de ma maman ?

— Hmm, fit Grace en caressant les cheveux fins de l'enfant, le cœur débordant de bonheur.

— Je pesais quatre kilos quand je suis né, déclara Heath en se rapprochant lui aussi.

Grace sourit à son fils aîné. Ces instants heureux, elle

aurait voulu les garder intacts dans son souvenir. Teddy et Heath l'avaient acceptée avec enthousiasme. Ils la suivaient partout, comme s'ils craignaient qu'elle s'en aille et qu'elle ne revienne plus — une réaction compréhensible après ce qui était arrivé à leur mère.

— Et toi ? demanda-t-elle à Teddy. Combien tu pesais quand tu es né ?

— Je ne sais plus.

Kennedy arracha une poignée de feuilles d'un vert luisant.

— Trois kilos et demi, dit-il.

— Il y a des photos dans ton album. Si papa veut bien faire une pause, on pourrait aller le regarder, suggéra Grace.

Immédiatement, Teddy se releva.

— Oui, chouette !

— J'ai presque fini ! cria Kennedy.

— Attendez, dit Heath, je veux d'abord vérifier quelque chose.

Grace le vit renverser la tête pour observer le ciel.

— Tu crois vraiment que maman nous regarde ?

Fermant les yeux, Grace offrit son visage à la brise.

— Absolument, répondit-elle. Je ne peux pas la voir mais si je me concentre, je peux la sentir. Pas vous ?

— Des fois, admit Heath.

— Et tu crois qu'elle a des ailes comme l'ange que je lui ai acheté ? demanda Teddy.

La statue agrémentait à présent la tombe de Raelynn dans le petit cimetière de Stillwater.

— Peut-être. En tout cas, elle doit être très contente de ton cadeau.

— Tu l'aimes bien cette statue, hein ?

Grace sourit. Hormis son élégance, l'ange représentait un cadeau d'amour d'un fils à sa mère.

— C'est l'une des plus jolies choses que j'aie jamais vues.

Les deux petits garçons échangèrent un regard entendu.

— Qu'est-ce que vous mijotez, tous les deux ?

Un sourire timide éclaira la frimousse de Teddy.

— On ne peut pas te le dire. C'est une surprise.

— Taisez-vous, commença Kennedy. Les surpr…

Trop tard.

— Teddy et moi, on fait des économies pour t'offrir un ange, à toi aussi, intervint Heath. Papa a dit qu'on le mettrait dans le jardin.

Une boule d'émotion se forma dans la gorge de Grace. Elle embrassa les petits garçons sur le front, l'un après l'autre, en ravalant ses larmes.

— Quel merveilleux cadeau ! Merci.

— Mais… tu *pleures* ? s'étonna Heath.

— Des larmes de joie, murmura-t-elle avec un sourire tremblant.

Kennedy vint les rejoindre.

— J'étais sûr que ça te plairait, dit-il.

Une voiture de police remonta l'allée pavée, et une petite femme brune en descendit.

— Grace Archer ? demanda-t-elle en s'approchant.

Grace la regarda à travers ses cils mouillés.

— Oui ?

L'arrivante repoussa ses lunettes de soleil sur son nez, dévoilant de grands yeux bruns festonnés de cils épais.

— Vous vous appeliez Grace Montgomery, avant ?

— Oui.

La femme lui tendit la main.

— Allie McCormick, se présenta-t-elle.

Un léger vertige saisit Grace. Elle avait essayé de convaincre sa mère de rompre avec le chef de la police. Irene en avait fait le serment mais n'avait pas tenu sa promesse, du moins Grace le pensait. Irene espérait que McCormick quitterait sa femme pour l'épouser. Grace ne partageait ni l'optimisme de sa mère ni ses espérances. Elle estimait qu'on ne bâtissait pas son bonheur sur le malheur d'une autre femme. Et ce n'était pas tout. Les Vincelli semblaient toujours à l'affût. S'ils avaient vent de cette liaison, ils ne manqueraient pas d'accuser le commissaire d'avoir volontairement fermé les yeux sur certains indices.

— Etes-vous une parente du commissaire ? demanda-t-elle, dissimulant de son mieux un sentiment de malaise.

— Je suis sa fille. J'étais *junior* quand vous étiez en seconde, mais je me souviens de vous.

Grace n'arrivait pas à la situer.

— Ravie de faire votre connaissance.

Allie jeta un regard alentour.

— Le domaine Baumgarter a toujours été magnifique. Vous l'avez rendu resplendissant.

— Merci, fit Grace. Vous travaillez avec votre père ?

La jeune femme sourit.

— Combattre le crime est devenu une entreprise familiale. Mon grand-père a été détective à Nashville jusqu'à l'âge de la retraite. Mon oncle est patrouilleur en Californie, et mon frère shérif en Floride.

Pourquoi disait-elle cela ? Grace sentit la main de Kennedy sur la sienne, et sut qu'il se posait la même question.

— Que pouvons-nous faire pour vous, officier McCormick ? demanda-t-il poliment.

Allie rajusta ses lunettes noires sur son nez.

— Oh, je fais juste un petit tour pour me présenter aux habitants de cette ville ! Avant, je travaillais aux affaires classées à la police criminelle de Chicago.

— Les affaires classées ? murmura Grace d'une voix faible.

— Un job difficile mais passionnant. Il n'y a rien de plus satisfaisant pour un flic que de résoudre un crime vieux de dix, vingt ou même trente ans.

— Je comprends.

Allie tapota la tête de Teddy qui, comme son frère, semblait fasciné par son arme de service.

— On m'a dit que vous étiez procureur.

— C'est exact.

— Je présume que vous devez vous sentir terriblement frustrée de ne pas savoir ce qui est arrivé à votre beau-père.

— Ce fut bien triste, dit Kennedy.

— En fait, je suis là pour ça, dit Allie. Je vais m'efforcer de répondre à cette question.

— Ah, tant mieux ! fit Grace d'un air engourdi.

Allie coinça une mèche brune derrière son oreille.

— Madeline Barker est venue me voir au poste de police et m'a priée de mener une enquête.

— Vous comptez rouvrir le dossier ? demanda Kennedy.

— Pas officiellement. Je vais juste m'en occuper pendant mes jours de congé.

Grace réprima un frisson.

— Vous risquez de perdre votre temps, officier McCormick, dit-elle.

— On verra bien… Parfois, un infime détail sans relation apparente avec l'affaire peut aider à la résoudre.

Elle tendit une carte de visite à Grace.

— Voici mon numéro de téléphone au cas où vous vous souviendriez de quelque chose concernant la nuit où le révérend Barker a disparu.

Grace prit le bristol.

— Il y a dix-huit ans… J'ai déjà dit tout ce que je savais.

— De toute façon, j'adore les énigmes. Pas vous ? répliqua Allie avec un sourire amical qui laissait penser qu'elle ignorait tout de la liaison entre Irene et son père.

Si vous avez aimé ce roman, découvrez la suite que Brenda Novak lui a donnée en septembre 2007, dans la même collection

Le 1er mai

Dans l'œil du tueur - Gayle Wilson • N°286

Depuis qu'elle a participé, comme psychologue, à un entretien télévisé sur un tueur en série, Jenna vit dans l'angoisse. Tout le monde a cru qu'elle avait de la compassion pour l'assassin qui sévit à Birmingham. Or l'homme est cruel et vaniteux. Il jubile de l'intérêt que lui portent la presse et la police. Et il a vu Jenna parler de lui à la télévision... Sans le savoir, elle est devenue la prochaine victime sur sa liste...

Les bois meurtriers - Ginna Gray • N°287

Le tueur en série qui sévit à Mears, dans le Colorado, viole ses proies puis les laisse s'enfuir dans la forêt, pour les traquer sans pitié et les abattre de son fusil... Il a déjà fait plusieurs victimes lorsque l'inspectrice Casey O'Toole s'empare de l'affaire, et les pistes sont rares. Deux points communs rapprochent les femmes abattues : chacune a, comme Casey, les cheveux d'un roux flamboyant. Et elles ont toutes consulté le même chirurgien esthétique, le trop séduisant Mark Adams...

Noire vengeance - Maggie Shayne • N°288

Beth a tout perdu il y a 18 ans, lors d'une nuit sanglante. Elle est alors membre d'une secte dirigée par Mordicai Young, un homme fascinant, aux dons de medium. Mais la secte est détruite par les flammes... Beth ne veut plus jamais vivre ce cauchemar. Elle a changé de vie. Et reste sur la défensive. Car Mordicai cherche à la retrouver pour se venger. Elle doit se soumettre à son pouvoir et lui donner un héritier, à qui il pourra transmettre ses pouvoirs visionnaires...

Secret mortel - Laurie Breton • N°289

Fuir. Robin doit fuir tant qu'il en est temps. Elle possède de dangereux documents qui compromettent Luke Brogan, le policier le plus influent de la ville. Et cet homme sans scrupules est prêt à tout pour récupérer ces pièces à conviction. Elle doit disparaître. Changer de vie. Dorénavant,

Robin s'appellera Annie, et tiendra un motel à l'autre bout du pays. Mais la traque n'est pas finie, et le moindre indice peut remettre Luke Brogan sur ses traces...

L'héritière des Highlands - Fiona Hood-Stewart • N°290

Devenue l'héritière du grandiose domaine familial de Dunbar, India prend subitement conscience de son attachement viscéral à cette vieille demeure, plantée au cœur des terres écossaises. Mais pourra-t-elle la conserver ? Un riche entrepreneur, Jack Buchanan, est tombé sous le charme de la propriété... et tente par tous les moyens de séduire la jeune femme accablée de solitude. L'heure est venue pour India de retrouver ses racines. Des racines qui vont chercher loin dans la terre de ses ancêtres, et jusque dans l'âme de Dunbar.

Le blason et le lys - Joan Wolf • N°291

Le jour des noces, le soleil ne se montra pas. Le ciel plombé semblait au diapason des sentiments d'Eleanor de Bonville alors qu'elle pénétrait dans la cathédrale. Mon Dieu, pourquoi avait-il fallu que sa soeur aînée meure à la veille de son mariage et qu'on la contraigne à prendre sa place ? Du coin de l'œil, Eleanor observa son promis. Lord Roger de Roche, comte du Wiltshire, semblait en proie à une insoutenable tension. Qui eût pu l'en blâmer ? De toute évidence, il n'était pas plus heureux qu'elle de cette union forcée... Oppressée, elle s'entendit prononcer le « oui » fatidique qui scellait son destin...

Le prédateur - Lynn Erickson • N°68 *(réédition)*

Si Anna Dunning n'est pas femme à perdre son sang-froid, les appels téléphoniques obscènes qu'elle reçoit depuis quelque temps la minent cependant à petit feu. Elle finit par accepter une protection rapprochée... pour le regretter aussitôt : la présence constante à ses côtés d'un ancien flic accusé de falsification de preuves dans une affaire de meurtre et rongé par l'amertume ne fait qu'ajouter à sa nervosité. Une nervosité qui croît, à mesure que le mystérieux pervers se révèle plus insaisissable qu'une ombre...

Composé et édité par les
éditions Harlequin
Achevé d'imprimer en février 2007

BUSSIÈRE
GROUPE CPI

à Saint-Amand-Montrond (Cher)
Dépôt légal : mars 2007
N° d'imprimeur : 70019 — N° d'éditeur : 12684

Imprimé en France